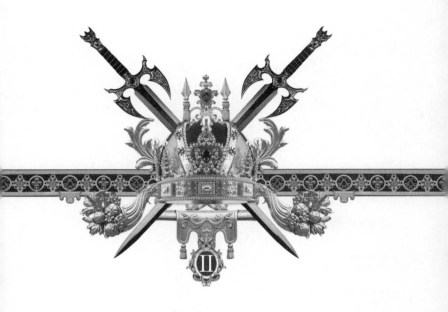

폭군의 행방

유한려 지음

ROMANCE STORY

fioret

폭군의 행방 2

초판 1쇄 인쇄 2020년 7월 20일
초판 1쇄 발행 2020년 8월 7일

지은이 유한려
발행인 오영배
편집 편집부
디자인 무이
본문 디자인 오정인
제작 조하늬

펴낸곳 (주)삼양출판사 · 피오렛
주소 서울시 강북구 도봉로 173
대표 전화 02-980-2112 / **팩스** 02-983-0660
편집부 전화 02-987-9393 / **팩스** 02-980-2115
블로그 blog.naver.com/dan_gul
출판등록 1999년 3월 11일 제9-00046호

ISBN 979-11-283-9957-2 (04810) / 979-11-283-9955-8 (세트)

fioret은 (주)삼양출판사의 로맨스 판타지 문학 브랜드입니다.

폭군의 행방

유한려 지음

ROMANCE STORY

목차

프롤로그.
수도를 둘러싼 봄바람

마물 때문에 어지러운 북부의 상황에도 불구하고 제국의 수도에는 때아닌 꽃바람이 불었다. 그 이유인즉, 제국에서 주목받는 세 명의 미남을 한자리에서 볼 기회가 얼마 남지 않았기 때문이다.

가을 사냥 대회. 제국의 역사 깊은 대회이자 가장 주목받는 대회 중의 하나.

특히 젊은이들의 경우 잡은 사냥감의 수에 따라 다음 해에 주목받는 정도가 달라졌기 때문에, 그들은 사냥 대회에서 조금이라도 높은 성적을 거두고자 제 영지의 숲을 쏘다니며 연습에 연습을 거듭하였다.

사냥 대회 전, 참가자들이 숲에 들어가기 전에 영애들이 마음에 둔 참가자의 손목에 손수건을 매주는 행사가 있었기 때문에 참가

자가 아닌 이들도 바쁘기는 마찬가지였다.

수놓기가 서투른 이들이나 황성이며 귀족 저의 시녀들마저도 손수 수놓은 손수건을 선물하기 위하여 손을 바쁘게 놀리는 것이 일반적인 상황.

그리고 그런 그들 사이에서 압도적인 인기를 끌고 있는 것은 단연 제국의 작은 태양, 황태자 벨하르트였다.

녹색이 감도는 검은 머리칼을 가져서 대개 색이 밝거나 갈색 머리칼을 하고 있는 제국민 사이에서 유독 눈에 띄는 그는 어려서부터 조각을 깎아 놓은 듯한 미모로 명성이 높았으며, 아직까지 그 명성을 배반한 적이 없었다.

비단 외모뿐만 아니라 황제와 황후의 적실 소생이라는 점, 흠잡을 데 없는 명문가인 외가, 그러나 무엇보다도 주목받는 것은 그 개인의 능력이었다.

나이 일곱에 이미 마나를 깨우치고 열셋에는 검기를 쓸 수 있게 되었다. 그것은 우수한 혈통을 지닌 황가에서도 전례를 찾아볼 수 없는 성장 속도였다.

또한 학식이나 대외 공적 면에서도 그는 이미 황궁 학자들과 토론을 하고, 외교를 진두지휘하거나 몇 개의 교전에 직접 참여하여 흠잡을 데 없는 성과를 거둔 바 있었다.

하나 흠이라면 성인이 될 때까지 흔한 스캔들 하나 없다는 점이었는데, 그것 또한 정복욕을 불러일으키기 마련이라 현재 가장 뜨거운 인기를 자랑하는 것은 명실상부 벨하르트였다.

바로 그다음이 칼리스 릭서만 폰 루디나토였다.

짙은 보라색 머리칼에 핏빛 포도주처럼 붉은 눈을 가진 아름다운 귀공자는 사촌인 벨하르트와는 정반대로 나이 열여섯이 되던 그해부터 이미 온갖 스캔들을 몰고 다녔다.

'나는 만인의 것이다'라는 말로 많은 이들의 가슴에 대못을 박았다고는 해도, 사귀고 헤어짐이 다른 바람둥이들에 비해서는 꽤 깔끔한 편인 데다가, 사귈 때만은 신사적으로 대해 준다는 점 등이 입소문을 통해 퍼져 여전히 인기가 많았다.

물론 가장 큰 역할을 한 것은 그의 외모로, '아무리 바람둥이라는 것을 알고 있어도 눈 한번 마주치면 넘어가지 않을 수 없더라' 하는 것이 세간의 평이었다. 물론 칼리스는 제 미모의 위력을 잘 알고 있었는데, 그 부분을 밥맛없어 하는 이들도 꽤 되었다.

마지막으로 인기인 대열에 합류한 것은 특이하게도 중앙 귀족 작위가 없는 지방 출신으로, 그럼에도 불구하고 다른 두 남자에게 전혀 밀리지 않는 강한 개성의 소유자였다.

나세르 폰 브리지트. 대대로 빛의 신을 섬겼기로 그 신실함이 온 제국에 알려진 브리지트 백작가. 바로 그 가문의 삼남으로 사제 출신. 그러면서도 무투 대회에 참여하여 첫 출전에 벨하르트 황태자를 꺾고 우승한, 그야말로 전무후무한 이력의 소유자였다.

사람이 많고 시끄럽다는 이유로 무투 대회를 직접 보러 가지 않는 수많은 귀족들조차 나세르와 벨하르트가 붙던 결승전만큼은 모두 참석하여 지켜보았는데, 사제 신분으로 무투 대회에 참가한 불한당이라기에 산적 같은 인상을 기대했던 그들은 나세르의 외모에 한 번 더 놀라고 말았다.

희고 투명한 얼굴을 부드럽게 감싼 백금색 머리칼에 안개 낀 듯 흐릿한 색채의 회청색 눈동자. 아련하게도, 또는 고혹적으로도 느껴지는 눈매까지, 지상에 강림한 천사가 거기 있었다.

그 천사는 체계도 잡히지 않은 검술로 황태자 벨하르트를 유유히 꺾고는 우승하여 집으로 돌아갔다. 그 뒤로 나세르의 얼굴을 잊을 수가 없다며 오매불망 그를 기다리기를 한참, 마침내 그가 수도로 돌아왔다는 소식에 모두는 쌍수를 들고 환영했다.

브리지트 영지에서 일어난 일이 수도까지도 알음알음 퍼진 것은 오히려 그의 인기에 불을 붙였다.

5년 동안이나 한 여인을 짝사랑해 온 순정파. 그러나 그 여인의 배신으로 오갈 곳 없어진 그의 마음을 구원해 줄 이는 누구인가! 손수건에 수를 놓는 영애들의 눈은 의지로 불타올랐다.

……여기까지가 일반적으로 손꼽히는 '올해 수도의 삼대 미남'이겠으나, 그 무렵 빛의 교 본단의 사제들과 그 신전을 드나들던 신도들은 그에 조심스럽게 한 사람을 더 추가하고 싶어 했다.

짧은 남색 머리칼에 남색 눈동자. 늘 무심한 얼굴로 옆을 스쳐 지나가고는 하는 눈부시게 미려한 빛의 사제를.

"빛의 신의 인도가 있기를."

실로 사제 아니었으면 칼부림이 나도 여러 번 났을 미모였다.

"비, 빛의 신의, 이, 이, 인도가……."

평온한 인사말 하나 제대로 받지 못하고 얼굴을 붉히고 더듬거리는 신도를 오늘도 무심한 얼굴로 스쳐 지나가며 헤카테는 생각했다. 아픈가 보군.

브리지트 백작령의 사제며 신도들이 헤카테와 제대로 대화를 나눌 수 있던 것은 어디까지나, 그의 폭력적이기까지 한 미모에 점차 적응했기 때문이라는 것을 헤카테로서는 알 도리가 없었다.

그러나 헤카테는 어쨌건 저런 반응들에 적응해야 했다. 그가 빛의 대사제가 되었음이 공표된다면 이런 일은 더욱 심해질 테니.

걸음을 옮기며 헤카테는 생각했다.

'그래, 어쨌건 결국 빛의 대사제가 되고야 말았군.'

사람들은 그를 가리켜 사욕이라고는 조금도 찾아볼 수 없는 사람이라고 평했고, 그러니만큼 헌신이 모든 활동의 기본이 되는 빛의 사제직에 그만큼 어울리는 사람을 찾아볼 수 없을 것이라 하였지만 헤카테는 그에 결코 동의할 수 없었다.

왜냐하면 그가 가지지 못한 것은 사리사욕뿐만이 아니었기 때문이다.

인간으로서의 미적 감각이나, 즐거움이나, 기쁨, 애착 같은 것조차 그에게는 전혀 모를 것들이었다.

'아니, 단 하나.'

헤카테의 눈빛이 가라앉았다.

그가 배운 단 하나의 감정. 그것은 애착이었다.

무심히 신전의 모퉁이를 돌아 나가면서, 헤카테는 가장 오래되었으며 유일한 친구를 떠올렸다.

그가 어려서부터 인간적인 관계를 쌓고 지내 온 것은 지금은 고인이 되어 버린 전 빛의 대사제 오웬, 그리고 지엔 단둘뿐이었고, 이제 곁에 남은 이라고는 지엔 하나였다.

지엔. 헤카테는 다시 한번 입속으로 그 이름을 굴렸다.

인파 속에 있으면 도무지 눈길이라고는 가지 않을 만큼 평범한 외양이었다. 실제로 백작 저에서도 그녀를 오랫동안 보아왔으면서도 얼굴을 헷갈려 하는 이가 꽤 됐다.

그렇듯 평범한 겉모습을 가진 그녀는 알맹이만큼은 전혀 평범하지 않았다. 그녀가 최근에 저지른 사건들을 머릿속으로 하나하나 되짚어 보던 헤카테는 그만 어지러워진 나머지, 천천히 고개를 뒤흔들며 한숨을 내쉬었다.

"후."

그러나 그녀가 그렇듯 사건 사고들을 몰고 다니는 것도 그녀의 전생을 생각하면 당연했다. 아니, 오히려 그 정도 사고밖에 치지 않는다고 감사해야 할지도.

위대하고 사악한 존재.

그 신탁을 언급할 때면 만물을 평등하게 사랑해야 한다고 설파하고 다니는 빛의 대사제들조차 얼굴을 하얗게 굳히고는 했다. 당황하지 않는 것은 언제나 오웬 하나였다.

그래서였을까, 빛의 교 본단에서는 '위대하고 사악한 존재'의 감시를 오웬에게 일임하였다.

졸지에 익숙하던 수도를 떠나 브리지트 백작령이라는 남쪽 구석으로 내려가게 되었음에도 오웬은 불만 하나 내뱉지 않았다.

다만 그를 기다리던 헤카테에게로 돌아와 담담하게 그 사실을 고하고는, '그 애가 네 또래라고 들었다. 나와 같이 가겠니.'하고 다정하게 물었다.

그의 눈을 빤히 올려다보던 헤카테는 물었다.

— 두렵지 않으신가요?

그것은 헤카테가 처음으로 떠올려 본 의문이었다.

그는 물론 사람들의 분노한다던가, 증오한다던가, 질투한다던가 하는 감정들, 소위 '격렬함'도 이해할 수 없었지만, 이해되지 않기로는 오웬의 저 평온함 또한 마찬가지였다.

신탁이 내려왔을 때 교단의 모두는 안절부절못하고 두려워했고, 더러는 분노했다. 그것을 보며 헤카테는 옅은 경멸마저 느꼈다. 역시. 그에게는 오히려 오웬의 담담함 쪽이 훨씬 이해 못 할 것이었다.

오웬은 여전히 온화한 얼굴로 물었다.

— 두려워하다니, 왜?

헤카테는 오웬을 다시금 빤히 보며 그 미소 안에서 미처 놓친 부정적인 감정을 찾아보려 했지만, 꼬리조차 보이지 않았다.

그때 오웬이 불쑥 입을 열어 말했다.

— 헤카테. 부탁이 있단다. 너만은 다른 사람들이 뭐라 하든 간에 그 애와 친구가 되어 줄 수 있겠니?

들어 볼 거라고는 전혀 상상도 못 한 말이었기에 헤카테는 당황했다. 이윽고 그가 조심스레 물었다.

　— 제가 정말 그 애와 친구가 되어도 괜찮은가요?
　— 안 괜찮을 게 무어 있니?
　— 하지만, 제가 물들기라도 하면.
　— 사악함이 무슨 전염병이라도 되는 듯이 말하는구나.
　— 그야 모두가 그리 말하니까요. 사악함은 역병처럼, 퍼져서 온
나라를 잠식한다고. 그러니 뿌리를 뽑아 두는 것이 마땅하다고…….

오웬은 그렇게 말하는 헤카테를 한동안 아무 말 않고 잠자코 내
려다보았다. 그러더니 어쩐지 슬픈 표정을 지으며 손을 뻗었다.
헤카테의 머리를 부드럽게 쓰다듬으며 그가 말했다.

　— 헤카테, 그러니 우리가 그 애에게 더 잘 해 주어야만 한단다.
　— 왜요?
　— 주위에 그렇게 믿는 사람들만 있다면, 그 애는 얼마나 쓸쓸하
겠니…….

오후의 빛을 가르고, 오웬의 말은 느릿느릿 이어졌다.

　— 악을 더 큰 악으로 만드는 것은, 헤카테, 외로움일지도 모른다.
그러니 너만은 그 애의 친구가 되어 주렴.

오웬의 그 말 안에서 헤카테는 불현듯 아주 오래전의 일을 떠올렸다.

아주 오랫동안 이해받을 이 없이 혼자였던 자신을. 도무지 끝나지 않을 것 같던 어둠 속에서 혼자 웅크려 기다려야만 했던 긴 시간을.

헤카테가 오웬의 부탁을 들어줄 결심을 했던 것은 그 때문이었는데.

— 빛의 신께서 제 남편감을 점지해 주신 건가요?

정작 그런 결심을 하고 찾아간 '위대하고 사악한 존재'라는 여자애는 위대하고 사악하기는커녕, 조잡하기 짝이 없어서 헤카테는 한동안 헛웃음만 터트렸었다.

그런 뒤에 그는 잔뜩 비웃는 얼굴로, '위대하고 사악하다니, 멍청한을 잘못 말씀하신 것은 아닌가요?' 하고 오랜만에 가시를 숨기지 않고 말했다가 오웬에게 머리를 쥐어박혔다.

거기까지 떠올린 헤카테는 괜히 손을 들어 옆머리를 문질러 보았다.

아무튼 이제 오웬은 죽고 없다. 그러니 명목상의 친구 따위 그만두어도 될 일인데. 헤카테는 아직도 인연의 끈을 놓지 못하고 있었다.

'그러니 결국 나는, 단 하나는 배운 셈이 되겠지.'

애착.

오웬은 결국 목적을 이룬 셈이다.

오웬은 지엔을 외로움으로부터 구하고, 동시에 헤카테에게는 외로움을 가르쳤다.

처음에는 자신의 삶에 툭 끼어든 불순물처럼 거슬리던 지엔이었으나, 이제는 아니었다.

문득, 머리를 가로저어서 상념을 털어 낸 헤카테는 법복 자락을 한번 털어 내고는 걸음을 떼었다.

"들어가겠습니다."

"오오, 헤카테 형제님."

문을 열자 익숙할 만큼 어둑어둑한 기도실 안에서 제단을 둘러싼 여럿의 형상이 자신을 반겼다. 제단 위에 놓인 검을 본 헤카테가 의아한 표정을 지었다.

'빛의 검이 왜 아직도 여기에?'

그것은 며칠 전에 그가 나세르와 정신 나간 마법사(헤카테는 여전히 칼리스를 대공가 후계 취급해 줄 마음이 없었다)와의 동행까지 마다치 않으며 몸살을 앓고, 유령에게 납치되어 간 동료를 찾는 등 온갖 난리를 겪은 끝에 수도로 호송해 온 물건이었다.

빛의 검을 노리는 무리는 워낙에 신출귀몰한 탓에 위치를 파악하는 것조차 힘들었다. 그러니 얼른 안전한 곳에 보관하고 결계를 쳐 접근을 막아야 하는데, 이토록 무방비하게 놓아두다니?

사제들에게 한 걸음 다가가며 헤카테가 물었다.

"어떻게 된 겁니까? 왜 아직도 봉인해 두지 않았습니까? 시국이 어떤 줄로 알고."

"그게, 다름이 아니라, 헤카테 님. 신탁이 있었습니다."

"신탁이요?"

처음 듣는 말에 헤카테의 미간이 미미하게 일그러졌다. 그것도 잠시, 이어지는 얘기를 들은 헤카테의 눈이 커졌다.

이윽고, 헤카테는 들어가던 때와는 달리 빠른 걸음으로 기도실 문을 빠져나왔다.

"어쩌면 이번 사냥 대회, 단순한 사냥 대회가 아닌지도 모르겠어……."

그가 심각한 얼굴로 중얼거렸다.

메인 챕터 1.
세 번째 여인과 부동심의 황태자

1. 새로운 일터

계절은 깊은 가을이었다. 날이 가며 점차 짙어진 황금빛 햇살이 지엔의 눈꺼풀을 사정없이 찔러댔다.

"으음……. 내 하녀복."

신음하며 손을 뻗어 머리맡을 더듬던 지엔은, 아무것도 손에 닿지 않자 당황하며 몸을 벌떡 일으켰다.

눈앞에 펼쳐진 풍경에 그녀는 더더욱 당황했다.

높은 벽을 수직으로 가로지르는 거대한 창문 속에 금방이라도 쏟아질 듯 새파란 하늘이 비쳤다.

울긋불긋한 잎을 매단 나뭇가지가 간혹 불어온 바람에 창을 두드리고, 멀리 산자락 사이로는 릭서만 황궁이 어슴푸레하게 모습을 드러내고 있었다.

뾰족뾰족하게 솟아 위협적으로 하늘을 찌르는 지붕의 모습은 신에 대한 인간의 도전이자, 건축이 도달할 수 있는 최고 정점으로 보였다.

눈을 찡그리고 그 모습을 보기를 한참, 마침내 이곳이 어디인지를 깨달은 지엔은 입을 벌려 나지막한 탄성을 토했다.

"아."

그녀가 현재 머무르고 있는 곳은 다름 아닌 루디나토 대공가였다.

얼떨결에 손님 신분으로 머무르고 있긴 했지만 지엔은 어디까지나 평민, 본래라면 극진한 대접은 받을 수 없을 텐데 어째서인지 사람들은 지엔을 무척 친절하게 대했다.

어쩌면 지엔이 그들의 도련님인 칼리스와 함께 여행하던 도중 목숨의 위기를 여러 번 넘겼다는 사실이 알음알음 퍼졌는지도 몰랐다. 뭐, 지엔은 좋은 게 좋은 거라며 대충 넘어가고 있었다.

무엇보다도 며칠 전부터 평온한 삶을 포기하기로 다짐한 그녀에겐 어떠한 일도 심각하게 와 닿지 않았다.

"아무렴."

우후후, 음침하게 웃으며 지엔은 얼마 전의 일을 회상했다.

벨하르트 황태자와 정원에서 마주쳤던 바로 그 날이었다.

*   *   *

지엔은 확신할 수 있었다.

벨하르트는 분명 자신을, 전생의 악연을 알아보았다.

등장한 순간부터 단 한순간도 떨어지지 않는 집요한 시선을 통해 알 수 있었다.

그런데 다음 순간, 놀랍게도 그는 그녀에게서 무심하게 시선을 떼더니 부복한 나세르에게 담담히 말을 건넸다.

"일어나도록 해라. 경은 전의 그……."

잠시 말을 멈추었던 그는, 나세르가 자리에서 일어나 그를 응시하자 다시 말했다.

"나와 결승에서 맞붙어 나를 꺾고 무투 대회 우승을 차지했던 자로군. 그대의 검술은 경이로웠지. 칼리스에게 함께 온다는 말은 들어 알고 있었다."

"요행이었습니다. 저같이 실력이 미천한 자를 기억해 주시다니, 영광입니다."

고개를 숙이며 무덤덤히 말하는 나세르의 모습에 지엔은 속으로 안도의 한숨을 쉬었다.

'나세르 공자님, 사제 출신이라고 해도 기본 사교계 대화 정도는 할 줄 아시는구나.'

저기에서 '네, 제가 황태자님을 꺾었던 바로 그 사람입니다.' 같은 대답이 튀어나오면 어쩌나 했다. 그러나 생각해 보면 하녀인 지엔도 아는 사실을 나세르가 실수할 리도 없었다. 게다가 그는 보기와는 달리 꽤 겸손했다.

고개를 끄덕인 벨하르트는 손을 내밀어 나세르의 어깨를 두어 번 두드렸다.

"이번 사냥 대회, 기대하고 있지."

"영광입니다, 벨하르트 전하."

제법 평화롭게 흘러가는 분위기에 지엔이 안도하는 그때였다. 대뜸 그녀에게 시선을 던진 벨하르트가 물었다.

"그런데, 저자는 누구지?"

아차. 화들짝 놀란 지엔이 고개를 푹 숙이는 가운데, 칼리스만이 여유 있는 태도로 답했다. 그는 벨하르트에게 다른 의도가 있을 거라고는 꿈에도 생각 않는 눈치였다.

"아아, 이번에 빛의 검을 호송할 때 브리지트 백작가에서 보내 줘서 우리랑 동행한 하녀."

"그래? 가사 일에 재주가 있나 보지?"

"아, 아니."

대답하던 칼리스는 물론이고, 나세르마저 어딘지 착잡한 눈으로 지엔을 바라보았다. 지엔은 하마터면 소리 내 대꾸할 뻔했다. 제가 뭐요.

'제가 다른 일 하는 거 본 적 있으십니까? 감자를 못 깎는다고 다른 일까지 전부 못 하라는 건 선입견이라고요. 물론 다른 일도 워낙 안 해서 못하긴 하지만.'

지엔이 속으로 뻔뻔한 생각들을 떠올리는 사이, 벨하르트의 물음이 다시 돌아왔다.

"그럼 도대체 왜 동행한 거지?"

"아."

칼리스와 나세르가 시선을 교환했다.

급기야 네 하녀 일이니 네가 해결하라며 떠맡기기를 시전하는 칼리스의 턱짓에, 잠시 고심하던 나세르가 운을 뗐다.

"감자를······."

"음?"

"못 깎아서입니다."

일순 정적이 흐를 정도로 어이없는 말에도 벨하르트는 무표정을 고수했다.

그러자 나세르가 덧붙였다.

"제가 옆에서 가르쳐 주려고 동행했습니다."

"그렇군."

그것으로 한층 더 싸늘한 침묵이 찾아왔다.

지엔은 물론, 칼리스마저 불안한 눈으로 벨하르트를 흘짓거렸다.

'이러다가 칼부림이라도 나는 거 아니야?'

지엔이 급기야 생각하던 찰나, 황태자의 시선이 다시 지엔에게 꽂혔다.

"그래서, 네 이름은 뭐지?"

쿵, 지엔의 심장이 무겁게 내려앉았다. 그 가운데 칼리스가 벨하르트를 의아하게 바라보며 물었다.

"음, 지엔이기는 한데······. 벨 네가 그걸 알아서 뭘 어쩌려고?"

아무것도 눈치채지 못한 듯 태연한 말투였지만 지엔은 제발 좀 그만 말씀하라고 말하고 싶었다.

물론 지엔도 그 물음에 대한 답이 궁금하긴 했으나, 한편으로는 절대 알고 싶지 않기도 했다.

그에 벨하르트가 차가운 눈으로 칼리스를 보며 답했다.

"칼리스, 네게 묻지 않았다."

친척이란 것이 전혀 믿기지 않을 만큼 싸늘한 목소리였다.

"아, 네에."

입이 댓 발은 삐져나온 칼리스가 툴툴거리는 사이, 벨하르트가 걸음을 옮겨 지엔에게 가까이 다가왔다.

마침내 한 발자국 앞에서 멈춰 선 그가 말했다.

"고개를 들라."

지엔은 악몽 속 괴물을 마주하는 사람처럼 두려운 듯이, 아주 느리게 고개를 들었다. 거울처럼 무감정한 눈 안에 비친 제 모습을 본 지엔은 저도 모르게 어깨를 움츠리고 말았다.

목소리를 들어서는 단지 무심하다고 생각했으나, 막상 마주 본 그의 눈빛은 결코 그런 단어로 표현될 것이 아니었다.

실로 살아 있지 않은 것 같은 눈이었다. 차라리 인형이나 돌, 혹은 오랜 세월 먼지 낀 보석 같은.

그렇게 생각하던 지엔의 눈 위에 희미한 환상이 스쳐 지나갔다.

— 당신은 괴물이야.

분노로 일그러진 아름다운 여자의 얼굴.

그러나 그녀의 눈 안에 깃든 것은 분노가 아닌 약간의 경멸, 그리고 깊은 슬픔이었다.

그 순간 지엔의 숨이 가빠졌다. 그러면 안 되는 줄 알면서도 지엔은 저도 모르게 한 걸음 뒷걸음치고 말았다. 그런 다음 그녀는 퍼뜩 눈을 들어 벨하르트의 표정을 살폈다.

혹시 그도 자신처럼 전생의 기억을 떠올렸을까? 그러나 그의 얼굴에는 아무 감정도 나타나 있지 않았다. 설령 그가 기억을 떠올렸다고 해도 지엔으로서는 도저히 읽어 낼 수 없을 터였다.

그를 물끄러미 올려다보던 지엔은 문득 깨달았다.

전생에 자신이 세 여인을 바라볼 때.

그들의 눈에 비친 자신의 눈빛이 바로 저러하였다.

그 순간, 지엔은 전생의 자신을 향한 여인들의 뿌리 깊은 분노 또는 절망감을 이해하고야 말았다.

저건 사람의 눈이 아니었다.

섣불리 읽혀서도, 감정을 가르치려고 들어서도 안 되는 괴물의 눈이었다.

벼락같은 깨달음에 지엔이 아득히 굳어진 그때, 벨하르트가 다시 입을 열었다.

"이름이 뭐지?"

그는 이상할 정도로 자신의 이름을 듣는 데 집착하고 있었다. 어차피 이쯤 됐으면 물러날 곳도 없고 하여, 지엔은 체념하며 대답했다.

"지엔입니다."

"그런가."

다행히 대화는 거기에서 끝났다. 지엔의 대답을 들은 벨하르트는 그것으로 그녀에 대한 흥미를 완전히 잃은 것처럼, 칼리스를 돌아보며 할 얘기가 있으니 따라오라고만 했다.

벨하르트와 칼리스가 떠나고도 한동안 멍하니 있던 나세르와 지엔은 그대로 정원을 돌아 나왔다.

그로부터 며칠, 지엔은 언제 황궁에서 포고령이 내려올까 벌벌 떨며 하루하루를 보냈다.

밤에도 결코 방심할 수는 없었다. 혹시 암살자가 찾아오면 어쩌지? 상대가 황태자인데 무슨 일이건 불가능하랴 싶었다. 그렇게 지엔은 며칠 동안 뜬눈으로 밤을 지새웠다.

그런데 이상한 일이었다. 아무리 시간이 지나도 지엔에게는 아무런 일도 일어나지 않았다.

오늘도 별일 없이 무사히 눈을 뜬 것에 더는 생각을 미룰 수 없어진 지엔이 팔짱을 끼며 중얼거렸다.

"왜지?"

지금까지 전생의 여인들과 지엔이 만났을 때, 이상한 일이 벌어지지 않은 적은 한 번도 없었다.

나세르는 그녀를 향해 본능적인 적대감을 느끼고는 바보라도 알아차릴 만큼 적의 어린 시선을 보냈고, 세상 모든 여자에게 친절한 칼리스는 그녀에게만은 초면에 '못생겼어.'라는 폭언을 퍼부었다.

둘 다 평소 성격과는 명백히 다른 일을 저질렀다. 그 정도로 전생의 영향력은 막대했다.

그러나 벨하르트만은 달랐다. 그는 지엔과 처음 마주친 자리에서도 끝까지 침착함을 지켰고, 지엔에게도 이름을 물은 것 외에는 아무것도 하지 않았다.

그의 무심한 반응을 떠올리며 지엔은 생각했다. 어쩌면 그만은 전생에 대해 아무런 영향도 받지 않는 걸까?

지엔이 고개를 번쩍 들며 중얼거렸다.

"그래! 다른 여인들은 아니었지만, 셋째 여인만은 날 사랑했잖아? 첫째 여인도 좀 긴가민가하긴 하지만 그녀는 내 폭언에 상처받아 첫날 이후로 다신 모습을 드러내지 않았고, 반면 셋째 여인은……그녀만은 나에게 사랑한다고 확실히 말했지."

그건 다른 여인들과는 확실한 차별점이었다.

"사랑의 힘으로 내 전생의 잘못을 용서한 건……."

그러던 그녀의 귓가에 섬뜩한 목소리가 되울렸다.

— 당신은 괴물이야.

"……."

잠시 정적에 잠겨 있던 지엔은 고개를 뒤흔들었다.

아니, 그녀가 나를 정말로 용서했더라면 이번 생에 나와 심장이 바뀌어 태어날 일도 없었겠지…….

그리고 지엔은 울 것 같은 눈으로 창밖 하늘을 올려다보았다.

"그래도 그렇지 참으로 무심하십니다. 백작가 자제에 대공가 자제로도 모자라, 이제는 황태자라니……."

제 목숨이 그들에게 파리 취급당해야만 만족하시겠습니까.

물론 그래야 죗값이 맞겠지요. 암, 정당한 일입니다.

혹시나 벌을 더 받을까, 재빨리 고개를 끄덕거린 지엔은 생각을 바꾸었다.

'아까는 파리 목숨 어쩌고 했지만, 오히려 이편이 더 나을지도 몰라.'

처음에는 제국 제일가는 권력자에게 개미처럼 눌려 죽느니 지금 죽는 편이 나을지도 모르겠다고 생각했지만, 오히려 신분 차이가 이 정도 나니 벨하르트 쪽에서 지엔을 함부로 건드리지 못할 터였다.

황태자가 망나니처럼 살았으면 또 모르겠지만, 그는 오히려 일 처리에 사적 감정을 전혀 개입시키지 않는 것으로 제국에서 명망이 높았다. 그런데 그런 그가 갑자기 하녀 하나를 잡아 족치려 한다면 그의 위상이 두세 단계는 하락할 것이다.

'그래, 이거구나!'

지엔은 손가락을 딱 퉁겼다. 고작 하녀 한 명 죽인 것 때문에 평판이 두세 단계 하락한다니, 자신이 황태자라도 억울해서 차마 그녀를 죽일 수 없을 것이다.

그렇게 결론을 내린 지엔은 계획을 다시 세웠다.

벨하르트의 눈을 피해 이곳 대공가에만 콕 처박혀 손님 대접을 받으며 편히 지내다가, 사냥 대회가 끝나자마자 귀환한다.

'나세르 공자님과 함께 돌아갈지 아닐지는 모르겠지만, 아무튼 백작령에 무사 귀환한다면 봉급 인상 협상을 하고 남은 인생을 평화롭게 살면 되겠지.'

잘만 말해서 봉급이 인상된다면 자신의 최종 목표인 한탕 벌고 은퇴에 더욱 가까워진다.

좋아! 얼마 안 남았다! 힘내자! 허공에 대고 주먹질을 하던 지엔에게 노크 소리가 들려왔다.

"못난, 아니, 지엔아! 안에 있어?"

화들짝 놀란 지엔은 이어진 목소리를 듣자마자 휴 하고 안도의 한숨을 내쉬었다. 그리고 침대 아래로 내려가며 그녀가 물었다.

"네! 그런데 잠옷 차림이어도 괜찮나요?"

"괜찮을 리가 있나! 해가 중천인데 아직까지 옷도 안 갈아입고 뭘 한 거야?"

평소에는 자신 못지않게 게으른 주제에 바쁘게 투덜대는 칼리스를 뒤로 하고 지엔은 재빨리 옷을 갈아입었다. 그러면서 그녀가 생각했다.

물론 하녀로서의 생활이 몸에 배어 있다면 이런 무위도식 따위, 해 봐야 진저리만 나는 게 정상이겠지만 전혀 그렇지 않았다. 오히려 이게 원래의 삶이었던 것처럼 편안하기만 했다.

'혹시 나, 기억을 잃어버린 귀족 영애?'

말도 안 되는 생각을 하며 지엔은 문을 휙 열어젖혔다. 그러자마자 문에 기대어 있었던 칼리스가 방 안으로 쓰러졌다.

"악!"

으앗. 지엔은 허둥거리며 칼리스를 받아 냈다. 그러나 체구 차이를 견디지 못한 탓에, 결국 두 사람은 함께 바닥으로 쓰러졌다.

넘어지며 칼리스는 반사적으로 인상을 잔뜩 썼다. 바깥으로 나가기 위해 외출 준비를 끝내 둔 참이었는데, 전부 다시 해야 하게 생기다니.

'뭐, 부주의했던 내 탓이지만.'

간신히 넘어지기 직전 손이 바닥에 닿아 지엔을 깔아뭉개는 건 면했다.

작게 한숨 쉰 그는 팔꿈치로 바닥을 밀며 몸을 일으키다 말고 불쑥 탄성을 토했다.

"아."

그는 본의 아니게 지엔의 양옆을 팔로 가로막고 품 안에 가둔 채였다. 웬만한 낯부끄러운 상황에는 웃으며 뻔뻔하게 대처할 자신이 있는 그였지만 왜인지 이번에는 그러지 못했다.

칼리스는 그저 눈을 크게 뜨고 코가 닿을 만큼 가까워진 얼굴을 구경했다. 아무리 봐도 역시 까다로운 자신의 취향을 맞추기에는 한참 모자랐다.

그럼에도 불구하고.

'환장할 노릇이지, 단지 이토록 가까이 있다는 것만으로 숨을 쉬기가 힘들어지다니.'

그렇게 생각하는 칼리스의 귀가 붉어졌다.

한편, 지엔은 곧게 흘러내려 커튼처럼 자신을 감싼 보랏빛 머리칼을 보며 이런 생각이나 하고 있었다.

'머리 색 하나는 정말 예쁘군.'

그리고 저게 전생의 내 머리 색이었지. 지엔은 조금 뿌듯해졌다.

하지만 감상은 거기까지, 아무리 잘생겼고 뭐고 간에 지엔에게는 결국 전생의 자신의 얼굴이니만큼 설렌다거나 하진 않았다. 아니, 오히려 설렌다면 그쪽이 문제였다.

칼리스가 한참이나 몸을 비키지 않고 멍한 표정만 짓고 있자, 지엔이 말했다.

"저기, 공자님?"

그제야 정신을 차린 그가 대꾸했다.

"어, 어?"

"남들이 보면 오해하겠어요."

"아, 아! 미안."

칼리스가 허둥지둥 비켜 주자, 지엔은 무심하게 몸을 일으켜 헝클어진 머리칼을 매만졌다. 그 모습을 지켜보던 칼리스가 조심스레 물었다.

"저기, 못난, 아니, 지엔아."

"예?"

"저기, 너 말이야. 아까."

"네?"

"조금도, 조금도 안 설레었어?"

그를 보던 지엔은 고개를 뚱하니 기울였다.

"제가 왜 설레야 하는데요?"

그 대답에 칼리스는 충격을 받았다. 아니, 솔직히 말하자면 엄청난 충격을 받았다.

비록 그의 외모는 그와 어머니 사이를 멀어지게 한 주범이긴 하나, 그 외에는 그의 삶을 편안하게 해 준 일등공신이었다.

그는 자신의 미모가 갖는 파급력에 대해서도 잘 알고 있었다. 수도나 타국의 난다 긴다 하는 젊은이들도 제가 눈을 맞추고 3초만

지그시 바라보면 남녀 구분 없이 얼굴이 빨개지며 어쩔 줄을 몰라 했다.

그런데 이 못난이는 대체! 칼리스는 여전히 붉은 기가 가시지 않은 얼굴로 경악하며 물었다.

"정말? 정말 조금도 안 설레었어?"

"네에, 그렇다니까요."

"왜? 어떻게?!"

물음보다는 외침에 가까운 말에, 그제야 멀뚱멀뚱하던 지엔이 의아함을 느끼고 다시 그를 돌아보았다.

느릿느릿 흘러나오는 그녀의 말에 칼리스는 아까보다 더한 충격을 받았다.

"제 취향이 아니라서요."

"못난이가!"

그렇게 외친 칼리스는 흡 하고 손을 들어 제 입을 틀어막았다.

그는 아직도 여행 중에 익숙해진 반사적인 막말을 떼어 내지 못했다. 누가 저주라도 건 것처럼, 그의 입은 지엔만 보면 막말을 내뱉고 싶어 어쩔 줄 몰랐다.

입을 두 손으로 틀어막은 칼리스가 불안한 눈으로 흘낏거리거나 말거나, 지엔은 입가에 평온한 미소마저 내걸며 대답했다.

"오, 칼리스 공자님. 오늘도 아침부터 막말이 굉장하시네요. 늘 감탄스러워요. 하지만 못난이에게도 취향이란 게 있답니다……."

"지금은 아침이 아니라 오후거든? 아니, 이럴 게 아니라."

대뜸 품에서 뭔가를 꺼낸 칼리스가 그것을 찢으려고 하기에 지엔은 화들짝 놀랐다. 뭔지는 몰라도 저 종이가 자신에게 도움이 되리란 예감 정도는 있었다.

칼리스의 팔에 매달린 지엔이 종이를 가로채며 외쳤다.

"공자니이임! 진정하세요, 공자님! 종이는 죄가 없습니다!"

"내가 저택에서 심심할 못난이를 생각해서 기껏 좋은 일자리를 알아 왔는데! 못난이는 나한테 못생겼다느니 어쩐다느니. 내가 이걸 콱 찢어 강물에 빠뜨리고 나도 같이 빠져야지!"

"아니, 잠깐, 공자님은 사람이 왜 그렇게 극단적이세요? 그리고 누가 못생겼댔어요, 그냥 취향이 아니랬지."

"그게 그거지!"

"아니, 왜 그게 그거…… 공자님! 이렇게나 잘생기신 분이 정말 왜 이러실까! 마음도 예쁘게 쓰셔야죠."

자존심이 단단히 상한 듯했던 칼리스는 한참 감언이설을 듣고서야 지엔에게 종이를 건넸다.

붉어진 귀를 두 손으로 덮으며 투덜대는 칼리스의 옆에서 지엔은 승전보를 듣는 병사처럼 의기양양하게 종이를 펼쳤다.

그것도 잠시, 지엔의 얼굴에서 핏기가 싹 사라졌다.

멍하니 칼리스를 돌아본 그녀가 물었다.

"칼리스 님, 설마 이거……."

"응? 하하, 놀랐지!"

귀를 덮고 있던 손을 치운 칼리스가 쾌활하게 웃으며 말했다.

"이거 설마, 황궁의……!"

"맞아!"

너무나 쉽게 튀어나온 궁정의 말에 지엔의 안색이 더욱 시퍼레졌다. 편지를 주름이 잡히도록 움켜쥔 그녀의 손이 부들부들 떨렸다.

그 반응을 눈치채지 못한 칼리스는 여전히 명랑하게 말을 이었다.

"하하, 벨이 나한테 말하기를, 요즘 황궁에 일손이 부족한데 임시로 일할 사람 없느냐고 하더라고! 황가에 연줄이 있으면 또 이런 점이 좋은 거 아니겠어? 남들은 없어서 못 하는 일인데 말이야!"

남들은 없어서 못 하는 일이고 뭐고, 지엔으로서는 죽어도 피해야 하는 일이었다.

'맙소사. 백작가로 돌아가는 그 날까지 황태자의 손이 닿지 않는 대공가에 처박혀 있겠다고 다짐한 게 오늘 아침인데, 내가 내 발로 황궁에 찾아가야 한다고?'

말도 안 되지. 당장 거절하려던 그때, 그녀의 귀에 칼리스의 말이 쏙 박혔다.

"마침 기한도 딱 맞잖아? 사냥 대회 바로 직전까지니까. 끝나고 돌아가기에 딱 좋지. 그리고 무엇보다 가장 좋은 건 보수야."

고개를 퍼뜩 든 지엔이 물었다.

"보수가 얼마인데요?"

그리고 종이 아래를 살핀 그녀의 눈에서 초점이 사라졌다.

이윽고 다시 고개를 든 그녀가 나지막이 말했다.

"칼리스 님."

"으응?"

왠지 모르게 긴장해서 한 걸음 주춤 물러나는 칼리스의 손을 두 손으로 붙들고, 지엔은 초롱초롱한 눈빛으로 외쳤다.

"칼리스 님은 대륙 최고 미남이에요!"

그에 잠시 멍해진 눈으로 지엔을 응시하던 칼리스는, 곧 허탈하게 웃으며 시선을 내리깔았다. 하, 하하.

"못난이 너, 티 나지 않게 아부하는 법은 좀 배워라……."

"아부 아닌데요."

"엄청 티 나거든."

코끝을 훔치며 그렇게 말하는 칼리스의 귀는 또다시 새빨갛게 물들어 있었다.

*　　*　　*

임시로라도 황궁에서 일하기 위해서는 신분 보장이 필요했다. 루디나토 대공가에서 신분을 보장하면 감히 토를 달 이는 없겠지만, 지엔은 일단 브리지트 백작가 소속이라 일이 복잡했다.

즉, 지엔이 황궁에서 일하려면 나세르의 동의가 반드시 필요했다.

지엔은 나세르가 평소와 같이 연무장에서 검을 연습하고 있다는 소식을 듣고 곧장 그쪽으로 향했다. 그러면서도 그녀는 불안감을 떨치지 못했다.

'최근에 나에 대한 과보호가 심하던데.'

그야 자신이 최근 그와 관련된 일에 휘말려 죽을 뻔했고, 나세르는 책임감이 강한 사람이니 당연한 일일 것이다. 그렇게 생각하는 지엔의 귓가에 문득 목소리 하나가 스쳐 지나갔다.

　　 — 담요 괴물!!!

　지엔의 발이 우뚝 멈추었다. 이윽고 그녀는 재빨리 고개를 내저었다. 아니야, 아닐 거야.

　'설마 담요 괴물의 정체가 나인 것을 알았기 때문은 물론 아니겠지! 하하, 그럴 리 있나!'

　때마침 연무장 구석에서 검을 휘두르는 나세르가 시야에 들어왔다. 마음속에 떠오른 불안감을 내쫓고자 지엔은 더욱 씩씩하게 걸음을 옮겼다.

　"공자님!"

　"지엔? 여기까지 무슨 일이지?"

　"괜찮으시다면 이걸 좀……."

　턱에 맺힌 땀을 훔치며 묻는 나세르에게 지엔은 쭈뼛거리며 서류를 내밀었다.

　혹시나 위험한 일이 있었는데도 얌전히 있지 않고 돈 벌 생각만 한다고 화라도 내면 어쩌나 했는데, 설명조차 듣지 않고 펜을 뺏어가서 사인을 휘갈기는 나세르의 모습에 지엔은 눈을 크게 떴다.

　"어랍쇼."

　펜과 함께 종이를 돌려주며 나세르가 물었다.

　"뭐지?"

　"안 말리세요?"

그러자 나세르는 옅게 웃으며 대답했다.

"네 안전을 생각해서라면, 황궁보다 안전한 곳이 이곳 수도에 있을 리가 있나."

"아하."

물론 전생의 원수가 황궁에 있다는 데서부터 그것은 잘못된 생각이지만. 종이를 내려다보며 복잡한 표정을 하던 지엔은 나세르가 의아하게 바라보자 재빨리 웃었다.

'뭐, 황태자가 내게 쉽게 손을 댈 리 없으니까. 그의 주 무대인 황궁에서는 더욱더.'

방긋 웃으며 종이를 소중하게 품에 갈무리한 지엔은 주먹을 움켜쥐며 외쳤다.

"공자님, 감사합니다! 저 꼭 부자가 될게요!"

'칼리스가 지엔과 저택에 단둘이 있는 게 싫어서라고는 절대 말 못 해.'

그런 부끄러운 생각이나 하고 있던 나세르는 그 말에 흠칫하며 고개를 들었다.

"음, 뭐라고?"

"꼭 부자가 되어 공자님의 은혜에 보답하도록 할게요! 그럼 공자님도 수련 힘내세요! 너무 무리하진 마시고."

"아, 알았다."

그렇게 대답하는 나세르의 귀가 빨갛게 물들었다.

그의 귀에 지엔의 방금 그 말은 꼭, '돈은 제가 벌 테니 공자님은 굳이 강해지실 필요 없어요!' 하고 말하는 것처럼 들렸다.

'물론, 물욕의 화신인 그녀가 그랬을 리는 없겠지만.'

나세르가 유감스러울 정도로 정확한 평가를 내리는 사이, 지엔은 활짝 웃으며 저택으로 달려갔다.

그녀가 시야에서 완전히 사라지자, 그제야 표정을 바꾼 나세르가 낮게 중얼거렸다.

"담요 괴물……."

차갑고 축축한 안개 속, 작은 손이 손안에서 미끄러지던 감각이 아직도 생생했다.

엘레나의 고성에서 지엔과 함께 까마득한 폭포 아래로 추락할 뻔했던 순간. 그때 자신의 입에서 터져 나온 이유 모를 외침을 나세르는 똑똑히 기억하고 있었다.

— 담요 괴물!

그때는 워낙 경황이 없어 자신이 지엔을 뭐라고 불렀는지도 깨닫지 못했었다. 여관으로 돌아오고, 그날 있었던 일을 되짚어 보고 나서야 나세르는 깨달았다.

자신은 이미 예전부터 지엔이 담요 괴물이라는 사실을 눈치채고 있었음을.

근거는 하나도 없었다. 그러나 그는 자신의 직감이 사실일 거라 확신했다.

확인할 방법 따위는 없어도 괜찮았다.

중요한 것은 자신이 절체절명의 순간 지엔을 구하지 못했다는 것. 그리고 그 순간 그녀를 구했던 이는 다른 이라는 것뿐.

지엔을 안아 들던 정체불명의 남자를 떠올린 나세르가 이를 악물었다.

빛의 검을 노리는 정체 모를 무리의 수장, 헤카테의 쌍둥이 형.

엘레나의 고성에 모여 있던 수십, 수백의 유령들이 저항 없이 무릎 꿇던 모습이 아직도 눈에 선했다.

그는 나세르와 헤카테, 나아가 빛의 교단과 이 제국에 손꼽히게 위험한 인물이었다. 그럼에도 그가 없었다면 지엔 역시 이 자리에 없었을 것이란 사실이 나세르를 가장 비참하게 했다.

게다가, 그 남자가 과연 지엔에게 언제까지 우호적일까?

자신의 동생인 헤카테조차 죽든 말든 아무 관심 없다고 말하던 그였다. 그런데 아무 연고가 없는 지엔은 '주인'이라고 부르며 극진히 모시다니?

지엔 또한 그에 대해서는 전혀 아는 바가 없는 눈치였다. 필시 뭔가 중대한 착각이 있음이 분명했다.

그렇다면, 만약 그가 그 착각에 대해 깨닫게 된다면? 지엔이 더 이상 자신에게 필요 없는 존재임을 알게 된다면? 그가 돌변하여 지엔을 공격할 때, 나세르는 무엇을 할 수 있을까.

또 엎드려 도망치라고 소리를 지르는 것만이 자신이 할 수 있는 전부일까?

'그렇게는 안 돼.'

나세르는 눈을 찌푸리며 멈추어 있던 목검을 다시 휘둘렀다. 목검이 공기를 세게 가르며 불어닥친 바람이 그의 머리카락을 흩뜨렸다.

지난 한 달 동안 나세르가 헤카테에게 지겹도록 들어온 말이 있었다.

　— 마나는 액체나 다름없습니다. 정해진 형태가 없어요. 마나로 풀을 베겠다는 건 물로 풀을 베겠다는 것이나 다름없는 소리죠.

눈을 내리감고 검을 수직으로 세운 나세르가 입술 사이로 길게 숨을 뱉었다.

　— 중요한 건 심상입니다.

자신이 들고 있는 것이 목검인지, 진검인지는 중요치 않다. 중요한 것은 심상.
나세르는 다시 검을 젖혔다. 무딘 목검 위로 문득 파르스름한 예기가 스쳤다.

*　　*　　*

그날 저녁, 황태자 벨하르트의 집무실에서는 한창 보고가 이루어지고 있었다.
유능한 황태자를 신임한 황제는 사실상 황태자로서 가능한 거의 모든 일의 권한을 넘겨주었기에, 제국의 중요한 사건부터 황궁 내부의 문제에 이르기까지 모든 일은 벨하르트에게 직통으로 전달되었다.

여느 때처럼 무표정으로 보고를 전달받던 벨하르트는 한 가지 대목에서 문득 고개를 들었다.

"다음은 사냥 대회 전야제에 대한 보고입니다, 전하."

벨하르트의 변화를 눈치채지 못한 대신은 여전히 종이에 눈을 고정한 채 말을 이었다.

"작년과 같이 인력 부족이 예상되는바, 부족한 인력을 충원하기 위하여 각 가문에서 일손을 모집하도록 하였습니다. 이들은 임시 시녀로 사냥 대회가 끝날 때까지 약 2주간 황궁에 고용될 것이며, 주로 본궁이 아닌 연회가 열릴 제3궁과 그 주변에 배치될 예정입니다. 그리고 보수는⋯⋯."

"모집이 이미 끝났나?"

불쑥 날아온 말에 대신이 고개를 들었다. 그가 의아하게 물었다.

"예?"

"모집이 끝났냐고 물었다."

잠시 눈을 굴리던 대신이 조심스럽게 대답했다.

"예, 그렇습니다. 전하."

대신은 의아해졌다.

이 보고는 중요한 보고가 모두 끝나고 나서야 맨 마지막에 이루어진 형식적인 보고에 불과했다.

'그런데 벨하르트 전하가 이에 반응하시다니. 사태의 경중을 판단하는 감각이 무뎌지시기라도 한 걸까?'

대신은 곧 고개를 흔들며 불경한 생각을 떨쳐 냈다.

어찌 됐든 궁 사람이 아닌 외부인을 들이는 것이니, 임시라고는 해도 황태자로서 신경 쓰이지 않을 수는 없을 것이다.

어쩜, 든든하시기도 하지. 재빨리 황태자에 대한 신뢰를 회복한 대신에게 벨하르트가 손을 내밀었다.

"임시 시녀 명단을 넘겨라."

"예? 예, 여기 있습니다, 전하."

잠시 넋을 잃고 있던 대신이 허둥지둥 서류를 품에서 꺼냈다.

팔랑팔랑 서류를 넘기던 벨하르트의 미간에 살짝 주름이 졌다. 가까이에서 지켜봐야만 알 수 있을 정도로 미묘한 표정의 변화였다.

그를 본 대신이 꼴깍 침을 삼켰다.

'혹시 수상한 자라도 있나? 그럴 리가, 모두 신원 보증이 되었을 텐데……'

그때, 벨하르트가 다시 서류를 돌려주었다. 서류를 돌려받은 대신은 벨하르트를 빤히 보았다.

평소라면 당장 축객령이 돌아올 텐데, 그는 왜인지 책상 위를 내려다보며 그대로 멈추어 있었다.

한참이나 그러고 있던 그는 뒤늦게 대신의 존재를 깨달은 듯 말했다.

"가 봐라."

"예, 전하."

주춤주춤 물러나며 대신은 고개를 기웃했다.

벨하르트의 상태가 평소와 다른 것은 명백했지만, 그 이유를 도저히 알 수 없었다. 그것도 다른 무엇도 아닌 임시 시녀 명단을 보고 저런 반응이라니.

빈 집무실에 홀로 남은 벨하르트는 두 손을 깍지 껴서 책상 위에 올려놓았다.

이윽고 낮은 목소리가 울렸다.

"지엔."

낮은 울림에 집무실의 공기가 한 차례 흔들렸다.

창밖으로 붉은 해가 일렁이며 지고 있었다.

*　　　*　　　*

이튿날 이른 아침, 지엔은 대공가의 마차에 올라탔다. 마차 안에서 지엔은 괜히 제 뺨을 몇 차례 찰싹찰싹 때렸다.

"진짜로 가는 거구나, 황성에."

마침내 부정할 여지없는 현실임을 깨달은 그녀가 중얼거렸다. 도통 실감이 나야 말이지.

귀족들조차 지방 귀족이라면 발을 들일 일이 거의 없는 곳이 바로 제국의 심장인 황성인데. 그곳에 평민인 자신이 가게 되다니?

물론 전에 한 번 가 본 적이 있긴 했지만, 그때는 칼리스의 동행이었을 뿐이다.

지엔은 주먹을 꽉 쥐며 중얼거렸다.

"내가 앞으로 황성에서 일한단 말이지."

아무튼 돌아가면 상당한 이야깃거리가 될 것은 분명했다. 게다가 돈도 많이 벌 수 있고. 무엇보다 후자에 무게를 둔 지엔은 적잖이 만족했다.

물론 약간의 불안감은 있었다.

"왜 내가 뽑힌 걸까."

칼리스가 말하기로는 다른 이들은 하고 싶어도 못 하는 것이 황궁 임시 시녀라고 했다. 그야 그럴 만도 했다.

귀족과 눈이 맞아서 결혼하는 인생역전 로맨스를 꿈꾸지 않더라도, 돈 때문에라도 가고 싶어 하는 이들은 차고 넘칠 텐데 그 많은 경쟁자를 뚫고 자신이 선발되다니? 정말로 칼리스의 추천 덕분에?

그러다 문득 떠오른 생각에 지엔은 고개를 마구 흔들었다.

"아니야, 아닐 거야. 설마 그럴 리가."

벨하르트의 개입이 있었다거나. 그가 사실상 거의 모든 업무를 총괄하고 있다고 들었으니 충분히 가능한 일이었다.

하지만 가능한 것과 별개로 그가 지엔에게 그만큼의 관심을 둘 이유는 역시 없었다.

'나 같이 하찮은 건 진작 머릿속에서 지워 버렸겠지.'

지엔은 불안한 눈으로 바깥을 보았다.

황궁이 점차 가까워짐에 따라 그녀의 마음도 차차 불안해져 가던 사이, 마침내 마차가 멈추고 문이 열렸다.

대공가 마부는 귀족 영애도 아닌 지엔을 괜히 에스코트하려 들었다. 호의를 거절하기도 뭐해서 그의 손을 잡고 내린 지엔이 고개를 들고 감탄사를 내뱉었다.

"아."

마차가 멈춘 곳은 지엔이 전에 가 보았던 곳보다도 훨씬 황성의 중심에 가까웠다. 까마득히 높이 솟은 황성의 제1궁, 중앙궁이 지엔의 바로 앞에 있었다.

문제는 그와 지엔 앞에 가로놓인 거대한 장애물이었다.

새하얀 돌로 만들어진 수백 개의 계단이 가을 햇살 아래 눈부시게 반짝이고 있었다.

지엔의 뒷모습을 바라보는 마부의 얼굴이 연민으로 물들었다. 어쩌면 그는 이 때문에 지엔을 에스코트하려 들었는지도 몰랐다.

마부가 힘내라는 작은 몸짓을 남기고 떠난 후, 홀로 남은 지엔은 한숨을 깊게 내쉬며 치맛단을 들어 올렸다.

"후우우."

아무튼 하나 확실한 게 있다면, 이 황성을 다니는 동안 적어도 그녀의 다리만큼은 무척 튼튼해지리란 사실이었다.

*　　*　　*

"어이, 저기 좀 봐."

"아하하, 땀투성이로군."

릭서만 황성의 제1궁 경비병, 다니엘과 막심은 아래를 보며 흐뭇하게 미소 지었다.

그들이 일하는 황성 제1궁은 황성의 중심부이니만큼 연례행사나 대신들의 업무에 지장이 없도록 평소에도 인력을 여유 있게 고용하는 편이었다.

그럼에도 그 인력만으로는 일정을 소화하기 힘들어질 때가 있었는데, 사냥 대회 또한 그중 하나였다.

각 가문에서 새롭게 뽑혀 온 이들은 황성에 처음 발을 들인다는 기쁨에 설레는 얼굴을 하는 것도 잠시, 천 개에 달하는 계단의 위용이 눈앞에 드러나자 절망하고 말았다.

릭서만 황궁의 천 개의 계단은 대대로 중앙 귀족들 사이에서도, 그리고 황성 소속 고용인들 사이에서도 악명이 높았다. 계단의 개수도 개수였지만 한 단, 한 단의 높이도 장난이 아니었다.

그나마 귀족이나 대신들은 가마나 마법진으로 오르내리면 그만이었지만 고용인들은 그러할 수도 없으니. 그들 대부분이 첫날에는 계단을 오르내리는 것만으로도 녹초가 되고는 했다.

다니엘과 막심이 황성에 처음 온 사람들의 지친 모습을 보는 낙으로 시간을 보낸 지도 벌써 몇 년째.

그리고 과연, 올해 사냥 대회 준비 기간에도 벌써 수십 명의 사람이 아침부터 이곳 계단을 오르내리며 너저분한 모습으로 그들을 낄낄 웃게 했다.

그중에는 고된 노동으로 다져진 팔다리가 웬만한 기사 못지않게 탄탄한 이들도 있었는데, 그들조차 이 계단의 위용 앞에는 나가떨어지고 말았다.

그때 다니엘과 막심의 눈에 하녀 복장의 여자가 멀리서 다가오는 모습이 보였다. 두 사람은 누가 먼저랄 것 없이 씨익 미소 지었다.

지금은 멀어서 잘 보이지 않지만, 자신들의 눈에 보일만 한 거리까지 다가왔으니 이미 계단을 800개 이상 오르고 난 다음일 터. 분명히 숨은 잔뜩 거칠어지고 걸음은 휘청이고 있을 것이다.

저러다가 자빠지기라도 하면 다니엘과 막심은 황성 경비대 된 도리로서 달려 나가 그녀를 부축할 것이다. 계단 하나도 다 오르지 못하고 쓰러진 이들의 눈에는 매일같이 근무하느라 이 계단을 오르내리는 자신들이 그토록 멋져 보일 수 없겠지.

그렇게 인연이 시작되는 거지. 실제로 이런 경위로 이루어진 인연만 다니엘과 막심이 알기로는 열 쌍이 넘었다.

행복한 상상에 두 사람이 다시 한번 히죽거리는 그때, 마침내 알아볼 수 있을 정도로 가까이 온 여자를 본 두 사람의 표정이 굳어졌다.

멀리서 보고 상상한 것보다도 평범한 인상의 여자였다.

또렷한 눈빛과 무심한 표정이 특징이라면 특징이겠지만, 두 사람을 놀라게 한 것은 그런 것이 아니었다.

척, 척, 척! 그토록 먼 길을 걸어 올라왔는데도 하녀의 걸음에는 조금의 흔들림도 없었다.

두 사람이 가벼운 인사조차 건네지 못하고 석상처럼 굳어진 가운데, 하녀는 그들을 빠르게 스쳐 지나갔다. 눈에 보이지도 않는다는 듯한 태도였다.

그러고 나서도 한참이나 멍청한 얼굴로 앞만 보던 두 사람은 마침내 서로를 돌아보았다.

동시에 경악에 가까운 외침이 터져 나왔다.

"방금 쟤 뭐야? 사람이긴 해?!"

다니엘의 외침이었다.

이 계단이 어떤 계단인데! 고된 훈련으로 다져진 황성 경비병 신입들조차 다섯 중 둘은 나가떨어지기 일쑤인 지옥의 계단을, 저토록 숨 하나 흐트러지지 않고 성큼성큼 걸어 지나가는 하녀라니?!

잠시 후 그들은 생각의 방향을 바꾸기로 했다.

"사실은 기사라거나."

"마법사도 충분히 신빙성이 있어."

평범한 하녀라기에는 너무 괴물딱지 같은 체력이 아닌가? 황성 경비대로서의 자부심과 상식을 위해 두 사람은 방금 지나쳐 간 하녀의 정체를 열심히 추리했다.

계단을 거의 다 올라간 지엔은 문득 멈춰 서서 멀쩡한 귀를 매만졌다.

"누가 내 얘기를 하나."

아까부터 귀가 근질근질한 게.

한편, 지엔이 마침내 멈춰 서자, '한낮의 유령은 아니구나, 그녀도 사람이기는 하구나, 쉬는 것을 보면.' 하며 안도의 한숨을 내쉬던 바로 옆의 경비병은 그녀가 조금의 망설임도 없이 다시 걸음을 내딛자 얼굴이 창백해졌다.

지엔도 물론 그들의 반응은 대강 눈치채고 있었다. 자신이 지나가는 곳마다 경비병들이 사색이 되어 사람을 유령 보듯 하니 모르는 쪽이 이상했다.

최근에는 세간의 상식을 뛰어넘거나 혹은 전혀 신경 쓰지 않는 존재들, 예컨대 나세르나 칼리스, 헤카테와 여행해서 보통 사람들의 기준이라는 것을 잊고 있었다.

'그래도 예의상 한 번쯤 비틀거려 주는 게 좋을까?'

지엔이 그런 생각에서 걸음을 멈췄을 때였다.

지엔은 언제부터인가 누군가가 자신의 뒤에 바짝 따라붙어 올라오고 있었음을 눈치채지 못했다.

잠시 멈춰 서서 풍경을 구경하던 그녀는 뒤에서 날아온 말에 고개를 돌렸다.

"왜 멈추지?"

왜 멈추냐니? '그쪽이야말로 신경 쓰지 말고 가던 길 가세요.' 하고 대꾸하고 싶어지는 물음이었다.

그러나 막상 뒤돌아 말을 건 여자의 얼굴을 확인한 순간, 지엔은 그럴 마음을 내다 버렸다.

높게 질끈 묶인 붉은 머리카락이 그녀의 등 뒤로 흘날리고 있었다. 아주 귀한 공단이나 혹은 장미꽃 같은 색이었다. 그토록 채도 높고 순수한 빨강을 지엔은 처음 보았다.

눈 또한 머리 색과 같이 붉었다. 그러나 지엔의 말문이 막힌 이유는 그 때문이 아니었다.

몇 가닥 흘러내린 머리카락 너머로 나타난 얼굴을 본 순간 지엔은 생각했다.

'전생의 내가 사랑 따위에는 관심도 없었으면서 부인을 셋이나 들인 이유를 알겠다.'

한쪽 가슴에 손을 얹고 숨을 깊이 내쉬는 지엔을 여자는 떨떠름한 눈빛으로 바라보았다.

지엔은 그녀를 더 자세히 관찰했다. 웬만한 남자들과 맞먹을 만큼 키가 크고, 늘씬하면서도 탄탄한 체구에 검고 고급스러운 갑옷을 걸치고 있었다.

등 뒤에는 머리 색과 비슷한 진홍빛 망토가 걸쳐져 있었고, 허리춤에는 검이 걸려 있었다. 별다른 장식이 달리지 않았지만 때가 탄, 몹시 실용적으로 보이는 검이었다.

그러다 문득 그녀의 뒤를 본 지엔은 또 한 번 숨이 막히는 것을 느꼈다.

'어떻게 이런 미인들이 한자리에.'

가슴 철렁할 정도로 맑은 호수 빛 눈동자가 호기심을 담고 지엔을 물끄러미 보고 있었다.

머리카락 또한 하늘이 비친 호수처럼 연한 파란색이었다. 지엔만큼 작은 체구에 밝은 흰 드레스를 걸치고 있었다.

이토록 분위기가 다른 사람들이 함께 있다니, 이보다 이질적일 수가 있을까? 지엔은 놀란 눈으로 그녀들을 번갈아 보았다.

'전생의 내가 여기 있었다면 이 여인들을 네 번째, 다섯 번째 부인으로 맞이했을지도,'

지엔이 또다시 반성도 없이 생각하던 그때, 붉은 머리 기사에게서 다시 물음이 날아왔다.

"내 말이 들리지 않는 건가? 왜 멈추냐고 물었다."

그제야 지엔은 정신을 차렸다. 눈을 두어 번 깜빡인 그녀가 되물었다.

"예, 예?"

기사가 지엔의 앞에 아직 한참 남은 계단을 척 가리키며 물었다.

"어디서든, 무엇에든 최선을 다하는 것은 기사의 본분 아닌가?"

"예, 예?"

"천 개의 계단을 오르며 숨이 조금도 흐트러지지 않은 것은 평소 성실한 훈련의 증거일 터! 그런데 어째서 도중에 속도를 늦추었지?"

미안한 말이지만 지엔은 태어나서 한 번도 훈련해 본 적이 없는 것은 물론이고, '성실하다'는 소리를 들은 적도 없었다.

지엔의 표정이 미묘해지는 것을 본 기사가 다시 외쳤다.

"그것은 스스로에 대한 직무유기다. 그렇게 생각하지 않나? 내 말이 옳다고 생각한다면 당장 뒤돌아라! 그리고 네가 가능한 최고의 속도로 계단을 주파해."

"아, 아니. 저기 저는……."

"그 옷."

눈을 찡그린 그녀가 갑자기 지엔의 옷을 가리켰다.

'앗, 드디어 내가 기사가 아니라 하녀란 것을 깨달아 주시는 걸까?'

지엔이 반색하는 사이, 허리춤에 손을 척 얹은 그녀가 말을 이었다.

"변변한 수련복도 갖추지 못한 것을 보아 한미한 가문 사람임은 알겠다."

"아니……."

"그러나 훈련은 거짓말을 하지 않는다. 실력을 갈고닦으면 언젠 가는 반드시 빛을 발하게 되어 있어. 잘 연마한 검이 실전에서 잘 베듯이. 그러니 당장……."

그때였다. 마침내 더는 참을 수 없게 된 지엔이 난감한 얼굴로 외쳤다.

"저, 저는 기사가 아닙니다!"

기사로 오해당한 게 싫어서가 아니었다. 이러다가 자기 신분이 밝혀졌다가는 귀족을 능멸했네, 어쩌네 하는 소리를 들을까 두려워서였다.

'이 기사님, 표정에 드러나는 대로 무척 깐깐한 성격인 게 틀림없어.'

잠시 침묵이 흘렀다. 이윽고, 고개를 기웃한 붉은 머리 기사가 말했다.

"기사 수련생이라고 해도 지켜야 하는 도리는 기사와 같다."

"저는 기사 수련생도 아닙니다."

지엔이 잔뜩 울상이 된 얼굴로 대답하자, 기사의 얼굴이 다시 굳어졌다.

한참 만에 그녀가 무거운 목소리로 물었다.

"너는 뭐지? 이 천 개의 계단을 한 번도 쉬지 않고 올랐으면서, 기사도, 기사 수련생도 아니라고?"

"예……."

"흐음."

기사의 눈초리가 다시 성큼 치켜 올라갔다. 그 모습이 심상치 않았기에 지엔은 쩔쩔맸다.

이 기사님이 대체 나한테 왜 이러시는 걸까? 계단을 천천히 올라가는 것도 아니고, 빨리 올라가는 것 때문에 타박을 받을 줄은 상상도 못 했다.

안절부절못하는 지엔을 노려보던 기사의 눈이 더욱 가늘어졌다.

뒤에서 그 모습을 지켜보던 하늘색 머리카락의 영애가 망설이는 듯하다가 조심스레 손을 들어 기사의 팔을 잡는 그때였다.

기사가 다시 입을 열었다.

"어느 가문의 하녀인지는 몰라도, 전혀 교육이 되어 있지 않군."

지엔이 고개를 조아리는 가운데 기사가 더욱 고압적으로 말했다.

"기본적인 인사 예절하며, 귀족이 말을 하는데 끼어드는 태도. 황궁에서 일하는 시녀라고는 믿지 않아. 사냥 대회 기간에만 고용되는 임시 시녀인가?"

"네, 네. 그렇습니다."

"흐음……."

팔짱을 끼며 고개를 기울인 그녀가 다시 말을 이었다.

"예의라고는 조금도 숙지되지 않은 몸으로 황궁에 발을 들이다니, 이번 한 번은 나도 실수를 한 게 있으니 넘어가지만 다음엔 그러지 않을 것이다."

"……."

"어깨 위에 목이 붙은 채로 황궁을 나가려면 기본예절 정도는 숙지하는 것이 좋을 거다."

그 말에 지엔은 비로소 깨달았다.

이 황궁에 드나드는 이들은 모두 자신의 목 정도는 고민하지 않고 댕강 날릴 수 있는 사람들뿐임을. 그간 헤카테와 나세르, 칼리스와 다니면서 신분을 신경 쓸 일이 전혀 없었기에 잊고 있던 사실이었다.

지엔은 잠자코 고개를 조아렸다.

두 사람이 모두 떠날 때까지도 그녀는 그렇게 서 있었다. 기사의 진홍빛 망토 자락이 바닥에 끌리더니, 하얀 드레스 밑단이 고개 숙이고 있던 지엔의 시야를 스쳤다.

두 사람이 완전히 지나가고서야 고개를 든 지엔은 멀리서 하늘색 머리카락의 여자가 희미한 미소를 보내는 것을 발견했다.

눈이 마주치자 그녀가 입 모양으로 방긋방긋 뭔가를 말했다.

'힘내요…… 인가?'

그러고 보니……. 지엔은 아까 저 여자가 한창 자신에게 설교하던 기사의 팔목을 잡으려던 것을 떠올렸다.

'아무래도 말리려는 듯한 몸짓이었는데.'

아무래도 그녀는 요정 같은 생김새에 어울리게 착한 성품인 듯했다.

'뭐 하는 아가씨들이지?'

호기심 어린 눈으로 그녀들을 지켜보던 지엔은 문득, 그들의 발아래에 있는 하늘색 원반을 보고 경악했다.

하늘색 원반은 계단 위를 빠르게 날아 그들을 궁으로 데려가고 있었다.

'마법사?'

아니, 칼리스도 같은 마법사이긴 했지만 저런 마법은 쓴 적 없었다.

'혹시 마법사가 아닌 다른 무언가인가? 아니, 하지만 저건 분명히 마법으로만 가능할 일인데…….'

그때 누군가 지엔의 어깨를 건드렸다. 방금 그런 일이 있었는데 누가 자신을 부르는 것이 달가울 리 없어서, 조심스레 고개를 돌린 지엔의 눈에 보인 것은 뜻밖에도 황성 경비병들이었다.

이제까지의 상황을 모두 지켜본 듯 그들은 지엔과 눈이 마주치자 동정하는 듯한 표정을 지었다.

그리고 한 남자가 꺼낸 말에 지엔은 놀랐다.

"발레노르 경께 한 소리 듣는 건 기사나 기사 수련생들로서는 당연한 일이니 신경 쓸 것 없다."

뭐, 너는 하녀이니 억울하긴 하겠지만……. 경비병이 어물어물 말하던 것을 자르고 지엔이 냉큼 물었다.

"발레노르 경이요?"

"왜, 발레노르 경을 모르나?"

"아니요."

지엔은 주저 없이 대답했다. 모르다니, 설마.

발레노르 공작가를 모른다는 것은 루디나토 대공가를 모르는 것과도 비슷한 일이었다.

루디나토 대공가가 뛰어난 학자들을 배출해서 이름이 높다면, 발레노르 공작가는 전설적인 검사들을 배출한 것으로 이름이 높았다.

어린 애들에게 인기가 많은 것도 루디나토 대공가 보다는 단연 발레노르 공작가 쪽이었다.

어렸을 때 지엔과 마을 아이들은 발레노르 가문 출신의 영웅들의 전투를 재현하며 놀았다. 실제로는 혼자서 열 명에 가까운 숫자를 상대해야 하는 아주 불리한 놀이였지만, 지엔은 그 놀이에서 매번 승리를 거두었다.

'그 발레노르 공작가의 사람이었다고.'

지엔은 다시 놀란 눈으로 그쪽을 바라보았다. 붉은 화염 같던 머리카락과 눈동자가 다시 떠올랐다. 그 색은 발레노르 공작가의 상징이었다.

"로아나 폰 발레노르. 발레노르 공작가의 하나뿐인 후계자이시며, 몇백 년 만의 여자 후계자이시지."

"그렇군요."

"발레노르 공작가 비전 검술인 '개화'를 벌써 다섯 장까지 성공한 것으로 유명해."

개화라느니 다섯 장이라느니 도대체 무슨 소리를 하는 건지는 모르겠지만, 아무튼 발레노르 공작가의 정식 후계자가 될 정도라면 굉장한 실력자이기는 할 것이다.

그리고 지엔은 하아 하고 작게 한숨을 내쉬었다.

'그렇게 대단한 사람이니, 하녀 하나의 목숨 따위는 이미 가진 것처럼 말할 법도 하군…….'

아무튼 골치 아픈 사람에게 밉보인 것만은 틀림없었다.

한숨을 푹푹 내쉬는 지엔을 보고, 주위 경비병들은 위로하듯 다시 말했다.

"이봐, 아무튼 발레노르 경에게 조언을 들은 건 대단한 거야. 좋게 생각해."

"그래, 맞아. 발레노르 경은 자기 눈에 차는 이가 아니라면 조언을 하지도 않으니까."

"제가 기사가 될 것도 아닌데 조언이 무슨 소용인가요."

지엔이 울적하게 꺼낸 말에 경비병들이 일제히 입을 다물었다. 조용해진 그들에게 지엔은 꾸벅 인사하고 다시 계단을 올라갔다.

떠나는 그녀의 등을 보고 있던 경비병들은 곧 서로를 돌아보며 말문을 열었다.

"잠깐, 그런데 발레노르 경과 같이 있던 하늘색 머리카락의 레이디 말이야. 그 발레노르 경께서 직접 호위하시다니, 도대체 누구지?"

"그리게 말이야."

"이 시기에 수도로 올라올 고귀한 신분의 레이디라면 단 한 분뿐이잖아."

"설마?"

                    *   *   *

중앙궁의 높은 창문에서 그들을 내려다보는 시선이 있었다. 검은 머리카락 위에 햇빛이 쏟아져 청동같이 묵직한 녹색으로 물들었다.

벨하르트의 금빛 눈이 살짝 가늘어졌다. 그의 눈은 갈색 정수리 위를 집요하게 맴돌았다. 그때, 문이 열렸다.

"전하, 발레노르 경께서 뵙자고 청하십니다."

"들라고 전해라."

그 즉시 들어온 발레노르 경, 로아나가 목례를 했다.

"전하."

오늘도 숨이 턱 막힐 만큼 정연하고 아름다운 모습에 시종이 얼굴을 붉혔다. 그러거나 말거나, 벨하르트는 여전히 무심한 얼굴로 물었다.

"그녀는 함께 왔나?"

"예."

재빨리 상체를 세운 로아나가 비켜서자, 한 사람이 방 안에 발을 내디뎠다.

흰 드레스 자락이 그녀가 걸음을 옮길 때마다 흔들렸다. 수도에서 유행하는 부풀림도, 보석 장식도 전혀 없었다. 하다못해 금사나 은사로 수를 놓지도 않았다. 그럼에도 옷이 아닌 존재만으로 눈부셨다.

머리카락과 눈은 호수 가장자리처럼 맑고 찬란하게 빛났다. 마침내 고개 들어 황태자를 바라보는 얼굴은 앳되고 사랑스러웠다.

눈동자 한가득 찰랑거리는 기쁨의 감정 때문에 아름다움은 더했다. 마치 그녀가 들어오는 것만으로 방 안이 환해진 듯했다.

그러나, 그녀를 보는 벨하르트의 얼굴에는 조금의 동요도 일어나지 않았다.

여자는 그와 마주 선 순간부터 몹시 부산해졌다. 안절부절못하며 괜히 방 곳곳을 살피고, 드레스 자락을 매만지던 그녀가 조심스레 무릎을 굽혔다.

얼마 전에 배운 태가 났지만, 그런 것치고 꽤 정확한 궁중 예절이었다.

"제국의 작은 태양을 뵙습니다."

그 모습을 관찰하듯 보던 벨하르트가 입을 떼었다.

"그대가……."

"크레센트가의 발리아입니다, 전하."

자신의 이름을 말했을 뿐인데도 부끄러운 듯, 하얀 얼굴에 더욱 홍조가 올랐다. 수줍은 동작으로 드레스 자락을 매만진 그녀가 다시 말했다.

"벌써 마지막으로 뵌 지가 3년입니다, 전하. 그동안 평안하셨는지……."

발리아의 말이 끝날 때쯤 그는 이미 창가에 서 있었다. 그 모습을 본 로아나의 얼굴이 굳어졌다.

오히려 발리아보다도 그녀가 더 표정의 변화가 극적일 정도였다. 그녀가 말했다.

"전하?"

그러나 벨하르트는 두 사람의 말이 들리지 않는 듯, 여전히 창밖을 보고 있었다. 갈색 그림자 하나가 순백의 계단을 빠르게 가로지르는 것이 그의 눈에 비추었다.

그때 발리아가 입을 열었다.

"전하. 바쁘신 듯하니 괜찮으시다면 먼저 여장을 풀고자 합니다."

"그러도록 하라."

주저 없이 돌아오는 말은 조금의 아쉬움도 담겨 있지 않았다. 그 모습을 본 로아나의 눈이 구겨졌다.

'발리아 영애께서는 전하의 약혼자이신데! 게다가 크레센트 영지

는 제국 수도에서 가장 먼 곳…….'

편히 쉬라는 가벼운 말조차 하지 않다니. 그런 로아나의 손을 발리아가 격의 없이 잡아끌었다.

"경, 제게 황궁을 안내해 주시기로 약조한 것을 잊지 않으셨지요? 정령술을 보여 주는 대가로 분명히 그러기로 했잖아요."

"아, 예. 하지만……."

이 영애는 분하지도 않은 걸까? 입술을 깨물면서도 로아나는 순순히 발리아를 따라 방을 나섰다.

그들이 인기척 없는 복도에 들어설 즈음이었다. 빙긋 웃은 발리아가 로아나를 돌아보며 입을 뗐다.

"경, 너무 염려치 마세요. 황태자 전하께서 저를 냉대하셔도 저는 괜찮답니다."

"하지만, 어찌……."

발리아가 갓 피어난 봄꽃처럼 생동감 있는 미소와 함께 말했다.

"사람은 누구나 살아가면서 변하기 마련이니까요. 제가 마을을 떠나올 때, 저희 장로님들께서 그러시더군요."

그 대답에 로아나는 눈을 휘둥그레 떴다.

그제야 로아나는 벨하르트를 만난 이들이 으레 그러했듯, 발리아가 첫눈에 기가 죽어 절망한 것이 아님을 깨달았다.

신난 듯 경쾌한 걸음으로 앞서 걷는 발리아를 보며, 로아나는 홀로 생각했다.

'어쩌면 제국은 강단 있는 황태자비를 갖게 될지도 모르겠어.'

                    *   *   *

　다행히 발레노르 경과 마주친 것을 제외하면 다른 탈 없이 지엔은 무사히 목적지에 도착했다.

　어쩐지 계단을 오르는 내내 시선이 느껴지긴 했지만, 분명히 자신을 이상하게 여긴 또 다른 황궁 경비병일 것이다.

　머쓱하게 정수리를 문지르는 지엔에게 문 앞을 지키던 경비병이 말했다.

　"이름과 소속을 밝혀라."

　"아, 네. 브리지트 백작령 출신의 지엔입니다."

　그러자 경비병의 눈이 이채를 띠었다.

　"멀리서 왔군."

　그리고 그가 문을 열며 무어라 이르자, 문이 활짝 열리며 안의 풍경이 드러났다.

　서른 명의 시녀들이 일렬로 서서 자신을 빤히 보는 것을 보고 지엔은 놀라서 입을 벌렸다.

　그들이 걸친 옷은 하나같이 지엔의 하녀복보다 고급이었다. 그 거야 지엔의 가문은 지방의 브리지트 백작가였으니 차이가 날 만도 했다.

　옷차림만 차이가 나는 것이 아니라 그들은 지엔보다 안색도 좋았고, 자세도 바르고, 무엇보다도 기품이 있었다.

　부담감을 이기지 못한 지엔이 재빨리 그들의 꽁무니에 숨는데도 시선은 떠나질 않았다. 그들이 수군거리는 소리가 어렴풋이 들려왔다.

"브리지트 백작령? 그 나세르 공자님이 계시던?"

"그럼 나세르 공자님이 이번 사냥 대회에 참석하신다는 게 사실이란 말이야?"

"맙소사, 드디어 그분이 다시 수도에!"

지엔은 그제야 안도의 한숨을 내쉬었다. 하도 이상하게들 쳐다보기에 혹시 저만 늦었나 했는데, 다른 이유였군.

그리고 지엔은 혀를 내둘렀다.

'공자님 인기는 여기서도 변함이 없네.'

하기는, 사람들 미남 보는 눈이 수도라고 다를 리 없다. 고개를 끄덕이던 지엔은 뒤이어 날아온 말에 눈을 휘둥그레 떴다.

"어머, 나는 나세르 공자님께는 관심 없어. 그 공자님 별로야."

저건 꽤 색다른데, 지엔은 중얼거렸다. 브리지트 백작령에서는 그야말로 모두가 나세르의 매력에 빠져 헤어나오지 못했었다.

하지만 수도 깍쟁이들 입장에서는 나세르가 사제 출신의 순진하고 촌티 나는 남자로 비치는 모양이었다.

그때 들려온 말에 지엔은 저도 모르게 기침을 터트렸다.

"칼리스 님 손 한 번만 잡아 봤으면 좋겠네!"

"쿨럭, 커흡!"

시녀들의 시선이 우르르 지엔에게로 쏠렸다. 숨을 크게 내쉬고 마시기를 한참, 지엔은 마침내 기침을 멈출 수 있었다.

눈에 살짝 맺힌 눈물을 손가락으로 걷어 낸 그녀가 중얼거렸다.

'그렇지, 칼리스 님도 꽤 인기가 있다고 했지.'

그렇다고 해도 하필 나세르 이름 다음으로 들려온 이름이 칼리스라니, 인생의 시련들이 한자리에 옹기종기 모여 있는 모습이 영 보기 좋지 않았다.

그러던 지엔은 급기야 한 사람이,

"난 죽어도 황태자님 파야!"

그렇게 외치는 것을 듣고 혼절할 뻔했다.

'제발 어서 이 자리를 벗어날 수 있기를……'

지엔이 두 손 모아 기도하던 찰나, 명단을 든 시녀장이 문을 열고 들어왔다. 그녀는 인사말조차 없이 곧바로 배정을 시작했다.

제1궁을 배정받은 시녀들의 얼굴은 시커멓게 물들었다. 황성의 중심이니만큼 고관대작들을 만날 기회가 가장 많은 곳이기도 했지만, 천 개의 계단의 흉악함은 널리 알려져 있었다.

반면 나머지 궁을 배정받은 사람들은 한결 표정이 밝았다.

그리고 마침내 지엔의 이름이 불렸다.

"지엔, 제3궁."

"네."

잊지 않기 위해 속으로 두어 번 '제3궁, 제3궁' 하고 중얼거린 지엔은 고개를 들었다. 어쩐지 모두가 부러움 섞인 눈으로 자신을 보고 있었다.

왜들 저러지? 지엔이 고개를 기웃하는 사이, 소피아와 엠마라는 이름의 두 시녀가 추가로 제3궁에 배정되었다.

마침내 배정이 끝나자 그들은 시녀장의 불호령에 따라 재빨리 걸음을 옮겼다. 궁 위치에 대한 친절한 안내는 없었으나, 허둥지둥하는 지엔과 달리 소피아와 엠마는 길을 아는 눈치였다.

방금 지엔이 빠른 속도로 주파했던 계단을 내려가며 그들이 들뜬 기색으로 말했다.

"휴, 살았다. 이 계단을 매일 오르내려야 하면 어찌하나 했어."

"그러게 말이야."

지엔은 두 사람의 말에 별로 공감은 되지 않았으나 귀찮을 것 같다는 뜻에서 고개를 끄덕였다.

자기소개가 이어졌다.

"내 이름은 소피아 한트야! 원래는 모리스 백작가의 시녀로 데보레 아가씨의 시중을 들어."

"나는 엠마야. 엠마 필. 그린 자작가의 시녀야. 둘째 아가씨를 모시고 있어."

발랄한 소피아에 이어 얌전해 보이는 엠마가 조신한 태도로 말을 받았다. 성이 있는 걸 보니 준귀족이구나, 역시 수도 시녀들은 뭔가 달라도 달랐다.

잠시 망설이던 지엔은 입을 열었다.

"내 이름은 지엔이야. 브리지트 백작가 소속의 하녀야."

누군가를 모시는 시녀가 아닌, 하녀라는 데서부터 저들이 놀라지 않을까 했는데 그런 기색은 없었다. 그들의 관심이 쏠린 것은 다른 부분이었다.

소피아가 냉큼 물었다.

"지엔 너, 나세르 공자님이랑 같이 왔니?"

"아, 응."

지엔은 고개를 끄덕였다. 다행히도 질투의 시선은 없이 소피아는 가볍게 감탄했다. 그리고 그녀가 호기심 섞인 얼굴로 물었다.

"그럼, 나세르 공자님 어렸을 때 모습도 봤니?"

"아니, 전혀."

일단 지엔이 백작가로 들어올 열네 살 무렵 나세르는 교단으로 떠나 버린 뒤였다. 가끔 집에 돌아오신다고 해도 동정받는 게 싫어 방 안에만 틀어박혀 계셨단다……하고 대답하기에는 개인사와 관련된 일이라 말하기 찝찝했다.

그러자 소피아는 이것저것 캐묻기 시작했다.

"검은 언제부터 잡으셨니? 좋아하는 음식은 있으셔? 그분 취미가 무엇인지 아니?"

잡자마자 황태자를 이기셨단다, 감자인 것 같다, 취미는 나를 불러다 앉혀 놓고 감자 깎는 법 강의 하기란다.

여전히 사실대로 말하기 영 여의치 않은 것들뿐이었다.

지엔이 이번에도 묵비권을 행사하자, 소피아가 울상을 지으며 외쳤다.

"대답 좀 해 줘!"

그러는 사이 세 사람은 제3궁에 도착했다.

제3궁은 방금까지 있다가 내려온 제1궁을 축소해 놓은 것 같은 모습이었다. 단지 계단이 없고 딸린 방이 적어졌을 뿐, 하늘을 찌를 기세인 위협적인 지붕은 같았다.

지엔이 중얼거렸다.

"오, 제1궁이랑 무척 비슷하네."

그 말에 대답한 것은 뜻밖에도, 제3궁에 배정받은 뒤로 인사 한

번 건네고는 지금까지 수줍은 얼굴로 침묵하던 엠마였다.

소심하던 그녀가 어째선지 발끈한 태도로 외쳤다.

"당연하지! 제3궁이 어떤 궁인데!"

"어떤 궁인데?"

"얘, 몰랐어? 어쩜, 어쩐지 좋아하는 기색이 없더라니! 몰라서 그런 거였구나."

맹하게 되묻는 지엔에게 소피아 또한 대답했다. 당연하다는 듯 말하는 소피아의 태도에 지엔은 갑자기 불안해졌다.

그러고 보니.

— 난 죽어도 황태자님 파야!

그렇게 외쳤던 것이 엠마였던 것 같기도 했다. 설마? 굳어진 표정으로 중얼거리는 지엔에게 엠마가 외쳤다.

"아무리 수도에서 지낸 적이 없다지만 어떻게 이렇게 당연한 걸 모를 수가 있어? 제국민이라면 당연히 이 정도는 알아야지! 제1궁은 황제께서 기거하신다고 하여 그 이름이 태양 궁! 그리고 제3궁의 명칭은 작은 태양 궁! 그러니 당연히 제1궁과 모습이 비슷할 수밖에 없지. 저기에는."

제3궁을 가리킨 엠마가 극적으로 말을 맺었다.

"저기에는 황태자 저하께서 기거하시거든!"

"……."

그 말에 방금까지만 해도 멀쩡하게 뛰고 말하던 지엔의 안색이

거무죽죽해졌다.

너무도 갑작스런 변화에 놀란 소피아와 엠마는 지엔의 어깨를 흔들었다.

"지엔, 갑자기 왜 그러니!"

"의원님께 보여야 하는 거 아니야?"

그들이 호들갑을 떨건 말건, 넋을 잃고 제3궁의 모습만 바라보던 지엔은 이윽고 하하 웃기 시작했다.

그녀는 의심하지 않을 수 없었다. 왜 하필 제1궁도 제2궁도 아닌 제3궁에 자신이 배정되었을까? 황태자가 손을 써서?

그렇다면 그것도 그것대로 큰일이었지만, 황태자가 전혀 손을 쓰지 않았는데도 제3궁에 배정된 거라면 그 또한 큰일이었다.

애초에 지엔에게는 우연으로만 설명될 수 없을 만큼 이상한 일이 너무 많이 일어났다.

하필 나세르와 엘레노어의 대화를 엿듣게 되었던 것은? 수도에서 성검을 호송하기 위해 보냈던 조력자가 다른 누구도 아니고 하필 칼리스였던 것은?

그리고 지금, 벨하르트의 궁에 자신이 배정된 것까지.

이 모든 게 정말 단순한 우연일까?

지엔은 머리를 감싸 쥐었다. 그녀의 입에서 신관들이 들으면 대경실색할 소리가 튀어나왔다.

"망할 놈의 신."

그리고 그것은 엠마와 소피도 다르지 않았다. 귀족은 아니어도 준귀족인 데다 시녀로서, 곱게 자란 그들이 손가락을 입에 가져가며 속삭였다.

"지엔, 왜 그래!"

"어쩜 그런 소릴 해! 신께서 네게 뭘 하셨다고!"

맞는 말이었다. 잘못은 신이 아니라 전생의 자신이 했다. 지엔은
울상이 된 얼굴을 두 손으로 감쌌다.

전생의 자신이 이번만큼 원망스러웠던 적이 없었다.

지엔을 난처한 눈으로 보며 눈길을 주고받던 소피아와 엠마가
지엔을 잡아끌었다.

아무튼 넋이 나간 건 넋이 나간 거고, 일하려고 온 이상 그들은
일을 해야 했다.

벌써부터 험난한 황성에서의 하루가 시작되고 있었다.

*　　*　　*

소피아와 엠마가 버리지 않아 준 덕에 지엔은 간신히 소집 시간
에 맞춰 안으로 들어갈 수 있었다.

두 사람에게서 욕을 좀 먹긴 했으나, 아무튼 이런 상태인 자신을
버리지 않은 것만으로 고마워해야 했다.

간신히 눈에 초점이 돌아온 지엔은 주변을 돌아보았다. 지엔이
방금 갈아입은 것과 같은 옷차림을 한 시녀들이 제3궁의 넓은 홀을
꽉 채우고 있었다.

정식 시녀의 수는 어림잡아 백 명 남짓. 브리지트 백작가의 하녀
가 고작 스무 명인 것을 생각하면 대단한 일이었다.

지엔을 포함한 스무 명가량의 임시 시녀들은 모두 어깨를 움츠린 채 그들과 눈조차 마주치지 못했다.

정식 시녀들은 기백은 물론이고 외모 자체가 달랐다. 하기는, 대부분이 귀족 출신일 테니.

새삼 자신이 어떤 곳에 들어왔는지를 깨달은 지엔의 앞에서, 그들을 잠자코 지켜보던 시녀 하나가 입을 열었다.

"나는 제3궁 시녀장을 맡고 있는 미리엄 폰 하넬이다."

역시 시녀장을 맡을 정도면 귀족인가 보군. 그렇다고 해도 무엇보다 능력을 우선시한다는 황태자의 성정을 생각했을 때, 능력이 없는데 신분만으로 자리를 차지한 것은 아닐 것이다.

그렇게 생각하는 지엔의 귓가에 미리엄의 말이 이어졌다.

"여기에서 일하기에 앞서, 너희들이 무엇보다 명심해야 할 게 있어. 그게 뭐냐 하면……."

말하다 말고 지엔 일동을 매섭게 쏘아보는 그녀의 눈빛에 임시 시녀들이 움츠러들었다.

어떡해, 몰라, 나 무서워, 벌써부터 울상을 짓는 그녀들에게 미리엄이 호통쳤다.

"그건 바로, 너희가 허튼 꿈을 꾸지 말아야 한다는 사실이야!"

지엔은 살짝 고개를 들고 주변을 두리번거렸다. 홀 안은 정적만이 가득한데도 방금 쿠궁, 하는 소리가 귓가에 들린 것 같은 기분이었다.

아니나 다를까, 주변 임시 시녀들의 얼굴이 전부 엉망이었다. 황태자의 추종자임을 열렬히 주창하던 엠마는 눈에 눈물이 맺혀 있기까지 했다.

미리엄이 서슬 퍼런 낯으로 반복했다.

"무슨 뜻인지 알겠니? 너희 주제에 황태자 전하의 그림자라도 볼 수 있을 거란 생각은 꿈에도 하지 말란 소리야."

그리고 그녀는 발을 쾅 굴렀다.

"몇 년간 황태자님을 모셔 온 우리조차 그분의 시선을 한 번 받아 볼까 말까인데, 고작 2주 머무르고 갈 너희가 그분의 시선을 받겠다고? 애초에 받아 볼 수나 있겠니?"

마침내 그녀가 말을 맺었다.

"허튼 꿈 꾸지 말고 2주 동안 구석에만 처박혀 있다가 얌전히 돌아가. 황태자님 그림자라도 보겠다고 맡은 청소 구역에서 나와서 뽈뽈 돌아다니는 모습이 목격된다면, 제대로 혼쭐을 내줄 테다. 이상!"

과연, 미리엄의 연설이 끝나고 임시 시녀들이 배정받은 곳은 전부 1년에 한 번 쓰일까 말까 의심스러운 이름의 장소들뿐이었다.

'축복의 방'인가 뭔가로 배정받은 엠마가 와앙 하고 울음을 터트리는 것을 착잡한 눈으로 지켜보던 지엔에게도 방 하나가 배정되었다.

"너는 배움의 방으로 가거라."

지엔이 별다른 관심이 없는 표정이자, 미리엄은 굳이 시간을 들여 친절하게 설명해 주었다.

"그 방이 뭐 하는 덴지 아니? 태자 전하가 성인식을 하기 전까지 스승으로부터 제왕학을 비롯한 학문 전반을 사사받던 곳이다."

미리엄은 잔뜩 비웃는 표정으로 말을 이었다.

"그리고 황태자님이 성인이 되신 지는 벌써 3년째지. 너 설마 촌 구석에서 왔다고 황태자님 나이도 모르는 건 아니지? 너와 황태자 님이 눈 마주칠 일은 조금도, 눈곱만치도 없다는 뜻이야."

그리고 지엔을 위아래로 훑어본 그녀가 덧붙였다.

"뭐, 너 같은 애는 본다고 해도 기억하실 것 같지도 않지만."

미리엄은 별로 기분이 좋지 않았다.

제3궁의 임시 시녀들이 하나같이 꿈꾸는 눈을 하고 있는 것도 마음에 들지 않았지만, 지엔의 시큰둥한 얼굴 역시 마음에 들지 않는 것은 마찬가지였다.

자신이 열을 올리는 것에 상대방이 아무 흥미도 없어 하면 자존심이 상하는 법이다. 하물며 평생 닿지도 못할 입장인 주제에.

'설마 정말로 아무런 관심이 없겠어? 아무리 그래도 황태자님인데?'

속으로 심술궂게 생각하던 미리엄은 지엔의 표정이 울적해지자 조금 들떴다.

'그래, 역시 너도 황태자님께 관심이 있는 거지?'

그렇다면 그 관심의 싹을 철저히 짓밟아 주지. 미리엄이 눈을 빛내는 그때였다.

"정말로 그럴까요?"

"뭐?"

"정말로 저는 그분을 2주 동안 한 번도 뵐 수 없을까요?"

"무, 물론이지."

그렇게 말하는 미리엄의 뒷덜미에 살짝 식은땀이 맺혔다.

'뭐야, 이 애?'

방금까지 황태자가 우리 제국 황태자를 말하는 거요, 옆 제국 황태자를 말하는 거요, 하고 시큰둥한 표정이던 주제에, 이토록 갑작스러운 태도의 변화라니?

"황태자님이 저를 봐도 전혀 기억 못 하실 거란 말씀도 진심이세요?"

그 물음에 잠시 넋을 놓았던 미리엄이 벌컥 외쳤다.

"그럼! 너 따위를 황태자 전하가 기억하실까 봐?!"

"정말로요?"

"그래!"

"정말로 정말로 정말로……?"

"너 정말 무슨 자신감이니!"

결국 참지 못한 미리엄이 목에 핏대까지 세우고는 외쳤다.

"너를 한 번, 아니 천만 번 본다 한들 황태자 전하가 너 따윌 기억할 것 같아?!"

그녀의 외침에 순간 사방이 고요해졌다.

퍼뜩 정신을 차린 미리엄은 임시 시녀들은 물론이고, 정식 시녀들까지 자신을 보고 있자 살짝 얼굴을 붉혔다. 이성을 이렇게까진 잃어 보긴 이번이 처음이었다.

도대체 어디서 이런 게 굴러들어 온 거람? 미리엄이 짜증스런 눈으로 지엔을 쏘아보던 그때, 갑자기 퍼뜩 고개를 든 지엔이 미리엄을 보았다.

그러나 그녀의 눈이 눈물이 맺혀 있기는커녕, 심상치 않게 반짝이고 있자 미리엄은 잔뜩 당황했다.

지엔이 불쑥 말했다.

"복 받으실 거예요."

"뭐?"

"정말 감사합니다."

그렇게 말한 지엔이 환하게 웃었다.

지엔은 정말로 미리엄의 뺨에 입이라도 맞추고 싶은 심정이었다.

'벨하르트의 그림자조차 보지 않도록 해 주겠다니! 이 얼마나 사려 깊은!'

빛의 신께서 내가 너무 착하게 살았더니 나를 이 수렁에서 구해 주시는구나!

헤카테가 들으면 코웃음을 칠 소리였다.

물론 그런 지엔의 속을 미리엄으로서는 전혀 알 도리가 없었다.

굳어진 표정의 미리엄을 뒤로 하고, 지엔은 콧노래까지 흥얼거리며 배움의 방으로 향했다.

그 모습을 뒤에서 지켜보던 미리엄이 중얼거렸다.

"뭐야, 저 애……?"

*   *   *

미리엄의 예언은 이루어졌다.

그날 지엔은 벨하르트와 한 번도 마주치지 않았다.

마주치기는커녕, 왔다는 소식조차 못 들었다. 걸레를 빨러 가던 지엔과 복도에서 마주친 미리엄은 떠보는 듯한 목소리로 속삭였다.

　　─ 얘, 방금 황태자님 왔다 가셨어.

　지엔은 몹시 담담하게 대답했다.

　　─ 그렇군요.
　　─ 내가 직접 차를 내드렸지.
　　─ 그렇군요.

　그리고 지엔은 황급히 뒤돌아섰다. 미리엄에게 너무 고마운 나머지, 참지 못하고 껴안아 버릴 것 같아서였다.

　돌아선 지엔의 손이 바르르 떨리는 것을 보고 미리엄은 대단한 오해를 했다.

　'쟤, 역시 내가 부러운 거지?'

　그런 사실을 꿈에도 모른 채, 지엔은 대공가로 돌아가는 내내 희희낙락하며 미래를 구상했다.

　이렇게 사냥 대회가 끝날 때까지 평온한 나날만 이어진다면 두둑한 돈주머니와 함께 황궁을 나설 수 있을 것이다.

　삼십 골드를 받으면 뭘 한담? 헤벌쭉해진 얼굴로 생각하던 지엔은 마차가 멈추자 마부의 에스코트조차 받지 않고 훌쩍 뛰어내렸다.

곧장 저택으로 뛰어든 지엔은 주변을 두리번거렸다. 마침 그 앞을 지나던 칼리스가 지엔을 보고 외쳤다.

"여, 못난이! 다녀왔어?"

반갑게 부른 다음 칼리스는 아차 했다.

낮부터 가볍게 와인을 걸친 터라, 기분이 조금 들떠 있는 데다 지엔을 우연히 만나니 더욱 들떠서 그만 예전 호칭이 나오고 말았다.

게다가 황성 고용인들 텃세가 장난이 아니란 것을 들어서 알고 있던 그였다. 물론 정보의 출처는 칼리스의 전 애인이었던 황궁 시녀였다.

'첫 출근이라 힘들었을 텐데, 호칭까지 실수까지 해서 어쩐담?'

칼리스가 걷던 것도 멈추고 우뚝 멈춰 서서 지엔의 눈치만 보던 그때, 지엔은 뜻밖에도 울긴커녕 입가에 환한 미소까지 매달며 두 팔을 활짝 벌렸다.

"와아, 공자님!"

"와아?"

칼리스가 떨떠름하게 되묻자, 지엔은 그대로 그를 끌어안으려 했다. 그 뜻밖의 사태에 칼리스는 저도 모르게 뒤로 물러나며 그녀의 손안을 살피고 말았다.

'쟤 지금, 손에 칼 든 거 아니지?'

그러자 주춤한 지엔은 손을 들어 뒤통수를 긁적였다. 드디어 제가 하려 했던 짓을 깨닫고 영 민망해진 모양이었다.

"아, 저기, 칼리스 공자님, 죄송합니다. 그…… 제가 너무 들떠서 그만."

"아, 아니."

칼리스는 그제야 제가 무엇을 놓쳤는지를 깨닫고는 표정을 구겼다.

제국은 물론이고 타국에서도 내로라하는 영애들조차 감탄하고야 마는 자신의 조각 같은(칼리스는 당당했다) 얼굴에, '제 취향 아니에요.'라고 단호하게 대꾸한 유일한 여자. 그런 여자가 모처럼 제 품에, 그것도 두 팔 벌려 안기는 것을 마다하다니.

혀를 찬 칼리스가 이제라도 하며 손을 뻗었지만, 이번에는 지엔이 제 쪽에서 피했다. 칼리스의 얼굴이 다시 살짝 구겨졌다.

그러거나 말거나, 지엔의 얼굴에서는 여전히 반짝이는 미소가 떠나지를 않았다. 두 손을 번쩍 든 그녀가 외쳤다.

"공자님!! 황궁 일 소개해 주셔서 너무 감사해요!"

"어, 어?"

"일도 없고, 사람도 없고, 마주칠 사람은 더욱 없고! 최고예요!"

당황하는 것도 잠시, 이어지는 지엔의 말에 칼리스는 혀를 차며 안타까워했다.

일이 없는 것은 둘째 치고, 마주칠 사람이 없어서 좋다니? 황성에 얼마나 대단한 거물들이 드나드는데. 그들에게 눈도장이라도 한번 찍고 싶어 안달 난 이들이 몇인 줄을 알고 저러는 걸까.

사람을 마주칠 일이 없다니, 필시 기존 세력들에 의해 구석으로 좌천당한 거겠지.

'그렇다고는 해도, 본인은 그것에 전혀 신경 쓰는 눈치가 아니고, 오히려 기뻐하는 듯한 분위기니까.'

생각을 마친 칼리스는 능청스레 웃으며 지엔의 머리를 쓰다듬었다.

"그래, 내가 최고지?"

칼리스가 은근히 물은 말에 지엔은 활짝 웃으며 고개를 끄덕였다. 그에 그는 심장 부근에서부터 밝은 빛이 차오르는 것을 느꼈다.

이 애가 대체 뭐라고? 칼리스가 괜히 복잡한 심정이 되어 지엔을 내려다보던 그때, 멀지 않은 곳에서는 노집사가 그들의 모습을 가만히 지켜보고 있었다.

칼리스를 태어나서부터 보아 온 노집사는 품에서 꺼낸 손수건으로 눈꼬리를 살짝 훔쳤다.

'내가 최고지'라니! 어쩌면 도련님 입에서 나온 작업 대사가 저렇게 건전할 수가!'

그리고 고개를 끄덕인 지엔은 활짝 웃으며 말했다.

"네, 그럼요! 돈이, 아니, 칼리스 님이 최고죠!"

"못난아, 너 방금 본심 나왔다."

"어머, 그랬나요?"

지엔의 능청스런 대답에 고개를 절레절레 내저은 칼리스는 이윽고 그녀와 가벼운 한담을 나누며 함께 걷기 시작했다.

그때 칼리스가 문득 떠오른 것을 물었다.

"지엔."

"네?"

그가 검지를 치켜들며 물었다.

"혹시, 돈을 많이 주는 곳이라면, 꼭 황궁이 아니더라도 괜찮은 거야? 그러니까, 브리지트 백작가에 돌아가고 싶다거나 하는 생각은 없는 거냐고."

그에 잠시 생각에 잠기던 지엔은 곧 고개를 끄덕였다. 아무리 생각해도 저 질문에 부정할 이유는 없었다.

그녀가 대수롭잖게 대답했다.

"네, 뭐. 일단 가족도 그곳에는 없으니까요……."

"그래?"

그 대답을 들은 칼리스는 달가움을 숨기려고 노력했다. 그가 애써 평정심을 가장하며 되물었다.

"그럼, 내가 주선해 줄 테니, 여기 루디나토 공작가에서 지내는 건……."

그렇게 말하던 칼리스의 목덜미에 문득 찌르는 듯한 살기가 느껴졌다. 그는 진홍색 눈을 크게 뜨며 뒤를 휙 돌아보았다.

동시에 그는 지엔의 한쪽 어깨를 감싸며 벽으로 밀어붙였다. 자신의 몸으로 그녀를 보호하는 듯한 그 모습에 지엔이 물었다.

"칼 님?"

칼리스는 대답하지 않았다. 대답 없이 뒤를 노려보는 그의 몸을 푸른 막이 감쌌다. 그의 옆얼굴에서 평소에는 찾아볼 수 없는 예기가 일렁였다.

지엔이 어리둥절해 하며 상황을 살피려 노력하던 그때, 복도 끝에 서 있는 인영을 본 칼리스의 이마가 구겨졌다.

그는 혀를 쳇 차고는 지엔을 놓아주며 그들을 감싸고 있던 푸른 막을 풀었다.

그가 중얼거렸다.

"하여간, 귀는 밝아서는."

그런 그들의 앞에 복도를 날듯이 가로질러 온 나세르가 멈춰 섰다.

헝클어진 머리칼을 쓸어넘긴 그가 지엔에게 손을 내밀며 말했다.

"지엔. 이리 와라."

"공자님?"

왜 갑자기 무언가를 뺏긴 사람처럼 다급하게 구는지 알 수가 없어 지엔은 눈을 깜빡이며 되물었다.

칼리스가 장단 맞추듯 그런 그녀를 등 뒤로 숨겼다.

"어허, 우리 손님을 어디로 데려가려고?"

대수롭잖은 말이었음에도 나세르의 눈에 불길이 일기 시작했다.

지엔은 여전히 어리둥절하게 그 모습을 바라보았다.

지엔이 아는 한, 나세르의 신경줄은 칼리스와 함께 여행하면서 단단히 단련되었다. 결코 저런 같잖은 도발에 넘어갈 그가 아니었다.

그럼에도 그는 몹시 여유 없는 태도로 말했다.

"내 하녀다."

"무슨 소리야? '내 하녀'라니?"

능청스레 어깨를 으쓱한 칼리스가 말을 이었다.

"지엔은 네 하녀가 아니라 브리지트 백작가의 하녀지. 브리지트 백작가의 모든 것과 마찬가지로 지금은 브리지트 백작님 소유고, 그리고 훗날, 네 첫째 형님이 작위를 물려받으면 그의 소유가 되겠군."

그가 마지막으로 덧붙인 말에 나세르의 눈에 살기가 어렸다.

"네 소유라기에는 너무 멀지 않나? 차라리 내 소유가 되는 것이 빠르겠어."

칼리스가 그렇게 말한 순간, 나세르의 눈 안에 거세게 타오른 불길을 지엔은 똑똑히 보았다.

지엔은 숨을 삼켰다. 가벼운 투닥거림이 허용되던 여행길과 달리 이곳은 대공 저 안, 칼리스의 사람으로 가득했다.

나세르가 성질대로 일을 저지르면 비록 칼리스가 용서한다고 하더라도, 고용인들의 나세르를 대하는 태도가 당장 달라질지도 몰랐다.

지엔이 다급히 외쳤다.

"공자님! 칼 님, 두 분 다 왜 이러세요. 정말."

그러면서 도도도 달려간 그녀가 나세르의 손을 덥석 움켜쥐었다.

그 손의 움찔거림을 통해 지엔은 나세르의 출수를 간발의 차로 막았음을 알 수 있었다.

'하여간, 이 공자님도 사제로 지낸 세월이 길면 차분해지실 법도 한데.'

지엔이 속으로 혀를 차는 것을 아는지 모르는지, 나세르는 한동안 잠잠하기만 했다. 그의 시선은 지엔이 움켜쥔 손에 꽂혀 있었다.

그가 조금 진정이 된 듯하자, 지엔은 이번에는 고개 돌려 칼리스를 바라보았다. 그녀가 미안한 표정을 짓자, 칼리스가 어깨를 으쓱하며 흔쾌히 말했다.

"왜 내 눈치를 봐? 지금 네가 모셔야 할 분은 저쪽인데."

"아. 네. 이해해 주셔서 감사……."

그때 입술을 비틀어 올린 칼리스가 다시 지엔의 말을 잘랐다.

"—앞으로는 어떻게 될지 모르지만."

끄아악! 지엔은 나세르의 손을 더 세게 움켜쥐었다. 그녀는 침을 꼴깍 삼키며 생각했다. 이 사람, 내가 옆에 없었으면 분명히 지금쯤 여행 중에 하던 대로 칼리스 님 멱살이라도 잡았을 거야.

'아니, 어쩌면 내가 옆에 있었던 게 문제인가?'

지엔은 나세르를 복잡한 눈으로 보았다. 도대체 자신이 누구의 소유인가 하는 것이 뭐 그리 대단한 문제라고.

'뭐 그리, 대단한 문제라고……'

지엔이 눈을 깔며 낮게 되뇌는 그때, 간신히 평상시의 차분함을 회복한 나세르가 지엔이 붙들고 있던 손을 놓았다.

지엔이 움찔하며 고개를 들자, 눈이 마주친 그가 옅게 웃었다.

"이제 괜찮다, 지엔."

"아, 네."

떨떠름하게 대답한 지엔은 칼리스의 목소리를 듣고 고개를 돌렸다. 그가 흠집 하나 나지 않은 손목을 털어내며 능청스레 말했다.

"이야아, 아직도 뒷목이 저릿저릿하네. 그 살기는 대체 어떻게 된 거지? 틀림없이 일류 암살자라고 생각했는데."

나세르가 어처구니없다는 듯 한쪽 눈썹을 찌푸렸다.

"그게 무슨 소리지?"

"정말이야, 일류 암살자가 드디어 삼엄한 경비를 뚫고 내 목을 따러 왔군, 싶은 생각이 들더라니까? 그 정도로 저릿저릿했어, 네 살기."

칼리스가 자기 뒷목을 매만지며 아직도 저리다는 것을 강조해도 나세르는 눈 하나 깜짝하지 않았다. 다만 그는 어처구니없다는 투로 답했다.

"그렇게 원한 살 짓 좀 하고 다니지 말지. 대체 얼마나 그러고 다녔으면 살기를 느끼자마자 암살자 생각이 나나."

칼리스의 신분이 밝혀졌다고 해도 나세르는 손찌검을 줄였을 뿐 말하는 것은 여행 때와 같았다. 오랫동안 마탑에서 지낸 칼리스도 그 점은 신경 쓰지 않았다.

빙긋 웃은 칼리스가 말했다.

"원한 살 짓을 하고 다닌 게 아니라, 인생을 충실히 즐긴 것뿐이지. 목석같으니."

"망나니 같으니."

나세르는 한 마디도 지지 않았다.

둘을 연신 번갈아 보던 지엔은 간신히 평소대로 돌아왔구나, 하는 생각에 안도의 한숨을 내쉬었다. 방금 일촉즉발의 사태가 어디로 갔나 싶게 평온한 모습이었다.

안심하자 갑자기 피로가 몰려왔다. 아무튼 지엔의 오늘 하루가 지나치게 격렬했던 것은 사실이었다.

발레노르 공녀와의 예상치 못한 만남, 벨하르트의 궁에 갔던 일, 정식 시녀와 임시 시녀들 사이의 신경전, 그리고 방금 있던 싸움까지.

지엔이 저 먼저 인사하고 자리를 떠나려 하던 그때, 나세르를 새삼스레 훑어본 칼리스가 대수롭잖게 물었다.

"흐응, 그래. 수련은 잘 되어 가는 모양이지?"

"수련?"

"그 무늬만 빛의, 아니, 헤카테가 시키고 간 거 말야."

그리고 칼리스는 고개를 기울이며 떠오르는 대로 읊었다.

"뭐라더라, '마음에 검을 담으라' 였던가? 들고 있는 것이 나뭇가지이든 돌칼이든, 마음에 검이 있다면 그것은 중요치 않다며. 그게 검기의 기초라던가?"

머리 좋아야만 하는 대표적인 직종이 마법사였으니만큼, 칼리스는 헤카테의 말을 토씨 하나 안 틀리고 기억하고 있었다.

그러나 그가 헤카테의 말을 기억하고 있던 이유는, 그 외에도 더 있었다. 도대체 저게 무슨 말이냐, 싶어서였다.

마법은 나뭇가지나 돌칼을 검으로 바꿔 줄지언정, '그게 검이나 다름없으니 그대로 휘두르렴.' 하지는 않는다. 칼리스가 생각하기에 그건 그냥 최면이고 사기였다.

나세르는 시큰둥한 얼굴로 어깨를 으쓱했다.

"모르지. 대상 없이 무형의 상대를 향해 나뭇가지만 휘두르는데, 내 성취를 내가 알 리 있나."

"하기는, 그도 그렇군."

그리고 문득 어깨를 움츠린 칼리스가 킬킬 웃더니 말했다.

"네 수련, 볼만하겠어. 구경하러 가도 되겠지?"

"오면 나뭇가지라도 검처럼 휘둘러 주지."

"어이쿠, 무서워라."

그러더니 또 킬킬 웃던 칼리스가 지엔을 돌아보며 '이봐, 못난아.

정말 이 성격파탄자를 모시느니 나한테 오지 그래?' 하는 바람에 나세르가 또 한 번 살기를 내뿜었다. 지엔은 다시 두 사람을 떼어 놓느라 애써야 했다.

지엔을 데려다주고 서로의 방으로 헤어지기 전, 문득 나세르를 돌아본 칼리스가 다시 말했다.

"어이, 목석."

"뭐지?"

"너 그, 검기인지 뭔지, 빨리 쓸 수 있게 되는 게 좋을 거다."

"뭐?"

아리송한 표정을 짓는 나세르를 혼자 두고, 빙글 몸을 돌린 칼리스는 느긋하게 말을 이었다.

"그러지 않으면, 너, 사냥 대회 때 큰일 날지도 몰라."

"무슨 소리지?"

"벨 녀석이 이상한 걸 꾸미고 있는 것 같아서 말이야. 사냥 대회 때."

칼리스의 목소리가 그가 걸음을 옮김에 따라 점차 멀어졌다. 그가 다시 덧붙였다.

"그런데 그거 알아? 벨 녀석은, 늘 재미는 더럽게 없고 이상한 일만 꾸며도, 그래도 제국에 쓸데없는 일은 안 꾸미거든. 나와는 달리."

그 말을 마지막으로 칼리스는 완전히 사라졌다.

제자리에 멍하니 서 있던 것도 잠시, 고개를 털어낸 나세르도 곧 제 방으로 향했다.

*　　　*　　　*

다음 날 아침에도 루디나토 공작가에서는 여느 때와 다름없는 하루가 시작되었다.

지엔은 마차를 얻어타고 황성으로 떠나고, 나세르는 새벽 일찍 검, 아니, 나뭇가지를 휘두르러 적당한 공터로 향했다. 그리고 대공가의 고용인들은 밤새 쌓인 먼지를 쓸고 닦느라 분주히 움직였다.

그 가운데, 어제 나세르와 칼리스가 신경전을 벌이던 2층 복도를 청소하던 하녀들은 희한한 것을 발견했다.

"어머, 이것 좀 봐."

그녀들은 날카롭게 홈이 패인 벽을 매만지며 수군거렸다. 어제까지만 해도 분명 없던 것인데.

"누가 이곳에서 검을 들고 패악을 부린 걸까?"

"하지만 나세르 공자님은 검을 들고 다니지 않으시는걸."

"그렇게 따지면 칼리스 도련님은 애초에 마법사야."

잠시 후 집사장의 부름에 달려온 공작가 소속 기사가 심각한 얼굴로,

"이 정도 깊이의 검흔이라니, 보통 솜씨의 검사가 한 것이 아니군요."

하고 증언하는 바람에, 고용인들의 시름은 더욱 깊어졌다.

2. 붉은 장미의 기사와 물의 정령사

황성에 출퇴근한 지 일주일, 지엔은 황성에서의 일과에 그럭저럭
익숙해졌다.

정식 시녀들의 등쌀은 물론 매서웠으나, 다행히도 정식 시녀들이
임시 시녀들을 밀어내려고 혈안이 된 덕에 가능한 업무 자체가 적
다 보니 보수에 비해 일이 고되진 않았다.

다른 임시 시녀들이 '황태자 전하를 먼발치에서라도 한 번만 뵀
으면 좋겠다!' 노래를 부를 때마다 지엔은 속으로 기도했다.

'빛의 신이여, 제발 그것만은……. 이번 생은 진짜로 착하게 살
테니까…….'

일이 의외로 여유로운 덕에 임시 시녀들끼리 회합을 하는 일도
잦아졌다. 주로 회합 장소는 제3궁 정원 구석이었다.

회합 때마다 대화 소재는 다양했으나, 대체로 마지막에는 한 가지 주제로 귀결되곤 했다. 그것은 바로.

"그래서 지엔, 네 눈에는 어느 분이 제일 근사하니?"

수도 3대 미남 얘기였다.

"얘, 너도 황태자 저하를 직접 뵌 적은 없어도, 먼발치에서라도 뵌 적이 있을 것 아니니? 한번 뵈었으면 알 것 아니야? 그분이 왜 황태자 저하이신지!"

황족으로서의 카리스마를 강조하는 벨하르트 파.

"나세르 님, 고독한 그분 마음의 상처를 내가 보듬어드리고 싶어!"

신비로움과 고독함을 강조하는 나세르 파.

"너희가 어려서 뭘 모르는 모양인데, 얼굴은 거짓말을 하지 않아."

마지막으로 닥치고 미모로 모든 것을 때려 부수는 칼리스 파까지.

세 파가 또 나뉘어서 지엔은 우리 편이라며 아옹다옹 싸우는 것을 보며 지엔은 골치가 다 아파졌다. 이마를 짚고 있던 그녀가 마침내 조심스럽게 입을 열었다.

"아니, 나는 그 세 분께는 별로 관심이……."

"없어?"

그 자리에 모여 있던 임시 시녀들 모두의 표정이 말도 안 된다는 듯 변했다. 아무렴 이런 분위기에서 '셋 모두에게 전생의 내가 개 쌍놈 같은 짓을 해서…….' 같은 말을 꺼낼 수는 없는 노릇이었다.

자신을 둘러싼 임시 시녀들의 눈이 차차 뜨거워지자, 결국 지엔은 대세와 타협했다.

"난 칼리스 공자님."

그녀가 검지를 치켜들며 꺼낸 말에 칼리스를 연호하던 시녀들은 주먹을 움켜쥐며 소리를 지르고, 나머지 시녀들의 입은 댓 발 정도 튀어나왔다.

그녀들이 퉁명스레 물었다.

"왜?"

"잘생기셨으니까."

그것만은 칼리스를 좋아하는 사람이든 싫어하는 사람이든 인정할 수밖에 없는 사실이기에 모두는 고개를 끄덕였다.

말하자면 나세르와 칼리스와 벨하르트의 대결은 사실 신비로움과 미모, 그리고 권력의 대결이나 다름없었다. 즉, 일종의 가치관 대결이었다.

하하 웃은 지엔이 다시 말했다.

"칼리스 님 무척 잘생기셨지!"

'그리고 그게 전생의 내 얼굴이지!'

그렇게 생각하면 지엔은 백 번이고 천 번이고 칼리스의 미모를 찬양할 수 있었다.

찰랑거리는 보라색 머리카락, 반짝이는 붉은 눈동자! 지엔이 한 번 입을 열 때마다 칼리스 파 시녀들의 환호가 커졌다. 그것을 들으며 지엔도 더욱더 의기양양해졌다.

그녀가 마침내 대망의 마무리를 짓던 그 순간이었다.

"아무튼 세상에 다시는 없을 미모라고 할 수 있지."

'전생의 내 얼굴이 말이야.'

빠지지 않고 속으로 추임새를 넣던 그때, 등 뒤에서 인기척이 느껴졌다.

임시 시녀들은 한 사람도 빠지지 않고 이 자리에 모여 있으니, 임시 시녀가 아니라 다른 사람인 것은 분명했다. 그 사실을 깨달은 지엔의 안색이 창백해졌다.

정식 시녀 중 칼리스를 좋아하는 사람이라면 앞으로의 나날이 고달파지는 정도에서 끝나겠지만, 칼리스를 싫어하는 이들 중 하나라면?

지엔이 속으로 탄식했다.

'하필이면 이런 타이밍에!'

두려워서 차마 뒤를 돌아보진 못하고 있던 그녀의 뒤에서 숨결 같은 미풍이 훅 끼쳤다. 뭐라 형언할 수 없지만 좋은 향기가 미풍과 섞여 들어왔다.

이 냄새라면 지엔도 간혹 맡아 본 바가 있었다. 향수, 그것도 남자 향수.

칼리스에게서 많이 맡아 본 것이었다.

지엔이 깨닫던 찰나, 그녀의 어깨에 가볍게 팔이 얹혔다. 그리고 귓가에 들려온 목소리에 지엔의 얼굴은 더욱 굳어졌다.

"정작 앞에선 자기 취향이 아니라더니 어쩌느니 얄미운 소리만 늘어놓더니."

'어떤 의미에서는 정식 시녀들보다도 최악인데……'

지엔은 그렇게 생각하며 슬쩍 옆을 보았다. 아니나 다를까, 기분 좋은 듯 샐쭉 휘어진 진홍색 눈과 그대로 시선이 마주쳤다.

"밖에서는 이렇게 내 칭찬만 하고 다닌 거야? 응? 귀엽게도."

칼리스의 갑작스런 등장에 정원이 고요해졌다.

방금까지 칼리스의 미모를 찬양하던 칼리스 파는 물론이고, 나세르 파나 벨하르트 파마저 한동안 칼리스의 얼굴에서 눈을 떼지 못했다.

특유의 진한 보라색 머리칼이 가을 하늘 아래 쨍한 빛을 뿌렸다. 흰 얼굴에 박힌 붉은 두 눈동자는 여전히 사람 정도는 우습게 홀릴 만한 빛이었다.

임시 시녀들은 깨달았다.

'이렇게 가까이서 볼 기회가 없어서 몰랐는데, 가까이서 보니까 정말 폭력이 따로 없는 미모로구나.'

그러나 그들의 말문이 막힌 것은 비단 칼리스의 외모 때문만은 아니었다.

"착, 아니, 오해십니다, 공자님."

"오해? 내가 무슨 오해 중인데?"

"아시잖아요."

"모르겠는데? 지엔 네가 직접 말해 줄래? 그 오해의 내용이란 거."

난데없이 불쑥 나타난 제국에서 가장 수려한 남자가, 방금까지만 해도 저와 평범하게 얘기를 나누던 동료의 어깨를 바싹 끌어안은 광경이라니?

생글생글 웃는 얼굴로 그렇게 묻는 칼리스의 팔 아래서, 어깨를 붙들린 지엔은 여전히 낑낑거리고 있었다.

어깨동무를 하고 있었기에 그들 얼굴 사이의 간격은 고작 한 뼘도 안 됐다. 그럼에도 바짝 다가온 칼리스의 얼굴을 보는 지엔의 눈에는 짜증밖에 없었다.

'저 얼굴을 저 정도 거리에서 봤는데 저렇게나 태연하다니. 평소에 얼마나 저러고 다녔길래?'

그들로서는 충분히 그런 오해를 할 법도 했다.

한편, 지엔의 머릿속엔 온통 망했다는 생각뿐이었다.

'모두의 앞에서 이 꼴을 보이다니.'

지금까지 나세르 공자님을 제외하고는 내내 모르는 척해 온 것이 전부 들통나게 생겼다.

칼리스가 떠나면 자신에게 쏟아질 질문의 세례들을 지엔은 상상하고 싶지도 않았다.

'이미 망한 건 망한 거고, 한 대 때릴까?'

급기야 다 귀찮아진 지엔이 사형을 감수하고 그런 생각마저 하고 있을 때, 장미처럼 아름답지만 가시 돋친 목소리가 지엔의 귀에 푹 틀어박혔다.

"칼 오라버니, 뭐 하시는 겁니까?"

어딘지 익숙한 그 목소리에 지엔은 퍼뜩 고개를 들었다. 칼리스가 뒤도 안 돌아보고 대답했다.

"아, 왔어, 로이?"

로이? 귀여운 호칭에 의아해하며 뒤를 돌아본 지엔의 눈이 휘둥그레졌다.

그 호칭의 주인은 다름 아닌 일전에 지엔이 계단에서 맞닥트린 기사였다. 처음 황성에 출근하던 지엔에게 '어깨 위에 목이 달려 있고 싶으면' 운운하며 말로 세상의 차가움을 깨닫게 해 준 발레노르 경.

지엔이 태어나서 만나 본 이 중엔 헤카테 다음으로 가장 무서운 사람이었다.

'그런데, 로이라고?'

호칭과 인물 사이의 괴리감에 지엔은 다시금 눈을 찌푸렸다.

아무리 칼리스가 대공가 후계라고 해도, 기사 체면에 그런 깜찍한 호칭으로 자신을 부르도록 내버려 두다니?

'둘이 친한가?'

발레노르 경은 칼리스와는 다른 의미로 몹시 아름다웠다. 등 뒤로 늘어진 붉은 머리카락과 진홍색 망토가 눈부셨고, 만개한 장미꽃처럼 화려한 미모 또한 여전했다.

정원과는 어울리지 않을 것 같은 검은 갑옷도 발레노르 경이 입으니까 근사한 그림이 됐다. 그러나 전에는 무표정하던 그녀의 얼굴은 잔뜩 찡그려져 있었다.

그녀가 칼리스를 향해 사납게 쏘아붙였다.

"오자마자 무슨 시정잡배 같은 짓입니까, 그게."

"시정잡배 같다니. 로이 너, 오라버니에게 못 하는 말이 없구나!"

칼리스가 연장자의 위엄 따위는 내다 버린 모습으로 투덜거리는 틈을 타, 지엔은 후다닥 그의 품에서 빠져나왔다. 그러자 그녀를 다시 돌아본 칼리스가 아쉬운 눈을 했다.

"못난, 아니, 지엔아. 모르는 척하기야?"

빈손을 매만지며 칼리스가 그렇게 말하자 지엔의 이마에는 진땀이 흘러내렸다. 한편, 발레노르 경의 눈이 기어이 지엔 쪽을 향했다.

그녀는 한동안 그저 시큰둥한 표정이었다. 아마도 사람 얼굴을 기억하는 데는 별 재주가 없는 모양이었다.

'그것만큼은 우리 공자님과 닮았군.'

어쩌면 검에 재능이 있는 사람들은 그런 쪽에 재능이 없는지도 모르겠다.

그렇게 지엔이 일반화하는 사이, 서서히 눈을 크게 뜨며 놀라는 표정을 지은 그녀가 지엔을 가리키며 외쳤다.

"너는…… 그때 그!"

'망했다.'

"겁 없는 하녀?"

발레노르 경의 눈이 와락 일그러졌다. 지엔은 어깨를 움츠렸지만, 다행히 분노의 화살이 향한 곳은 이쪽이 아니었다.

당장 칼리스를 돌아본 그녀가 버럭 외쳤다.

"오라버니!!"

"윽, 로이. 나 귀 안 다쳤는데."

안 그래도 들려. 천연덕스럽게 손을 팔랑이는 칼리스에게 그녀가 계속해서 다그쳤다.

"이제는 하다못해 시녀와 놀아나시는 겁니까? 그것도 임시 신분의! 정말이지, 대공가의 체면이 있지."

"아니, 로이. 들어 봐."

"뒷감당은 어쩌려고 그러십니까? 오라버니 애인하다가 평민 사회로 돌아가면, 적응이나 될 것 같고 쉽게 받아들여질 것 같습니까? 정말이지 책임감이라곤 눈곱만큼도 없어 가지고는……!"

"아니야, 그런 게 아니야! 잠깐 내 말 들어 봐, 로이. 우리 그런 사이 아니거든."

그에 발레노르 경의 눈썹 끝이 휙 꺾였다. 그녀가 미심쩍다는 듯 물었다.

"그럼요?"

"그냥 동료야."

칼리스의 말에 지엔은 안도의 한숨을 내쉬었다. '그런 사이 아니야, 아직은.' 같은 말이나 튀어나오면 어쩌나 했는데. 하긴, 이런 곳에서까지 그런 장난을 칠 정도로 막 나가는 사람은 아니었다.

임시 시녀들의 수군거림도 마침내 잦아들었다. 그러나 발레노르 경만은 눈을 더욱 찌푸렸다.

그녀가 한결 낮아진 목소리로 되물었다.

"동료, 말입니까?"

"그래, 여행길에 만났다니까? 내가 얘기했잖아, 수도까지 여정을 함께 한 하녀가 하나 있다고."

"그렇게 치자면 짐꾼이며 마부도 전부 동료입니까? 말이 되는 소리를 하세요."

그 말 한마디에 칼리스는 꿀 먹은 벙어리가 되었다.

'아니, 칼리스 님. 마법사가 검사에게 말싸움으로 지다니 이게 무슨 망신입니까. 잘 좀 말해 보세요.'

속으로 하극상을 하던 지엔을 발레노르 경이 휙 돌아보았다. 한동안 적개심이 일렁이는 눈으로 말없이 쏘아보기만 하던 그녀가 말했다.

"너도 참…… 겁 없는 건 여전하구나. 칼리스 소공작 전하가 아무리 실없는 사람으로 보여도 루디나토 대공가의 직계, 더군다나 하나뿐인 후계자시다. 그런데 예를 갖춰 인사하기는커녕 따박따박 말대꾸나 하다니."

구구절절 맞는 소리라서 할 말은 없었다. 지엔은 전과 같이 그저 고개만 숙였다.

그런 둘의 모습을 번갈아 보고 있던 칼리스가 난감한 미소를 지으며 끼어들었다.

"로이, 이제 막 상경한 임시 시녀를 겁주는 건 그 정도로 해 둬. 그렇게 치면 나도 마탑에 들어간 지가 10년이 넘어 세상 예법 따위 잊은 지 오래고."

"오라버니랑 저 애랑 처지가 같습니까? 오라버니야 그렇다 쳐도, 다른 사람도 저 애를 귀엽게 여겨 그냥 넘어가 줄 것 같으냔 말입니다."

"아, 그거야 그렇지만……."

칼리스가 손을 스르륵 내리며 어물거렸다. 그를 싸늘한 눈으로 노려보던 발레노르 경이 다시 지엔을 돌아보았다.

그녀가 차갑게 일갈했다.

"네가 누굴 믿고 그리 방자하게 구는지는 알았다. 허나 오라버니가 늘 네 뒤를 봐줄 거라 믿는 건 아니겠지. 네 주제를 파악해."

지엔은 더욱 깊이 고개를 숙였다.

"명심하겠습니다."

"분수에 맞지도 않은 사람을 만나거든 일찌감치 자리를 피하고, 피할 수 없으면 최선을 다하되, 최선을 다하고자 해도 할 수 있는 게 없으면 그저 죽은 듯 살아라."

"가슴 깊이 새기겠습니다."

지엔은 이번에도 공손히 대답했다.

죽은 듯이 살라는 말이 썩 유쾌하지는 않았지만, 지엔의 현재 상황을 생각하면 가장 현실적인 조언이었다. 어찌 보면 지엔이 지금까지 만나온 사람들 중 가장 정상적인 귀족 같기도 했다.

지엔을 약하게 노려보던 발레노르 경이 휙 몸을 돌렸다.

"신분 높은 자들과 엮이려 하지 말아라. 분수에 맞지 않는 것을 탐해 봐야 탈이 날 뿐이니."

마지막 말을 남긴 그녀가 칼리스를 돌아보며 가자는 듯 눈짓했다.

그녀를 따라가기 전, 잠시 지엔의 곁에 다가온 그가 귓가에 속삭였다.

"저택에서 보자."

"······."

지엔은 그런 그를 묘한 얼굴로 바라보았다.

지엔의 기분을 풀어 줄 생각이었겠으나, 오히려 역효과인 것 같앗다. 그의 뒤에 선 발레노르 경의 시선이 한층 따가워지기 시작했으니까.

다행히 지엔이 시선에 말라죽기 전, 칼리스는 발레노르 경을 따라 걸음을 옮겼다.

자리에 남은 지엔과 임시 시녀들은 잠시 얼이 빠진 채 그런 두 사람의 뒷모습을 바라보았다.

한바탕 폭풍이 지나간 것 같았다. 두 사람이 충분히 멀어지고 나서야, 한 시녀가 조심스레 입을 열었다.

"두 분, 여기는 왜 오신 걸까?"

"제3궁이니 황태자 전하를 보러 오셨겠지."

그러자마자 다른 시녀가 속닥거렸다.

"그보다 저 두 분, 무슨 사이일까? '로이'에 '칼 오라버니'라니."

그 말에는 모두가 입을 다물 수밖에 없었다. 평소엔 황궁에 드나들 일이 없는 그들 사이에서 그에 대해 아는 이는 아무도 없었다.

방금 간신히 위기를 넘긴 지엔조차 그것만은 궁금했다.

'로이'는 발레노르 경의 이름인 로아나의 애칭인 것이 분명한데, 제국 최고의 기사를 부르는 것치고는 꽤나 깜찍했다. 보통 사이가 아니라면 아마 허락되지 않을 것이다.

'게다가 방금 칼 공자님에게 했던 말들은 어떻고?'

칼리스와 자신이 사귄다고 오해라도 하는 듯한데, '오라버니의 마음이 항상 지금 같지는 않을 것이다'라든가 '신분 높은 자들과 엮이려 하지 말라'는 말은 상상의 여지를 불러일으켰다.

지엔의 표정이 묘해졌다.

'저 발레노르 경이라는 사람, 어쩌면?'

바로 그때였다. 말없이 걷던 칼리스가 발레노르 경에게로 몸을 기울이며 물었다.

조심성 없이 큰 소리로 던진 말이 꽤 멀리 있던 시녀들의 귀까지 닿았다.

"질투해, 로이?"

그러자마자 벌어진 일에 지엔은 기겁했다. 묵묵히 척척 걸음을 옮기던 발레노르 경이 팔꿈치를 들어 칼리스의 멀끔한 콧대를 가격한 것이었다.

지엔은 물론이고 시녀들 모두가 사색이 되었다.

'도대체 어떻게 저 얼굴에 손찌검을! 그것도 시선도 주지 않고!'

얼굴 하나 바꾸지 않은 채 팔꿈치를 갈무리한 발레노르 경이 말했다.

"사람으로 태어났으면 사람 말을 해야 하는 겁니다. 칼 오라버니."

"아악, 이 매정한 계집애! 내가 어렸을 적 너를 얼마나 챙겼는데,"

"대체 얼마나 고릿적 시절 얘기를 하고 계시는 겁니까?"

그리고 지엔은 방금 하고 있던 의심을 완전히 접어 버렸다. 지엔은 약간의 존경심마저 담긴 눈으로 발레노르 경을 바라보았다.

이들 중 누구보다도 저 얼굴에 익숙할 자신조차, 저 얼굴에 손을 올리는 것은 신분 차를 제하고도 상상치도 못할 일이었다.

그런데 그것을 그녀는 해냈다.

그것도 몹시 아무렇지도 않게.

'저 사람, 질투하거나 어쩌거나 하는 게 전혀 아니었어. 그냥 칼리스 님을 무지막지하게 싫어하는 것뿐인 거야.'

심지어 저 미모도 눈에 잘 들어오지 않을 정도로!

시녀들이 다시 한번 충격 어린 침묵에 휩싸이던 그때, 자박하고 마른풀을 밟는 소리가 났다. 화들짝 놀라 다시 뒤를 돌아본 지엔의 얼굴이 굳어졌다.

지엔이 상상하던 최악, 벨하르트 황태자는 아니었지만 그 이상으로 골치 아플 수도 있는 사람이었다.

"뭣들 하는 거지?"

한 손에는 말채찍을 감아쥐고, 수풀 사이에 서서 냉엄한 얼굴로 묻는 그녀는 다름 아닌 미리엄이었다.

그녀를 올려다보며 얼어붙었던 것도 잠시, 지엔은 고개를 내저었다.

그녀가 걱정하고 있던 최악의 일은 미리엄이 방금 일어난 일을 다 보았을 때야 일어날 수 있었다. 그랬더라면 칼리스와 지엔이 친한 것을 알게 된 미리엄이 무슨 해코지를 할지 모르니까.

'하지만 미리엄은 이제 막 나타난 참이고, 그러니 그럴 가능성은 적지 않을까?'

지엔이 애써 희망적으로 생각하던 찰나, 미리엄의 차가운 시선이 정확히 지엔에게 꽂혔다.

'아니구나. 분명 전부 본 반응이야, 저건.'

지엔의 얼굴이 차차 울상으로 변했다.

그 시각 발레노르 경, 즉 로아나와 칼리스는 빠르게 걸음을 옮겨 제3궁의 응접실로 향하고 있었다.

한동안 말없이 걷던 로아나가 불쑥 칼리스의 옆구리를 찔렀다.

"왜?"

"저 순진한 시골 처녀에게까지 그 못된 손을 뻗을 셈입니까? 적당히 해 두시지요."

"아하하."

칼리스가 대답 없이 배를 잡고 웃기 시작하자, 로아나는 그를 의아하게 쳐다보았다. 그녀는 눈초리를 성큼 치켜 올리며 생각했다. 자신이 그렇게 못 할 말을 했나? 아니면…….

"질투하는 거 아닙니다."

"알아, 알지."

로아나가 찝찝하다는 표정으로 흘린 말에 칼리스가 또다시 흔쾌히 대답했다. 로아나의 눈이 가늘어지던 찰나, 웃음을 갈무리한 칼리스가 말을 이었다.

"그런 게 아니라, 지엔 저 애랑 '순진한 시골 처녀'란 표현이 너무 안 어울리는 탓에."

"예? 하지만……."

로아나가 의문 가득한 얼굴로 대답했다.

"수도 출신이 아닌데 여행 동료였다 함은, 저 애는 브리지트 백작령 출신이 아닙니까?"

"네 말이 맞아."

"그런데 어째서……?"

로아나의 물음에 칼리스는 고개를 돌려 방금 떠나온 정원 쪽을 돌아보았다.

"글쎄, 왜일까."

그가 가라앉은 목소리로 덧붙였다.

"……이상하게, 저 애는 이 모든 것에 익숙하다는 느낌이 들어. 여행길뿐만 아니라 권세가들과의 대화, 으리으리한 저택이며 심지어 황성에 이르기까지. 분명히 저 애에겐 모든 것이 처음일 텐데, 도통 처음 같지가 않단 말이야."

"뜬 소리를 할 거면 그만두십시오."

작게 혀를 찬 로아나는 칼리스를 휙 지나쳐 걸음을 옮겼다. 그럼에도 아랑곳하지 않고 종종 따라가던 칼리스가 고개를 기웃하며 물었다.

"왤까?"

그에 로아나의 미간이 더욱 좁아졌다.

"그걸 제가 어떻게 압니까?"

"흠, 그렇지? 그것보다도 방금 나, 지엔한테 수작 부리는 것처럼 보였어?"

태연히 화제를 돌리는 칼리스의 말에 로아나는 다시 미간을 좁혔다.

"누구나 그렇게 생각할 겁니다. 그러니 제발 그런 짓은 그만두는 게……."

칼리스가 로아나의 말을 석둑 잘랐다.

"그렇지? 그런데 정작 당사자는 반응이 왜 저렇지? 내가 제게 수작 부리고 있다는 걸 눈치챌 만도 한데."

"……."

"거봐, 아무리 생각해도 순진한 시골 처녀 같은 표현은 전혀 안 어울린다니까. 아니, 세상에 어떤 순진한 시골 처녀가 나 같은 남자가 들이대는데 저렇게 차분해?"

그러자 잠시 걸음을 멈춘 로아나는 갑자기 픽 하고 코웃음을 쳤다. 드물게 즐거운 듯한 그녀의 모습에 칼리스가 그녀를 의아하게 바라보았다.

"그러면 오라버니도 임자 만났나 보지요."

"뭐?"

"그렇게 장난삼아 아무나 흔들고 다니니까, 벌 받은 겁니다. 오라버니도 사랑 때문에 고생 좀 해 봐야 해요."

칼리스의 표정이 흐려졌다. 입을 삐죽 내민 그가 투덜거렸다.

"로이, 너무하잖아. 나는 로이를 내 동생같이 생각했는데, 로이는 이 오빠가 사랑 때문에 고통받고 눈물 흘리고, 그런 모습이 보고 싶은 거야?"

"기왕 눈물 흘리실 거라면 제 친우들이 흘린 눈물 다 합친 만큼 흘리셨으면 좋겠군요. 그 정도는 되어야 천벌이라고 할 만하지."

그녀의 냉랭한 대답에 고개 돌린 칼리스가 다시 투덜거렸다.

"아주 탈수로 죽으라는 거군."

"제 죄를 알긴 아시는군요."

칼리스마저 장난기를 거둬 급기야 두 사람 사이에 말다툼이 벌어지려던 찰나, 문지기가 그들을 발견하고 경례했다.

두 사람은 얼굴이 널리 알려져 있을 만큼의 유명 인사였기에, 의례적으로만 신분을 확인한 문지기가 뒤돌아 굳게 닫힌 문을 두드렸다.

"루디나토가의 칼리스 공자님과 발레노르가의 로아나 경께서 오셨습니다."

"들라 하라."

문 안에서 건조한 목소리가 들렸다. 그에 문 안으로 들어가기 전까지도 칼리스를 노려보던 로아나가 불쑥 말했다.

"오라버니가 지금까지 운 좋게 모르셨나 본데, 사랑은 원래 고통스러운 겁니다."

그리고 그녀는 성큼성큼 망토를 휘날리며 응접실로 들어갔다. 칼리스는 그녀를 뒤따르며 능청스레 어깨만 으쓱했다.

두 사람의 앞에 나타난 제3궁 응접실의 모습은 제3궁의 주인, 벨하르트의 성정을 그대로 반영한 듯 실용적이고 간소했다.

심지어 벨하르트는 실내뿐만 아니라 실외에도 전혀 관심이 없어서, 창문을 거의 대부분 커튼으로 가리고 지냄으로써 정원사들의 가슴을 아프게 했다.

응접실 안을 두리번거리던 칼리스와 로아나의 눈이 커졌다. 당연히 커튼을 쳐놓고, 창에서 멀리 떨어진 곳에 앉아 있겠거니 예상했던 벨하르트가 웬일인지 창가에 서 있었다. 방금까지 칼리스와 로아나가 있던 정원이 훤히 보이는 곳이었다.

검은 머리카락이 창으로 쏟아진 햇빛에 밝게 빛났다. 이윽고 이쪽을 돌아본 그가 차분하게 물었다.

"왔나."

제일 먼저 반응한 것은 칼리스였다. 한 걸음 성큼 다가간 그가 반가운 어조로 물었다.

"이야, 벨. 이게 무슨 일이야? 너도 가을을 탈 때가 다 있어?"

그래, 너도 햇빛을 많이 받아야 키가 크지. 어처구니없는 헛소리를 떠벌리는 칼리스를 곁눈질로 노려보며 로아나가 대꾸했다.

"칼 오라버니, 전하께선 이미 충분히 키가 크시거니와 식물이 아니신데 빛을 받는다고 키가 크긴 왜 큽니까."

뒤에 서 있던 호위병의 얼굴이 일순 풀어질 정도로 어처구니없는 대화였으나, 둘을 보는 벨하르트의 표정에는 여전히 변화가 없었다.

건조한 금색 눈으로 둘을 번갈아 보던 벨하르트가 다시금 창문으로 시선을 옮겼다.

"그냥 잠시."

잘 조경된 풀들 사이로 언뜻 갈색 머리카락이 스쳤다.

"……그럴 기분이 들었다."

그리고 그는 조용히 손을 들어 자줏빛 커튼을 당겼다. 정원의 햇빛이 차단되며 시야가 한층 어두워졌다.

칼리스는 여전히 쾌활한 표정으로 헛소리를 지껄였다.

"그래, 기분. 살다 보니 벨이 기분 따라 행동하는 날이 오는군. 좋은 징조야."

"다들 앉게."

별다른 반응 없이 의자를 턱짓하며 대꾸하는 벨하르트의 모습에 칼리스와 로아나가 냉큼 자리에 앉았다.

그러자 벨하르트는 문 근처에 모인 호위병들을 눈짓으로 물렸다.

잠시 머뭇거리는 신입 호위병을 향해 벨하르트가 물었다.

"우리 세 사람이 모였는데, 해칠 수 있는 자가 있을 것 같나?"

"……."

과연, 호위병은 곧바로 납득했다.

하나는 가문 잘 만나고 외모 잘 타고나 만날 놀러나 다니는 한량 같아 보이기는 해도 자질로 따지자면 마탑에서 차기 마탑주로 손 꼽히는 인재에, 다른 하나는 검의 천재로 유명한 발레노르가의 차기 가주. 그리고 마지막으로 무력으로는 발레노르가의 차기 가주 못지않은 강자인 황태자까지.

짧게 묵례한 호위병들이 우르르 방을 나가자마자 칼리스가 그들 위로 차단막을 덮어씌웠다. 푸르스름한 마나가 그들 주변을 감쌌다.

칼리스와 로아나의 시선이 모이자 마침내 벨하르트가 입을 열었다.

"지금부터 할 얘기는……."

그의 목소리가 무겁게 가라앉았다.

"신탁에 대한 것이다."

잠시 응접실 안에 침묵이 흘렀다. 칼리스와 로아나의 얼굴이 일제히 굳어지기까지 얼마 걸리지 않았다.

제국에서 가장 많이 알려진 신탁이라면 단 하나뿐이었다.

'위대하고 사악한 존재.'

아무리 빛의 신전에서 쉬쉬하려 하였다 해도 빛의 신전의 구성원인 이상 빠짐없이 듣게 되는 이야기였고, 빛의 신전은 각 가문에서 보내온 귀족 자제들로 넘쳐났다.

그 결과, '위대하고 사악한' 존재가 18년 전에 이곳 제국에 환생하였다는 얘기는 이미 귀족들 사이에선 공공연한 비밀이 되어 있었다.

불행인지 다행인지, 그 정체에 대해서는 아직 알려진 바가 없었다.

하기는, 정체가 밝혀졌더라면 그 '사악하고 위대한' 자를 없애려는 사람들 외에도, 그를 이용하여 다른 계획을 꾸밀 이들 역시 넘쳐났을 것이다.

언젠가 귀족 중 몇몇이 빛의 신전에 공식적으로 그의 정체를 요구한 적이 있었으나, 빛의 신전에서는 거부했다.

— 그 누구도 전생의 일로 현생을 억압당해서는 안 됩니다.

빛의 신전 측의 입장은 단호했으나, 귀족 중 몇몇은 빈번히 그 '위대하고 사악한' 존재의 척살을 주장하고는 했다.

'그런데 그 위대하고 사악한 존재에 대한 얘기라.'

도대체 무슨 얘기일지, 칼리스는 턱을 괴었다.

한편 그로 말할 것 같으면, 그는 빛의 신전의 입장에 십분 동의하는 입장이었다.

'전생에서 악행을 저질렀다고 해서 현생에서조차 살 기회를 박탈당하다니, 그건 좀 불쌍하지.'

인연의 고리는 돌고, 또 돌고, 전생에서의 가족이 현생에서의 원수가 되고, 전생에서의 원수가 현생에서의 은인이 되고, 그렇게 인과율이 맞춰진다 들었다.

그런데 그 '위대하고 사악한' 존재에게서 목숨마저 앗는 것은, 반성할 기회조차 박탈하는 것이 아닌가 하고.

칼리스는 그 '위대하고 사악한' 존재의 현생을 꼭 한번 보고 싶은 마음이었다.

해를 끼칠 생각 따위는 없었다. 다만 알고 싶었다.

전생에서의 그 위대하고 사악하던 존재는 지금 어떤 존재가 되어 있는지.

'생각 외로 무해하고 소박해져 있을지도 모르지.'

그가 제 손으로 비틀어 놓은 악연의 고리들을 어떻게 도로 끼워 맞추고 있을지도 칼리스는 몹시 궁금했다.

생각에 빠져 있느라고, 그는 그동안 앞에서 오간 말을 듣지 못했다. 퍼뜩 고개를 든 그가 되물었다.

"아, 미안. 못 들었어. 뭐라고?"

"오라버니."

타박하는 로아나를 뒤로 하고 벨하르트가 담담하게 말했다.

"신탁에 대한 것 말인데, '위대하고 사악한' 존재에 대한 것이 아니다."

"아, 정말? 그럼?"

"성물, '빛의 검'에 대한 것이다."

그에 칼리스의 얼굴이 굳어졌다.

빛의 검, 빛의 지팡이, 빛의 펜던트.

그중 빛의 검은 칼리스가 얼마 전에 수도로 옮겨 온 것이었다. 그런데 그 검에 대한 신탁이라니?

"신탁에 따르면, '빛의 검'의 새 주인이 나타날 거라는군."

"네? 하지만……."

놀라서 묻던 로아나가 말끝을 흐렸다. 같은 생각을 떠올린 칼리스 역시 얼굴을 굳혔다.

'빛의 검'은 특히 마물을 상대하는 데 뛰어난 힘을 발휘하는 강력한 성물, 그 주인이 나타난다면 제국으로서는 나쁠 것이 없었다. 하물며 북부에서 마물이 날뛰는 요즘 같은 때에야.

그러나 문제는 '빛의 검'의 주인이 나타나는 조건에 있었다.

칼리스가 말을 이었다.

"빛의 검은 마물에 의한 위험에 반응하여 눈을 뜨는 것이 대부분. 즉……."

"빛의 검이 있는 이곳, 수도에 조만간 마물들의 침공이 있을지도 모른단 말입니까?"

로아나가 굳어진 얼굴로 물었다. 실제로 빛의 검이 눈을 뜬 시기는 대부분 마물 침공과 연관이 있었다.

그때 테이블 위에 손을 내려놓은 벨하르트가 입을 열었다.

"하지만 빛의 검의 주인이 정말로 수도에 쳐들어온 마물들에 반응하여 나타난다면 그때는 너무 늦다. 빛의 검의 주인을 최대한 효율적으로 활용하기 위해서는 그가 누구인지를 침공 전에 미리 알아내야 해."

"벨, 네 말이 맞아."

그렇게 말하는 칼리스의 얼굴이 딱딱하게 굳어 있었다.

아무렴, 마물들의 침공 가능성에 대해 저토록 태연히 논하는 사람은 벨하르트 하나뿐일 거라고 칼리스와 로아나는 생각했다.

제국 북부의 잇사 왕국, 왕국의 경계를 넘어 훨씬 북쪽에 마물들의 땅이 있었다.

일대를 뒤덮은 짙은 마기로 인해 보통 사람은 숨쉬기조차 힘들었고, 연구가 목적인 마법사나 값나가는 것을 챙길 목적인 용병들만이 그곳에 드나들었다. 그나마도 생환율은 끔찍하게 낮았다.

최근 북부에서 마물들의 동태가 심상치 않다는 것은 잇사 왕국을 통해 꾸준히 흘러들어 온 얘기였다.

칼리스는 턱을 매만지며 시선을 떨어뜨렸다.

"이 시기에 빛의 검의 주인이 나타난다는 신탁까지 나타나다니……."

그는 고심에 빠졌다.

기록된 역사에서 마물들이 인간의 땅을 침공해 들어온 것은 네 번.

이유도, 원인도 알 수 없는 침공이었다.

다만 마물들의 일사불란한 움직임 뒤에는 어둠 속에 태어난 태고의 존재이며 모든 마물들의 아버지, '마왕'의 의도가 있지 않겠느냐고 다들 어렴풋이 추측하였다. 그러니 제국에서 오래전 마왕을 타도하겠다며 빛의 성물을 만들어 낸 것도 이상한 일은 아니었다.

네 번의 침공은 인간들에게 막대한 피해를 남겼다. 마물들의 외피는 단단하여 보통 공격으로는 어림도 없고, 마나나 신성력을 담은 공격만이 흠집을 낼 수 있었다. 그러니 민간에서는 마물들의 공격에 속수무책으로 당할 수밖에 없었다.

생각을 마친 칼리스는 다시 고개를 들었다. 그는 최근 벨하르트가 얼토당토않는 선포를 내린 이유를 이제야 알 수 있었다.

그가 말을 꺼냈다.

"벨, 네가 이번 사냥 대회에 마나를 쓸 수 있는 사람들만 참가하도록 하겠다던 이유를 알겠어."

벨하르트가 말이 없는 가운데, 그가 확신 어린 어조로 말을 이었다.

"이번 사냥 대회를 통해 사람들을 선발해서 최근 북부에서 있는 마물들의 이상 행동을 조사할 탐사대를 꾸릴 생각이야. 맞지? 북부에선 땅 위로 올라오는 마기 때문에 마나를 가진 사람들이 아니고선 견딜 수 없으니까."

"……."

"그리고 빛의 검을 사냥 대회가 이루어지는 숲에 두어 반응하는 자가 있는지 본다. 북부와 얼추 비슷한 환경을 조성해 두고, 마물들을 풀어두면 굳이 북쪽 땅까지 가지 않고서도 보다 쉽게 빛의 검의 주인을 찾을 수 있을지도 모르니까."

"그래. 통제 불가능한 위험보다는 통제 가능한 위험 쪽이 훨씬 나으니까."

너무나 간단히 돌아온 벨하르트의 말에 칼리스가 이마를 짚었다.

그가 감았던 눈을 다시 뜨며 말했다.

"맙소사, 벨하르트. 아무리 사자는 자기 새끼를 절벽에서 떨어트린다지만, 너무 몰아붙이는 건 좋지 않아."

"마물들이 밀고 들어오기 시작하면 이미 늦다. 지난 네 번의 침공을 봐서 알 텐데. 잇사 왕국이 1차 방어선이 되어 주긴 하겠지만, 뚫고 오기까지 일주일도 채 걸리지 않을 거다."

그의 단호한 대답에 칼리스는 입을 꾹 다물었다. 과연 벨하르트가 '5차 마물 침공'이라는 극단적인 가능성까지 고려하고 있다면, 이렇듯 일을 서두르는 이유도 이해 못 할 것은 아니었다.

이 일이 밖으로 새어 나갈 시 어떤 파장이 불러일으켜 질지 또한 짐작 가지 않았다.

확실히 사냥 대회는 의심 안 사고 제국의 실력 뛰어나며 운신이 자유로운 이들을 대거 불러모을 기회였다.

실상 제국의 명운이 걸려 있다고 해도 모자란 표현은 아니다. 찝찝한 표정을 짓고 있던 두 사람도 결국 고개를 끄덕일 수밖에 없었다.

두 사람은 그저 이번 사냥 대회에서 정말로 빛의 검의 주인이 나타나길 빌었다. 그런다면 북부 원정대가 생환할 확률이 조금이라도 늘어날 테니까.

그때, 벨하르트가 다시 꺼낸 말에 두 사람은 일제히 눈을 크게 떴다.

"그리고 이번 사냥 대회에는 발리아도 참가한다."

"네?"

"그게 무슨 소리야?!"

로아나는 물론이고 칼리스도 기겁해서 물었다.

벨하르트가 여상한 얼굴로 찻잔을 들며 대꾸했다.

"발리아는 크레센트가의 정령 친화력을 그대로 타고났고, 특히 물의 정령은 마기를 차단하는 데 뛰어난 효과가 있지. 그녀는 뛰어난 인재야."

"자격이 부족하다는 얘기가 아니야! 그게 아니라……아니, 됐다."

결국 칼리스는 말을 제풀에 그만두었다. 어차피 말해 봐야 듣지 않을 것은 누구보다도 잘 알고 있었다.

'벨이 추구하는 것은 오직 효율뿐이지.'

신경질적으로 머리칼을 쓸어넘기며 그는 생각했다.

가끔 벨하르트의 곁에 있노라면 자신이 사람이 아니라 그의 체스 말, 그 이상도 이하도 아닌 듯한 기분을 느낄 때가 있었다.

태어나서부터 보고 지낸 사촌지간인 자신이 이럴진대, 남들은 더할 것이다.

'하물며 사랑하는 약혼자 하나만을 보고 살던 곳을 떠나 수도까지 올라온 그녀는 어떨까?'

벨하르트를 피로한 얼굴로 바라보던 칼리스가 자리에서 일어났다. 벨하르트를 남겨 두고 돌아선 그가 마지막으로 당부했다.

"벨, 아무리 그래도 그런 식으로 사람 마음 이용하는 건 그만둬라."

당연히 평소처럼 대답이 돌아오지 않을 것을 믿고 던진 말이었다.

벨하르트는 다른 무엇보다도 유독 사람의 감정이 가지는 가치에 대해 전혀 이해하지 못하는 것처럼 굴었다.

그런데 그때 돌아오는 날 선 대답이 있었다. 칼리스와 로아나는 놀라서 뒤를 휙 돌아보았다.

"네가 할 말인가?"

금안이 일렁이며 이쪽을 쏘아보고 있었다. 칼리스는 벨하르트의 눈에서 어떤 감정을 엿보았다 느낀 것이 십몇 년 만에 처음인 것 같았다.

그것도 잠시였다. 평소의 침착을 되찾으며, 창가로 돌아간 벨하르트가 커튼 앞에 섰다.

아무것도 보이지 않는 커튼을 빤히 쳐다보며 벨하르트가 말을 맺었다.

"너도 황족임을 잊지 마라. 추문이 남지 않게 하도록."

그 말을 마지막으로 침묵만이 응접실을 메웠다. 어안이 벙벙해서 잠시 멍하니 있던 두 사람은 황급히 인사하고 응접실을 나왔다.

응접실을 나와 걸으면서 두 사람은 한마디도 나누지 않았다. 저마다의 생각으로 머릿속이 복잡한 탓이었다.

칼리스가 먼저 침묵을 깼다.

"로이."

"네?"

"칼리스가 나한테 추문이 남지 않게 하라느니 어쩌느니 한 거, 이

번이 처음 아니야?"

그러자 날카롭던 로아나의 표정이 다시 심드렁해졌다. 그녀는 정원으로 고개를 돌리며 아무렇게나 대답했다.

"네, 뭐. 그렇지요……."

지금 로아나는 빛의 검에 대한 신탁, 사냥 대회의 숨겨진 의도와 마물 5차 침공에 대한 정보들을 한꺼번에 받아들인 탓에 머리가 터질 것 같았다.

그런데 이 와중에 칼리스가 신경 쓰는 거라고는 추문이 나지 않게 하라는 지적뿐이라니.

그녀가 속으로 어처구니없어 하는 그때, 고개를 기울인 칼리스가 다시 말했다.

"정원에서 있었던 일을 본 건가?"

"네? 말도 안 되는 소리. 벨하르트 전하께서 대체 뭐하러 그런 쓸데없는 일을……."

말도 안 된다는 듯 말하던 것도 잠시, 뭔가를 깨달은 로아나의 입이 천천히 다물렸다. 그녀는 방금 자신들이 나온 응접실 문을 다시 돌아보았다.

'벨하르트 전하, 어째선지 오랜만에 커튼을 걷고 정원 쪽을 보고 계셨지.'

칼리스가 여정을 마치고 수도로 돌아온 지는 고작 한 달. 여정을 다녀오기 전에 애인을 한차례 정리하고 갔기 때문에 최근에는 추문이니 뭐니 할 것도 없었다. 그럼에도 불구하고 벨하르트가 저런 식으로 말하다니?

최근 칼리스와 엮인 이는 아무도 없을 터인데…….

갈색 머리 하녀, 지엔을 제외한다면.

로아나는 다시 지엔의 모습을 머릿속으로 그려 보았다. 아무리 생각해도 벨하르트가 특별히 예의 주시할 만한 인사가 아니었다.

머릿속이 더욱 복잡해지던 그때, 다시 날아온 뜬금없는 말에 로아나는 고개를 들었다.

"불쌍해."

방금 던졌던 화두는 어느새 완전히 잊어버린 듯한 말이었다.

'쓸데없이 다른 사람까지 심란하게 해놓고.'

그렇게 생각하며 미간을 좁힌 로아나가 되물었다.

"누구 말입니까?"

"발리아 영애 말이야. 불쌍해하는 데는 별 취미가 없는데, 연민하지 않으려 해도 연민하게 돼."

칼리스의 울적한 대답에 로아나는 갑자기 입을 다물었다. 그런 기색을 아는지 모르는지, 그가 태연히 말을 이었다.

"어쩌다가 하필 벨을 사랑하게 돼서는. 좀 더 자기를 즐겁게 할 사람을 사랑해도 좋을 텐데 말이지."

"……아까 제 말은 뭐로 들으신 겁니까."

잠시 침묵하던 로아나가 꺼낸 말에 칼리스가 비로소 고개를 돌려 그녀를 보았다.

"사랑은, 원래 고통스러운 거라고 말하지 않았습니까."

로아나의 말에 칼리스가 가당치도 않다는 듯 피식 웃었다. 수도 제일의 바람둥이답게 여유로운 미소였다.

"뭘 모르는구나, 로이."

방금까지의 울적한 기색을 떨친 그가 노래하듯 유창하게 말했다.

"벽의 꽃으로 유명한 너와 벨은 잘 모르겠지만, 나름 전문가인 내가 비유하자면 사람의 감정은 악기와 비슷하거든."

"그게 무슨 소리입니까?"

짜증스런 반응에도 아랑곳하지 않고, 풀숲 여기저기를 살피던 칼리스는 문득 손을 집어넣어 작은 꽃 한 송이를 똑 따냈다.

평민이 그랬다면 경을 칠 일이었으나, 황족인 데다 황태자의 사촌이기까지 한지라 정원사들은 그저 고개를 조아렸다.

방금 딴 꽃을 엄지와 검지로 빙빙 돌리며 칼리스가 계속 지껄였다.

"악기를 연주한다고 해서 반드시 늘 슬픈 곡만 연주하란 법은 없지. 원한다면 평생 귀여운 삼박자 왈츠나 연주하며 살 수도 있는 거 아니겠어?"

"흐음."

"요컨대, 통제 못 할 강렬한 사랑에 몸을 내맡기기보다는, 적당히 즐거운 연애만 하면서 살자는 거야."

꽃을 한동안 갖고 놀던 칼리스가 이윽고 손바닥 위에 그것을 올려놓고 훅 불었다. 방금까지 팔랑이던 꽃이 바닥으로 추락했다.

"너희는 너무 사랑을 심각하게 받아들여. 나처럼 즐기면서 가볍게 사랑하려면 얼마든지 할 수 있다고. 사랑의 본질이 고통이라니, 말도 안 되는 소리."

그렇게 말하는 칼리스를 로아나는 여전히 가늘게 뜬 눈으로 노려보았다.

마침내 그녀의 입에서 낮은 목소리가 흘러나왔다.

"세상에 오라버니 같은 사람밖에 없을 것 같습니까? 그러니까 제가……."

그녀가 분한 듯 입술을 깨물며 말했다.

"오라버니를 싫어할 수밖에 없는 겁니다."

그 말에도 칼리스는 전혀 억울해하지 않는 표정이었다.

화를 내긴커녕, 오히려 바람 빠진 듯한 얼굴로 방금 버린 꽃을 내려다보며 그가 대답했다.

"나도 알아."

로아나는 눈빛을 가라앉히는 사이, 문득 무언가를 발견한 칼리스가 눈을 휘둥그레 뜨더니 몸을 돌렸다.

떠나기 전 그가 한쪽 손만 치켜들고 외쳤다.

"그럼 다음에 봐, 로이! 다음엔 이런 칙칙한 얘기 하지 말자고."

"빛의 신의 가호가 있기를, 칼 오라버니."

"너도!"

축복에는 같은 축복으로 돌려주는 것이 당연할진대, '너도'라니? 황족이라고는 믿을 수 없을 만큼 엉망진창인 인사말에 로아나의 얼굴에서 분노가 흐려졌다.

그것도 잠시, 도로 입술을 꾹 깨문 그녀가 중얼거렸다.

"못된 사람."

*   *   *

"지엔아!"

정원을 열심히 비질하던 지엔은 해맑게 웃으며 자신에게 다가오는 칼리스를 보고 기겁했다.

주변을 잽싸게 살핀 지엔은 아무도 없다는 것을 확인하고 그를 덥석 잡아당겼다. 무슨 말을 하기도 전에 대뜸 손목이 잡힌 칼리스가 눈을 깜빡였다.

정원 속으로 잠자코 따라가던 그가 불쑥 내뱉었다.

"지엔아, 아까 칭찬하던 것도 그렇고, 이렇게 적극적이면 나 좀 기대하게 되는데."

그 말에 지엔의 속은 덜컥 뒤집혔다. 방금 자신의 주변을 한바탕 뒤집어 놓고, 저 천진한 말투라니!

인적이 드문 곳까지 와서야 칼리스의 손목을 놓고 돌아선 지엔이 외쳤다.

"아악, 아까부터 다른 사람들 오해하게 말씀이 그게 뭐예요?!"

그러자 눈을 휘둥그레 뜬 칼리스가 되물었다.

"왜 그래, 누가 뭐라고 그랬어?"

"누구뿐이겠어요! 사람들 다요! 그냥 그 자리에 있던 임시 시녀들이랑, 또 나중에 나타난 시녀장님이랑, 그분께 얘기를 들은 정식 시녀분들까지 다! 다 한 번씩 제 얼굴 확인하고 갔다니까요!"

그렇게 말하는 지엔의 얼굴이 울상이었다.

칼리스는 붉은 눈을 새초롬하게 뜬 채 지엔의 얼굴을 잠자코 내려다보았다. 그러거나 말거나, 지엔은 퉁퉁 부은 얼굴을 하고 입속으로 칼리스에 대한 불만을 되새기기에 여념이 없었다.

이윽고, 묘하게 웃은 칼리스가 슬쩍 물음을 던졌다.

"못난, 아니, 지엔아. 너 지금 그 사람들 눈치 봐?"

"그럼 안 보고 배겨요?"

그러자 칼리스는 팔짱을 끼며 고개를 기울였다.

"거참 이상하네. 네 앞에 이 나라에서 황족 제외하면 제일가는 가문의 후계자가 있는데, 왜 나 말고 그 사람들 눈치를 봐?"

"……."

"지엔아, 너는 가끔 보면 나에 대한 걸 제일 잘 잊어버리는 것 같아."

나 좀 실망이야. 어깨를 으쓱이며 덧붙이는 칼리스를 지엔은 복잡한 얼굴로 바라보았다.

그러고 보니 그랬다. 분명히 방금 함께 있던 사람들보다 칼리스의 신분이 비교할 수도 없을 만큼 높은 데도 불구하고, 지엔은 지금까지 한 번도 그의 비위를 맞출 생각은 하지 않았다.

그것은 칼리스가 마탑에서 자라 격의 없는 태도를 보여 주는 것 외에도 분명 다른 이유가 있을 터였다.

'아마 전생 때문이겠지.'

지엔은 생각했다.

전생의 칼리스는 자신보다 한참 아래였기 때문에, 그가 이번 생에서는 자신보다 높은 신분이라는 것을 받아들이기 힘들어서.

방금 황궁 시녀들 사이에서의 괴롭힘이나 추문 따위, 칼리스가 한번 손쓰기만 하면 휙 날아갈 것이다. 칼리스도 그것을 알고 있었기 때문에 그 많은 사람 앞에서 지엔에게 아는 척한 것이리라.

손 가는 대로, 마음 가는 대로 행동해도 가로막을 이가 아무도 없는 신분의 남자.

그 사실을 깨달은 지엔이 잠시 말이 없어진 사이, 그녀를 여전히 내려다보던 칼리스가 돌연 씩 웃었다.

그러더니 그가 갑자기 주변 나무둥치에 털썩 앉는 바람에 지엔은 화들짝 놀랐다.

정신을 차린 그녀가 칼리스의 팔을 붙들었다.

"아니, 그렇게 막 앉으시면 비싼 옷이……! 그보다 왜 여기 앉으신 거예요, 공자님?"

칼리스는 여전히 생글생글 웃으며 대답했다.

"너 일 끝나는 거 기다렸다가 같이 돌아가려고."

"네에?!"

지엔이 더욱 기겁했다. 그러거나 말거나, 칼리스는 근래에 본 것 중에 가장 기분 좋은 듯한 미소를 지으며 여전히 일어나려 하지 않았다.

결국 한숨을 내쉰 지엔은 빗자루를 다시 들었다.

사실 지엔이 오늘 할 일은 이미 끝난 뒤였다. 그러나 조금 전, 칼리스의 일이 있고 얼마 안 돼서 우르르 몰려온 정식 시녀들이 그녀에게 정원을 쓸라는 명령을 내렸다. 방금 있던 소동 때문에 정원이 더러워졌다는 이유였다.

'칼리스님이 무슨 낙엽의 신도 아니고, 그분이 다녀가셨다고 정

원이 더러워지긴 왜 더러워져.'

그러나 임시 시녀에게 말대답은 허용되지 않았다. 한숨을 내쉰 지엔은 묵묵히 비질을 계속했다.

그때, 칼리스가 다시 입을 열었다.

"지엔아."

드물게 가라앉은 목소리에, 지엔은 의아해하며 그를 보았다.

그가 씩 웃으며, 그러나 여전히 평소보다는 어두운 얼굴로 물었다.

"너도 고통스러운 사랑만이 진정한 사랑이라고 생각해?"

"……?"

빗자루질을 멈춘 지엔은 조용히 고개만 기우뚱했다.

사랑에는 반드시 고통이 따르냐니? 뜬금이 없어도 너무 없었다.

그러나 지엔이 방금 깨달은바, 칼리스는 지엔에게 있어 하늘과 땅만큼의 신분 차가 있는 상전 중의 상전이었다.

'까라면 까야지 어쩌겠어.'

쓴 웃음을 지은 지엔이 대답했다.

"고통스러운 사랑만이 반드시 진정한 사랑은 아니겠지요."

그에 칼리스의 얼굴이 밝아졌다.

"그렇지? 그래, 사랑을 즐거우려고 하는 거지 누가……."

그의 말을 끊고, 지엔이 다시 말했다.

"하지만 사람 마음이란 어쩔 수 없는 거니까요. 그러니까, 누군가를 사랑하는 일이 언제나 즐거울 거란 생각은 안 해요."

그 말에 칼리스의 표정이 바뀌었다. 그러나 그에게서 등을 돌리고 있던 지엔은 눈치채지 못했다.

빗자루 손잡이 위에 두 손등을 겹치고, 그 위에 턱을 올린 지엔이 웅얼거리듯 말했다.

"자기를 행복하게 해 줄 사람만 골라서 사랑할 수는 없는 거니까요."

그녀가 생각하고 있는 것은 전생의 세 여인이었다.

그렇다. 자신을 행복하게 할 사람만 골라서 사랑할 수 있었다면, 그중에 적어도 두 명은 행복해질 수 있었다.

그러나 그녀들은 그러지 못했다. 사랑이란 그런 편리한 감정이 아니었으므로.

잔잔한 강물보다는 풍랑 몰아치는 바다에 가까우므로.

잠시 그대로 서 있던 지엔은 한 손으로 뒤통수를 긁적이며 웃어 버렸다.

"뭐, 저도 해 본 바로는 그렇더라고요!"

누구도 사랑할 수 없는 강철 심장을 갖고 있었던 전생 같으면 하지 못했을 말이었다.

그러나 지금 지엔의 강철 심장은 다른 누구도 아닌 벨하르트에게 있었고, 그 결과로 지엔은 사랑을 할 수 있게 되었다.

정확히는 마음이 갈대 뺨치는 여자가 되었다.

'부작용이 이렇게 심할 줄 알았으면 그것만은 안 된다고 떼라도 써 보는 건데.'

어릴 때 살던 마을 남자애들의 반 정도를 따라다닌 흑역사를 떠올린 지엔이 인상을 찌푸리는 그때였다.

뒤에서 다시 날아온 목소리에 그녀는 고개를 돌렸다.

"누굴 사랑해 본 적이 있어?"

"네?"

"네가?"

그렇게 묻는 칼리스의 표정이 몹시도 이상했다.

지엔은 눈을 깜빡였다.

저렇게 창백하게 질린 얼굴은 처음 보았다. 심지어 그와 처음 마주쳤을 때, 트롤에게 쫓기고 있던 때조차 저런 모습은 아니었는데.

피처럼 선명한 선홍색 눈을 자신에게 고정한 채, 눈 한번 깜빡이지 않는 모습은 묘한 공포감마저 불러일으켰다.

어깨를 움츠린 지엔은 저도 모르게 한 발자국 물러났다.

그때였다. 갑자기 칼리스의 이마가 풀어지고, 얼굴에는 다시 생기가 돌아왔다.

좀 전의 유령 같은 표정은 어디 가고, 평소의 쾌활한 모습으로 돌아온 그가 장난스레 되물었다.

"나를 더러 자기 취향 아니라기에, 얼마나 눈이 높은가 했더니."

"아."

그 소리였군, 지엔은 안도감에 가슴을 쓸어내렸다.

'난 또 내가 무슨 큰 실수라도 한 줄 알았네.'

"이제 보니 눈이 높은 게 아니라 없는 거였구나? 응? 그러지 않고서야 어떻게 나 같은 미남을 두고 다른 사람을 좋아할 수가."

턱을 괸 칼리스가 장난스럽게 지껄이자, 그제야 지엔도 웃으며 대꾸할 수 있었다.

"칼리스 님, 너무하시네요. 사람 취향이 좀 다양할 수도 있지 눈이 없다니."

"뭘? 눈이 옹이구멍이냐고 물으려다 없는 걸로 바꾼 거야."

"그걸 직접 말하신 데서 참으신 의의가 없어지는데요."

그렇게 대답하던 지엔은 문득 어깨 위로 내려앉는 햇살의 색이 바뀌었음을 깨달았다. 고개를 들자, 선명한 주홍색이 온 하늘을 차지하고 있었다.

빗자루를 다른 손에 바꿔 쥔 그녀가 칼리스에게 손을 내밀었다.

"칼리스 님, 저 일 끝났어요."

"아."

"같이 돌아가요."

왠지 느릿느릿한 동작으로 칼리스가 지엔의 손을 잡았다.

잡고 일어나라고 내민 것뿐이었는데, 칼리스는 일어나고서도 지엔의 손을 놓지 않았다. 상대적으로 큰 자신의 손안에 지엔의 손을 쏙 집어넣은 그가 그녀의 걸음에 맞추어 느릿느릿 걸었다.

'다리도 긴 사람이, 불편할 텐데.'

지엔은 잠시 생각했지만, 곧 제 알 바 아니라고 생각하며 계속 걸었다.

궁에 소문나는 것은 생각지 않기로 했다. 아까 칼리스가 했던 말대로, 지엔이 눈치 봐야 할 사람은 그들이 아닌 칼리스였으니까.

앞서 걷는 지엔의 뒤로 갈색 머리카락이 나부꼈다. 그 자취를 멍한 눈으로 좇으며 칼리스는 계속 걸음을 옮겼다. 단단한 땅이 아니라 물속을 걷는 듯 발아래가 푹푹 잠겼다.

그는 먼 과거를 보고 있었다.

길게 늘어선 열주 사이로 찬란하게 쏟아지는 금색 햇빛, 열주 가운데에 높이 솟은 왕좌.

그 위에 턱을 괴고 앉아 자신을 내려다보는, 차가운 눈의.

— 왕.

눈부시게 아름다운, 나의 왕.

그는 옥좌 앞에 서서 까마득한 높이에 있는 왕을 가만히 올려다보았다.

심장이 터질 듯 조여 왔다.

이 감정은 고통이다, 단지 고통일 뿐이다. 그렇게 생각했다.

— 이토록 고통스러운 게 사랑일 리 없어.

그리고 그의 눈에 초점이 돌아왔다.

그는 이제 눈앞의 지엔을 보고 있었다. 바람에 나부끼는 갈색 머리카락 사이로 귀와 목덜미가 언뜻언뜻 드러났다.

문득 그의 입에서 자그만 목소리가 새어 나왔다.

"……평해."

"네?"

앞서 걷던 지엔이 고개를 돌렸다. 제풀에 찔린 칼리스는 어깨를 움찔했다.

"칼 님, 방금 뭐라고 하셨어요?"

그가 한 박자 늦게 대답했다.

"아니?"

"그래요? 칼 님이 아닌가?"

잠시 고개를 기웃거린 지엔은 별 의심 없이 다시 고개를 돌렸다.

그녀의 시선이 다시금 자신을 떠나는 것을 느끼며, 칼리스는 당장 두 손을 뻗어 그녀의 고개가 다시 자신을 향하도록 하고 싶다고 느꼈다.

불공평했다.

이건 너무나도 불공평했다.

'내가 아름다운 당신을 처음 보고 반했을 때 당신은 내가 추하다며 시선 한 번 주지 않았지.'

허나 지금 나는 이렇게 아름답다.

당신보다 아름다운데, 어째서 당신은 나를 봐주지 않아?

'어째서 지금에 와서조차, 당신이 나를 보는 게 아니라 내가 당신을 좋아야만 하지?'

그리고 그는 갑자기 고개를 뒤흔들었다.

아까부터 어지러운 환상들이 자꾸만 떠오르는 것도 모자라 이상한 생각들, 자신의 것이 아닌 기억들까지.

그때, 앞서 걷던 지엔이 다시 그를 나지막이 불렀다.

"칼 님."

"으, 응?"

이번에도 칼리스는 한 박자 대답이 늦고 말았다.

말을 더듬기까지 하는 그에게 지엔이 눈치를 살피듯, 조심스레 물었다.

"혹시 제가, 칼 님이 취향이 아니라고 말씀드려서, 정말로 기분이 상하신 건 아니죠?"

"응? 아……."

잠시 말을 흐리던 칼리스는 곧 웃었다. 그가 손까지 내저으며 대답했다.

"당연히 아니지. 그럴 리가 없잖아."

"다행이네요."

얄미울 정도로 평온한 대답이 돌아왔다. 칼리스는 그리고 다시 걷기 시작하는 지엔의 뒷모습을 빤히 바라보았다.

그리고 그는 스스로에게 다짐하듯 중얼거렸다.

자신은 지엔이 자신이 아닌 다른 사람을 사랑했다는데 충격을 받은 것이 아니다.

'자존심이 상한 것뿐이야.'

단지 그뿐일 터였다. 칼리스는 다시 힘주어 읊조렸다.

지금 그의 심장 부근에서 느껴지는 뒤죽박죽 엉킨 털실 같은 이 감정은 절대로.

절대로.

칼리스가 아는 그 감정과는 다를 터였다.

잠시 폈다 지는 꽃 같은 그것과는.

칼리스와 어깨동무한 채 마차에 올라탈 때부터 궁에 어떤 소문이 퍼질지는 대강 예상하고 있었다. 이튿날부터는 평온한 생활이 불가능하리란 것도.

과연, 이튿날 출근하자마자 지엔은 제게 우르르 몰리는 인파를 보고 얼굴을 구겼다.

두 주먹을 불끈 쥔 임시 시녀들이 득달같이 추궁해댔다.

"뭐니, 얘, 밀회? 비밀 연애?"

"아니야, 그런 게 아니라."

그나마 전날 칼리스가 로아나에게 공개적으로 해명한 바가 있어서 다행이었다.

지엔은 어제 칼리스가 말한 것을 그대로 읊었다.

"칼리스 님이 그러셨잖아. 그냥 여행길에 만난 동료라고. 같이 수도로 왔을 뿐이라고. 그 말대로야. 온 김에 잠시 신세 지고 있는 것뿐이야. 나세르 공자님과 같이."

그러나 반응은 석연치 않았다. 고개를 기웃한 임시 시녀 하나가 대답했다.

"그렇다기엔 너무 가까워 보이던걸."

그에 지엔이 질색하며 되물었다.

"그분 바람기를 몰라서 그래?"

사실 수도에 온 지 얼마 안 된 지엔도 아는 것은 없었지만, 어제 로아나의 반응을 봐서는 보통이 아니겠거니 했다.

과연 이게 정답이었는지, 곳곳에서 수궁의 반응이 돌아왔다. 그건 그래, 하긴, 그분이 친하게 지내는 시녀가 어디 한둘이어야지.

지엔이 안도의 한숨을 내쉬는 그때, 묘한 표정으로 나선 임시 시녀가 충고했다.

"지엔 너, 우리야 이렇게 넘어간다지만 정식 시녀들은 아닐걸."

"뭐?"

"네 말대로 칼리스 님과 네가 아무런 사이가 아니라는 게 사실이라고 해도, 정식 시녀들은 그냥 너랑 칼리스 님이 친하다는 것 자체가 용납이 안 될 테니까."

"그럴 수가."

"우리도 최대한 도와주기는 하겠지만, 몸조심해."

임시 시녀들은 저마다 지엔의 등이며 허리를 두드려 준 뒤에 각자 청소 구역으로 발길을 돌렸다.

혼자 남은 지엔은 울상을 지었다.

'망했다.'

과연, 임시 시녀들의 예언은 빠르게 이루어졌다.

아무리 배움의 방에 틀어박힌다고 해도 걸레도 빨아야 하고, 복도도 청소해야 하기에 무작정 틀어박히는 것도 한계가 있었다. 잠깐 밖으로 나올 때마다 꼭 누가 발을 걸거나 머리 위에서 물이 담긴 양동이가 쏟아졌다.

그러나 정식 시녀들이 하나 몰랐던 것이 있다면, 겁만 안 들면 지엔의 반사 신경이 멀쩡하다는 점이었다.

"뭐야, 쟤?!"

"방금 움직임 봤어?"

"기사 수련생 출신이니, 저 애?!"

그날 오후가 되도록 정식 시녀들의 시도는 아무런 결실을 맺지 못했다. 우왕좌왕하던 그녀들은 결국 회의까지 개최했다.

제3궁의 가장 어두운 방을 차지하고 앉은 그녀들의 얼굴은 방 안만큼이나 어두웠다.

한 시녀가 돌연 책상을 쾅 내리치며 외쳤다.

"어쩐지……! 저보다 상전들뿐인 제3궁에서 일하면서 시종일관 넋을 빼놓고 다니더라니!"

그 말을 시작으로 다른 시녀들도 하나둘 말문을 텄다.

"다 칼리스 님을 믿고 그런 거겠죠. 천박하긴, 발레노르 경의 말씀대로예요. 언제까지 제게 관심을 줄 거라고 믿고 저러는지, 원."

"하지만 대체 저 애를 어떻게 혼내 준다죠?"

좌중이 조용해졌다. 잠시 후, 한 시녀가 조심스레 주위의 눈치를 살피며 입을 열었다.

"역시, 폭력 행사밖에 없지 않겠어요?"

"하지만, 그랬다가 칼리스 님의 귀에 들어가면 어쩌려고요?"

그 말에 의견을 냈던 시녀의 안색이 즉시 어두워졌다.

지엔을 혼내 주고 싶은 맘은 굴뚝같았으나, 칼리스를 적으로 돌리는 것은 미친 짓이었다.

다시 한번 사방이 조용해진 가운데, 이번에는 다른 시녀가 조심스레 말했다.

"포기해야 할까요?"

그때였다. 여태껏 묵묵히 분위기만 잡고 있던 미리엄이 마침내 입을 열었다.

"왜?"

그에 그녀들의 시선이 그쪽으로 쏠렸다. 짙은 음영이 진 미리엄의 얼굴을 한참 바라보던 그녀들의 입에서 일제히 푸념이 쏟아졌다.

"하지만……."

"저 인간 같지도 않은 몸놀림으로 전부 피해 버리니, 이제는 남은 방법이……."

그러자 미리엄은 어처구니없다는 듯 피식 웃었다. 그녀가 몹시 여유로운 표정으로 말했다.

"다들 생각이 너무 좁은 거 아니야? 우리 궁에는 합법적으로 사람을 죽이는 명물이 있는데."

그러자 모두의 눈이 휘둥그레지는 것도 잠시, 곳곳에서 감탄사가 터져 나왔다

"아, 과연!"

"역시 미리엄 님! 너무 똑똑해서!"

그 가운데 시녀장, 미리엄은 만족스러운 미소를 띠며 턱을 치켜들었다.

"이제 좀 조용해졌나?"

배움의 방 바깥을 흘끔 바라본 지엔이 중얼거렸다. 그녀의 얼굴

에 아침 같은 긴장감은 없었다.

정식 시녀들의 괴롭힘이란 게 생각보다도 조잡했다. 지엔의 반사 신경으로는 충분히 피할 수 있는 수준이었다.

'전생의 나, 이걸 물려준 것만은 고맙다.'

그리고 지엔은 밖으로 나섰다. 과연 칼리스의 말대로 대놓고 괴롭히지는 못할 듯싶고, 이런 종류의 괴롭힘만 이어진다면 앞으로도 충분히 감당할 수 있을 것 같았다.

그런데 바로 그때였다. 누군가 지엔을 불렀다.

"지엔."

지엔은 뒤를 돌아보았다. 어제와 같이 차분한 표정의 미리엄이 자신을 보고 있었다.

잠시 눈을 깜빡이던 지엔이 고개를 숙였다.

"부르셨어요?"

"본궁에 다녀와 줘야겠다."

"네, 알겠습니다……."

지엔은 고개를 끄덕였다. 인사를 나누고, 다시 미리엄에게서 돌아서며 그녀는 쿵쾅거리는 심장을 눌렀다.

'뭐야, 놀랐잖아.'

나오자마자 문 앞에 서 있기에 또 찻주전자라도 던질까 했지, 설마 정상적인 일을 시킬 줄은 몰랐다.

그러나 잠시 후, 지엔은 그녀가 시킨 일이 결코 정상적이지 않다는 것을 깨달았다.

"아차."

천 개의 계단.

여름은 물론 가을 같은 계절에 오르내려도 한 번이면 기절을 면치 못하는 죽음의 코스였다.

그러나 그 또한 지엔에게는 예외였다.

'머리를 좀 썼는데, 미안하게 됐네.'

무심히 뒷머리를 긁적인 지엔은 걸음을 떼어 놓았다.

*　　*　　*

오늘의 해가 지면 내일의 해가 뜨듯이, 오늘의 여자가 가도 내일의 여자가 온다. 그것이 천 개의 계단 경비대원, 다니엘과 막심의 지론이었다.

그들은 오늘도 미인이 천 개의 계단을 오르다 비틀거리기를, 그래서 자신들이 부축할 수 있기를 기다리고 있었다.

그들의 머릿속에서 천 개의 계단을 쉼 없이 오르던 갈색 머리카락의 하녀 하나는 이미 깨끗이 잊힌 지 오래였다.

'유령 아니었을까.'

'꿈이었을 거야.'

희망에 겨운 생각을 하며 그들은 계단 밑을 보았다. 시야에 들어오는 한 사람의 모습에 그들의 안색이 순식간에 핼쑥해졌다.

조금의 휴식도 없이 성큼성큼 계단을 올라오는 모습은…….

'그때 그 괴물!'

두 사람이 얼어붙은 사이, 갈색 머리 하녀는 조금의 망설임도 없이 두 사람의 옆을 휙 스쳐 지나가 버렸다.

이윽고, 그녀가 계단을 내려가 제3궁으로 통하는 길로 향하는 모습을 보며 두 사람은 안도의 한숨을 내쉬었다.

그들은 서로를 돌아보며 말했다.

"이제 오늘은 볼일 없겠지?"

"제발 그랬으면 좋겠어. 저 모습을 하루에 두 번 보다니, 무서운 건 그렇다 치고 저 하녀도 쓰러지고 말 거라고. 아무리 체력이 좋아도 그렇지."

불과 두어 시간도 안 지나 갈색 머리카락의 하녀가 다시 저 멀리서부터 계단을 올라왔다. 그 모습을 본 다니엘과 막심은 얼굴을 딱딱하게 굳혔다.

'오늘만 벌써 두 번째인데, 지치지도 않는 거냐!'

두 사람이 생각하는 가운데, 지엔은 또다시 그들 옆을 슥 스쳐 지나가 버렸다.

그리고 그것이 세 번, 네 번 반복될 무렵 두 사람의 얼굴은 창백하게 질려 있었다. 이제 그들은 지엔이 죽을까보다도, 지엔이 정말로 사람은 맞을까를 고민하기 시작했다.

그리고 두 사람과 마찬가지로 그런 지엔의 모습을 지켜보는 사람이 있었다.

미리엄의 지시하에 계단을 네 번째 오르던 지엔은 문득 부르는 소리에 고개를 돌렸다.

"저기."

"네?"

뒤를 돌아본 지엔은 기겁했다.

'전에 발레노르 경과 같이 있던!'

발레노르 경이 자신에게 매섭게 쏘아붙일 때, 뒤에서 안절부절못하고 서 있던 하늘색 머리카락의 여자였다.

선한 눈매에 연약한 인상의 소유자인지라 성격이 나빠 보이지는 않았지만, 그래도 발레노르 경이 호위할 정도라면 고위 귀족임이 분명했다.

지엔은 바짝 얼어붙어 옆으로 비켜났다.

"제가 감히 귀하신 분의 행차를……."

"뭐? 아니, 그게 아니라."

그녀는 토끼처럼 눈을 동그랗게 뜨며 손을 가로저었다. 그러더니 금세 얼굴이 발그레해진 그녀가 말을 이었다.

"혹시 힘들지 않은가 해서."

지엔은 그런 그녀를 멀뚱히 응시했다.

'천 개의 계단을 네 번이나 오르내리는 걸 본 건가?'

힘드냐고? 상식적으로 생각했을 때는 당연한 일이었다.

그리고 지엔은 그녀가 도대체 무슨 생각으로 저 말을 던졌는지를 고민했다.

'놀리려는 건가? 너는 힘들겠지만 나는 괜찮다, 뭐 그런?'

그때였다. 지엔의 삐뚤어진 예상을 뒤집고 목소리가 들려왔다.

그녀가 자기 머리 색과 똑같은 하늘색 발판을 가리키며 물었다.

"같이 가겠니?"

"네!"

지엔은 냉큼 고개를 끄덕이고 말았다. 머릿속에 떠오른 생각은 오직 하나였다.

천사다. 천사가 나타났다.

*   *   *

"나는 발리아야. 발리아 폰 크레센트."

크레센트! 대뜸 튀어나온 거물의 이름에 지엔은 입을 떡 벌렸다. 하늘색 머리카락의 여자, 발리아가 고개를 기웃거리며 물었다.

"왜 그러니? 혹시…… 우리 가문을 아니?"

그녀가 조금 수줍은 기색으로 내놓은 질문에, 지엔은 기함하며 외쳤다.

"알다마다요! 대륙에서 유일하게 정령의 축복을 받은 것으로 알려진 가문이잖아요! 초승달 숲에 깃들어 있던 정령이 축복을 내려서, 대대로 정령사들이 태어나게 했다고……."

"아는구나. 혹시 유명한 얘기니?"

"그럼요! 거의 전설인걸요!"

그러자 발리아는 쑥스러운 듯 얼굴을 붉히며 조용히 대답했다.

"그렇구나. 하하, 왠지 되게 부끄럽네."

그 모습을 보며 지엔은 생각했다.

'이 아가씨, 지금까지 계속 숲 속에서 자랐나? 그러지 않고서야 자기 가문이 유명하다는 걸 모를 리가?'

크레센트 가문은 사실상 제국의 탄생보다도 오래된 가문이었다.

비록 지금은 제국에 편입되었다고 하나, 제국 건국 초기에는 서방 원정의 가장 큰 관문이었던 초승달 숲.

바로 그 초승달 숲을 지키던 신비로운 정령사 일족의 이야기는 제국 어린애들이라면 다 한 번쯤은 듣고 자랐다.

지엔 또한 그 얘기를 듣고 자랐고, 동네 애들과는 정령사 일족과 제국군으로 편을 갈라 싸웠다.

그 전쟁에서 지엔은 거의 언제나 제국군 쪽이었으며, 정령사 일족을 무자비하게 짓밟고 초승달 숲을 탈환함으로써 승리를 거두었다.

그것을 상기한 지엔의 표정이 묘해졌다.

'그 얘기는 하지 않는 게 낫겠지.'

아무튼 크레센트 일족이라고 하면 지엔을 비롯한 제국 사람들에게는 그야말로 전설 속의 존재였다.

그런 크레센트 일족의 사람이 눈앞에 있다니, 믿을 수가 없었다.

'황궁에 다니다 보면 이런 날이 오기도 하는구나.'

왜 임시 시녀들이 좋은 궁, 좋은 청소 구역을 배정받으려고 그토록 노력했는지, 정식 시녀들이 왜 그토록 눈에 불을 켜고 방해했는지 이제야 알 것도 같았다.

생각에 잠겨 있던 지엔은 발리아의 물음에 퍼뜩 정신을 차렸다.

"그런데, 지엔이라고 했니?"

"네? 아, 네!"

"너는 왜 이 계단을 네 번이나 오르내리고 있었니?"

고개를 기울인 발리아가 덧붙였다.

"네 체력이 발레노르 경도 기사 수련생이라고 착각할 정도로 좋다는 건 알겠지만, 그렇다고 하루에 네 번씩이나 오르내리도 될 건 아닌데."

"아, 그건⋯⋯."

지엔은 어색하게 웃었다.

아무렴, 크레센트 가문의 아가씨에게 조잡한 황궁 시녀들의 암투 따위를 시시콜콜 설명할 수는 없지. 게다가 초승달 숲에서 나고 자라 자기 가문이 제국의 전설인 줄도 모르는 아가씨에게는 더욱더.

그런데 그때였다. 갑자기 지엔의 두 손을 꼭 붙잡은 발리아가 걱정스러운 표정으로 물었다.

"혹시 높은 분들에게 밉보인 거니?"

"예? 그걸 어떻게?"

"왜냐하면, 내가 황궁에 가게 되니까 헤레이스가 그걸 제일 조심해야 한다고 그랬거든. 황궁에서 높은 사람들 눈 밖에 한 번 나기라도 하면 끝장이라며."

"아, 아니. 설마요."

지엔은 저도 모르게 정색하고 대답했다.

그 헤레이스라는 사람, 누군지는 몰라도 걱정이 너무 많은 거 아닐까? 감히 어느 누가 살아 있는 전설에 가까운 크레센트 가문 사람을 건드릴 수가?

그때 갑자기 발리아가 지엔의 손을 휙 당겨 어딘가로 향하기 시작했다. 지엔이 가야 하는 방향과는 정반대였다.

당황한 지엔이 저도 모르게 외쳤다.

"어, 어디 가시는 거예요?!"

그러자 진지한 표정으로 지엔을 돌아본 발리아가 말했다.

"내가 도와줄게! 괜찮아, 나만 믿어."

그녀의 하늘색 눈은 결의로 반짝이고 있었다. 지엔은 다시 한번 발리아의 마음씨에 탄복했다.

'이 사람, 정말로 천사구나!'

이래도 되나 싶으면서도 감히 크레센트 가문의 호의를 거절할 수도 없어서, 지엔은 얌전히 그녀를 따라가기로 했다.

발리아는 지엔을 데리고 수 개의 복도를 지났다. 신원 확인이 되지 않았음에도 황궁 시녀 복장이라서인지, 혹은 발리아 그 자체가 신원을 보장하는 것인지, 병사든 귀족이든 아무도 두 사람을 잡지 않았다.

마침내 두 사람이 걸음을 멈춘 곳은 피아노와 티 테이블, 그 외 여러 모양의 테이블이 놓인 방이었다.

아마 어떤 종류의 게임을 하는 데 필요한 테이블인가 본데, 귀족이 아닌 지엔으로서는 당연히 알 도리가 없었다.

지엔이 호기심 어린 눈으로 이곳저곳을 살피는 사이, 그녀를 데리고 방으로 들어온 발리아가 말했다.

"괜찮으면 오늘 일이 끝날 때까지는 나랑 있자."

"예?"

"내 말 상대를 해 주었다고 하면 너를 괴롭히는 사람들도 뭐라 할 말은 없겠지. 안 그래?"

생긋 웃은 발리아가 덧붙였다.

"네 말대로 크레센트 가문의 명성이 그렇게나 대단하다면 말이야."

지엔은 그렇게 말하는 발리아를 보며 감탄했다.

잘 알지도 못하는 하녀에게 대뜸 호의를 베풀기에 마냥 물렁하고 착한 성격인가 했더니, 그렇지만도 않았다. 지엔이 크레센트 가문의 대단함을 알리자마자 그것을 이용하는 저 영리함.

'게다가 범상치 않은 출신도 그렇고.'

여러모로 어렸을 때 읽던 동화책 속 여주인공에 가장 걸맞은 인물이었다.

지엔이 감탄하는 사이, 주변을 둘러본 발리아는 소파에 앉고 그 맞은편을 가리켰다.

"앉아."

"그래도 괜찮나요?"

"내 말 상대를 해 주기로 했잖아? 그러니 당연히 괜찮지."

그리고 발리아가 순수한 호의를 담아 빙그레 미소 지었다. 그 미소에 비로소 마음이 놓인 지엔은 감히 크레센트가의 아가씨와 마주 보고 앉을 수 있었다.

앉고 보니 발리아와 자신 사이에 놓인 특이한 모양의 테이블에 눈이 갔다.

'이건……'

다른 흑과 백의 말들이 칸칸이 색이 다른 격자무늬 테이블 위에 흩어져 있었다. 아마 귀족들의 놀이 기구겠지.

처음 보는 물건인데도 어째서인지 생김새가 꽤 익숙하다는 생각
이 들었다.

그때 발리아의 말이 들려왔다.

"신기하니? 나도 얼마 전에 처음 봤을 때는 무척 신기했어. 체스
라는 거야."

"체스요?"

"간단히 말하자면 순서대로 돌아가면서 말을 움직여서 상대방의
말을 빼앗는 건데, 각 말마다 움직이는 규칙이 달라. 어떤 말은 앞
으로만, 그것도 한 칸밖에 움직일 수 없는데 어떤 말은 자유자재로,
심지어 한계도 없이 움직일 수 있지."

"흐음……."

"세상에 나온 뒤로 벌써 몇 달째 틈틈이 공부하고 있는데 꽤 어렵
더라고."

그렇게 말한 발리아가 귀엽게 혀를 쏙 빼물었다.

그 모습을 본 지엔은 다시 속으로 감탄했다.

'이 아가씨, 본인이 못하는 걸 아무렇지도 않게 말하다니, 정말로
소탈한 성격이네.'

그리고 지엔이 물었다.

"저는 이런 복잡한 놀이를 하는 게 어떤 이득이 있는 건지 모르겠
어요. 잘하면 뭐가 좋은 건가요?"

"웅? 아니, 그런 건 아니지만."

발리아는 두 손가락을 꼼지락거리며 뺨을 붉혔다. 그녀가 말을
이었다.

"내가…… 흠모하고 존경하는 분께서 이걸 좋아하시거든. 그래서, 이걸 공부하면서 궁금한 게 생기면 말을 걸 평계가 되지 않을까 해서."

"아하."

지엔은 아까보다도 더욱 놀랐다.

'이 아가씨, 정말 거침이 없네.'

이제 아예 사과처럼 얼굴색이 변한 발리아는 말하는 것조차 힘겨운지, 뚝뚝 말을 끊었다.

"그리고, 음, 언젠가 같이 두면, 좋지 않을까 하고. 그 사람도 나를."

"네?"

지엔은 고개를 기울이며 몸을 앞으로 숙였다. 발리아의 말이 잘 들리지 않았다.

발리아가 말을 이었다.

"그분도 언젠가를 나를……."

그러나 충분히 가까이 왔는데도 발리아가 무슨 말을 하는지 도통 들리지 않았다. 한참을 고개만 기웃거리던 지엔은 다시 몸을 바로 했다.

그런 지엔에게, 어느새 원래대로 돌아온 발리아가 쾌활하게 물었다.

"아, 그렇지. 지엔. 궁금하면 한번 해 보지 않을래?"

"네? 그래도 되나요? 이건 귀족들의 전유물……."

"아니야, 평민 중에서도 학식 있는 자들은 충분히 즐길 수 있다고 들었어! 너라고 못할 거 없지."

그렇게 말한 발리아는 들뜬 표정으로 손을 내밀어 말들을 휩쓸었다. 각기 다른 모양의 말들을 차례로 판에 내려놓으며 그녀가 말을 이었다.

　"후후, 전해 내려오는 바에 따르면 이걸 고안한 분이 다름 아닌 우리 크레센트 일족과 협정을 맺은 그분이셨대."

　"아."

　"이렇게 복잡한 게임을 만들고 즐기셨다니, 도대체 어떤 분이셨을까? 너무 궁금해. 물론 확인할 방법은 없지만."

　턱을 괴며 설렌다는 듯 말하는 발리아를 보던 지엔은 눈을 가늘게 떴다.

　'아니, 그 사람 아무리 생각해도 성격 별로 안 좋을 것 같은데.'

　누군지는 모르겠지만 발리아가 좋아한다던 그 사람도 필시 그리 좋은 사람은 아닐 거란 생각이 들었다.

　이윽고 지엔은 세차게 고개를 내저었다. 아니지, 이거야말로 대단히 무례한 생각이었다. 남이 존경하고 흠모한다는 사람에게 감히 무슨 소리를.

　그리고 지엔은 이어지는 발리아의 설명에 귀를 기울였다.

　"말의 명칭은 차례로 킹, 퀸, 비숍, 나이트, 룩, 폰이라고 해. 말을 움직이는 규칙은……."

　지엔은 발리아의 말을 주의 깊게 들으며 고개를 끄덕였다. 복잡한 모양들을 보며 지레짐작했던 것만큼 규칙이 어렵지는 않았다.

　발리아의 시범을 보며 그럭저럭 규칙을 숙지한 지엔이 드디어 말을 잡았다.

발리아와 지엔의 첫 번째 게임이 시작되었다.

고요한 방 안에 탁, 탁 하고 말 놓는 소리만 계속된 채로 얼마의 시간이 흘렀을까, 발리아가 문득 말을 꺼냈다.

"지엔."

그녀의 표정이 몹시 진지해서, 지엔은 혹시나 제가 무슨 실수라도 한 걸까 마음이 조마조마했다.

"네?"

그런데 돌아온 것은 전혀 뜻밖의 말이었다.

"너 어쩌면 나보다도 소질이 있는지도 모르겠는걸."

"네?"

발리아가 지엔이 사로잡아 한쪽 구석에 쌓아 둔 자신의 말들을 가리켰다.

"봐, 네가 잡은 내 말들의 개수가 벌써 내가 잡은 네 말들의 개수를 넘어."

"아, 그런……."

"역전당했네. 지엔, 너 머리가 대단히 좋은가 봐!"

발리아가 조금도 분한 기색 없이 명랑하게 외치자 지엔은 어안이 벙벙했다.

머리가 좋은 편이라니, 그랬다면 헤카테가 매일같이 지엔을 보며 물가에 내놓은 어린애 보는 것 같은 표정을 짓진 않았을 것이다.

그런 생각을 하며 지엔은 열렬히 고개를 내저었다.

"아니요, 절대 아닐 겁니다."

"응? 하지만, 이렇게나 잘하는걸."

"이건 그냥……."

말을 하다 말고 지엔은 멈칫했다.

곰곰이 생각해 보니 자신은 사실 멍청하기보다도, 애초부터 뭔가를 배우고 시험할 기회 자체가 많이 없었다. 평민, 그것도 여자에게 배움의 기회가 자주 찾아올 리가 없었다.

제일 문제가 되었던 것은 사실 지엔의 신분도, 성별도 아닌 타고난 성품이었다.

지엔은 이제껏 열정은 개나 주고 헌신은 소나 주라는 생각으로 브리지트 백작가에서 일해 왔고, 제국에 대한 마음도 비슷했다.

쓸모 있는 사람이 되어 제 한몫을 다 할 생각이 눈곱만치도 없는 지엔은 자신의 숨겨진 재능을 발굴할 생각 따위, 단 한 번도 한 적 없었다.

'그런데도 어떤 특출난 힘 같은 게 내 안에 잠재돼 있다고 한다면…….'

빈손을 내려다보던 지엔은 마침내 결론지었다.

'이것도 전생의 내 힘이겠지.'

그럴 가능성이 컸다. 전생의 '나'는 아무튼 사악하고 위대한 존재라고 했으니까. 애초에 멍청하면 사악한 짓도 위대한 짓도 영 하기 힘들다.

비로소 깨닫는 얼굴을 하는 지엔에게 발리아가 불쑥 물었다.

"지엔, 잘됐다. 이참에 내 체스 연습을 좀 도와주겠니?"

"네?"

어안이 벙벙해진 지엔의 두 손을 덥석 잡은 발리아가 외쳤다.

"나는 수도에 온 지 얼마 되지 않아 함께 체스를 둘 사람이 얼마 없는걸. 게다가 지엔 너도 나와 있으면 괴롭힘을 받지 않을 테니, 우리 둘 모두에게 좋은 일인 것 같은데. 너는 어떻게 생각하니, 지엔?"

"그, 그게……."

지엔은 붙들린 손을 꼼지락거렸다.

차라리 발리아가 뱉은 말이 '앞으로도 내가 도와줄게!' 였다면 미련 없이 거절했겠지만, 이 일이 서로에게 이득이 된다는 발리아의 말은 사실이었다.

정식 시녀들의 괴롭힘을 합법적으로 피하면서 수도에서 본 중에 제일 착한 사람인 발리아와 친분을 쌓을 수 있다니, 이만큼 좋은 일이 또 있을까?

결국 지엔이 어영부영 고개를 끄덕이자, 환히 웃은 발리아가 외쳤다.

"그럼 도와주기로 한 거야!"

지엔은 다시 고개를 끄덕였다.

"잘 부탁드립니다."

그에 발리아의 얼굴에 맺힌 미소가 더욱 환해졌다.

*   *   *

평소와 다름없이 마차를 타고 대공 저로 귀가한 지엔은, 마차에서 뛰어내리자마자 자신에게로 달려드는 칼리스를 보고 놀랐다.

늘 태평한 그의 얼굴에는 답지 않게 걱정이 덕지덕지 붙어 있었다.

지엔이 땅에 발을 내딛자마자 칼리스는 그녀의 어깨를 덥석 잡고 상한 데라도 찾는 듯 위아래로 몇 번이고 훑어보았다.

지엔이 떨떠름한 표정을 짓는 그때, 칼리스가 마침내 외쳤다.

"못난아! 너 괜찮아?"

"네?"

"널 보러 제3궁에 들렀는데 네가 아무 데도 보이질 않아서 깜짝 놀랐잖아. 내가 포섭해 둔 시녀들한테 물어도 어딜 갔는지 모른다고 하고."

지엔은 어이없어하며 되물었다.

"포섭이요?"

"못난아, 말 돌리지 말고. 어디에 갔었는데?"

"아니, 하지만 시녀들을 포섭해 뒀다니, 왜 그렇게까지……."

왜 자신 때문에 번거로운 일을 감수했냐고 물으려던 지엔은 이윽고 말을 삼켰다.

뭐, 생각해 보니 칼리스에게 임시 시녀 몇 명 포섭하는 건 일도 아니었을 것이다.

그러고 보면 어제 모든 사건 사고에서 자신을 지켜 줄 수 있다는 듯 자신만만하던 태도도 그 때문이었나.

'이게 귀족의 수완이란 거지.'

보기와는 달리 귀족은 귀족이구나. 잠시 감탄하던 지엔이 대답했다.

"별일은 없었어요. 제1궁으로 심부름 다녀왔어요."

그러자마자 칼리스가 즉각 반박했다.

"다녀'왔다'니, 무슨 소리야? 계속 기다려도 안 오던데."

쳇, 예리하기는. 속으로 혀를 찬 지엔은 천천히 토로했다.

"음, 여러 번 다녀왔어요."

"여러 번? 그래도 결국에는 제3궁에 돌아오지 않았잖…… 아, 잠깐."

칼리스의 어두워진 표정을 보니 짚이는 바가 있어 지엔은 다급히 입을 뗐다.

"계단에서 탈진해서 쓰러졌다거나 한 건 아니고요. 제 체력 아시면서."

그런데도 칼리스의 한 번 뾰족해진 눈초리는 원래대로 돌아오지 않았다.

"그럼?"

"저를 도와주시겠다는 분과 만났어요. 그분의 배려로 그날 더는 내려오지 않고 제1궁에 머물러 있었던 거고요."

이만하면 설명이 됐겠거니 했는데, 눈을 가늘게 뜬 칼리스는 오히려 집요하게 캐물어 왔다.

"도와줬다니, 누구? 이름은?"

"아니, 저…… 발리아 폰 크레센트 님께서."

"크레센트 영애?"

지엔이 최후의 최후에 몰려 결국 끄집어낸 이름에 칼리스의 눈이 휘둥그레졌다.

지엔은 선선히 고개를 끄덕였다.

"네, 굉장히 좋은 분이시던데요."

"아, 그래. 그렇지."

그러더니 칼리스는 혼자 고개를 주억거리며 중얼거렸다.

"발리아가 도와줬다니. 그 영애라면 그럴 만해. 확실히 그럴 만하지."

소문을 들었다기보다는 개인적으로 아는 듯한 말투에 지엔은 눈을 휘둥그레 떴다.

"친하세요?"

그러자 어깨를 으쓱한 칼리스가 대답했다.

"뭐, 그거야 벨과 내 관계상 어쩔 수 없지. 앞으로도 많이 볼 거고 말이야."

갑자기 벨하르트가 여기에서 왜 나와?

황궁에 며칠째 출근하는 동안 한 번도 마주치지 않아서 긴장을 풀어 가던 차에 이렇게 갑자기 마주하게 된 이름이라니. 전혀 달갑지 않았다.

지엔은 재빨리 화제를 돌렸다.

"그러고 보니, 발리아 님 말인데요."

다행히 칼리스는 순순히 따라왔다.

"응, 왜?"

"크레센트 일족은 숲 밖으로 함부로 나오지 않는다는 이야기를 전에 들은 적이 있어서요. 정령의 축복을 받은 피를 보호하기 위해 외지인과의 접촉을 최소로 한다고."

그리고 고개를 기웃한 지엔이 말을 이었다.

"그런데 발리아 님은 수도에 오신 걸 보면 제가 알고 있던 게 틀렸나 봐요? 하기는, 어디까지가 전설이고 어디까지가 사실인지도 몰랐으니……."

"아니, 잠깐. 잠깐."

칼리스가 허둥지둥 말을 끊자, 지엔은 그를 어리둥절하게 바라보았다.

그 가운데 칼리스가 물었다.

"너 혹시 몰라?"

"네?"

"진짜 모르는 거야? 어떻게 그럴 수가, 온 제국에서 가장 유명한 이야기인데."

도대체 무슨 얘기를 하려고? 슬슬 짜증 섞인 눈으로 칼리스를 바라보던 지엔에게 대답이 돌아왔다.

"크레센트 일족이 지키던 초승달 숲에 대한 얘기는 알지? 초대 황제 폐하께서 서방 원정에 나설 때, 그 관문인 초승달 숲을 지나가려고 크레센트 일족에게 허락을 구했다는 이야기."

"네."

"초대 황제 폐하께서 크레센트 일족을 짓밟는 대신에 허락을 구한 건 굉장히 이례적인 일이었어. 그만큼 크레센트 일족의 정령사로서의 힘이 그때로써는 강성했다는 얘기가 되지. 하지만 크레센트 일족으로서는 쉽게 물러설 수도 없는 게, 살육을 저지를 군대가 초승달 숲을 지나가게 했다가는 그들이 모시는 정령이 노할 수 있거든. 그래서……."

지엔이 그의 말을 중간에 끊고 말했다.

"결국에는 싸움이 일어났고, 크레센트 일족이 항복함으로써 초승달 숲은 제국의 영토가 되었잖아요."

그러자 눈을 크게 뜬 칼리스는 손을 내저었다.

"뭐? 아니야, 아니야. 항복한 게 아니야. 협약을 맺은 거였지."

"네? 협약이요?"

지엔이 눈을 휘둥그레 떴다.

"그래. 크레센트 일족의 힘은 압도적인 수의 제국군과 맞서서 며칠을 밀리지 않을 정도였고, 초대 황제 폐하께서는 그 힘이 탐났던 거지. 그래서……."

칼리스는 낮은 목소리로 말을 맺었다.

"크레센트 일족에 미혼인 여성 정령사가 있다면 그녀를 후궁으로 맞이하겠다고 했어. 하지만 아쉽게도 그 당시 크레센트 일족에는 미혼의 여성 정령사가 남아 있지 않았고. 그래서……."

"설마."

지엔이 굳어진 얼굴로 물었다.

"후대를 약속한 건가요?"

"그래. 하지만 초승달 숲을 끝까지 지키지 않고 타협해 버린 크레센트 일족에 대한 분노가 컸던지, 정령은 한동안 크레센트 일족에게 축복을 내리지 않았어. 그러다 몇백 년 만에 탄생한 정령사, 그것도 여성 정령사가 저 발리아 폰 크레센트야. 즉……."

그 무렵 칼리스의 다음 말을 예상한 지엔의 안색이 창백해졌다.

그녀는 멍한 얼굴로 칼리스의 말을 따라 했다.

"즉……."

칼리스는 흔쾌히 말을 마쳤다.

"그래. 발리아 폰 크레센트는, 현 황태자 벨하르트의 약혼녀야."

잠시 침묵이 찾아왔다.

저무는 석양빛 속, 지엔과 나란히 서서 그녀의 얼굴을 관찰하던 칼리스는 이윽고 눈썹을 찡그렸다.

칼리스는 벨하르트에 대한 얘기가 나올 때마다 지엔의 반응이 이상해진다는 것을 언제부터인가 깨닫고 있었다.

발리아가 지엔을 도와줬다는 것은 발리아의 성품으로 미루어 보아 별로 놀라운 일도 아니었다. 그런데, 그녀와 연관되어 벨하르트의 이름이 끌려 나오자마자 지엔의 안색은 또 이 모양이 되었다.

'어째서?'

칼리스는 의구심을 느꼈다. 일반적으로 평민에게 있어 황태자란 칭송과 경애의 존재지, 결코 두려움의 존재가 아닐 텐데.

벨하르트와 발리아의 약혼 또한 평민에게는 하등 상관없는 일이었다.

그런데 저 직접적이고도 절박한 표정은 뭐란 말인가? 꼭 자신이 벨하르트의 버려진 약혼녀라도 되는 것처럼.

칼리스의 눈썹이 더더욱 찌푸려졌다. 마침내 그가 참지 못하고 묻는 그때였다.

"지엔. 너 대체 벨과……."

갑자기 지엔의 목소리가 정적 속에서 힘차게 솟아올랐다.

"세상에! 이럴 수가! 맙소사! 너무!"

뭐야? 얼빠진 얼굴로 칼리스가 그녀의 말을 따라 했다.

"너무?"

"너무 좋아요! 칼리스 님!"

"하?"

그 말만으로 칼리스를 혼란의 한가운데로 내팽개친 지엔은 급기야, 대공가로 향하는 큰길 여기저기에 감사 인사를 남발하기까지 했다.

"감사합니다, 빛의 신 님! 감사합니다, 발리아 님! 감사합니다, 황태자님! 감사합니다, 감사합니다!"

그런 지엔을 여전히 얼이 빠진 채 지켜보던 칼리스가 중얼거렸다.

"도대체 뭘 하는 거야?"

그리고 그는 곧 결론을 내렸다.

지엔이 벨하르트에게 품은 감정이 뭐든 간에, 애틋한 뭔가는 결코 아닐 것이라고.

지엔이 진정한 것은 한참 뒤였다. 그 무렵 해는 거의 다 져서 릭서만 황궁의 끄트머리에 걸려 있었다.

땅거미가 진 길을 나란히 걸으며, 칼리스와 지엔은 발리아와 벨하르트에 대한 얘기를 계속했다. 물론 지엔이 그에 대해 매우 궁금해 했기 때문이었다.

"뭐, 크레센트가가 지금에 와서는 거의 몰락한 건 사실이지. 그 때문에 수준 떨어진다고, 게다가 수백 년 전 선조의 약속을 굳이 지킬 필요가 있느냐고 수군대는 이들이 많은 건 사실이야. 주로 황태자비가 될 만한 영애가 있는 가문에서지."

거기까지 말한 칼리스가 어깨를 으쓱하곤 덧붙였다.

"하지만, 그들 중에 누가 감히 크레센트 가문과 실제로 겨루겠어? 이미 존재 자체로 신화가 되어 버린 가문인데. 그리고 무엇보다도 발리아 본인이 진국이지."

지엔은 열렬히 고개를 끄덕였다. 그녀가 진심을 담아 말했다.

"그건 그래요. 처음 마주쳤을 때 얼굴만 봤을 때부터 정말 천사인 줄 알았는데 마음씨까지…… 와…… 빛의 신의 화신이 있다면 그런 사람일 거예요."

"그래, 그렇지."

그러더니 칼리스는 돌연 한숨을 내쉬었다. 고개를 돌린 그가 낮은 목소리로 중얼거렸다.

"하아, 되도록 지금의 모습에서 많이 변하지 않았으면 좋겠는데 말이야. 수도 물이라는 게 워낙 무서워서."

변하다니? 지엔은 눈을 깜빡였다.

"발리아 님, 수도에 오신 지 얼마나 되셨는데요?"

"아마 너보다도 늦게 도착했을걸? 내가 너랑 도착했을 때 그로부터 하루 이틀 뒤에 도착한 걸 거야."

'와, 정말 얼마 안 되었네.'

지엔은 발리아와 천 개의 계단에서 처음 마주쳤던 일을 떠올렸다.

어쩌면 그때가 그녀의 첫 황궁 방문이었을까? 머릿속으로 계산해 보니 과연 날짜가 얼추 맞았다.

칼리스가 걱정스러운 얼굴로 말을 이었다.

"뭐, 아무튼 지금의 발리아는 제국인으로서는 갓난아이나 다름 없다는 거지. 자기 위치를 자각하고 나면 빠르게 변할 텐데, 역시 너무 변하지는 않았으면 싶어. 아, 물론 변화가 언제나 나쁜 방향으로 작용하진 않지만."

그러더니 칼리스가 문득 떠오른 것처럼 외쳤다.

"그래, 로이가 좋은 예지!"

"네?"

여기서 발레노르 경이 왜 나온단 말인가? 눈썹을 찌푸리는 지엔에게 칼리스가 말을 이었다.

"수도에 올 적에는 얼마나 무서웠는데, 지금은 많이 유해졌지. 암, 암."

고개를 주억거리는 그를 보며, 문득 눈을 가늘게 뜬 지엔이 조심스레 물었다.

"로이라면 설마…… 공자님의 코뼈를 시원하게 부러뜨릴 뻔한 발레노르 경을 말씀하시는 겁니까?"

"그래! 로이!"

격하게 동의한 칼리스가 돌연 쑥스러운 듯한 표정으로 뺨을 감싸더니 말했다.

"앗, 그나저나 날 지켜보고 있었어? 혹시 그거 질투……."

지엔이 차갑게 식은 얼굴로 대꾸했다.

"제가 발레노르 경처럼 공자님께 대하고도 살아남을 수 있는 신분이 아닌 걸 다행으로 여기세요."

"그럴 수가."

금세 삐쳐서 구시렁거리기 시작한 칼리스를 내버려 두고, 지엔은 턱을 매만지며 생각에 잠겼다.

겉보기에는 마치 태어나서부터 수도에 있었던 것처럼 보였는데.

신분과 격식을 철저하게 따지는 사람.

그런 발레노르 경도 수도 출신이 아니었다니. 무엇을 위해서였을까? 검술 수련을 위해 험한 북부 근처에 있었기라도 한 걸까?

아니, 아무튼 자신과는 상관없는 문제였다. 다른 고민거리도 많은 지엔은 그녀에 대한 생각을 빠르게 머릿속에서 지웠다.

그보다도 벨하르트의 약혼녀에 대해 알아낸 것이 오늘의 가장 큰 수확이었다.

지엔은 벨하르트와 전생의 내기 조건을 되짚었다.

'벨하르트가 전생의 나처럼 아무도 사랑하지 못한 채로 사람들의 마음을 그저 갖고 논다면, 그는 결국 내기에서 진 것이 돼.'

그리고 벨하르트가 내기에서 진다면 그의 마음은 자신의 것이 된다. 누구는 탐내 마지않는 것이겠지만, 평온한 삶을 원하는 지엔으로서는 극구 마다하고 싶었다.

'그런데 벨하르트의 약혼자가 다른 누구도 아니고 발리아라고?'

지엔은 정말로 춤이라도 추고 싶은 기분이었다. 발리아에게는 압도적인 사랑스러움; 게다가 흔치 않은 정령사의 재능까지 있었다.

'그런 발리아 님을 벨하르트가 사랑하지 않을 수 있을 리 없어.'

지엔은 확신을 담아 중얼거렸다.

　　　　＊　　　＊　　　＊

　사냥 대회가 가까워질수록 지엔의 긴장은 점차 풀려갔다.

　발리아 덕에 제3궁을 빠져나갈 수 있게 되어 정식 시녀들의 시비도 줄었고, 벨하르트는 어떻게 된 게 매일같이 쏘다녀도 마주치는 일이 없었다. 발레노르 경도 사냥 대회를 앞두고 호위 기사들의 실력을 최종 점검하느라고 정신이 없는 것 같았다.

　촌구석 브리지트 백작가의 평화롭고 느긋한 일상에 길들여져 있다가, 최근 정신을 바짝 차리고 다니느라고 힘들었던 지엔은 이제야 좀 살맛이 났다.

　그래, 이게 사람 삶이지. 요즘은 콧노래를 부르며 일당 받을 그날만 기다리고 있었다.

　'받는 즉시 짐을 싸서 백작가로 튀어야지. 수도 방향으로는 머리도 두지 않을 테다.'

　아, 절은 한 번쯤 할 의향이 있었다. 물론 이 수도에서 유일하게 온정을 베풀어 준 발리아의 몫이었다.

　어느 날도 신나서 팔랑팔랑한 걸음으로 루디나토 대공가 저택으로 돌아오는데, 맞은편에서 걸어오던 나세르가 지엔을 불렀다.

　방금까지 수련을 했는지 이마에는 땀이 맺혀 있었고, 옷은 흙먼지 범벅이었다.

　"지엔."

　"앗, 공자님!"

　나세르가 대수롭지 않은 표정으로 바깥쪽을 턱짓했다.

"네가 없는 사이 헤카테가 다녀갔다. 신전에 한 번 들리라더군. 아무리 그래도 그렇지 '그걸' 까먹냐면서."

"아."

"그런데 '그게' 뭐지?"

순수한 의문을 담아 물어보는 나세르에게 지엔은 어색하게 웃기만 했다.

'위대하고 사악한 존재'에 대한 안건은 빛의 교단 내에서도 극비리에 취급되는 것이라, 설령 백작이 그것을 알고 있다 해도 아들에게 말할 수는 없었을 것이다.

"그냥 일종의 정기검진 같은 건데……."

지엔이 어물쩍 둘러대자, 나세르는 곧장 얼굴을 찡그리며 물었다.

"몸이 안 좋은가?"

"네? 아니요."

'지나치게 건강해서 이 건강한 몸으로 나쁜 짓을 저지르지는 않을지 검사받으러 가는 겁니다만.'

지엔이 당장 정색하며 대답했음에도 나세르는 걱정스러운 기색을 감추지 못했다. 팔을 붙들고 어디가 아픈지 캐묻다가, 급기야 신전에서 기초 진단 정도는 배웠다며 손을 뻗는 나세르를 피해 지엔은 황급히 달아났다.

무례해 보일까 싶어 그리 빠르게 뛰지는 않았는데도 나세르는 쫓아오지 않았다. 간신히 방에 돌아온 지엔은 안도의 한숨을 내쉬며 중얼거렸다.

"대체 공자님 눈에는 내가 뭘로 보이는 걸까."

지켜 주어야 할 대상? 지엔이 그런 게 아니란 사실을, 사람들은 그녀와 같이 지낸 지 넉넉잡아도 하루면 깨닫곤 했다.

가장 오래 알고 지낸 헤카테의 경우 지엔의 '업히라'는 말에만 난색을 표했을 뿐, 상처가 나도 잘 고쳐 주지도 않았다. 나세르만 해도 여행 때 숱하게 봐서 지엔의 괴물 같은 체력이나 힘은 알고 있을 것이다.

지엔은 닭살이 돋아난 팔과 목을 벅벅 긁었다.

"그런데 왜 저러신담, 정말."

유리로 만들어진 그릇이나 되는 듯한 대접은 지엔으로서는 처음 받아보는 것이었다. 그러다 말고, 문득 떠오른 생각에 그녀는 손을 내렸다.

그녀가 다시 중얼거렸다.

"공자님은 정말로 모르고 계시는구나. 내가…… 어떤 존재였는지."

위대하고 사악한 존재.

지엔이 태어날 때부터 미치광이 노파에 의해, 또 이름 높은 예언자에 의해, 신관들에 의해, 수도 없이 따라붙던 그 이름을 나세르는 모른다.

그가 그 사실에 대해 알게 될 일이 올까? 지엔은 자문해 보았다.

그가 백작 작위를 물려받는다면, 그리고 지엔이 그때까지도 백작가에 의탁해 있다면 알게 될지도 모른다.

나세르는 셋째 아들, 작위를 물려받을 가능성이 높진 않으나 아예 없다고는 못했다. 화제성과 인지도 면에서는 심심한 두 형들을 완벽히 뛰어넘는 인재였으니까.

앞으로 전쟁에라도 나가서 공을 세운다면 가능성은 더더욱 높아지겠지.

거기까지 생각한 지엔은 씁쓸히 웃으며 눈을 내리깔았다.

"그때가 온다면…… 더는 날 보고 저런 표정은 짓지 않으시겠지."

지엔은 브리지트 백작가에 있어 어디까지나 보호해야 할 대상이 아니라, 감시받아야 할 대상이니까.

애초에 지엔이 백작가에 의탁하게 된 것은 지엔을 위해서가 아니라 세상을 위해서였다. 지엔 내부에 있는 어떤 '사악함'이 깨어날 때에, 그것을 조금이라도 빨리 알아차리기 위해서.

그 사실을 알게 되었을 때, 나세르는 어떤 표정을 지을까?

그렇게 생각하자 지엔은 갑자기 속이 답답해져 왔다. 이제껏 다른 사람들이 자신의 전생에 대해 알게 된다고 해도 별로 걱정하지 않았는데, 어쩐지 이번만큼은 달랐다.

가슴을 몇 번 두드리던 지엔은 침대에 풀썩 누웠다. 까맣던 시야가 어느새 파도처럼 밀려온 꿈속 장면으로 변했다.

지엔은 검은 머리카락의 여인과 마주 보고 서 있었다. 벨하르트를 만나고선 셋째 여인만 나타나곤 했기 때문에, 그녀를 보는 건 꽤 오랜만이었다.

세 여인 중 가장 원망이 흘러넘치는 눈을 하고 있는 것은 언제나 그녀였다. 드레스를 입고 있는데도 갑옷을 입고 선 듯한 기백이 흘러넘쳤다.

오늘도 그녀의 원망 어린 눈을 보며 지엔은 생각했다. 그녀의 눈에서 단 한 번만이라도 원망을 멎게 하고 싶다고.

물론 그녀의 아비와 오라비를 무자비하게 패고, 그녀를 전리품으로 데려올 때부터 그녀가 자신을 증오하지 않기란 불가능했다. 그럼에도 불구하고 지엔은 단 한 번만이라도, 하고 바랐다.

그것이 꿈속 자신의 감정인지, 지엔 본인의 감정인지는 알 수 없었다. 어쩌면 그녀가 이번 생의 나세르란 것을 이미 알고 있어서인지도.

그때, 검은 머리 여인의 입이 열리고 목소리가 흘러나왔다.

[당신을 혐오해.]

지엔은 피식 웃었다. 대답하는 그녀 자신의 목소리는 여느 때와 같이 지독히 낮았다.

[이제야 너답군.]
[당신이 죽으면 나는 당신 관 위에 올라가 춤을 추고 노래를 부를 거야.]
[다음 생까지 그 마음 잊지 말도록.]

여전히 심장이 따끔거렸다. 그럼에도 불구하고 입에서 흘러나오는 목소리는 여전히 냉랭하기 그지없었다.

[이번 생에는 나보다 네가 먼저 죽을 테니 말이야.]

[절대로 안 잊지.]

여자는 이글거리는 눈으로 대답했다.

[죽어도 못 잊지.]

헉, 그 장면을 마지막으로 지엔은 눈을 번쩍 뜨며 잠에서 깨어났다. 창백한 얼굴로 천장을 보며 그녀는 한동안 거친 숨을 몰아쉬었다.

*　　　*　　　*

"헤카테."

오후의 밝은 햇살을 받는 정원 위로 그와는 영 어울리지 않는 침울한 목소리가 얹혔다.

뒤를 돌아본 헤카테는 다가오는 이의 모습을 확인하고 얼굴을 일그러뜨렸다.

"뭡니까? 누가 당신을 괴롭히기라도 했어요? 괴롭힐 구석이 어딨다고."

"허엉, 헤카테."

지엔은 눈물이 왈칵 치솟는 것을 느끼며 헤카테의 어깨에 두 팔을 둘렀다.

어젯밤, 지엔은 짧은 꿈을 꾼 뒤로 머리가 아파 다시는 잠들지 못했다.

평소엔 해가 중천에 떠도 남들이 깨우지 않으면 일어날 엄두도 못 내는데. 드디어 내가 죽을 때가 됐구나 싶어 그녀는 겁이 덜컥 났다.

그렇다고 해도 '아침부터 신전에 언데드가 기어들어 온 줄 알았다'고 한 소리 들을 각오를 했는데, 이렇게나 상냥하게 맞이해 줄 줄이야.

감동에 찬 눈으로 헤카테를 바라본 지엔이 다시 입을 열려는 찰나, 이어진 말에 그녀의 얼굴이 구겨졌다.

"이 불쌍하게 생긴 걸, 사람들이 인심도 없지……."

"야."

지엔이 경고조로 말하거나 말거나, 꿈쩍도 안 한 헤카테는 그녀의 턱을 잡고 이리저리 돌려보았다.

지엔이 그만하라고 으르렁거릴 때쯤에야 손을 뗀 헤카테가 물었다.

"당신이 잠 못 들게 할 만한 게 뭐가 있지요?"

헤카테도 지엔의 유난한 잠버릇은 잘 알았다. 한숨을 푹 내쉰 지엔이 대답했다.

"아무래도 내 전생의 마지막 인연 말인데……."

그 말을 듣자마자 헤카테는 얼굴을 굳혔다.

"찾았어요?"

지엔은 고개를 끄덕였다. 그리고 그녀가 한 손가락을 치켜들며 물었다.

"이 제국에서 가장 심장이 없을 것 같은 사람, 누구인 것 같아?"

"글쎄요. 어려운 질문이네요."

한 박자 쉰 헤카테가 덧붙였다.

"일단 가장 양심 없는 건 당신일 텐데."

"야!"

"농담이고, 수도에 오고 지금까지 오간 곳이 황궁과 대공 저밖에 없는 당신이 그새 전생의 인연을 찾았다면 답은 뻔하죠."

헤카테의 이어진 말에 지엔은 기세등등하게 치켜들고 있던 고개를 다시 떨구었다. 그런 그녀의 정수리 위로 화살 같은 헤카테의 말이 폭폭 꽂혔다.

"벨하르트 황태자."

"……."

"그로군요. 맞지요?"

한동안 침묵만이 흘렀다. 한참 뒤에야 고개를 든 지엔이 눈물이 그렁그렁하게 맺힌 눈으로 물었다.

"헤카테, 나 어쩌지? 나 진짜 죽으러 가야 할까?"

"이번 황궁 일만 마치면 그렇게나 고대하던 은퇴와 더욱 가까워지잖습니까. 조금만 더 버텨 봐요."

"내가 그토록 바라 마지않던 한적한 교외 대신 감옥이나, 저승으로 은퇴하게 될 수 있다는 생각은 안 들어?"

"그건……."

헤카테마저도 그 질문에는 대답을 피하는 것을 보고, 지엔의 얼굴은 더욱 찌푸려졌다.

급기야 헤카테는 고민에 빠진 채 한동안 말이 없어졌다. 지엔은 옆에 서서 모처럼 진지한 그의 얼굴을 빤히 보았다.

무슨 사안이든, 그게 설령 자기 목숨이 달린 중대사라도 늘 쉽게 결정해 버리던 헤카테의 저런 모습은 그녀도 처음 보았다.

'사실 딱히 해결책을 바라서 물은 것은 아니었는데.'

상대가 다른 누구도 아니고 제국의 황태자인데, 권력과는 거리가 먼 일개 사제로서 그럴듯한 의견을 내줄 거라곤 기대도 안 했다.

그런데 도대체 뭘 저렇게 고민하는 걸까? 체념 반, 기대 반으로 기다리던 찰나, 마침내 날아온 대답에 그녀는 눈을 동그랗게 떴다.

"조금만 더 버텨 보세요. 아무래도 당신과 같이 사랑의 도피 따위를 했다고 교단의 역사에 기록되려면, 좀 더 마음의 준비가 필요해서요."

입을 크게 벌린 지엔은 손가락을 들어 스스로를 가리켰다. 그녀가 더듬거리며 물었다.

"뭐, 뭐라고?"

자신이 제대로 들은 게 맞다면, 방금 그가 했던 말뜻은…….

"헤카테, 나 데리고 도망가 줄 거야? 정말로?"

믿을 수 없다는 듯 묻는 지엔에게, 헤카테는 골치 아프다는 얼굴로 대답했다.

"그러니까…… 도피 결혼이라도 하는 것처럼 말하지 마시고요. 제가 마음의 준비가 안 된 부분은 파문이 아니라, 당신과 사랑의 도피를 했다고 기록되는 부분이라고 말씀드렸잖습니까."

"쳇……."

"당신이 남자였으면 이런 고민 안 하고 진작 도망쳤을 겁니다."

칼 같은 헤카테의 말에 지엔은 혀를 차며 고개를 돌렸다.

역시. 사랑의 도피니 어쩌니 하기에 이번에야말로 어린 시절의 풋사랑이 이루어지나 기대를 걸어 봤건만.

'헤카테의 철벽이 고작 황태자의 위협 따위에 뚫릴 리 없지.'

저 철벽은 도대체 뭘 가져와야 뚫릴까. 황제? 황제도 좀 약하고. 신? 신정도면 되려나?

어느새 그런 생각이나 하던 지엔의 앞에 헤카테가 불쑥 몸을 숙였다. 코앞으로 다가온 미려한 얼굴을 지엔은 빤히 보았다.

어렸을 때부터 남매처럼 자라온 사이에 이런다고 어떤 긴장감이 생긴다거나 하지 않았지만, 이럴 때면 지엔은 다른 이유에서 긴장하게 될 수밖에 없었다.

헤카테에게서는 가끔 이상한 느낌을 받을 때가 종종 있었다.

강물처럼 쏜살같이 흐르는 시간 속에서 그만이 바닥에 단단히 박힌 바위처럼, 오랫동안 변하지 않았고, 또 앞으로도 변하지 않을 것 같은 느낌이 들었다. 실로 기이한 느낌.

남색 머리카락 아래로 지엔을 보는 헤카테의 눈은 아주 깊고 고요했다. 구름이 잠시 해를 가리자 세상이 어두워지고, 나뭇잎 부딪치는 소리만이 사방을 메웠다.

그 가운데, 헤카테의 나직한 목소리가 지엔의 귓가로 들려왔다.

"그래도, 오웬이 죽은 뒤로."

헤카테가 오웬의 이름을 언급한 것은 오랜만이었다.

"우리에게는 이제 서로밖에 남지 않았지요."

"……."

"우리는 서로가 가진 유일한 것이니, 당신이 저를 내버릴 수 없는 것처럼, 저 역시 당신을 내버릴 수는 없습니다."

헤카테가 갑자기 다시 뒤로 물러났다. 지엔은 무언가에 홀린 듯한 표정으로 헤카테를 바라보았다.

그리고, 해를 덮고 있던 구름이 지나가며 헤카테의 모습이 다시 빛 아래 드러났다.

그가 평소같이 담대한 표정으로 훈계하듯 말했다.

"그러니 너무 걱정하지 마시고 마음 편히 먹으십시오. 당신은 막다른 곳에 몰렸다고 생각하면 더 큰 사고를 치는 경향이 있으니까."

느닷없이 정곡을 찔린 지엔이 움찔했다.

맞는 말이었다. 실제로 나세르 때도 가만히 있었으면 조용히 해결되었을 것을 괜히 행동에 나서는 바람에 더 큰 사건으로 이어졌다. 덕분에 나세르는 목숨이나 혹은 돈을 구했을지도 모르지만.

헤카테가 다시 말했다.

"막다른 골목처럼 느껴질지라도 도망칠 구멍 같은 건 제가 만들어 드릴 겁니다. 알겠습니까? 그러니 그때까지 제발 좀 사고 치지 마시고, 얌전히 기다리세요."

"헤카테."

잠자코 듣고 있던 지엔이 마침내 입을 열자, 헤카테의 눈이 불안한 기색을 띠었다.

"네?"

두 손을 냉큼 모은 지엔이 이제까지 중에 가장 진지한 태도로 물었다.

"역시 우리, 사랑의 도피를 했다는 쪽으로 교단 역사에 남으면 안되는 걸까?"

"당신 소원이 황태자비인 줄을 제가 미처 몰라봤네요. 결혼식에는 참석하겠습니다."

그 냉정한 대답에 지엔은 재빨리 태도를 바꿨다.

"나 참, 우리가 얼굴 보고 자란 지가 벌써 8년인데 어떻게 사랑의 도피 같은 걸 해! 우리는 영혼의 남매인데 말이야. 그렇지, 헤카테?"

"'영혼의'도 빼세요."

"남…… 남매인데 말이야."

"당신과 피가 섞였다고 생각하니 그것도 별로 유쾌하지 못한데……."

"뭘 더 바라?"

"하필이면 우연히 만나 버린 사이 같은 건 어떻습니까."

헤카테가 싱긋 웃으며 명쾌히도 하는 말에 지엔은 입을 삐죽 내밀며 투덜댔다. 어떻게 한마디를 안 지나.

아까의 감동이라곤 눈 씻고 찾으려 해도 없는 표정으로 그녀가 대꾸했다.

"그래, 하필 우연히 만나 버린 사이인 날 데리고 도망치겠다고 해줘서 고맙다, 헤카테. 그런데 네 말대로 그런 사이인 상대에게 그렇게까지 할 거 있냐."

그러자, 평소의 멀끔한 낯으로 돌아온 헤카테는 옅게 웃으며 말했다.

"말했잖습니까. 당신이 제게 어떤 존재이건 간에."

그가 눈을 내리깔며 덧붙였다.

"당신은 제가 가진 유일한 것이라고요."

그렇게 말하고는 앞장서서 정원을 나가는 헤카테를 지엔은 빤히 쳐다보았다.

헤카테가 기이한 느낌을 주는 이유는 하나 더 있었다.

그는 보통 사람이 잘 쓰지 않을 것 같은 단어를 자주 썼다. 영겁이나 존재, 유일 같은. 신전 구석에 먼지 쌓여 굴러다니는 고서에서나 쓰일 법한 단어.

'뭐, 헤카테가 책을 많이 읽긴 했지.'

그러나 헤카테가 자신을 '유일한' 존재라고 일컫는 까닭은 아무래도 알 수 없었다.

심지어 자신보다도 더 오래 함께한 오웬의 죽음조차 지극히 담담한 태도로 받아들였으면서.

지엔은 고개를 갸웃하며 중얼거렸다.

'내가 뭘 했다고?'

헤카테의 안내를 받아 정문으로 나서는 그때까지도 지엔은 여전히 고개를 기웃거렸다.

헤어지기 직전, 헤카테가 불쑥 말했다.

"어쩌면 황태자가 저와 상당히 비슷할지도 모른다는 생각이 들어요."

지엔은 낯설다는 듯한 눈으로 그를 올려다보며 말했다.

"헤카테. 과한 자신감은 좋지 않아."

"감정을 얘기하는 겁니다. 당신에 대한 감정이요."

말도 안 되는 소리 하지 말라는 듯 미간을 찡그린 그가 말을 이었다.

"일전에 나세르 공자나 칼리스 공자가 당신에게 했던 것을 생각했을 때, 벨하르트 황태자도 분명히 당신에게 이유 모를 불쾌감을 느끼고 있을 겁니다. 그리고 그것은 그가 평소에 느끼던 감정의 범주를 훌쩍 뛰어넘는 것이겠지요."

"그게 왜?"

"아까 말했듯이, 지엔, 당신은 제게 사랑하는 존재도 영혼의 남매 같은 존재도 아니에요. 그럼에도 저는 당신을 위해서라면 파문당할 준비가 되어 있습니다."

그 표현이 전보다도 달콤하게 들려서 지엔은 눈살을 찌푸렸다. '사랑하지도 않는' 존재에게 이런 표현을 쓰는 것은 확실히 과했다.

'정말, 이러다 내가 프러포즈에도 눈 하나 깜빡 않는 인간이 되면 책임질 거냐.'

벌렁거리는 가슴을 애써 누르며 그녀가 대꾸했다.

"그래서?"

"그건, 당신이 현재로서는 유일하게 제게 감정을 불러일으키는 사람이라서입니다. 그렇듯 유일하다는 것은 굉장한 의미를 지녀요. 그것이 나쁜 방향이든 좋은 방향이든 간에."

"의미를 지닌다는 게 정확히 무슨 뜻이야?"

"집착하게 된단 말입니다."

지엔은 저도 모르게 웃어 버렸다.

"설마."

"하필 황궁 일을 다니고 계신다니, 지금까지처럼 한 번도 마주치지 않은 채로 사냥 대회가 끝나기를 빌어야겠군요. 저도 일단은 기도드리겠습니다."

"헤카테, 괜히 그러지 마. 네가 기도해서 제대로 되는 일을 난 본 적이 없단 말이야."

"하? 기도를 해 줘도 난리십니까?"

어이없다는 듯 쏘아붙이는 헤카테에게 손을 휘휘 내저어 보인 지엔은 대로로 나아갔다.

술도 안 마셨는데도 어제 잠을 제대로 못 자선지 비틀거리는 걸음이었다. 그것을 본 헤카테는 괜히 불안해져서 소리를 높였다.

"지엔! 딴 길로 새지 말고 곧장 집에 들어가세요!"

또 성의 없이 손만 휘휘 흔들고 멀어져가는 지엔을 보며 헤카테는 인상을 찌푸렸다. 그가 중얼거렸다.

"저는 날 더러 기도하는 일마다 족족 망한다고 뭐라고 했지만, 그러는 자기야말로 내가 하는 충고를 한 번도 지킨 적이 없다는 걸 알아야 할 텐데……."

괜히 딴 길로 새지 말라고 했나 싶어서, 헤카테는 또다시 불안해졌다.

"딴 길로 새지 말라니, 내가 무슨 열 살짜리 어린애냐!"

지엔은 괜히 화풀이 삼아 길가의 돌멩이를 걷어찼다. 씩씩하게 걸음을 옮기던 그녀는 이윽고 다시 중얼거렸다.

"그렇게 말하니까 괜히 불안해서 아무 데도 못 가겠잖아."

지엔이 아무리 돌아다니기 귀찮아하는 성격이라곤 해도, 문명의 중심 수도에 아예 관심이 없을 수는 없었다.

헤카테 말마따나 대공가와 황궁을 오가는 생활만 반복해 온 것도 사실. 신전에서 부른다는 핑계로 휴가를 얻은 참에 수도 탐방을 즐기려 했는데.

'그래, 내 팔자에 수도 구경은 무슨.'

어차피 다시는 못 올 곳인데 구경은 해서 뭐 하나.

다시 분풀이 삼아 돌멩이 하나를 걷어찬 지엔은 건들거리며 걸음을 옮겼다. 기왕 이렇게 된 거, 얼른 저택으로 돌아가 어제 못 잔잠이나 실컷 잘 계획이었다.

계획이 바뀐 것은 아까부터 이상하게 따라붙는 시선을 느끼고 나서였다.

지엔은 문득 제자리에 우뚝 멈추어 섰다. 잠시 뒷목을 매만지던 그녀가 고개를 획 돌렸다.

행인과 마차가 바쁘게 오가고, 테이블마다 찻잔이며 술잔을 기울이는, 어딜 봐도 일상적인 풍경을 보며 그녀는 고개를 기울였다.

"허어. 이상하다."

꽃처럼 화사하게 부풀어 오른 드레스를 입고 있는 것도 아니고. 눈에 띄게 미인인 것도 아니고. 하녀복을 입은 자신을 누가 훔쳐보겠나 싶어 계속 무시했는데.

문득 아까 일을 떠올린 지엔은 하하 웃으며 중얼거렸다.

"이게 다 헤카테가 이상한 소리를 해서야."

벨하르트가 자신에게 집착하다니. 말도 안 되는 소리.

그러나 예리한 감이 지속적인 경고를 보내오는데 무시하기도 힘든 일이었다.

느리게 걷는 척하던 지엔은, 인적이 드문 모퉁이를 돌고부터 갑자기 달리기 시작했다.

지금껏 아껴 왔던 실력을 한껏 뽐내는 속도였다. 감히 잘 훈련된 용병들도 따라오지 못할 수준.

곧장 따라붙는 발소리에 지엔은 눈을 부릅뜨며 속으로 외쳤다. 착각일 거라고 생각했는데!

'목적이 뭘까?'

지엔은 속도를 늦추지 않으면서 빠르게 머리를 굴렸다.

공개적인 장소니까 해칠 의도는 아닐 것이다.

하지만 자신같이 평범한 하녀를 저토록 많은, 게다가 전문적인 훈련을 받은 것이 분명한 인원들이 감시한다고? 어째서?

그때, 골목 끝에서 익숙한 실루엣이 손짓하는 것을 발견한 지엔의 안색이 환해졌다.

그렇게 보내 놓고 못내 찝찝했는지, 어느새 밖으로 나온 헤카테가 이쪽으로 오라는 듯 손을 흔들고 있었다.

아무럼 빛의 인도자이신데, 그가 자신을 빛으로 인도하리라 믿어 의심치 않은 지엔은 당장 헤카테의 품으로 달려들었다.

"헤카테!"

그러나 와락 껴안자마자, 그의 품에서 풍기는 것이 언제나처럼 풀과 흙냄새가 아닌 짙은 피비린내라는 것을 깨달은 지엔이 미간을 구겼다.

'이 사람은……'

그의 어깨에 파묻고 있던 고개를 든 지엔은 재빨리 뒤로 물러났다. 그런 그녀의 손을 아쉽다는 듯 잡아채며, 그가 말했다.

"나의 주인이시여."

헤카테의 형이었다.

그를 대뜸 껴안은 지엔의 행동에도 그는 전혀 불쾌한 기색이 아니었다. 오히려 생각지도 못한 선물을 받아 기쁜 것처럼, 그는 지엔의 손등을 한참이고 어루만지다가 입을 맞추었다.

고백이라도 하듯 절절히 끓는 목소리가 이어졌다.

"본래는 멀리서 보고 가려고만 했지만, 근본 모를 잡것들이 당신에게 따라붙는 것을 도저히 보고만 있을 수가 없어서."

애절한 목소리에 비해 어휘는 영 사나웠다. '근본 모를 잡것'이라니? 지엔은 어안이 벙벙해서 되물었다.

"예?"

"저조차 감히 먼발치에서만 바라보는 당신인데, 주제도 모르는 것들이 감히."

살벌한 그의 표정에 지엔은 미간을 좁히며 난처한 표정을 지었다.

하여간 형제 아니랄까 봐, 헤카테와 그의 형 둘 다 사람 이상한 기분 들게 하는 데는 소질이 있었다.

그나마 헤카테의 경우에는 열 살 무렵부터 인연이 있으니 각별한 태도도 아예 이해 못 할 건 아니었다. 그러나 이 남자는 대체 뭘까? 분명히 몇 달 전의 만남이 태어나서 처음 만나는 거였는데.

헤카테와 쌍둥이라서 기억이나 감정을 공유하는 게 아닌 이상은 도무지 이해가 되지 않았다.

그때, 등 뒤에서 여러 개의 발소리가 들려왔다. 지엔은 휙 뒤돌아보았다.

검은 후드를 둘러쓴 사람 수 명이 어느새 지엔과 헤카테의 형의 등 뒤를 포위하듯 둘러싸고 있었다. 키도, 체구도 제각각이었지만 몸을 둘러싼 날카로운 예기만은 모두 진짜였다.

'맙소사, 진짜 튀어나왔잖아? 게다가 상상했던 것보다 더 위협적으로 보여.'

지엔은 방금까지 투덜대던 것도 잊고 헤카테의 형에게 더욱 바짝 달라붙었다. 아무튼 지금은 그만이 유일한 구명줄이었다.

그때 정체 모를 사람들이 일제히 물러나더니, 그 사이로 한 사람이 걸어 나왔다.

키는 그들 중에 가장 컸고, 같은 모양의 후드를 머리부터 무릎까지 둘러쓰고 있었다.

후드 사이로 쇠를 긁는 듯 기이한 목소리가 흘러나왔다.

"너희들로는 안 된다. 비켜서라."

그 말에 곧바로 반발이 흘러나왔다.

"하지만……."

"죽고 싶지 않으면 비켜서."

그 말에 분위기가 술렁대는 것을 보며 지엔은 눈을 가늘게 떴다.

'같은 편은 맞는 거지?'

같은 편이라기에는 새로 나타난 남자의 말투가 너무 가차 없었다.

자신이었다면 진작 있는 정, 없는 정 다 떨어져서 떠났을 텐데, 그들은 오히려 말대꾸한 것에 대해 후회하는 듯 어쩔 줄 몰라 하며 얌전히 뒤로 물러났다.

'무엇으로 저들을 사로잡고 있는 거지? 실력? 카리스마?'

지엔이 생각하는 그때, 갑자기 옆에서 번쩍하고 터져 나온 자줏빛 섬광이 지면을 휩쓸었다. 지엔은 화들짝 놀라며 뒷걸음질 쳤다.

그런 그녀에게 헤카테의 형이 지껄였다.

"이런……. 주인께서 놀라실 줄 알았다면, 미리 예고를 해 드릴 것을 그랬습니다."

단단한 손으로 자신의 허리를 감싸며 말하는 그의 모습에 지엔이 미묘한 얼굴을 했다. 아니, 예고를 해 버리면 기습의 의미가 없는 거 아니냐.

'하긴, 저 정도 힘의 차이라면 예고를 하건 말건 상관없으려나.'

지엔은 다시 앞을 보았다. 후드 차림의 괴인들이 저마다 고통스럽게 신음하며 몸 한 군데씩을 부여잡고 있었다.

체구가 가장 작은 녀석은 팔뚝을 부여잡고 다람쥐처럼 낑낑 앓는 것을 본 지엔의 표정이 조금 안쓰럽게 변했다.

멀쩡한 것은 맨 선두에 섰던 괴인뿐이었다.

그가 아무렇지도 않게 들고 있던 검을 내리는 것을 본 지엔은 감탄했다. 그가 맨 선두에서 섬광을 반으로 쪼개지 않았더라면 저들의 피해는 더했을 것이다.

그의 검에서 황금빛 검기가 일렁였다. 그가 냉랭한 목소리로 말했다.

"데리고 물러나라."

"예!"

실력 차이를 통감해선지, 괴인들은 두말하지 않고 부상자를 데리고 물러났다. 헤카테의 형 역시 조심스러운 동작으로 지엔을 자신의 등 뒤로 물러나게 했다.

또 한 번 자줏빛 섬광이 크게 번쩍이며 사방을 휩쓸었다. 반사적으로 눈을 찡그렸던 지엔은, 문득 눈꺼풀을 뚫고 들어오는 찬란한 금빛에 나직이 탄식했다.

"아."

도대체 검으로 저런 광경을 만들어 내려면 얼마나 검을 단련해야 할까? 금빛 검기의 그물이 자줏빛 섬광을 산산이 부서뜨리고 있었다.

지엔은 감탄을 담아 괴인 우두머리를 바라보았다.

나세르 님조차 아직 이 정도는 아니겠지? 감탄하는 것도 잠시, 현실감각이 돌아오자마자 곧바로 걱정부터 들었다.

'검기를 쓸 정도의 실력자가 날 따라다녔다고?'

아무리 수도라지만 이런 실력자가 길바닥에 널린 것도 아닐 텐데, 도대체 어째서? 지엔은 심각하게 자문했다.

의외로 싸움은 길어지지 않았다. 어디까지나 동료들을 안전하게 대피시키기 위해 나섰을 뿐인 듯, 우두머리는 주위에서 동료들의 모습이 사라지자마자 검을 거두었다.

떠나기 전, 그는 다른 누구도 아닌 지엔을 향해 마지막으로 시선을 주었다. 그가 미행한 대상이 누구인지 확실히 못을 박는 모습이었다.

그 모습에 지엔은 오랜 소망을 다시 입속으로 되새길 수밖에 없었다.

'한탕 벌고 은퇴하자…… 한탕 벌고 은퇴, 얼른…….'

수도에 조금만 더 머물렀다가는 저승으로 은퇴하는 수가 있을 것 같으니까……

그러는 사이, 마침내 부하를 다 챙긴 우두머리는 길 저편으로 도망쳐 버렸다.

몸을 날리는 그들의 아래를 자줏빛 창날이 아슬아슬하게 스쳤다.

콰악!

마지막 공격이 아쉽게 빗나가자, 헤카테의 형은 혀를 차며 손을 거두어들였다.

"쳇."

그런 그를 조마조마한 눈으로 올려다보던 지엔은 조심스레 불렀다.

"저, 저기요."

그러자 방금까지만 해도 살벌한 기운을 머금고 있던 얼굴이 봄날 눈 녹듯 풀렸다. 지엔이 일순 어처구니없어하는 표정마저 짓는 가운데, 더없이 따뜻한 목소리가 돌아왔다.

"말씀하십시오."

지엔은 오래 망설였지만, 결국 묻지 않을 수 없었다.

"아니, 그게…… 번번이 도와주시는 건 감사한 데, 도대체 왜……?"

저번에 엘레나의 고성에서 마주쳤을 때도 그렇고, 이번에도 그렇고. 어째서 자신을 이렇게 열심히 도와주는 걸까?

딱히 정의감과 봉사 정신이 넘쳐서 아무나 돕지 않고는 못 배기거나, 모두에게 호의적인 사람이라서 이러는 것 같진 않았다. 아니, 그러긴커녕 하는 행동만 봐서도 몹시 살벌한 성격임이 분명했다.

여기서 지엔은 잠깐 유전의 신비에 감탄했다. 사실 사제로 자란 헤카테조차 썩 아름다운 성격이라고 할 순 없는데, 역시 이것도 유전인가?

아무튼, 그토록 성격 나쁜 자가 굳이 다른 누구도 아닌 자신에게 호의를 베푸는 이유를 지엔은 도무지 짐작할 수가 없었다. 동생 친구라서 그렇다기엔, 당신 전에 동생 목숨도 어찌 되든 알 바 아니라며.

그러자 지엔과 부드럽게 시선을 맞춘 남자는 웃으며 대답했다.

"머지않은 때에 알게 되실 겁니다."

그 미소에 용기를 얻은 지엔이 다시 물었다.

"지금 알고 싶다면……."

"인내심이 안 좋은 분이 아니시잖습니까."

무슨 말을 더하려던 지엔은 그 말에 입을 다물고 말았다.

인내심이라니, 그거야말로 자신과는 전혀 연이 없는 소리였다. 저 말을 듣고 어이없어할 헤카테의 모습이 눈앞에 선명하게 그려지는 듯했다.

'누구랑 나를 대판 착각 중인 건 분명한데.'

찝찝함에 눈살을 찌푸리면서도 지엔은 생각한 바를 느리게 입에 담았다.

"그 머지않은 때라는 건 설마…… 당신이 세 개의 성물을 다 모을 때?"

"역시."

짧게 감탄한 그가 지엔의 손등을 끌어다 입 맞추었다.

"참으로 현명하신 나의 주인."

음, 지엔은 다시 한번 결론 내렸다.

'이 사람은 확실히 대판 착각 중인 것이 틀림없군. 그 '현명하고 인내심 많은 주인'인지 뭔지 와 나를.'

아무리 그래도 그렇지 생김새가 다르고 성격이 다르고, 하다못해 능력조차 완전히 다를 텐데. 그런데도 사람을 이렇게까지 헷갈리다니, 말이 되나?

그 착각으로 인해 목숨을 몇 번 건졌으니 오히려 고마워해야 할 판이었지만, 그럼에도 지엔은 그가 하루빨리 진짜 주인을 찾게 되길 빌 수밖에 없었다. 왜냐하면…….

'삽질이 더 길어졌다가는 시간 낭비를 하게 한 것을 용서치 않겠다며 날 분풀이로 죽여 버릴 가능성도 없잖아 있으니까.'

아니, 지금까지 남자의 거침 없는 손속을 봤을 때 아무래도 그럴 가능성이 컸다.

지엔이 그런 생각을 하며 얼굴을 창백하게 물들이는 사이, 그녀의 손에 몇 번이고 입을 맞추며 '어쩌면 여전히 현명하시고, 아름다우시며, 강하시고……' 하고 끊임없이 읊조리던 남자가 마침내 고개를 들었다.

"그럼, 조만간 또 뵙겠습니다. 저는 이만."

더없이 공손히 말하고 돌아서는 그를 지엔이 다시 불렀다.

"저기."

"말씀하십시오."

저 수상하고 찝찝한 인간이 드디어 제 발로 떠나 준다는 건 쌍수를 들고 환영할 일이었지만, 그 전에 알아야 할 것이 있었다.

"항상 '저기'나, '헤카테네 형'으로 부를 순 없잖아요."

어쨌건 이름을 알면 한결 구별하기 편해지기도 할 것이다.

헤카테의 이름이 나왔을 때 잠깐 굳어졌던 남자의 얼굴이 이윽고 풀렸다.

그가 순순히 수긍했다.

"과연, 저를 볼 때마다 그 이름을 부르시는 건 제게도 유쾌하지 못하군요."

"아니, 두 분 형제 사이 아닌가요……?"

어이없어하는 지엔의 말을 자르고 남자가 말했다.

"제라드입니다."

"제라드."

지엔이 그 이름을 한번 읊조리자, 기쁘게 웃은 제라드는 이번에
야말로 사라졌다. 그의 빈손에서 보랏빛 폭풍이 휘도는가 싶더니,
그는 눈 깜빡할 새 안개가 되어 사라졌다.

홀로 남은 지엔은 그가 사라진 자리를 멍하니 바라보다가 중얼
거렸다.

"뭐에라도 홀린 기분이네."

*   *   *

하루 동안의 휴가는 그렇게 보람은 전혀 없이, 찝찝함만을 안겨
준 채로 끝이 났다.

다음날 출근한 지엔은 즉시 제3궁을 빠져나가 제1궁으로 향했
다. 오래 미적거리고 있다가 정식 시녀들에게 걸리기라도 하는 날
에는 재미없다는 것을 알기 때문이었다.

그래도 임시 시녀들과 생활하는 건 꽤 즐거웠는데, 아쉽게 됐네.
그렇게 중얼거리며 걸음을 옮기던 지엔은 맞은편에서 다가오는 시
녀를 보고 눈을 크게 떴다.

"세실리아!"

지엔은 그렇게 외치며 손을 번쩍 들었다. 한 갈래로 질끈 동여맨
검은 머리카락을 찰랑거리며 이쪽으로 다가오던 그녀가 지엔을 발
견하고는 따라서 손을 들었다.

"어머, 지엔."

그런데 그 폼이 조금 엉거주춤해 보였다. 잠시 고개를 기울이던

지엔은 이윽고 그녀의 곁으로 다가갔다. 가까이 갈수록 새순과 비슷한 연두빛 눈동자가 선명해졌다.

지엔이 반갑게 물었다.

"세실리아, 나 없는 제3궁은 좀 어때? 좀 지낼 만해?"

세실리아는 임시 시녀들 중에 얼마 안 되는 평민으로서, 지엔과 가장 빨리 친해진 시녀였다.

지엔의 물음에 세실리아는 고개를 절레절레 내저었다.

"아니, 너 안 보이니까 우리한테 더 심술이야."

"이크, 미안."

짐짓 움츠러드는 지엔에게 세실리아는 밝게 웃어 보였다.

"그래도 네가 제일 심하게 당했으니까, 뭐. 나눠서 당한다고 생각하면 되지 뭐."

어쩜, 지엔은 감탄을 담아 세실리아의 아름다운 얼굴을 바라보았다.

이 궁은 예쁜 여자들은 죄다 예쁜 성격만 갖고 있으란 법칙이라도 있는 것일까? 발리아도 세실리아도, 하나같이…… 그러다 로아나를 떠올린 지엔은 고개를 내젓다 말고, 문득 새로운 사실을 발견하고 놀랐다.

"어, 세실. 너 팔이."

"아아."

지엔의 지적에 세실리아는 어색하게 웃으며 삐져나온 붕대를 소매로 가렸다.

지엔이 걱정스럽게 물었다.

"괜찮아? 어쩌다 손도 아니고 팔을 다쳤어."

"요리하다 좀 다쳤어."

"요리하다 팔을?"

더욱 놀라는 지엔에게, 세실리아는 묘하게 미적지근한 반응을 보였다.

무표정한 얼굴로 팔을 가리며, 세실리아가 대답했다.

"나는 괜찮으니 신경 쓰지 마, 지엔."

으, 응. 어색하게 고개를 끄덕인 지엔은 세실리아를 힐끗거리며 천천히 멀어졌다.

메인 챕터 2.
수상한 사냥 대회와 더 수상한 하녀

3. 상극

마침내 사냥 대회 전날, 화려한 전야제가 열렸다. 전야제를 맞이한 제3궁의 모습은 꿈처럼 화려했다. 마법으로 불을 밝힌 샹들리에가 온 궁 안을 환하게 밝히고, 테라스는 밀회를 나누는 연인들로 꽉 찼다.

전야제가 제1궁이 아닌 제3궁에서 열린다는 의외의 사실에 놀란 건 잠시였다. 제1궁으로 가기 위해 거쳐야 하는 살인적인 계단을 떠올린 지엔은 금세 납득하고 말았다.

또한 사냥 대회는 사실상 아직 작위를 물려받지 않은 젊은 후계자들의 사교의 장이었다. 그러니만큼 그들이 제국의 다음 세대를 이끌어 갈 벨하르트의 궁에 모이는 것은 타당해 보였다.

특히 이번 파티는 유난히 분위기가 달랐는데, 이는 벨하르트가 이번 사냥 대회에 전과는 다른 규칙을 적용했기 때문이었다.

'마나를 쓸 수 있는 자는 누구든 사냥 대회에 참가해도 좋
다.'

하여 귀족 자제들은 물론이고, 무투 대회에 참가했던 이들 중에
서도 쟁쟁한 평민들까지도 귀족들의 추천을 받아 사냥 대회 전야제
연회에 참가했다.

생애 한번 볼까 말까 한 대귀족 자제들과의 만남에 몇몇 평민들
은 줄을 서려고 바쁘게 연회장을 누비는가 하면, 방어적인 자세로
구석에 서서 꼼짝도 하지 않는 이들도 있었다.

궁 안만큼이나 궁 바깥도 분주했다. 음식을 차리고, 요리와 술을
나누고, 손님들의 시중을 들고, 제3궁 시녀들은 물론이고 다른 궁
의 시녀들까지 전부 이곳으로 몰려왔다.

시녀들에게도 이 사냥 대회 전야제 연회는 그나마 비슷한 나이
대의 사람들만 모이는 자리로서, 운 좋으면 어느 영식의 눈에 들어
제2의 인생을 살 수 있을지도 몰랐다. 바쁜 와중에도 시녀들은 단
순히 예의만은 아닌 이유로 자꾸만 머리를 매만지고, 흐트러진 옷
매무새를 고쳤다.

주방에서는 누가 홀로 나갈지 차례를 정하느라 자꾸만 다툼이
일어났다.

"기집애, 플로엔 경에게 눈독 들이고 있는 거 모를 줄 알고?"

"그러는 너는, 스탠 공자는 이미 글로리아 영애랑 사귀고 있는 거
모르고 그러는 거니?"

"임자 없는 사람이면 가능성이 더 있을 것 같아? 꿈 깨셔."

그러나 그것도 어디까지나 정식 시녀들에게만 해당하는 일이었

다. 당연한 일, 유력 가문 후계자들에게 눈도장 찍을 기회를 정식 시녀들이 양보할 리 없었다.

정식 시녀들이 그렇게 다투고 바쁘게 홀을 번갈아 오가는 동안 임시 시녀들은 창고와 주방을 오가며 감자 포대를 나르고, 빈 복도를 닦고, 술잔과 접시를 닦았다.

그러다 임시 시녀 중 한 사람, 엠마가 기어이 훌쩍이기 시작했다.

"드디어 황태자 저하를 뵐 수 있는 기회인데."

그나마도 정식 시녀들의 심기를 거슬리지 않도록 주방 구석에서였다. 지엔이 엠마의 어깨를 토닥이는 사이, 이번에는 다른 궁에서 온 임시 시녀들까지도 한마디씩 거들기 시작했다.

"사실 나도, 드디어 내가 기대한 황궁 생활이 시작되려나 했는데."

"그런데 이게 뭐야? 주방에서 내내 감자나 깎고 있고."

"그나마 우린 괜찮아, 그런데 다른 정식 시녀들이 지엔은 두 배로 부려 먹잖아?"

불쑥 화제가 자신에게 튀는 바람에 지엔은 고개를 들었다.

"응?"

"감자 포대도 두 배로 나르고, 잡일도 두 배로 하고. 단단히 찍힌 거지 뭐겠어. 자기들은 칼리스 공자님의 애인은커녕, 손 한 번 잡는 것조차 꿈도 못 꾸니까."

그리고 시녀들이 저마다 고개를 팩 꺾으며 치졸하기도 하지, 맞아 맞아, 하는 것을 들으며 지엔은 어색하게 웃었다.

"아니, 나 칼리스 님 애인 아니라니까. 그리고 그 뭐냐, 나는 감자를 잘 못 깎으니까……. 그만큼 다른 일을 시킬 수도 있지 뭐."

지엔의 말대로였다.

주방에 투입된 지 반나절도 안 되어 주방장이 지엔의 감자 깎는 실력을 보고 뒷목 잡고 기절할 뻔하는 바람에, 일찌감치 감자 깎는 일에서는 제외된 지엔은 다른 시녀들에 비해 육체노동이 많아졌다.

때로는 감자 네 포대를 한꺼번에 나르라는 말도 안 되는 명이 떨어져서, 그럴 때마다 임시 시녀들이 대신 항의했다.

— 지금 지엔더러 죽으라는 거예요?!

그러다 그들은 아무렇지도 않게 감자 네 포대를 어깨에 짊어지고 계단을 올라오는 지엔의 모습을 보고는 할 말을 잃었다.

다른 시녀 하나는 눈물까지 글썽이며 말했다.

"그래도 지엔, 너도 한 번쯤 눈도장은 찍어 봐야지! 어떻게 너를 홀로 한 번도 안 내보내 주실 수가!"

"아니, 그것도 난 정말 괜찮아."

실제로 연회장에 가서 후계자들에게 눈도장을 찍느니 감자 포대를 열 개 들고 오가는 일이 더 편했다.

일단 시골 출신에, 가풍 자체가 너그럽기로 유명한 브리지트 백작가에서 자라 예법을 워낙 모르는 데다, 연회장에는 만나서는 안 되는 인간들까지 잔뜩.

특히 로아나와 벨하르트만큼은 절대로 마주치고 싶지 않았다. 지엔은 목을 매만지며 한숨을 내쉬었다.

'그래도 뭐, 오늘까지 한 번도 마주치지 않았으니.'

오늘만 무사히 넘기면 벨하르트와 더는 마주칠 일이 없을 것이 분명했다.

왜냐하면 내일이 되면 벨하르트는 사냥 대회를 위해 숲으로 떠나게 될 테고, 자신은 임금과 노잣돈을 챙겨 브리지트 백작가로의 길을 떠나게 될 테니까.

빛의 신이시여. 헤카테와 제 열렬한 기도에 드디어 화답을 해 주시는군요. 속으로 감사의 기도를 한번 올린 지엔은 고개를 들었다.

마침 대화의 화살이 저쪽으로 돌아가고 있었다.

"얘, 세실리아! 너는 분하지도 않니?"

오늘도 세실리아는 눈이 부시게 예뻤다. 길고 검은 머리카락은 등 뒤로 곱고 부드럽게 흘러내렸고, 신록처럼 선명한 연두색 눈동자는 어두침침한 이 주방에서도 눈이 번쩍 뜨일 만큼 혼자 빛났다.

빙긋 웃은 세실리아가 되물었다.

"제가 왜요?"

"세실리아라면 분명히 누구에게든 청혼을 받았을 텐데!"

"에이, 저는 촌구석 무지렁이라 안 된답니다. 제가 그런 데 가서 무얼 하나요."

그렇게 말하며 손을 들어 수줍게 입을 가리는 세실리아를 지엔은 복잡한 눈빛으로 응시했다.

다른 모든 임시 시녀들에게도 미안하지만 세실리아에게는 특히 더 미안했다. 그녀가 홀에 나갔다면 정말로 모두의 눈에 띄었을 텐데. 괜히 자신과 정식 시녀들의 싸움에 휘말려 손해를 보고 있다는 생각에 미안했다. 뭐, 본인이 그것을 원치 않는다면 다행인 일이지만 말이다.

그러다 눈이 마주치자 세실리아는 괜찮다는 듯 빙긋 웃기만 했다. 그에 지엔이 조금 밝아진 얼굴로 손을 흔들던 찰나, 지엔을 부르는 소리가 들렸다.

"지엔! 아래 창고에서 피망 좀 더 꺼내 와!"

돌아본 그 자리엔 아니나 다를까, 미리엄이 꿈에서나 나올까 싶은 무시무시한 표정으로 서 있었다.

그 표정도 요새 하도 많이 봐서 시들해진 지엔은 심드렁히 몸을 일으켰다.

"아, 네."

그들의 뒤에서 부주방장이 어리둥절한 표정으로 '피망은 이미 충분한데?' 하고 묻는 것을 보아하니, 일이 어떻게 되었는지는 뻔했다.

미리엄은 지하 창고를 오늘 중에 다 거덜 낼 기세로 지엔을 부려 먹고 있었다. 정식 시녀의 패기에는 부주방장도 비할 바가 아니라서, 그는 미리엄의 내쏘는 눈빛에 금세 움츠러들어 모습을 감추었다.

혀를 찬 지엔은 몸을 일으켰다. 군말 없이 창고로 통하는 뒷계단으로 내려가던 지엔은 미리엄의 앞에서 우뚝 걸음을 멈추었다.

그런 그녀를 모두가 기대 섞인 눈빛으로 바라보았다.

'그래, 너도 한마디 안 하고는 못 하겠지?'

'강냉이를 털어 버려!'

응원치고는 다소 과격한 속마음들이 주방 안을 오가는 가운데, 고개를 뻣뻣이 쳐든 미리엄은 괜히 소리를 높였다.

"뭐니, 얘! 불만 있어? 피망이 부족하다잖아, 너 때문에 손님들께 부족한 요리가 나가면 책임질 거야?!"

"그러니까 피망은 충분하다고 아까부터……."

그렇게 말하던 주방장이 미리엄의 시선을 받고 다시 입을 다물었다.

침묵 위로 지엔의 목소리가 다소 음산하게 울렸다.

"혹시……."

괜히 제 발 저린 미리엄이 크게 외쳤다.

"혹시 뭐! 혹시 뭐!"

"황태자님과 마주치지는 않겠지요?"

주방에 침묵이 찾아왔다. 이윽고, 뒷목을 붙든 미리엄의 입에서 천둥같이 큰 소리가 터져 나왔다.

"너 그 말이 몇 번째야! '황태자님과 만나지는 않겠지요? 아니, 저는 혹시라도 만에 하나 벼락 맞을 확률로 만날까 봐 걱정이 돼서…….' 황태자님이 지하 창고에 나타나긴 왜 나타나시니!"

"아니, 만에 하나라는 게 있잖아요."

지엔은 당당하게 대꾸했다.

'나는 뭐, 백작가에서 일할 때, 평생 다시는 볼 일 없을 거라 생각했던 출가한 삼남이 대뜸 무투 대회 우승을 해서 돌아올 줄 알았으며, 들판에서 오크와 추격전을 벌이던 미치광이 미남 마법사가 대공가 첫째 아들일 줄 알았나.'

그 모든 일들이 희박한 가능성을 뚫고 일어난 이상 지엔은 결코 방심할 수 없었다. 그에 두 손을 허리에 올린 미리엄이 어이없어하며 다그쳤다.

"너 정말, 이제 슬슬 헷갈릴 지경이야. 황태자님을 만나 뵙고 싶은 거니, 만나 뵙기 싫은 거니?"

"당연히 저는, 황태자님의 귀한 눈으로 귀한 것만 보셨으면 하는 마음에서…… 감히 저 같은 게 황태자님 시야 끝에라도 덜컥 걸려서 황태자님의 시력을 떨어뜨리면 어쩌나 하는 마음에."

거기까지 말하던 지엔은 후다닥 돌아섰다. 자신을 응시하던 미리엄의 눈빛이 결국 폭발 직전이 되는 것을 보았기 때문이었다.

창고로 통하는 좁은 계단을 빠르게 내려가던 지엔은 뒤에서 부르는 소리를 듣고 고개를 들었다.

"얘, 지엔!"

"응? 세실?"

"너 아까부터 너무 고생하잖아. 피망은 내가 가져올 테니까 잠깐 어디 가서 쉬어. 다들 한 번씩은 쉬었는데 너만 한 번도 못 쉬었잖아."

그렇게 말한 세실리아가 검지를 입술에 붙이며 생긋 웃었다. 악의라고는 전혀 깃들지 않은 그 미소에 지엔은 어안이 벙벙해졌다.

세실리아가 이런 것으로 장난을 칠 사람은 아니니 곤란해질 걱정은 없겠지만. 지엔은 되물었다.

"정말 괜찮겠어? 너도 힘들 텐데."

"나는 워낙 튼튼해서."

그렇게 말하며 세실리아가 제 팔뚝을 걷어붙이는 것을 보고 지엔은 복잡한 표정을 지었다.

그렇게 가느다란 팔을 보여줘 봐야 신뢰가 가진 않지만, 아무튼 도와주겠다는데 고마운 일이었다. 지엔은 머뭇거리다가 말했다.

"그럼, 잠깐만 바깥바람 좀 쐬고 올게."

"다녀와."

방긋방긋 웃으며 손을 흔드는 세실리아를 일별한 지엔이 계단 아래로 사라졌다. 잠시 그 모습을 지켜보던 세실리아는 창고로 걸음을 옮기며 한숨을 내쉬었다.

이제껏 한 번도 보여 주지 않았던 차가운 눈빛으로 주방 쪽을 힐끗 돌아본 세실리아가 중얼거렸다.

"정말로 과로사시킬 셈인가? 참, 지독하기도 하지."

그렇게 중얼거린 세실리아는 가느다란 팔을 휙휙 휘두르고는 지하로 향하는 계단을 내려갔다.

*   *   *

"아, 이제 좀 살겠네."

정원으로 빠져나온 지엔은 목을 길게 빼고 숨을 들이켰다. 시원한 밤바람이 볼을 간지럽히자 그제야 숨통이 좀 트였다.

육체적으로는 그리 고되지 않았으나, 연기가 지붕 아래까지 차올라 침침한 주방에서 향신료와 고기 타는 냄새를 맡으며 자리를 지키고 있기란 여간 고역이 아니었다.

"내가 이럴 지경이니, 다른 시녀들은 어떻게 버티나 모르겠네."

침침해진 눈을 여러 번 깜빡인 지엔은 고개를 털고 테라스 쪽을 바라보았다.

휘장 사이로 찬란한 불빛이 쏟아지고 있었다. 잔 부딪치는 소리와 웃음소리. 좁고 더운 주방에 비하면 저쪽은 아예 다른 세계 같았다.

'하긴, 언제 평민과 귀족들이 사는 세계가 같은 적이 있었나.'

저 어딘가에 칼리스와 나세르도 분명히 있겠지?

지엔은 그들의 모습을 상상해 보려 했으나, 그들이 연회용 옷을 갈아입기도 전에 대공 저를 나온 터라 상상하기가 영 힘들었다. 어차피 옷걸이가 워낙 좋으니 안 봐도 훌륭하겠지만.

'음, 그래도 좀 궁금하긴 한데.'

잠시 고민하던 지엔은 가장 가까이 있던 테라스로 다가가 고개를 기웃거렸다. 아쉽게도 진홍색 커튼이 드리워진 채라, 그곳을 통해 안을 볼 순 없었다.

커튼이 열려 있는 테라스를 찾기 위해 지엔이 막 몸을 돌리던 그때, 누군가 커튼을 걷고 테라스 바깥으로 나왔다.

지엔은 테라스 아래 바짝 몸을 숨겼다. 일부러 그런 것은 아니고, 순전히 반사적인 행동이었다.

그러기가 무섭게 남자의 낮은 목소리가 들려왔다.

"내게 너무 많은 걸 바라면 곤란한데, 칼리스."

지엔은 그만 눈을 부릅떴다. 젠장, 하필이면 걸려도 이렇게 걸리다니.

'황태자잖아?'

지금까지 잘만 피해 다녔던 그를 왜 하필 이때, 이런 곳에서 마주쳐야 하는지 알 수가 없었다.

그건 그렇고, 칼리스라고? 지엔은 살짝 고개를 들었다. 아니나 다를까, 곧 익숙한 목소리가 들려왔다.

"벨, 약혼녀에게 약혼녀다운 예우를 갖춰 주길 바라는 게 너무 많이 바라는 거야?"

마치 나이 어린 조카를 타이르는 듯한 말투였다. 지엔이 얼마 못 들어 본 그 말투를 내심 신기하게 여길 때, 메마른 목소리가 다시 들려왔다.

"예우라면 부족함 없이 하고 있다."

"내 말은, 감정적인 부분을 말하는 거야."

"그거라면 '당연한 예우'에 속하지 않는데."

"벨, 말장난하자는 거 아닌데."

"나도 말장난하자는 게 아니다."

잠시 침묵이 흘렀다. 이윽고 칼리스가 한숨 섞인 목소리로 물었다.

"벨, 네게 사랑이 그런 거라고 가르친 이가 대체 누구야?"

"대체 무슨 소리지?"

벨하르트가 영문을 모르겠다는 듯 물었다. 그건 지엔도 궁금하긴 했다. 도대체 저게 무슨 소리지?

답을 가르쳐 줄 생각이 없는 듯, 칼리스는 혼자 구시렁거리기 시작했다.

"황제 폐하와 황후마마는 사이가 좋고, 제국치고는 드물게 후비도 들이지 않으셨지. 주변 사람은 로아나와…… 젠장, 내가 문제인가. 아니지, 난 그래도 맺고 끊음은 확실한 사람이라고."

"무슨 소릴 하는 건지 슬슬 가르쳐 줬으면 좋겠는데."

벨하르트가 짜증 섞인 목소리로 내뱉자, 칼리스는 그제야 그를 콕 집어 가리켰다.

"너. 네게 사랑이란 감정에 대해 부정적으로 가르친 거. 대체 누구인지 모르겠네."

"무슨……."

"어째서 누굴 사랑하는 것만으로 온 나라가 망할 것처럼 굴어?"

"……."

벨하르트가 침묵했다. 지엔은 황태자에 대해 잘 몰랐지만, 그가 말문이 막히는 게 드문 일이란 것만은 알 수 있었다.

칼리스의 말이 이어졌다.

"너는 가만 보면 사랑이 너의 가장 큰 약점이 될 거라고 믿는 것 같아. 사랑이 아주 무섭고 독한 어떤 병이라도 되는 것처럼. 하지만, 네 주변에 사랑이 그런 거라고 가르칠 만한 사람은 아무도 없었는데."

"여기까지만 하지."

"심지어 이미 한 번 크게 데이고 난 나세르, 아니, 브리지트 공자조차 그렇게 굴진 않아. 아니, 그러고 보면 넌 어려서부터 그랬지. 아무것에도 마음 주지 않으려 했어. 심지어 내게조차."

"그만."

"대체 왜야?"

그때, 숨죽여 얘기를 듣던 지엔의 귓가에 팟 하고 공기를 날카롭게 가르는 소리가 들렸다. 이윽고 후두둑 소리와 함께 뭔가가 땅으로 떨어지는 것이 느껴졌다.

설마 지금 떨어진 게 칼리스 님의 목은 아니겠지? 살벌한 상상을 하며 덜컥 겁먹던 것도 잠시, 다시 들려온 목소리에 지엔은 안도의 한숨을 내쉬었다.

"벨. 궁에서 검기의 사용이 금지된 건 너도 마찬가지 아니었어?"

"이쯤 해라. 네가 무슨 말을 한들 내 태도가 바뀔 일은 없으니까."

"벨, 계속 그런 식이다가는 다 떠나고 말 거다. 어쩌면 나마저도. 그래도 괜찮냐?"

칼리스의 투덜거리는 물음에도 대답은 이어지지 않았다. 이윽고 또각대는 발소리가 홀 안으로 사라지자, 그제야 지엔은 테라스 바깥으로 고개를 내밀었다.

그녀가 중얼거렸다.

"나는 뭐 이런 것만 엿듣게 되냐."

어쩌 본의 아니게 엿듣게 되는 게 죄다 사랑 얘기였다. 일전에 나세르의 일도 그렇고, 벨하르트의 일도 그렇고.

그리고 지엔은 고개를 기웃거렸다.

'벨하르트 황태자가 약혼녀에 대해 예우를 충분히 해 주지 않는다고?'

그 말인즉, 벨하르트와 발리아의 애정전선이 순탄치 못하다는 소리인가?

그건 지엔에게 있어선 좋지 못한 신호였다. 벨하르트가 발리아를 사랑해야 전생의 저주가 풀리는데.

한편으로는 그럴 만하다는 생각도 들었다. 벨하르트가 누군가를 사랑하는 것을 두려워한다면, 그 이유는 다름이 아닌…….

'나겠지.'

전생의 자신에게 하도 크게 데인 나머지 누구도 사랑하기 싫어진 것이다.

고개를 돌리며 지엔은 투덜거렸다.

"다 내 죄다, 다 내 죄…….."

"뭐가 말이지?"

"엄마야아악!"

지엔은 그대로 비명을 지르며 테라스 밑으로 도로 기어들어가 고개를 처박았다. 그러기가 무섭게 목소리가 들려왔다.

"정체를 말해라."

떠난 줄로만 믿었던 벨하르트의 목소리였다. 튀어나올 뻔했던 심장을 꾸역꾸역 밀어 넣은 지엔이 힘겹게 말을 꺼냈다.

"아니, 저는…….."

"나와 칼리스가 나누던 대화가 시답잖은 내용이라 망정이지, 아니었으면 진작 지하 감옥에 처넣었다는 건 알아 둬라."

"…….."

그 말에 지엔은 겨우 열었던 입을 도로 다물었다.

'아니, 그런 식으로 말씀하시면 말하려던 정체도 말 못 하겠잖습니까.'

"너, 정체."

최후통첩처럼 날아온 말에도 지엔은 아무 말도 하지 못했다. 그러던 그녀의 머릿속에 문득 스치고 가는 생각이 있었다.

과거, 지엔은 이런 상황을 한 번 겪은 적이 있었다.

그때를 떠올리며 머리 수건을 푹 내려 얼굴에 뒤집어쓴 지엔은 외쳤다.

"저는 사실 파괴…… 아니, 사랑의 요정입니다!"

"뭐…….'

"황태자 전하께서 혹시나 사랑에 대해 고민을 갖고 계시다면, 제게 한 번 의뢰해 보는 건 어떠실까요?!"

불경죄도 무릅쓰고 지엔은 벨하르트의 말을 끊었다. 어이없어 하고 있는 중인지, 진지하게 고심 중인지 위에서는 내내 침묵이었다.

테라스 밑의 어둠 속에 숨어 지엔은 주먹을 움켜쥐었다. 그래, 이게 바로 위기를 기회로 만드는 전술!

방금 칼리스와 벨하르트의 대화를 미루어 보아 발리아와 벨하르트의 애정전선이 예상보다 순탄치 않은 건 분명했다.

그럴 경우 가장 피해를 보게 되는 건 다름 아닌 자신. 어째서 높은 분들 사랑에 자신이 치여야 하는지 알 수 없지만, 하여간 전생의 약속에 따라 그렇게 됐다.

그렇다고 해도 지금 지엔의 신분으로 두 사람에게 해 줄 수 있는 일은 지극히 한미했다. 하지만 사랑의 요정 신분이라면?

'제발 먹혀라. 먹혀라…….'

속으로 기도하며 지엔은 다시금 외쳤다.

"제가 이래 봬도 성공률 100퍼센트입니다! 전적도 있습니다."

"그래?"

"네, 무려 그 나세르 공자님의 의뢰였지요!"

그러자 잠시 수상쩍은 침묵이 흘렀다. 이윽고 벨하르트가 차갑게 말했다.

"나세르 공자에게 연인이 있다는 소문은 들어 보지 못했는데. 네가 그를 그가 연모하는 누군가와 이어 주었다고?"

"아니요, 그가 연모하는 사람의 실체를 파헤쳐서 아주 끝장을 내 주었습니다!"

"⋯⋯."

벨하르트는 대답이 없었으나 지엔은 내심 자신만만했다.

달콤한 향기를 둘러싼 수수께끼와 미행, 밝혀지는 비밀의 연인들과 배신! 브리지트 백작령에서의 사건은 시골 영지에서 일어났다고는 믿을 수 없을 만큼 한 편의 모험 소설을 방불케 하는 대사건이었다.

그런 사건을 해결했다고 말하면 신용도는 당연히 올라갈 터!

그런데 어째선지 상대편에서는 한참을 말이 없었다.

그리고 마침내, 차갑게 식은 목소리가 지엔의 귀에 꽂혔다.

"제정신이 아닌 줄로 알고 이번은 넘어가겠다. 다음은 없어."

"⋯⋯."

지엔이 테라스 밑에 바짝 붙어 침만 꼴깍 삼키는 사이, 마침내 발소리와 함께 인기척이 사라졌다.

그제야 온몸의 긴장을 빼내며 바닥에 주저앉은 지엔은 거나하게 한숨을 내뱉었다.

그러길 한참, 그녀는 새삼 깨달은 표정으로 중얼거렸다.

"나세르 공자님한테나 통하는 거였구나, 이거……."

하긴, 그러고 보면 그쪽도 딱히 '사랑의 요정'이란 존재를 믿어서 도움을 요청했던 것 같진 않았다.

더군다나 그때 나세르는 그런 어이없는 존재라도 믿어야 할 만큼 아쉬운 입장이었던 반면, 벨하르트는 전혀 그렇지 않았다.

"그러면 발리아 님 쪽을 공략해야 하나?"

심각해진 얼굴로 턱을 매만지던 지엔은 고개를 내저었다. 아서라, 관두자, 관둬. 무슨 수상쩍은 수작을 부렸다가는 저쪽에서 자신을 가만두지 않을 성싶은데.

어쨌건 상황을 냉정히 생각해 보자면 방금 겨우 사형을 면한 참이었다.

'사랑의 요정'이란 정체를 댄 덕에 제정신이 아니라고 생각해서 넘어가 주긴 했으니 사랑의 요정 타령이 자신을 구한 것은 맞지만, 좋아해야 할지 말아야 할지.

복잡한 얼굴을 한 지엔은 흙을 툭툭 털고 자리에서 일어났다.

문득 하늘을 본 그녀가 중얼거렸다.

"참, 지금 시간이 얼마나 지났지?"

아무리 세실리아가 버텨 준다고 해도 너무 오래 바깥에서 나돌았다가는 티가 날 것이 분명했다. 잘못하다간 다른 임시 시녀들에게까지 불똥이 튈 수도 있다.

안 되지, 안 돼. 고개를 내저은 지엔이 막 주방으로 떠나려던 찰나였다.

아까 벨하르트가 서 있던 테라스에서 익숙한 목소리가 날아왔다. 지엔은 느리게 고개를 돌렸다.

"지엔?"

쏟아지는 빛을 등지고 선 인영을 보며, 눈을 깜빡인 지엔이 내뱉었다.

"나세르 공자님?"

연회용 정장을 입은 나세르가 두 손으로 테라스 난간을 짚고 서 있었다. 그의 등 뒤로 홀 안의 풍경이 시원하게 드러나 보였다. 분명 방금까지만 해도 진홍색 커튼에 가로막혀 보이지 않던 광경인데.

'아, 벨하르트가 칼리스 님과 대화하며 자른 게 커튼이었구나.'

목은 아니더라도 머리카락 정도는 예상했는데, 그조차 아니라서 다행이었다. 안도의 한숨을 내쉰 지엔은 걸음을 옮겨 나세르에게로 가까이 다가갔다.

마침내 그의 바로 아래에 멈춰 선 지엔이 물었다.

"제가 여기 있는 줄 알고 오신 거예요?"

나세르는 고개를 내저었다. 그의 눈 안에 짧게 고민하는 기색이 스쳤다.

그는 방금 보았던 광경을 지엔에게 말해야 할지, 말아야 할지 고민했다.

나세르에게 있어 연회는 몹시 지루했다. 물론 그는 원하기만 한다면 나서서 무투 대회 얘기 따위를 지껄이는 것만으로 쉽게 주목받을 수 있겠지만, 그는 칼리스처럼 주목받는 것을 즐기는 성정은 결코 못 되었다.

언제쯤 이 파티가 끝나나 싶어 하릴없이 벽에만 붙어 있던 그의 눈에 이상한 장면이 들어왔다. 다름 아닌 칼리스와 벨하르트가 함께 테라스로 향하는 모습이었다.

거기까지는 그리 이상할 것 없었다. 그러나 칼리스가 먼저 테라스를 나오고, 뒤이어 테라스를 나오는 벨하르트의 입가에 옅은 미소가 걸린 것을 본 나세르는 눈을 의심했다.

'천하의 벨하르트 황태자가 미소라고?'

수도에 온 지 얼마 안 된 그조차 벨하르트 황태자의 유별난 성정은 알았다.

그는 조심스레 추측해 보았다.

'칼리스와의 대화가 즐거웠던 걸까?'

하지만 그렇다기엔 칼리스와 벨하르트가 테라스를 나온 시간에는 시차가 있었고, 더군다나 테라스를 나오는 칼리스의 얼굴은 구겨져 있기까지 했다.

두 사람 사이에 오간 대화가 그리 유쾌하지 못했다는 증거였다.

그렇다면 답은 하나.

'테라스 바깥에 황태자를 웃게 한 대상이 존재한다는 거군.'

하지만 그것도 영 이상한 일이었다. 테라스 바깥에 벨하르트를 웃게 한 대상이 존재한다니, 정원에서 길을 잃고 뛰어든 야생 동물이라도 본 것일까? 하지만 그것이 웃길 이유는 전혀 없는데.

호기심을 이기지 못해 고뇌하며 조심스럽게 테라스로 다간 나세르는 마침내 깨달았다. 벨하르트를 웃게 한 것이 야생 동물 따위가 아니라 사람이란 것을.

아니나 다를까, 반사적으로 내뱉은 부름에 휙 이쪽을 돌아보는
그녀는 의심할 여지없는 지엔 본인이었다.

테라스 밑의 지엔을 내려다보며 나세르는 계속 고민했다.

'이 얘기를 지엔에게 해야 할까.'

그러나 그는 결국 고개를 내젓고 말았다.

어차피 지엔이 황궁을 드나들 시간은 이제 며칠도 남지 않았다.
그 말인즉, 황태자와 연관될 수 있는 여지 또한 더는 그녀의 삶에
남아 있지 않다는 얘기인데.

'괜한 얘기를 해서 신경 쓰이게 할 필요는 없겠지.'

그렇게 결론지은 나세르는 그제야 태연하게 물었다.

"왜 여기에 있지? 일이 바쁠 거라고 생각했는데."

연회가 이제 겨우 중반이니 당연했다. 그에 어깨를 으쓱한 지엔
이 대답했다.

"친구가 대타를 서 줘서, 잠깐 쉬러 나왔어요."

"그렇군."

"이제 슬슬 들어가 보려고요."

그렇게 말한 지엔은 다시 한번 달을 올려다보았다. 주방을 나온
뒤로 시간이 꽤 지났다는 것을 알 수 있었다.

"아, 그래. 그럼."

서둘러 돌아서는 지엔의 모습을 보고, 그녀가 급하다는 것을 눈
치챈 나세르는 미련 없이 인사를 건네었다.

그때, 돌아서던 지엔의 시선이 문득 나세르의 옷차림에 닿았다.

"아."

그녀가 돌아서다 말고 탄성을 내뱉자, 나세르의 눈이 휘둥그레졌다. 아랑곳하지 않고, 그를 한참 올려다보던 지엔이 이윽고 씩 웃으며 말했다.

"공자님, 오늘 진짜 멋지시네요."

"아⋯⋯."

나세르는 그만 말문이 막혔다. 연회장에서 쏟아진 불빛에 물든 지엔의 얼굴을 바라보다가, 그는 가만히 두 손으로 얼굴을 가렸다.

분명 찬사 따위 백작령에서부터 수도에 이르기까지 밥 먹듯이 들어온 것인데, 고작 저 말이 뭐라고 정말. 말도 못 하게 부끄러워하는 나세르를 물끄러미 올려다보던 지엔이 다시 말했다.

"이쪽이랑 그쪽이랑, 완전히 다른 세계 같아요."

그렇게 말하고 홀가분하게 웃은 그녀는 나세르 너머를 바라보았다.

잘려 나간 커튼 너머로 아름답고 장대한 연회장이 보였다. 마음껏 실력을 뽐내는 연주자들이 빚어내는 아름다운 선율과 그 선율에 맞추어 파도처럼 흔들리는 옷자락들. 아무리 무딘 성정의 그녀라고 해도 조금의 감흥도 없다면 거짓말일 것이다.

그러나 그 모든 찬란하고 호화로운 것보다도 빛나는 것이 여기 있었다.

달빛을 짜내어 자아낸 것 같은 흰색 정장이 나세르에게는 맞춘 듯 잘 어울렸다. 그의 금회색 머리카락도, 연푸른 눈동자도 다소 과하다 싶을 정도로 아름답게 빛나고 있었다.

반면, 지엔은 자신이 서 있는 곳을 자각했다.

벌레 우는 소리와 나뭇잎 흔들리는 소리만이 가득한 정원. 그리고 그녀가 돌아가야 하는 곳은 접시 덜그럭거리는 소리와 고함이 난무하는 주방이었다.

한동안 묘하게 웃고 있던 지엔은 이윽고 말없이 몸을 돌렸다.

온몸에 휘도는 피와 영혼이 외치는 말은 한참 전부터 듣고 있었다.

네가 있을 곳은 저기야! 저기라고!

그러나 이제 더는 자신에게 허락되지 않은 장소임을 지엔은 잘 알았다. 더군다나…….

'저곳이 전생의 내 자리였을지언정, 지금은 아니야. 지금 내가 이렇게 된 건 내 전생의 죄 때문이니 누굴 탓할 일도 아니지.'

더군다나 죄를 갚아야 할 이가 바로 눈앞에 있는 지금, 감히 저 세계를 탐하다니……. 지엔은 잠시 조소하기까지 했다.

그때, 상념을 가르고 갑자기 날아온 목소리에 그녀는 흠칫 놀라서 고개를 들었다.

"다른 세계가 아니야."

어쩐지 다급하게까지 들리는 목소리. 지엔은 흔들리던 시선을 똑바로 들어 나세르를 보았다.

그가 여전히 다급한 얼굴로 말했다.

"이쪽으로 넘어와도, 돼."

"어……."

"아니면 내가 가겠다."

사양의 말을 하려던 찰나, 난간을 한 손으로 짚은 나세르가 휙 뛰어내렸다.

무투 대회 우승자답게, 또 3층이던 자기 방을 자유자재로 오가던 그답게 깔끔한 동작이었지만, 지엔은 그에 신경 쓸 겨를이 없었다.

다만 믿을 수 없다는 듯 나세르를 올려다보던 지엔이 생각했다.

'나세르 님이 있어야 할 곳은 저곳이고 내가 있어야 할 곳은 이곳인데, 나를 따라 이곳에 오겠다고? 왜? 어째서?'

혼란에 가득 찬 그녀의 표정에도 아랑곳하지 않고, 그녀의 곁에 다가온 나세르가 어쩐지 쑥스러운 얼굴로 눈을 내리깔았다.

이윽고 그녀의 손을 잡아 자신의 허리께로 가져온 그가 낮게 말했다.

"춤출까."

"네?"

지엔은 퍼뜩 고개를 들었다. 그녀가 방금 제가 뭘 잘못 들었나 하는 표정으로 되물었다.

"춤이요?"

"그래."

여전히 주저 없는 나세르의 대답에 지엔은 미간을 찌푸렸다.

"저 출 줄 모르는데요."

"내가 출 줄 아니까 괜찮아."

지엔은 그렇게 말하는 나세르를 여전히 어이없다는 듯 쳐다보았다. 그것도 잠시, 근래 본 것 중 제일 쾌활해 보이는 나세르의 표정에 '이런 것도 가끔은 괜찮지 않나.' 하고 생각하고 말았다.

뭐, 비록 정원이라고는 하지만 황성의 연회에서 춤을 추는 일, 다시는 없을 테고.

'더군다나 고용주가 원하는 마당에.'

차마 나세르의 미소에 넘어갔다고 스스로 인정하기가 싫었던 지엔은 애써 그렇게 되뇌었다.

그리고 지엔은 머뭇거리다가 나세르의 허리에 손을 얹었고, 나세르는 지엔의 어깨에 손을 얹었다.

이윽고 머뭇대다가 시선을 들어 올린 그들은 가까이에서 눈이 마주치자 작게 웃음을 터트렸다. 순간 흐르는 어색함 때문이었다.

그때, 파도처럼 갑자기 덮쳐 온 기억이 지엔의 머릿속을 습격했다.

그녀는 정원의 모습을 지우고 눈앞에 펼쳐지는 생생한 광경을 그저 속수무책으로 바라볼 수밖에 없었다.

거대한 고래의 배 속처럼 어둡고 광대한 홀.

창이란 창은 전부 커튼으로 가려놓고 촛불 하나 놓지 않아 빛이라곤 없는 그곳에서, 한 쌍의 남녀가 원을 그리며 빙빙 돌고 있었다.

멀리서만 보면 마치 춤을 추는 듯한 모습이었다.

하지만, 가까이에서 두 사람이 나눈 대화를 들을 수 있다면 그 누구도 그렇게 생각하지는 않을 것이었다.

― *끝까지 나라를 지키려 한 자들 대부분이 처형당한 나라 따위……. 내 혈족이라고는 이제 한 사람도 살아 있지 않은 나라 따위, 당신의 위명에 질려 벌벌 떨며 성문을 열어젖힌 배신자들의 안위는 내 알 바 아니야! 당신을 죽이고야 말겠어. 그들이야 어찌 되든…….*

― 어처구니가 없군. 네 나라에 남아 있던 네 혈족들이 반란을 막지 못한 건 내 탓이 아니다.

싸늘하게 뇌까린 남자가 말을 이었다.

― 아니면 내게 도움을 청하지 그랬냐. 군대를 보내 그들을 도와 달라고. 네가 스스로 내게 얼굴 한 번만 비추었다면 못 해 줄 것도 없었다. 그러나 너는 그것을 알고 있었으면서도 그러지 않았지. 결국 너는 네 나라와 혈족들보다 네 자존심이 더 중요했을 뿐이야.

― 닥쳐! 아니야, 그런 게…… 당신과의 전쟁 때 총력을 다해서 약해지지만 않았어도 충분히 그걸 막아 낼 수 있었어!

― 과연 그 말대로군. 나에게 조금 더 빨리 무릎 꿇었더라면 너희는 그 많은 병사들의 목숨을 잃지도, 수성전을 하느라 자원들을 모조리 소모하지도 않았겠지. 하다못해 다른 자들처럼 승산을 점치고 도망치기만 했어도……. 허나 그 모든 게 너희의 자존심이고 너희의 선택이었다.

한쪽 입술 끝을 말아 올린 남자가 빈정거렸다.

― 과연 피는 몹시 진하군. 승산 없는 싸움임을 알면서도 성문을 닫아걸고 버티느라 죄 없는 목숨들과 수많은 식량을 희생한 너희 가문과 고작 자존심 때문에 내게 도와 달란 청을 하지 못한 너…….

여자의 손을 잡고 빙글 돌린 그가 말을 이었다.

― 내가 부부끼리 재미있는 장난을 하고 있었노라고 기사들에게 핑계 대지 않았다면 어찌했을 셈이지? 나는 네 목을 벌써 치고 싶지 않다.
― 닥쳐! 이번에야말로……

절망감 가득한 여자의 얼굴 가까이에 대고 남자가 속삭였다.

― 네가 아무리 힘껏 나를 죽이려고 달려든다고 해도, 너는 결국 나와 춤을 추게 될 뿐이야.

작은 목소리가 따라붙었다.

― ……내가 네가 죽기를 바라지 않는 한은.

환상이 사라지자, 헉하며 숨을 들이켠 지엔은 황급히 나세르에게서 손을 떼어 냈다.

나세르가 당황한 듯 몸을 굽히며 물었다.

"지엔? 갑자기 왜 그러지? 괜찮나, 지엔? 역시 빛의 신전에 정기적으로 다닌다고 했을 때부터 알아봤지만, 몸이 안 좋은 게 아닌가?"

나세르의 염려 가득한 말을 지엔은 애써 무시했다.

입술을 질끈 깨문 그녀가 억지로 몸을 일으켜 세우며 대답했다.

"괜찮아요. 공자님. 정말로."

"하지만……."

나세르는 못내 걱정스런 표정이었으나 지엔은 더는 묻지 말아 달란 뜻으로 고개를 내저었다.

그리고 그의 손을 떨쳐 낸 지엔이 다급히 말했다.

"공자님, 저 얼른 주방으로 돌아가야 한다는 걸 잊었어요. 이만 갈게요."

"아. 그, 그래."

나세르가 당황하여 더듬거리는 것에도 아랑곳하지 않고, 고개만 꾸벅 숙인 지엔이 후다닥 뛰어갔다.

뒤도 한 번 안 돌아보고 멀어지는 그녀의 모습을 나세르는 착잡한 눈으로 응시했다.

문득 방금까지 지엔의 손을 잡고 있던, 이제는 비어 버린 손안을 내려다본 그가 중얼거렸다.

"춤을 추자고 한 게 잘못이었나?"

분명 그전까지는 표정이 나쁘지 않았다. 그의 옷차림을 보고, 놀란 듯 눈을 크게 떴다가 이윽고 웃음을 터트릴 때까지만 해도…….

테라스 난간 위에 한 손을 올려놓으며 '그쪽과 이쪽은 완전히 다른 세계 같다'고 말할 때만 해도 약간의 아쉬움이나 혼란스러움만 엿보일 뿐, 별다른 기색은 없었다.

'그런데 어째서 춤추자는 말에는 그렇게 사색이 돼서 달아나 버린 걸까?'

한참이나 빈손을 쥐었다 펴던 그는 이윽고 홀 안으로 걸음을 옮겼다. 아무튼 무투 대회 우승자가 자리를 길게 비우면 보기에 안 좋을 테니, 그 또한 돌아가야 할 시간이었다.

홀 안에서 그런 나세르를 찌를 듯이 응시하는 시선이 있었다.

음식을 나르다가도 간간이 그를 향해 집요한 눈빛을 보내는 그녀는 다름 아닌 미리엄이었다.

그녀의 목에서 끓는 듯한 소리가 새어 나갔다.

'지엔 고 기집애가…… 감히 나를 감쪽같이 속여?'

황태자 전하와는 죽어도 마주치기 싫다면서 죽을상을 짓질 않나, 지하 창고와 주방을 몇 번이고 오가는 심부름을 시키고 홀로는 한 번도 내보내 주지 않아도 싫어하는 기색이 없기에 정말로 깜빡 속아 넘어갈 뻔했다.

'자기는 이미 다 가져서 괜찮다 이거지?'

칼리스에 나세르에, 수도의 유명한 미남이란 미남은 다 꿰찼으니 과연 그럴 만도 했다.

그래도 칼리스는 누구에게나 친절한 것을 알고 있어 그러려니 했는데, 나세르와 친밀하게 얘기한 것도 모자라 허리에 손을 얹는 것까지 목격한 미리엄은 눈이 돌아갈 지경이었다.

입술을 깨문 그녀는 쟁반 위에 있던 와인 잔이 다 떨어지자마자 획 주방으로 걸음을 옮겼다.

주방문을 쾅 소리 나게 열어젖힌 그녀가 버럭 외쳤다.

"지엔! 따라와. 갈 데가 있으니."

"네?"

막 주방으로 돌아와 할 일을 배정받던 지엔은 동그랗게 뜬 눈으로 스스로 가리켜 보였다. 아랑곳하지 않고 휙 돌아선 미리엄이 결연히 외쳤다.

"홀로 갈 테니 옷차림을 단정히 하도록."

미리엄의 말을 들은 임시 시녀들은 저마다 상기된 얼굴로 지엔의 등을 떠밀었다.

"지엔, 축하해!"

"드디어 미리엄 님이 너의 노고를 인정해 주시려나 봐. 이게 무슨 행운이야?"

그러나 전생의 죄 때문에라도, 자신의 인생에 행운이 순순히 굴러들어 올 리 없다는 것을 잘 아는 지엔은 그저 찜찜한 표정만 지어 보였다.

그 가운데 미리엄이 다시 재촉했다.

"어서!"

결국, 한숨을 한번 내쉰 지엔은 천천히 그녀를 따라 걸음을 옮겼다.

*　　*　　*

떠들기를 싫어하는, 젠체하기로 소문난 이들조차 소곤거리기 바빴다.

"저분이 바로 그……."

"크레센트가의……."

발리아 폰 크레센트. 제국이 크레센트 일족을 제국의 일원으로 받아들일 적의 이야기는 귀족들에게도 어렸을 적 들은 전설이었다.

그 전설 속의 주인공이 수백 년 만에 숲에서 빠져나와 눈앞에 있는 지금, 저도 모르게 설레는 마음이 사교계의 가면을 비집고 나오는 것은 어쩔 수 없었다.

더군다나 발리아 폰 크레센트는 전설 속 주인공에 걸맞게 아름다웠다.

흰 물결로 온몸을 휘감은 듯한 얇은 드레스. 드레스 자락 사이로 새파랗게 반짝이는 구두를 신은 그녀는 회장의 누구보다도 눈에 띄었다.

심지어는 비교하기 좋아하는 누군가가 수군거리기까지 했다.

"저 정도면 발레노르 경과 비교해도 전혀 밀리지 않는데……."

"아니, 오히려 나라면 크레센트 영애의 손을 들어주겠어."

"말조심하게. 이미 예비 황태자비 신분이신 분께 그 무슨."

신나게 수군거리던 이들은 로아나의 시선을 받고 덜컥 겁나서 입을 다물었다.

로아나는 아름다운 외모 이전에 '전장의 붉은 장미'로 이름 높은 기사. '붉은 장미'가 그녀 본인을 가리키는 게 아니라 그녀의 검이 뿌린 피를 의미한다는 얘기는 유명했다.

시선 한번 보냈다고 말린 쥐처럼 바짝 얼어붙은 그들을 보며 로아나가 작게 한숨을 내쉬었다.

"한심하긴."

그녀에게 무도회의 꽃이 누가 되건, 제국에서 제일 아름답다고 칭송받는 게 누구이건 그런 건 별로 중요하지 않았다. 애초에 그런 게 신경 쓰였더라면 드레스 대신 가벼운 갑옷 차림으로 이 자리에 나타나지도 않았을 것이다.

로아나의 옆에서 칼리스도 그쪽을 힐긋거리며 말했다.

"원치도 않은 줄 세우기를 하고 앉았군."

"두세요. 스스로의 인생이 얘깃거리로 충분치 못함을 아는 이들의 안타까운 취미 아니겠습니까."

심드렁하게 대답하는 로아나에게 칼리스는 감탄하는 표정으로 말했다.

"로이. 항상 하는 얘기지만 네가 혀로 검을 쓸 수 있다면 진작 소드 마스터가 되었을 거야."

"제 검이 혀보다 날카롭지 못하다는 뜻입니까?"

"아니, 잠깐. 그런 말이 아니고…….."

당황하며 무도회장 이곳저곳을 둘러보던 칼리스가 갑자기 한 곳을 가리키더니 과장되게 외쳤다.

"아앗, 저기 봐! 저기에 정말로 놀랍고 새로운, 돈을 주고 보래도 반드시 봐야 할 것 같은, 못 보면 죽기 전에 생각날 것 같은 장면이!"

물론 그것이 화제를 어떻게든 돌려보려는 칼리스의 수작임을 아는 로아나는 속지 않았다.

로아나가 코웃음 치며 칼리스에게 시선을 고정하고 있는 참인데, 문득 그의 표정이 변했다.

입이 살짝 벌어지고, 선홍색 눈동자는 놀라운 것을 본 듯 커졌다.

'연기력이 늘었다고 칭찬해 줄까, 아니면 노력이 가상해서 속아 줄까.'

한참을 고민하다가, 손해 볼 것 없다고 결론을 내린 로아나는 고개를 돌렸다. 그리고 테라스 너머를 본 그녀의 눈이 칼리스와 마찬가지로 휘둥그레졌다.

도대체 무슨 대화를 나눈 것인지, 벨하르트와 칼리스가 다녀간 직후 잘려 나간 커튼 사이로 마주 보고 서 있는 두 사람의 모습이 눈에 들어왔다.

하나는 방금까지 이 회장에 있는 줄도 몰랐던 나세르로, 그의 외모와 그가 오늘 입은 흰 정장이 지나치게 잘 어울린다는 것을 생각하면 도대체 어떻게 지금까지 존재감을 숨겼는지 알 수 없는 노릇이었다.

그리고 다른 하나는…… 로아나는 미간을 좁혔다.

'그 하녀.'

천 개의 계단을 조금도 힘들어하는 기색 없이 오르내리던 주제에 기사 수련생이 아니라기에 이름도 기억하고 있었다.

'지엔.'

그녀가 나세르와 가까이에서 손을 마주 잡은 채 무어라 대화를 나누고 있었다. 단순히 고용주와 고용인 사이라고 보기에는 퍽 애틋한 모습이었다.

그 광경을 바라보던 로아나의 얼굴에 미미한 감탄이 떠올랐다. 그녀는 중얼거렸다.

"그랬군. 그래서……"

칼리스의 일시적인, 변덕에 가까운 호의를 업고 기세등등한 이들을 많이 보아서 지엔도 그런 줄로 알고 착각했는데, 보기보다 대단한 수완의 소유자인 모양이었다.

칼리스야 치마만 입으면 누구든 좋을 위인이니 그렇다 치고, 나세르 공자까지 홀린 줄은 몰랐는데.

거기까지 생각한 로아나가 고개를 갸웃했다.

'하지만, 시답잖은 수작에 잘 넘어갈 사람으로는 안 보이는데.'

더군다나 전 연인의 일이 있으니만큼 더더욱 조심하겠지. 나세르와 엘레노어라는 하녀 사이에 얽힌 일은 대부분의 소문에 귀 닫고 사는 로아나조차 알 정도로 유명했다.

'그런데 도대체 어떻게?'

궁금해하던 것도 잠시, 아무튼 자신이 신경 쓸 바는 아니라고 결론 내린 로아나는 빠르게 호기심을 지웠다. 사냥 대회, 아니, 사냥 대회라기엔 너무 수상쩍은 행사를 앞둔 지금 그녀에게는 신경 써야 할 것이 너무 많았다.

다시 고개를 돌려 옆을 돌아본 그녀는 인상을 쓰며 팔짱을 꼈다.

'나세르 공자도 공자지만, 이상하기로는 이쪽이 더한데.'

칼리스의 눈은 아직도 테라스의 두 사람에게서 떨어질 줄을 몰랐다.

로아나가 알기로는, 칼리스는 공들여도 넘어오지 않는 사람에게 미련 두는 성격이 결코 아니었다. 그는 실패한 게 언제냐는 듯 유유히 새 사람을 찾아 떠나곤 했다.

심지어 그 자신은 양다리를 걸치지 않았지만, 사귀고 있던 상대가 양다리를 걸치면 '집착하는 남자는 멋없다'고 말하며 미련 없이 놓아주기까지 했다. 로아나는 개인적으로 그런 칼리스의 모습을 더더욱 꼴불견이라고 여겼다.

'그런데 그런 그가 저런 표정이라고?'

로아나는 칼리스를 물끄러미 보다가 다시 고개 돌려 지엔을 바라보았다.

아무래도 이번에는 자신이 칼리스의 주의를 다른 곳으로 끌어야 할 것 같다고 느낀 로아나는, 마침 적당한 대상을 발견하고 입을 열었다.

"칼 오라버니."

"어, 어? 왜?"

"크레센트 영애가 곤란한 표정을 짓고 계시는군요."

"아, 그러게. 정말이네……."

그렇게 말하는 칼리스의 얼굴은 전혀 흥미 있어 보이지 않았지만, 로아나는 일부러 그를 계속 잡아끌었다.

"익숙지 못한 수도의 문화에 불편함을 느끼고 계실지도 모르니 이리로 모셔와야겠습니다. 같이 가시죠."

"어? 그래, 그게 좋겠다……."

대답은 그렇게 했지만 칼리스는 막상 발리아의 앞에 가서 아무런 말도 꺼내지 않았다.

그에 발리아와 함께 서 있던 몇몇 영식들이 의아해하자, 로아나가 앞으로 나서며 가볍게 예를 취했다.

"크레센트 영애."

"발레노르 경."

반갑게 맞이하는 발리아의 뒤에 선 사내들을 로아나가 날카로운 눈으로 훑자, 그들은 힉 소리를 내며 물러났다. 그 모습을 본 로아나는 몹시 못마땅해하며 허리에 두 손을 얹었다.

'도대체 황태자 전하께서는 저런 질 떨어진 자들이 예비 황태자비에게 접근하는데 막지 않고 뭐하신 거람.'

그렇게 생각한 로아나가 다시 발리아를 돌아보며 물었다.

"불편한 표정을 짓고 계시기에 와 봤습니다. 혹 수도의 음식이 입에 맞지 않으신지요."

아무리 직선적인 성격의 로아나라도 '이놈들이 무슨 헛소리로 영애의 심기를 건드리던가요?'라고 곧바로 물을 수는 없었다.

그러자, 들고 있던 샴페인 잔을 흔든 발리아는 명랑하게 대답했다.

"아니요. 수도의 음식은 저와 정말 잘 맞아요."

그 모습을 보며 로아나는 조금 묘한 표정을 지었다.

'이상하네, 지금쯤 조금 분한 듯한 대답이 돌아와야 하는데, 아닌가?'

그렇게 생각하면서도 로아나가 선선히 다행이라고 대답하자, 갑자기 발리아가 뒤에 서 있던 영식들을 척 가리키더니 말했다.

"그런데 이분들이 저와 맞지 않아서요."

예기치 못한 지목에 사내들은 헉하고 헛숨을 내뱉었다. 한편, 로아나는 물론이고 멍하니 있던 칼리스마저 작게 웃음을 터트리고 말았다.

말릴 생각은 전혀 들지 않았다. 도리어 유쾌한 기분마저 들었다.

웃음기를 애써 감춘 로아나가 선뜻 물었다.

"어떤 부분입니까?"

"혹시 수도에서는 친우를 비웃는 게 무례하지 않은 일에 속하나요?"

"물론…… 무례에 속합니다."

떨떠름하게 대답한 그녀가 다시 생각했다. 친우? 발리아에게 친우라고 부를 만한 사람이 벌써 생겼던가? 한편, 칼리스 또한 똑같은 생각을 하고 있었다.

움츠려 있던 어깨를 꼿꼿이 편 발리아가 비로소 분한 표정을 지으며 말했다.

"그럼 예절에 대한 제 상식은 크게 어긋남이 없는 거로군요."

"무슨 일 때문에 그러시지요?"

"저분들이 친우 얘기를 하시기에 저도 제 친우 얘기를 했는데, 제 친우의 신분이 하녀란 이유로 비웃으시지 뭐겠어요?"

아차 하며 말을 꺼내려던 로아나의 표정이 이어진 발리아의 말에 다시 변했다.

"지엔이라고, 하녀라고는 하지만 정말로 몸이 튼튼하고 거기에 영특하기까지 한 친구거든요."

로아나가 떨떠름하기까지 한 얼굴로 되물었다.

"지엔이라면, 혹시……."

"아! 발레노르 경은 지엔에 대해 기억하시지요? 천 개의 계단에서 처음 마주칠 때 함께 있었으니까."

기억하다마다. 로아나는 기묘한 표정을 지었다.

몸이 튼튼하다는 것은 인정할 수 있었다. 체력 하나만은 봐줄 만했으니까. 하지만⋯⋯.

"영특하다고?"

옆에서 끼어들어 믿을 수 없다는 듯이 물은 것은 다름 아닌 칼리스였다.

발레노르 공작가의 후계에 이어 루디나토 대공가의 후계까지 끼어들자, 일이 너무 커졌음을 깨달은 일당은 '실례했습니다, 말씀 편히 나누십시오!' 따위의 소리나 하고 후다닥 사라졌다. 그러나 이미 셋 중 누구도 그들에게는 신경을 쓰고 있지 않았다.

칼리스가 턱을 짚은 채 중얼중얼 댔다.

"영특하다고? 영특⋯⋯ 그런 것을 눈치챌 계기가 조금이라도 있었나? 아니, 지엔은 길을 잃었을 때도 나뭇가지 넘어뜨리기, 눈감고 한쪽 고르기 따위의 방법이나 제안했는데. 그러다 헤카테 사제에게 이마를 한 대 얻어맞았고⋯⋯."

"오라버니, 설마 오라버니가 방금 말씀하신 헤카테 사제가 헤카테 대사제를 이르는 것은 아니겠지요?"

로아나가 딱딱하게 굳어진 목소리로 되묻는 사이, 고개를 기웃한 발리아가 선뜻 물었다.

"음? 칼리스 공자님께서도 지엔을 아시나요?"

그제야 고개를 든 칼리스는 허둥지둥 답했다.

"아, 물론이지, 영애. 여행길에 우연히 연이 닿아 지엔과 브리지트 가문의 공자는 우리 집에서 지내고 있다네."

그런 다음 그는 기이한 표정으로 되물었다.

"그런데, 영애는 도대체 어떤 점에서 지엔의 영특함을 깨달았지?"

"체스랍니다!"

"체스?"

발리아의 밝은 대답에 칼리스와 로아나는 더욱 떨떠름한 표정을 지을 수밖에 없었다.

체스라니, 그것은 럭서만 제국의 초대 황제가 고안했다고 하는 수준 높은 전략 게임이었다. 다른 게임들보다 유난히 복잡한 규칙도 규칙이거니와, 막상 그 규칙에 익숙해지고 나면 문제는 승부 그자체였다.

체스에서 승리를 따내기 위해서는 한 수 앞이 아니라, 몇 수 앞을 보는 혜안이 필요했다. 때문에 체스는 귀족 자제들 사이에서 인기가 있었으나, 그조차 배우기를 포기하지 않은 소수에 그쳤다. 로아나로 말할 것 같으면 진작 진저리 내며 대리석으로 된 체스판을 두 동강 낸 전적이 있었다.

'그런데 체스를 잘 둔다고? 하물며 평민이?'

로아나가 믿을 수 없다는 표정을 짓는 동안, 발리아가 말을 이었다.

"제가 빈 시간에 그녀에게 체스를 가르쳐 주었더니, 금세 저를 이기지 뭐겠어요. 저도 배우는 속도가 빠르다는 말을 스승에게서 들었는데, 그런 저를 가뿐히 제치더라니까요."

얘기를 듣던 로아나의 표정이 점차 복잡해졌다.

거침없이 패배를 인정하는 발리아의 태도는 둘째치고, 그녀의 체스 실력이 나쁘지 않음은 잘 알고 있었다. 그녀를 가르치는 후작에게서 몇 번이고 천재라는 찬탄이 나올 정도였으니까.

'그런데…… 그 하녀가?'

로아나는 느릿느릿 대답을 꺼냈다.

"그건…… 대단히 영특한가 보군요."

"그렇지요?"

화색이 되어 대답하는 발리아의 모습에 세 사람은 다시 한번 침묵에 휩싸였다.

그때, 마침 테라스에서 돌아온 나세르가 그들 곁을 지나쳤다. 칼리스는 전혀 고민 않고 그의 팔을 붙잡았다.

"무슨……."

자신을 붙든 것이 칼리스임을 깨닫고 반사적으로 얼굴을 구기던 나세르는 나머지 이들을 보고 간신히 예를 갖추었다.

그런 그를 가리키며 칼리스가 소개했다.

"크레센트 영애. 이분이 바로 그 지엔이 속한 브리지트 백작가의 삼남인 나세르 폰 브리지트 공자라네."

"발리아 폰 크레센트입니다. 빛의 신의 인도가 함께 하기를."

발리아가 가벼운 감탄사와 함께 인사하자 나세르도 얼떨떨하게 예를 갖췄다. 그러면서도 그는 도대체 왜 자신이 '지엔이 속한…….' 어쩌고로 소개되어야 하는지 의문을 갖지 않을 수 없었다.

'보통 하녀 이름을 들먹이며 가문을 소개하던가?'

고민에 빠진 나세르에게 칼리스가 말했다.

"지엔에 대한 새로운 소식이 있는데, 네가 알아야 할 것 같아서."

"그게 뭐지?"

심각한 사실이라도 되나 굳어졌던 나세르의 얼굴이 이어진 설명에 점차 황당한 빛으로 바뀌었다.

그가 믿기 어렵다는 듯 내뱉었다.

"체스…… 말입니까?"

"그래."

"지엔이 특출난 게…… 힘이나 체력이 아닌 다른 영역일 거라고는 상상해 본 적이 없는데."

칼리스가 유감스럽다는 표정으로 대답했다.

"나도 그렇다네."

그런 다음 둘은 아차 하는 생각이 들어 다시 발리아를 보았다. 그러나 뜻밖에도, 자신의 의견이 무시당해 슬픈 표정이라도 짓고 있을 줄 알았던 발리아는 전혀 그렇지 않아 보였다.

오히려 그녀가 신기하다는 듯 눈을 깜빡이며 물었다.

"지엔은 아무래도 황궁에서 유명한 모양이로군요?"

로아나가 가장 먼저 되물었다.

"네?"

"아무래도 그녀에 대해 모두 잘 알고 계신 것 같아서요."

그 말에 로아나와 칼리스는 물론이고, 나세르마저 찝찝한 표정으로 변했다.

'그러고 보니…….'

난다 긴다 하는 인물들이 워낙 많은 수도에서 천재조차 빛을 보지 못하고 묻히는 일 따위는 흔했다.

그럼에도 불구하고 지엔, 그 하녀는 범상치 않은 존재감으로 이미 수도의 유명인이라고 할 수 있는 그들에게조차 톡톡히 존재감을 남겨 놓고 있었으니.

도대체 이게 어떻게 된 일인지……. 심각하게 고민하던 그들은 소란을 감지하고 퍼뜩 고개를 들었다.

쨍그랑! 날카로운 파열음이 연회장 안에 흩어졌다. 이윽고 위협적인 고함이 그 위를 덮었다.

"이게 무슨 짓이냐?!"

고함의 주인은 두꺼운 근육을 고급스러운 갈색 정장으로 감싼 것으로 보아 무인이 분명한 남자였다.

그 앞에 방금까지 화젯거리였던 하녀, 지엔이 창백한 얼굴로 무릎을 꿇고 있는 것을 본 그들의 눈이 일제히 커다래졌다.

*   *   *

넘어지는 순간 지엔은 직감했다.

'망했다.'

물론 사람이 태어난 이상 한 번쯤 넘어질 수 있었다. 심지어 고귀하신 황족들이 사는 황궁이라고 해도 넘어지는 것 정도는 별다른 죄도 안 되었다.

그러나 타이밍이 문제였다.

방금, 지엔은 미리엄이 무슨 계획을 세웠는지는 몰라도 엄청나게 독기 품은 눈빛으로 자신을 주시하는 것을 보았다.

그 눈빛의 의미인즉슨, '난 너를 죽일 계획을 세워뒀고 실행만 하면 돼!'였다. 그것을 일찌감치 눈치챘던 지엔은 앞으로의 모든 행보를 조심하기로 마음먹었지만, 문을 열자마자 태클이 들어오는 데는 당해낼 도리가 없었다.

와장창, 쟁반 위에 있던 와인과 와인 잔들이 떨어져 박살이 났다. 그와 동시에 한 남자가 거짓말처럼 튀어나와 쏟아진 와인들을 전부 맞았다.

서로 짠 게 아니고서야 이럴 수가 없는 타이밍이었다. 과연, 고개를 돌린 지엔은 남자와 미리엄의 시선이 은밀히 오가는 것을 확인했다.

'진짜 망했다.'

지엔이 인상을 쓰는 가운데, 거칠게 씩씩대던 남자가 외쳤다.

"감히, 평민 주제에! 이 옷이 얼마짜리인 줄을 알고 이 꼴을 만들어?!"

그 말을 듣고 지엔은 다시 한번 그가 미리엄과 내통했음을 확신했다. 그가 처음 보는 자신이 평민인 줄은 어떻게 안단 말인가?

그러나 사람들은 조금의 의심도 없이 수군거렸다.

"평민이라고? 평민 주제에 어떻게 황궁 시녀가 되었지?"

"아아, 임시 시녀인가 보군."

"그거 안 된 일이야."

귀족들은 금세 얼굴에 나타나 있던 동정심이나 의아함을 싹 거두고 혀만 찼다.

여론이 불리해져 가는 것을 보고 지엔은 곧바로 무릎부터 꿇었다. 그의 말마따나 평민이라 지킬 체면이 없기도 했고, 짜고 친 일이라면 고작 모욕을 주는 것에 그칠 리 없다는 생각에서였다.

과연, 남자는 지엔이 무릎을 꿇은 것에도 아랑곳하지 않고 외쳤다.

"감히 벌레 같은 평민이 내 옷을 더럽혔겠다! 이 죄를 어떻게 갚을 게냐?"

귀족들이 흥미를 거둔 반면 평민들은 상황이 달랐다. 이번 연회에는 이례적으로 마나를 다룰 수 있는, 실력이 입증된 평민이 많이 참여해 있었다. 그들이 실력으로 꽤 많은 부를 축적한 것은 물론이었다.

그러나 그들이 나서려는 것을 다른 이들이 만류했다.

"왜 그러시오? 신분이 미천할지라도 돈이라면 남부럽지 않게 모았소."

"쉿, 그런 게 아니오. 저자의 얼굴을 보시오."

"그게 왜…… 아!"

남자가 외쳤다. 다른 남자가 빠르게 속삭였다.

"그래요, 저자가 바로 그 '용맹의 기사' 람두스 아니겠소. 그보다 더 유명한 이명이?"

"왜 모르겠소, 다혈질 람두스."

그들 말대로였다.

지엔의 앞에서 무섭도록 외치고 있는 근육질 사내의 이름은 람두스.

기사로서도 어디 가서 빠지지 않는 실력의 소유자였지만, 그보다도 더 유명한 것이 바로 불같은 성질머리였다.

군중들 사이로 다시 웅성거림이 퍼졌다. 몇 달 전에 무투 대회 준결승을 본 이들은 그저 쯧쯧 혀를 찼다.

"람두스 경이 왜 저러는지 나는 알지. 얼마나 자존심이 상했겠어? 곱게 생긴 사제라고 무시하다가, 불과 세 합도 안 돼서 검이 날아가고 말았었지. 이명까지 있는 기사로서는 그런 치욕이 따로 없었을 거야."

"그래도 그렇지, 분풀이라고 해도 하녀를 저렇게 핍박해? 아무런 관련이 없는 하녀를……."

그 얘기를 엿들은 지엔의 얼굴이 일그러졌다.

저 사람들이야 지엔이 나세르의 시녀임을 모른다고 해도, 람두스는 미리엄이 알려 줬다면 알 것이다.

요컨대, 나세르가 미웠던 람두스와 지엔이 거슬렸던 싶었던 미리엄의 환상의 콜라보레이션이었다.

"아!"

그때 홀 안에서 상황에 어울리지 않는 감탄사가 튀어나왔다. 모두가 그쪽을 돌아보는 가운데, 람두스의 얼굴을 뚫어져라 보던 칼리스가 고개를 끄덕이며 말했다.

"어쩐지 얼굴이 익숙하더라니. 비올레타의 그이였군."

그에 몇 달 전 수도를 떠들썩하게 했던 스캔들을 기억하는 이들의 얼굴이 흐려졌다.

그의 곁에 서 있던 로아나가 조심스레 물었다.

"비올레타 영애라면……."

"왜 있잖나, 나랑 사귀겠다고 약혼도 파투 내고 왔던 백작가 그 영애."

"쓰레기."

칼리스의 명쾌한 대답에 로아나가 곧장 내뱉은 말이 모두의 생각을 대변했다.

한편, 칼리스는 억울하다는 듯 손을 내저으며 말했다.

"아니야, 아니야! 나도 약혼자 있는 사람은 건드리지 않는다는 거 알잖아, 로이. 나는 꼬시지도 않았는데 기어코 쫓아오더라니까? 나 때문에 파혼까지 했다면서. 난 열심히 피해 다녔어."

"그게 정말입니까?"

"그럼, 정말이고 말고!"

칼리스의 호언장담에 그제야 로아나는 날카로운 시선을 거두었다. 그러거나 말거나, 칼리스의 맹활약으로 람두스의 사정에 대해 지나치게 자세히 알게 된 군중들은 이제는 당혹스럽기까지 할 지경이었다.

잠시 찾아온 정적 속에서, 칼리스가 가장 먼저 손을 번쩍 들며 나섰다.

"아, 람두스 경! 그쪽은 우리 집 못난, 아, 아니지, 우리 집 손님이라서. 사정을 봐주지 그러나?"

태어나서 한 번도 남의 아래에 있어 본 적 없는 이 특유의 낙천적인 어조였으나, 반면 상당히 다급하게 들리는 목소리였다. 칼리스가 그토록 조바심 내는 것을 본 적이 없는 이들이 그를 신기하다는 듯 힐긋거렸다.

그러기가 무섭게 옆에서 나세르도 나섰다. 스스로 빛을 내는 것 같은 백금색 머리카락 아래, 회청색 눈동자는 싸늘하게 굳어 있었다.

"제가 데리고 있는 아이입니다. 문제가 있다면 제 선에서 해결하게 해 주지 않으시겠습니까?"

드디어 원하는 이로부터 원하는 반응을 얻어낸 람두스는 만족한 얼굴로 지엔에게서 돌아섰다.

지금까지 들은 얘기를 통해 표적은 애초에 자신이 아니었다는 것을 알고 있던지라, 지엔은 몹시 찝찝한 눈빛으로 그를 바라보았다.

그 가운데, 람두스가 흡사 만족한 맹수 같은 얼굴로 으르렁댔다.

"브리지트 공자. 이 아이가 댁의 하녀요?"

"그렇습니다만."

"그렇다면 묻고 싶소, 도대체 이런 자리에는 어울리지도 않는 평민을 왜 여기 들여보낸 거요?"

대답이 돌아온 것은 다른 곳에서였다. 다시 손을 든 칼리스가 명쾌하게 대답했다.

"아, 추천장을 써 준 건 나라네."

그의 경박스런 말투에 순식간에 분위기가 가벼워졌다. 그의 옆에서 로아나가 약간 질색하는 얼굴을 했다.

그 가운데, 람두스는 잠시 낭패 어린 표정을 지었다. 아무리 옛약혼자 일이 걸려 있던 들, 황태자와 사촌지간인 칼리스와 척을 지는 것은 사양하고 싶은 일이었다.

입술을 짓씹으며 분한 표정을 지운 람두스가 이번에는 나세르를 돌아보았다.

"……묻고 싶은 게 있소."

무뚝뚝한 얼굴로 그를 응시하던 나세르가 되물었다.

"뭡니까?"

"이 자리에는 황태자 전하의 명에 의해, 마나를 쓸 수 있는 사람들만이 모였소. 그러나 나세르 공자, 그대는 전에 무투 대회에 참가했을 때 처음 검을 잡았다고 하지 않았소?"

"그렇습니다만."

"그럼 묻겠소, 당신은 마나를 검에 담을 수 있소?"

"……."

무슨 질문에든 대답할 것 같았던 나세르가 드물게 침묵하자, 람두스의 입술이 그럴 줄 알았다는 듯 호선을 그렸다.

한편, 그 대화를 지켜본 사람들은 입가를 가리며 수군댔다.

"검을 처음 잡은 게 불과 몇 달 전인데, 벌써 마나를 쓸 수 있을 리가……. 무투 대회에서 우승한 것만으로 그의 소질은 증명된 것 아니겠소?"

"하지만 황태자 전하께서는 마나를 쓸 수 있는 이들만을 이 연회에 부르셨어요."

"그렇다면 황명 위반 아니오?"

"하지만, 무투 대회의 우승자는 전통적으로 사냥 대회 초대장을 가장 먼저 받게 되어 있잖소. 이럴 경우 그의 처우는 어찌 되는 거지? 저런 우승자도 이번 사냥 대회도, 전례가 있어야 말이지 원……."

수군거림을 듣던 람두스의 입가에 걸린 미소가 짙어졌다. 그는 팔짱을 낀 채 이 상황을 묵묵히 관전하고 있는 로아나를 힐끗 보았다.

희대의 천재라 불리는 저 발레노르 경마저 마나를 느끼기까지만 몇 달이 걸렸고, 마나를 검에 불어넣는 데는 그보다 배는 되는 세월이 걸렸다고 들었다.

더군다나 눈앞의 남자는 사제로 길러져 신성력이 아닌 마나를 다루는 법 따위는 배우지도 못했을 것이다.

'그런데 이 짧은 새 마나를 느끼긴 물론 검에 담을 만큼 성장했다고? 그건 전설 속 드래곤이라도 불가능한 일이다. 아니, 드래곤이라면 가능할지도 모르지.'

아무튼 나세르가 이 물음에 쓸 수 있다고 말하든, 쓸 수 없다고 말하든 람두스에게는 좋은 일이었다. 저번 무투 대회에서 찍소리도 못하고 패배한 것을 드디어 갚아 줄 생각에 그의 가슴이 기대로 부풀어 올랐다.

그때, 침묵을 뚫고 마침내 오랫동안 기다렸던 나세르의 대답이 돌아왔다.

"……실전에서 쓴 적은 없지만."

"하!"

람두스는 탄성을 터트렸다. 그가 조소했다.

'뻔뻔스럽기는. 예상 못 한 바는 아니지만, 결국 이렇게 나오시겠다?'

그의 짜증에 더욱 불을 지핀 것은 다름 아닌 군중들의 반응이었다. 말도 안 된다고 할 때는 언제고, 그들은 나세르가 된다고 하니까 또 그러려니 하고 있었다.

"하긴, 검을 잡자마자 무투 대회에 우승했는데 뭔들 못 하겠어."

"정말이지 천재가 아닐 수 없군. 그가 이제라도 두각을 드러낸 것은 우리 제국에 있어 큰 복이야."

점차 미간을 일그러뜨리는 람두스에게 나세르가 여전히 차분한 얼굴로 말했다.

"허나 내가 마나를 쓸 줄 아는 것이 여기에서 왜 나와야 할지는 모르겠군요. 나는 내 하녀의 처분에 관해 묻고 있습니다. 그 일에 대해서 어떻게 책임지고 배상하면 되겠습니까?"

그렇게 말하는 나세르는 이미 람두스는 염두에도 없다는 듯, 여전히 무릎 꿇고 있는 지엔을 걱정스러운 눈으로 바라보고 있었다.

그 모습을 본 람두스의 이마에 핏줄이 솟아올랐다. 성큼 한 발을 앞으로 내디딘 그가 크게 외쳤다.

"그렇다면 제안할 것이 있소!"

"뭡니까?"

"간이 결투요! 나세르 공자, 공자가 이긴다면 하녀의 무례는 없던 것으로 해 주겠소."

전혀 의외의 그 말에 나세르는 물론이고, 지켜보던 사람들도 어리둥절한 표정을 지었다.

갑자기 이 상황에서 간이 결투?

그 가운데, 멍하니 무릎 꿇고 앉아 있던 지엔을 벽 뒤에 몸을 숨기고 지켜보다가 우르르 달려 나온 임시 시녀들이 황급히 잡아 일으켰다.

지엔은 반사적으로 람두스를 돌아보았지만, 다행히 그는 나세르에게 정신이 팔려 이쪽을 더는 신경 쓰지 않는 눈치였다.

　임시 시녀들이 울먹거리는 눈으로 지엔을 보며 물었다.

　"지엔, 괜찮니?"

　"얘, 나는 네가 정말 잘못되는 줄만 알았어."

　짧은 시간이었지만 고단한 일들을 거친 지엔과 임시 시녀들의 사이는 돈독했다. 마땅히 감동해야 하겠지만, 지금은 그보다 더 중요한 게 있었다.

　가장 가까운 시녀의 어깨를 붙잡은 지엔이 다급히 물었다.

　"간이 결투라는 게 뭐야?"

　귀족이나 기사도 아닌 지엔은 '간이 결투'에 대해 아는 것이 전혀 없었다. 장갑 한쪽을 서로에게 던지며 '결투다!' 하고 외치는 기사 정도야 동화책에서 봤지만, 간이 결투는 처음 들어 봤다.

　이윽고 이어진 설명에 지엔의 안색이 푸르죽죽해졌다.

＊　　＊　　＊

　간이 결투란 치유할 수 있는 사제가 없는 상태에서의 결투로, 결투에 참가하는 사람들은 서로의 몸에 회복 불가능할 정도나, 치명적인 부상을 입혀서는 안 되었다.

　주변을 살펴보고 빛의 사제가 연회장에는 없음을 눈치챈 람두스가 재빨리 결투를 간이 결투로 바꾸어 제안한 것이었다.

　사실 황궁이니만큼 빛의 사제 정도는 불러오려면 불러올 수도 있었지만 연회 자리, 그것도 사냥 대회 전야제에서 정식 결투를 하면 그것도 이상한 일일 것이다.

그것도 고작 한 하녀의 안위를 걸고서.

군중들은 그렇게 생각하며 지엔을 힐끗힐끗 쳐다보았다. 간이 결투에 대해 대략적인 설명을 들은 지엔은 초조한 얼굴로 연무장 한구석을 지키고 있었다.

그런 가운데, 지엔의 옆에 서서 그녀의 얼굴을 한참이나 말없이 지켜보던 칼리스가 입을 뗐다.

"못난아, 너 그런 얼굴 하는 건 처음 본다. 귀신한테 죽을 뻔했을 때도 그 정도 얼굴은 아니었던 것 같은데."

지엔은 달달 떨리는 잇새로 대답했다.

"제가 무슨 일을 당할 줄은 알았는데, 설마 나세르 공자님이 휘말릴 줄은 몰랐죠."

"아, 그런 거였어? 어쩐지 타이밍에 상대까지 너무 공교롭다 했어."

태연하게 답한 칼리스가 '누구야? 말해.' 하고, 은밀하게 속삭인 말에 지엔은 고개를 내저었다.

여전히 덜덜 떨리는 한쪽 다리를 주먹으로 내리치며 그녀가 대답했다.

"아니요, 이미 일어나 버린 이상 뭘 어쩌겠어요."

"너 지금 말이랑 행동이랑 전혀 다른 거 알지?"

"이건, 나세르 공자님이 저 때문에 사냥 대회 참가 못 하게 될까 봐서. 그럼 어떡해요?"

그러자 칼리스는 천연덕스레 어깨를 으쓱했다.

"어떡하기는? 그냥 백작가에 돌아가는 거지. 애초에 벨이 이번에 변덕을 부려 이상한 기준을 들이민 것뿐이라, 빈손으로 돌아가도 실망할 사람은 아무도 없을 거야. 물론 브리지트 백작가에 누가 될 일도 없지, 그는 이미 무투 대회 우승만으로 충분한 영광을 가져다 줬으니."

칼리스치고는 꽤 상세하고 친절한 설명이었는데도, 그것을 들은 지엔의 얼굴은 도통 풀릴 줄을 몰랐다. 그녀를 빤히 보던 칼리스의 눈이 가늘어졌다.

그에 대해 전혀 눈치채지 못한 지엔은 여전히 잔뜩 굳은 얼굴로 연무장을 보았다. 람두스와 나세르가 마주 보고 서서 서로의 검을 점검하고 있었다.

기실 이렇게 지엔이 창백하게 질리고, 불안함에 다리까지 떨게 된 이유는 단순히 결투 때문만은 아니었다.

지엔은 나세르가 다른 누구도 아닌, 자신을 위해 검을 들게 된 이 상황 자체가 마음에 들지 않았다.

'전생에 그의 아비와 오라비를 무자비하게 팬 대가로 빼앗긴 검술이야. 그런데 그것을 날 지키기 위해 휘두르겠다니.'

그런 모순이 또 어디 있단 말인가? 그렇게 생각한 지엔은 입술을 꾹 깨물었다.

18년간 한없이 게으르게 살면서도 양심의 가책이라고는 한 번도 느껴 본 적이 없는, 실로 깃털 같던 그녀의 마음이 나세르와 만나고 부터 점차 무거워지기 시작했다.

시작이 언제였더라?

나세르가 이리로 거리낌 없이 건너와 춤을 추자고 말하던 그때?

아니면 그보다 훨씬 전이었나.

자신이 '위대하고 사악한 존재'라는 이유로 빛의 신전에 정례적으로 들르는 줄도 모르고, 그저 걱정스러운 얼굴로 안 좋은 데가 있냐고 묻던 그때.

어쩌면 그보다도 더 전이었을지도 모른다.

지엔의 부어오른 이마를 감싸며 치료 좀 해 달라 헤카테에게 성을 내는 등, 그녀의 안위에 매번 민감하게 굴 때.

매 순간 자잘하게 굴러떨어진 돌멩이가 어느새 묵직하게 쌓여 지엔의 가슴께를 짓누르고 있었다.

지엔은 뭐라도 얹힌 듯 갑갑해진 명치를 꾹 눌렀다.

'그런데 이제는 날 위해 검까지 휘두르겠다니.'

할 수만 있다면 대신해서 나서고 싶었다.

'아니, 잠깐. 어쩌면 가능할지도 모르잖아? 검이 아니라 다른 무기를 들고 싸워도 된다면, 공자님 대신 내가 나서도 충분히 승산이 있을지도 몰라.'

지엔이 급기야 그런 생각까지 하던 찰나, 그녀를 뚫어져라 보던 칼리스가 불쑥 말했다.

"못, 아니, 지엔아."

"네."

"너 체스 잘 둔다며?"

"네?"

지엔은 그만 생각하던 것도 멈추고 고개 들어 칼리스를 보았다.

지엔이 대놓고 황당한 표정을 짓는 것도 아랑곳하지 않고, 그가 다시 말했다.

"다음에 나랑 한판 두자. 얼마나 잘 두는지 궁금해."

"아니, 이 마당에 제 체스 실력 따위가 중요해요? 나세르 공자님의 결투를 목전에 둔 마당에."

"너 체스 그렇게 무시하면 안 돼. 그거 그래 봬도 귀족가 자제들한테 인기 엄청 많은 거 알지? 업적을 꼽으라면 열 손가락, 발가락을 다 동원해도 모자랄 초대 황제 폐하께서 직접 고안하신 거라서. 그렇게 영특한 벨도 어렸을 때 그거 배우느라 깨나 골머리 앓았다니까."

"아니, 그러니까 여기서 그게 왜 나오냐니까요?"

"왜냐니, 내가 궁금하다니까."

도대체 이 사람 왜 이러는 거야? 지엔은 미간을 찌푸렸다. 경박한 성격임은 알고 있지만, 아무리 그래도 그렇지 일의 경중을 파악 못 하나?

경박하기론 둘째가라면 서러울 지엔이 그렇게 생각하던 그때, 어두운 공기를 가르고 불쑥 목소리가 날아왔다. 지엔은 흠칫하며 고개를 돌렸다.

"준비는 되었나?"

그렇게 말한 것은 결투의 입회인을 맡은 벨하르트였다.

확실히 제3궁에서 입회인을 찾으라면 그만한 사람이 없기는 했다. 다만 소란을 싫어하는 그가 결투를 말리거나 하는 대신에 흔쾌히 입회인을 맡고 나선 것에 대해, 군중들 사이에서 간간이 말이 튀어나왔다.

"황태자 전하께서도 혹시……."

"그런 말 하지 말게! 그냥 이참에 브리지트 공자의 실력을 시험해 보고 싶으신 거겠지."

그런 말들이 오가는 것을 들으며 지엔은 칼리스를 다시 돌아보았다. 분한 듯 주먹을 움켜쥔 그녀가 작게 외쳤다.

"칼리스 님! 칼리스 님 때문에 제가 대신 결투하겠다고 나설 기회를 놓쳤잖아요!"

"뭐? 아서라, 너 기사 모욕죄로 잡혀가."

"하지만……."

답답하다는 표정으로 입을 열려던 지엔은 갑자기 날아온 나세르의 목소리에 고개를 돌렸다.

"잠시 드릴 말씀이 있습니다."

결투하기로 결정하고 이제까지 한 번도 망설임을 보인 적 없는 그의 드물게 조심스러운 목소리에, 군중들은 또 한 번 술렁거렸다.

"설마, 아까는 홧김에 그러자고는 했지만……."

"사실은 마나를 쓸 수 없는 건가?"

그리고 이어진 말에 모두가 경악했다.

"목검을 들어도 되겠습니까?"

결투에서 목검을 쓰겠다니! 아무리 서로의 목숨까지는 걸지 않는 간이 결투라고 해도 상대방에게는 그런 무례가 따로 없었다.

"아무리 사제라서 세상의 법도를 몰라도 그렇지……."

비난의 목소리가 쏟아지는 가운데, 나세르는 여전히 침착하게 말했다.

"저는 아직 진검이 손에 익지 않아서. 람두스 경께서 그대로 진검을 쓰시는 건 상관없습니다."

그에 람두스를 돌아본 벨하르트가 무감정한 어조로 물었다.

"괜찮겠는가?"

람두스는 이를 악물고 고개를 끄덕였다. 핏줄이 툭 불거져 나온 눈으로 나세르를 노려보던 그는 음산하게 말했다.

"제가 오늘, 평민 하녀부터 시작해서 공자에 이르기까지……. 평생 당해 볼 모욕은 다 당해 보는 것 같습니다. 아무리 간이 결투라고 해도 진심이 상당히 들어갈지도 모르니, 각오하는 게 좋을 겁니다. 공자."

그에 나세르가 새로 받은 목검을 매만지며 태연하게 대답하자, 람두스의 얼굴은 시뻘겋게 물들었다.

"저는 검을 쓸 때면 언제나 각오하곤 하니, 그런 염려는 내려놓아도 될 듯합니다, 경."

나세르의 성격상 람두스를 조롱하려 꺼낸 말일 리는 없었다. 그러나 무투 대회에서 나세르를 우습게 여겼다가 한번 패배한 전적이 있는 람두스에게는 '너와는 달리 나는 대결에 임할 때 늘 진지하다.'는 뜻으로 들렸다.

과연 다른 이들 또한 비슷하게 생각했는지, 군중들 속에서 작은 웃음소리가 간간이 비집고 나왔다.

람두스의 얼굴이 시뻘게져 거의 터질 것 같을 때쯤, 마침내 벨하르트의 선언이 떨어졌다.

"그럼, 시작하지."

그 말을 시작으로 두 사람의 검이 무섭게 격돌했다.

캉! 흰 달빛이 검신을 타고 흐르기도 전에 맞부딪친 두 검이 날카로운 공명음을 토해 냈다.

시작은 람두스가 우세했다. 용맹의 기사라는 이명이 아깝지 않게 그는 질풍 같이 몰아치는 맹공격으로 나세르를 몰아붙였다. 그를 마주한 나세르는 그저 방어하기에 급급해 보였다.

그 모습을 본 군중들은 람두스를 조롱하게 언제냐는 듯 감탄했다.

"람두스 경, 그새 실력이 늘었나 보군! 패배가 그의 검을 더욱 날카롭게 한 모양이야."

"아니, 아니지, 전에는 람두스 경이 너무 방심했어. 이게 그의 원래 실력인 거라고."

"역시, 그가 본 실력을 발휘하면 아무리 전 무투 대회 우승자라도 고전을 면치 못하겠어……."

군중들의 수군거림을 들으며 지엔은 기도하듯 모은 두 손을 더욱 세게 움켜쥐었다.

'제발 전생에 내가 '위대하고 사악하다'고 평가받은 원인이 성격이나 외모보다는 검술 쪽에 치우쳤길.'

괜찮겠지? 무투 대회 우승까지 한 실력인데.

애써 되뇌던 지엔은 나세르가 람두스의 검격을 단 한 번도 받아치지 못하고 계속 수세에 몰리자 점차 안색이 창백해져 갔다.

그 가운데, 람두스의 승리를 점치는 군중들의 수군거리는 소리는 커져만 갔다.

지엔은 여태껏 입을 다물고 있던 로아나마저 퍽 난처하게 중얼거리는 것을 똑똑히 들었다.

"이거 일 났군. 목검으로 상대하겠다는 모욕까지 당한 이상, 람두스 경이 저 공자를 가만둘 리 없는데……. 간이 결투라 허용되지 않을 테지만, 어쩌면 그걸 감안하고서라도 몸 한쪽을 자르려 들지도 모르겠어."

지엔은 고개를 휙 돌려 멀지 않은 곳에 서 있는 로아나를 바라보았다. 그녀의 성격상 빈말 따위는 하지 않을 것이 분명했다.

'그렇다면 이 결투, 속행해서는 위험해.'

그렇게 생각한 지엔은 칼리스를 휙 붙잡아 당겼다. 일개 하녀인 그녀에게 결투를 멈출 방법이 만무한 이상, 의지할 데라고는 칼리스밖에 없었다. 영 믿음직스럽진 않았지만.

그런데 이쪽을 돌아보는 칼리스의 얼굴에 여전히 윤기가 반지르르하자, 지엔은 외치듯 묻고 말았다.

"공자님, 공자님은 걱정 안 되세요?!"

칼리스는 뭐 문제가 될 게 있냐는 듯한 얼굴로 대답했다.

"응, 긴장 안 되는데."

지엔은 자신이 칼리스를 반이라도 닮고 싶다고 생각할 날이 올 줄은 몰랐다. 그녀가 초조하게 다그쳤다.

"어째서요?! 그 이유, 저도 같이 좀 압시다!"

"얼마 전에 저택 벽에 알 수 없는 검흔이 생겨서 고용인들 모두가 난리 난 적이 있지."

지엔이 고개를 끄덕이자 칼리스가 간단히 대답했다.

"나는 아니었거든. 그럼 누구겠어?"

지엔은 눈살을 찌푸렸다. 누구겠냐니? 정말로 암살자가 들지 않은 이상 범인은 나세르…… 이겠으나, 그는 대공 저에서 진검을 들고 다니지 않았다. 어차피 마나 수련인 이상 진검도 필요 없었다.

그러나 진검이 아닌 이상 벽에 흠집을 내는 것은 불가능한 일.

'검기라면 모를까.'

거기까지 생각한 지엔이 퍼뜩 고개를 들었다. 설마?

그녀가 칼리스를 돌아보며 다시 물으려던 찰나, 연무장 한가운데에서 변화가 일어났다.

람두스의 검을 줄곧 방어하기에 급급하던 나세르의 기도가 갑자기 바뀐 것이다. 연무장의 모든 사람, 설령 검을 다루지 않는 사람이라도 알아챌 수 있을 만큼 강하고 분명한 변화였다.

갑자기 검을 크게 휘둘러 람두스를 떨쳐 낸 나세르가 검을 고쳐 쥐었다.

이제까지의 소극적 태도와 어울리지 않는 과감한 동작에 당황하는 것도 잠시, 다시 균형을 되찾은 람두스는 입꼬리를 비틀어 올렸다.

'그래 봐야 사제의 검술…….'

그때, 나세르가 갑자기 그의 품 안으로 뛰어들며 검을 크게 휘둘렀다. 방금까지만 해도 여유 가득한 표정이었던 람두스는 당황하며 한발 뒤로 물러났다.

"뭐, 뭐야! 갑자기."

람두스의 물음에도 나세르는 대답하지 않고 검만을 휘둘렀다. 일격 일격이 폭풍 같은 검에 압도당한 람두스는 방금까지의 투지를 전부 잃어버렸다.

자신이 그와의 결투를 일부러 유도했다는 사실조차 잊은 채 검을 막기에만 급급해하며, 람두스가 외쳤다.

"도대체 뭐야! 어째서, 어째서 갑자기 이런 변화가."

그러던 찰나 둘의 공방으로 인해 일어났던 흙먼지가 간신히 가라앉으며, 말끔해진 시야 사이로 검을 휘두르는 나세르의 모습이 온전히 드러나 보였다.

그리고 그 순간, 람두스는 그만 소리 내어 웃고 말았다.

"하, 하하."

웃음을 멈춘 그가 넋 나간 얼굴로 읊조렸다.

"말도 안 돼. 이딴, 이딴 게 사제의 검이라고."

아니, 아니었다.

적잖은 전장을 헤쳐 나온 기사로서 람두스는 장담할 수 있었다. 나세르의 검은 결코 사제의 검 따위가 아니었다. 전장을 무수히 지나온 장수이자, 무자비한 학살자의 피비린내 나는 검.

그러나 나세르는 분명히 몇 달 전까지만 해도 신전에서 지냈을 텐데. 그 사실을 상기하는 람두스의 손이 약하게 떨렸다.

한편 군중들 사이에서도 소란이 일어났다.

"저게 어떻게 된 일인가? 아까까지와는 완전히 다른 사람 같잖은가."

"정말로 그가 검을 배운 적은 물론이고 이전까지는 한 번도 검으로 싸운 적이 없나?"

소란의 주체는 대개 일전에 한 번도 나세르의 검을 접한 적이 없던 사람들이었다.

그들도 연회장에서 칼리스가 나세르를 끌고 나왔을 때 호기심에 몇 번 얼굴을 기웃거린 적은 있었지만, 생김새를 보고 금세 흥미를 잃고 말았다.

저런 얼굴로 검을 구사해 봐야 섬세하고 따분한 검이겠지, 그들의 생각이었다.

그러나 몰아치는 검격은 폭풍 같고 맹수 같았다. 그제야 그들은 아까 나세르가 람두스에게 일방적으로 밀리고 있었던 것이 아님을 깨달았다.

나세르는 단지 주저하고 있었던 것뿐이었다.

자신 안의 무언가를 꺼내는 것에 대해.

어떤 흉포한 짐승의 고삐를 놓는 것에 대해.

검 부딪히는 소리 외에는 침묵만이 흐르는 가운데, 누군가 말했다.

"한때 이상한 소문이 돌더군. 나세르 공자가 검 쓰기를 싫어한다고…… 누구를 때리거나 벨 때 손에 남는 느낌을 정말로 싫어한다지."

"무슨? 말도 안 되는 소리."

"아니야, 정말이야. 싸울 때는 저런 표정이지만……."

그들의 시선이 일제히 나세르의 얼굴을 향했다.

그는 조금 웃고 있기까지 한 것이, 틀림없이 즐거운 듯한 표정이었다. 아까의 수세에 몰리고도 차분하던 모습은 온데간데없었다. 그 모습을 본 군중들 사이에서 다시 한 차례 술렁거림이 일어났다.

이윽고 주저하는 듯한 목소리가 다시 새 나왔다.

"……싸우고 나면 언제나 표정이 바뀐다니까. 자기 손을 내려다보고는, 눈앞의 쓰러진 상대를 한번 보고는, 그대로 검을 꽂고 나갔어. 심지어 검조차 소중히 다루지도 않더군. 검날이 무뎌지도록 아무렇게나 내버려 뒀어. 끔찍한 흉기 이상으로는 보지 않는 것 같았지."

"그럴 수가……."

"정말로 인격이 달라져 버린 것 같았어. 혹은 속에 있는 어떤 꺼내기 싫은 괴물을 꺼내는 듯. 그래서 그걸 두고 혹자는 이런 말까지 하더군. 나세르 공자가……."

조심스러운 목소리가 슬금슬금 이어졌다.

"나세르 공자 안에, '위대하고 사악한 존재'의 일부가 잠들어 있다가 그가 검만 들면 깨어나서……. 그래서 그가 차분한 본래 성정과는 달리 저토록 흉맹하고 패도적인 검술을 구사할 수밖에 없는 거라고."

"도대체 무슨!"

'위대하고 사악한 존재'란 수도의 귀족들 사이에서 오랜 금기였기에, 곳곳에서 타박하는 소리가 났다.

그러나 모여 있는 그들 중 누구도 '말도 안 된다'고는 말하지 않았다. 그 정도로 직접 본 나세르의 검술에는 믿기지 않을 만큼의 흉포함이 있었기 때문이었다.

그들과 얼마 떨어지지 않은 곳에 있었던지라, 그 얘기를 거의 처음부터 끝까지 다 들은 지엔은 얼굴을 굳혔다.

그녀가 생각했다.

'때로는 군중들의 눈먼 두려움도 믿을 만하구나.'

저토록 쉽게 검술의 주인의 정체를 눈치챌 줄이야. 그리고 지엔은 자신의 빈 손바닥을 내려다보았다.

여행길에 나세르가 검을 쓸 일은 거의 없었고, 있다고 해도 고성에서의 한 번뿐이었으나 그것은 검으로 어떻게 해 볼만 한 일도 아니었기에 지엔이 나세르의 검술을 제대로 본 것은 이번이 처음이었다. 그러니만큼 지엔은 새삼 충격받을 수밖에 없었다.

'전생의 내가 저런 검술을 썼다니…….'

얼마나 흉포하고 무자비한 사람이었기에. 하긴, 그랬으니 세 사람이나 되는 여인들의 삶을 나락으로 몰았겠지.

그렇게 생각하던 지엔은 옆에서 칼리스가 심드렁히 중얼거리는 말에 고개를 돌렸다.

"도대체 저게 다 무슨 소리지? 나세르의 검술이 흉포한 건 그냥, 본인 성격을 그대로 반영한 것뿐인데……. 위대하고 사악한 존재가 어쨌다느니."

"……."

듣고 보니 정말 그런 것도 같았다.

'어라, 그럼 저 성질 더러워 보이는 검술은 딱히 내 탓이 아닌 건가?'

지엔이 미간을 좁히던 그때, 마침내 청명하게 울리는 검명과 함께 결투가 끝났다. 람두스의 검이 하늘을 날고 있었다.

사실 저번 무투 대회를 보았던 이들에게는 놀라운 일도 아니었다. 그들은 나세르의 무시무시한 본 실력을 저번에도 보았고, 람두스의 패배가 방심한 탓이 아닌 압도적인 실력 차 탓임을 알고 있었다.

몇몇이 혀를 쯧쯧 차는 가운데, 람두스는 망연자실한 표정으로 털썩 주저앉았다. 한참을 파랗게 질린 얼굴로 숨만 씩씩 몰아쉬던 그가 중얼거렸다.

'뭐 저런 게 다 있어! 그럼, 저번 준결승에서 보았던 그 검술이······ 환상이 아니었다고? 진짜였단 말이야?'

이미 그 검술에 두 번이나 패한 이상 환상이라는 것은 말도 안 되었으나, 그럼에도 람두스는 여전히 현실을 부정하고 싶어 했다.

한참이나 풀밭에 꿇어앉아 있던 그에게 나세르가 다가갔다.

나세르는 방금까지 치열하게 싸운 흔적이라고는 전혀 찾아볼 수 없이 차분한 표정이었다. 방금과는 전혀 다른 사람이 된 것 같은 그의 모습에 람두스는 물론, 군중들도 일순 두려운 듯한 표정을 지었다.

반사적으로 뒷걸음질을 치는 람두스를 나세르가 착잡함이 담긴 눈으로 바라보았다.

그가 씁쓸하게 말했다.

"그럼, 이것으로 제 하녀의 일은 해결된 줄 알겠습니다."

"크으윽······."

대답하지 않고 분한 듯 주먹만 틀어쥐는 람두스를 보며 나세르가 눈을 가늘게 떴다. 방금까지 검을 쥐고 있던 손을 털어 내며 그가 말을 이었다.

"석연찮은 부분이 여럿 있으나, 그 부분은 차차 밝히면 될 일이겠지요....... 사냥 대회가 끝나고 뵐 일이 있을지도 모르겠습니다."

그 말에 람두스의 표정이 이전까지와는 비교도 안 될 만큼 창백해졌다.

한편 얼굴이 창백해진 것은 소란 틈에 군중들 속에 껴있던 정식 시녀, 미리엄도 마찬가지였다. 대번에 안색이 바뀐 그녀는 갑자기 이곳저곳을 두리번거리더니, 몸을 돌려 쏜살같이 도망쳐 버렸다.

그녀의 과하게 수상한 모습을 눈여겨본 이들은 여럿이었다. 임시 시녀들이 눈살을 찌푸리며 소곤거리고, 지엔에게 신호를 주려 하는 가운데 칼리스 또한 지엔에게로 몸을 굽히며 속닥거렸다.

"지엔아, 쟤야?"

"뭐....... 가장 유력하긴 하네요."

그렇게 말한 지엔이 어깨를 으쓱했다. 스스로 나서서 일을 키울 생각이 없었던 것뿐이지, 함께 피해를 입을 뻔한 나세르나 칼리스가 나선다면 지엔도 말릴 생각은 없었다.

씩 웃은 칼리스가 나세르를 힐끗 보며 말했다.

"뭐, 고작 하녀의 일을 위해 직접 조사에 나서는 주인은 잘 없겠지. 하지만 하녀를 위해서 간이 결투까지 하겠다고 나서는 데서 진작 알아봤어야 하는 일인데 말이야."

"그야 그렇겠죠."

그렇게 대답한 지엔은 문득 목덜미를 매만졌다. 듣다 보니 왠지 간지러운 기분이 들어 견딜 수가 없었다.

방금 말만 들으면 꼭, 나세르와 자신이 보통 사이가 아닌 것만 같아서.

실제로 이 일을 지켜본 몇몇이 그렇게 생각하고 있는 것 같긴 했다. 아니, 사실상 군중 대부분이었다.

로아나와 발리아가 흥미 어린 눈으로 이쪽을 보는 가운데, 벨하르트의 시선마저 끼어 있음을 알아차린 지엔은 미간을 살짝 구겼다.

'저 사람은 왜 또?'

아무튼, 오늘이 황궁에서의 마지막 날이니 신경 쓸 필요는 없겠지. 애써 되뇌며 고개를 돌린 지엔에게 마침 나세르가 다가왔다.

"지엔. 괜찮나?"

결투로 흐트러진 호흡이 아직 가라앉지도 않은 채였다. 나세르에게 있어 검술은 꾸준한 수련으로 성취한 것이 아니니, 체력이 부족한 것은 어쩔 수 없었다.

고개를 기울인 지엔이 되물었다.

"네?"

지엔은 어리둥절하게 생각했다.

'오히려 내가 괜찮냐고 물어야 하는 상황이 아닌가? 아니면 하다못해 사과나 감사라도.'

그런데 나세르는 조금도 그런 걸 바라는 기색이 아니었다. 오히려 그는 눈을 찌푸리며 여전히 걱정스럽게 물었다.

"저 기사가 네게 윽박지르는 걸 봤다. 무섭지는 않았나?"

아아, 그 얘기였군. 지엔은 손을 꼼지락거렸다.

무섭지 않았냐고 묻는다면 당연히……

"화난 헤카테의 백분의 일 정도밖에는……."

"……"

"하, 하하."

뻘쭘하게 웃는 지엔을 보면서도 나세르는 어이없다는 표정조차 짓지 못했다. 그 역시도 최근까지 헤카테의 그러한 면모에 충분히 시달렸기 때문이었다.

안 좋은 기억을 떠올린 그는 황급히 고개를 털어내고 다시 말했다.

"아무튼, 무섭지 않았다니 다행이군……. 그럼, 갈까?"

"네, 공자님."

앞서 걷는 나세르를 따라 걸음을 옮기며, 지엔은 괜히 귀밑머리를 매만졌다. 아까부터 갈빗대 사이를 얇은 깃털 같은 게 간지럽히는 듯한 느낌을 참을 수가 없었다.

지엔은 비로소 나세르가 보내오는 감정의 무게를 실감했다.

'아, 이게 걱정 받는다는 기분이구나.'

지엔에게는 실로 생소한 감각이었다.

어려서부터 검을 못 쓴다 뿐이지, 힘이 세고 지나치게 튼튼했던 지엔은 다른 사람들의 걱정을 산 일이 거의 없었다.

물론 성격 때문에 조금 다른 의미로 걱정 받기는 했다. '저 녀석 저대로 살아도 괜찮을까?', '언젠가 높은 분의 미움을 사 죽지 않을까?' 같은.

그랬던 그녀에게 이런 일은 정말로 처음이었다.

누군가 자신을 위해 나서 주고, 대신 싸워 주고, 걱정해 주는 일.

'아니, 사실 평범한 하녀라면 평생 못 해 볼 경험이긴 하지.'

그렇게 생각하며 지엔은 주먹을 꾹 쥐었다.

걱정이라니, 이거 직접 받아 보니 정말로…….

'마음이 너무 불편하군!'

빵도 먹어 본 사람만 먹는다고, 지엔은 나세르의 헌신이 조금도 고맙지 않았다. 그러긴커녕, 사채업자에게 절대 갚지 못할 액수의 빚이라도 진 것처럼 찝찝하기 그지없었다.

급기야 지엔은 후회하기 시작했다.

'역시 내가 람두스 경을 직접 상대했어야 했는데……. 아까 싸우는 모습을 보아하니 검을 들지 않고 주먹만 쓴다면 아예 불가능할 것 같지도 않았어.'

그리고 지엔은 날카로운 눈초리로 앞서 걷는 나세르를 쳐다보았다.

'아니면, 차라리 저 검술을 잠깐 빌려 쓸 수 있으면 좋은데. 어차피 전생의 내 검술이잖아. 대여 못 하나?'

한편, 왠지 음산한 기분이 들어 뒤를 돌아보았던 나세르는 지엔의 살벌한 눈빛을 마주하고 주춤 걸음을 멈췄다.

그는 방금 자신이 한 말들을 되짚어 보았다.

'뭐지? 지엔의 기분이 상할 만한 말이라도 있었나? 아니, 역시 그런 건 없었던 것 같은데. 아니면 내가 너무 나선 게 마음에 안 들어서?'

어떤 의미에서는 정답이었다.

그때였다. 마주 보며 멈추어 선 나세르를 훑어보던 지엔의 시선이 그의 허리춤에 걸린 검에 닿았다.

'나는 전생에 그의 아비와 오라비의 피가 식지도 않은 검을 들고 그를 달라 청했는데.'

그녀의 눈빛이 무겁게 내려앉았다.

'그는 검날의 열기가 식기도 전에 달려와 내 안부부터 묻는구나.'

다음 순간이었다. 지엔의 입이 자각 못 한 새 벌어지고, 느린 말이 흘러나왔다.

"다음에는."

나세르는 퍼뜩 고개를 들었다.

그를 올려다보며, 지엔이 어쩔 수 없다는 듯이 웃는 얼굴로 말했다.

"춤, 출까요?"

'분명히 그런 기회는 다시 오지 않을 테고, 그러니 이건 지켜지지 않을 약속에 불과하지만.'

그러자 지엔을 넋이 나간 얼굴로 빤히 보던 나세르가 이윽고 웃었다.

회청색 눈이 부드럽게 휘어지고, 입가에는 난생처음 보는 환한 미소가 떠올랐다.

사제로 자라선지, 감정을 표현하는 데 유난히 인색한 나세르의 그런 미소는 지엔도 처음이었다.

"그러지."

선뜻 돌아오는 나세르의 대답을 들으며, 지엔은 순간 큰 죄라도 지은 듯한 기분이 들었다.

그것도 잠시, 지엔은 고개를 내저으며 되뇌었다.

'약속을 못 지킨다고 해도 미안할 것 없어. 아니, 오히려 이 약속은 지켜지지 않는 게 나아. 그러니 나세르 님께 해될 것은 없는 거야.'

그리고 지엔은 다시 걸음을 옮겼다. 나세르 또한 그녀를 따라 저택으로 돌아갈 채비를 했다. 그런 그들을 붙잡은 건 전혀 예상치 못한 이의 부름이었다.

지엔은 뒤를 돌아보았다.

"나세르 공자. 저도 당신에게 볼일이 생긴 것 같은데요."

그렇게 말하며 사냥감을 발견한 사자처럼 사납게 웃고 있는 이는 로아나 폰 발레노르였다. 화려하고도 살벌한 검술로 위명이 높은.

무가로 유명한 발레노르가에서도 불세출의 천재로 유명한 그녀가 나세르를 지목한 것에 군중들은 수군거리기 시작했다.

한편, 사납게 미소 짓고 있는 그녀를 향해 칼리스가 만류하듯 말했다.

"이봐, 로이……."

그를 가뿐히 무시한 그녀는 검 손잡이에 손을 올리며 한 발 더 앞으로 나섰다.

"저와도 결투해 주시겠습니까, 나세르 공자? 물론 저는 시시하게 간이 결투 따위 바라지 않습니다."

그녀의 물음에 나세르는 잠시 멍하니 서 있다 느릿느릿 아까의 목검을 꺼냈다. 목검은 이전의 험난한 결투를 견디지 못하고 금이가 있었다.

다시 로아나를 돌아본 그가 대답했다.

"바라시는 대로. 그러나 변변한 실력은 아닐 겁니다."

"그건 제가 판단하겠습니다. 오십시오, 나세르 공자."

그렇게 말하는 그녀의 진홍빛 눈에 그보다도 진한 불길이 타올랐다. 그 모습을 본 칼리스는 혀를 내두르며 고개를 내저었다.

그가 다음으로 돌아본 상대는 관심 없다는 얼굴로 자리를 지키던 벨하르트였다.

"이봐, 벨. 로이가 또 검에 눈 돌아갔어. 네가 좀 말려 봐, 네 기사잖나."

"내 기사가 호적수를 만났다는데 방해할 수는 없다."

나직이 내뱉은 벨하르트가 그대로 뒤돌아서 연무장을 나갔다.

"아, 진짜 좀!"

칼리스가 그의 등에 대고 울상 어린 소리를 내뱉었다.

한편 갈 길 잃은 이는 하나 더 있었으니, 로아나가 대뜸 나세르를 데리고 사라진 통에 옆이 휑해진 지엔이었다. 그녀는 황당한 표정으로 연무장을 보며 중얼거렸다.

"이게 대체……."

눈 한 번 깜빡할 새 나세르와 로아나의 위치가 뒤바뀌었다. 이윽고 두 사람이 밟고 있던 자리가 뒤늦게 흔들리더니, 흙먼지까지 일어났다. 단 한 차례의 도약이 불러일으킨 무시무시한 재해였다.

하필 흙먼지가 날아온 방향은 지엔이 서 있던 곳이었다. 반사적으로 지엔이 눈을 찡그리던 찰나, 푸른 막 두어 개가 동시에 그녀의 앞을 가로막았다.

어안이 벙벙했던 지엔은 어느새 양옆에 다가온 발리아와 칼리스를 보고 짧은 감사의 인사를 뱉었다.

"아, 감사합니다."

감사 인사는 쩌엉, 하고 검끼리 부딪치는 소리에 묻히고 말았다. 아니, 검이 부딪치는 소리조차 아니었다. 땅이 울리고 산이 갈라지는 소리였다.

"뭘, 그보다 어서 이 자리를 피하자고."

칼리스가 어깨를 으쓱하며 하는 말에 지엔은 눈썹을 찡그리며 다시 연무장 쪽을 바라보았다. 저쪽은 신경 안 써도 되는 건가?

여전히 시야를 방해하는 흙먼지 사이 사이로 붉은 섬광이 드문 드문 터져 나오고 있었다. 그 모습은 마치 짙은 안개 속에 가려진 장미꽃 같아서, 지엔은 발레노르가의 검술이 아름답기로 유명한 이유를 알 것도 같았다.

그러나 지엔이 충분히 감탄하기도 전에 뭔가가 부서지는 소리와 함께 나무 조각 같은 것이 바닥에 흩어졌다.

사람들이 그 모습을 보며 탄식했다.

"저런, 나세르 공자의 목검이로군! 형편없이 부서졌는데!"

"저래서야 싸움을 속행할 수 없겠군. 하긴, 마나가 깃든 검을 일반 목검으로 상대한 것 자체가 말이 되지 않았지."

"그러고 보니 나세르 공자는 아까의 대결에서 결국 마나를 쓰지 않았지?"

모두가 아쉬워하는 가운데, 지엔만이 안도의 한숨을 내쉬었다.

'아, 이제 드디어 귀가할 수 있으려나⋯⋯.'

그때였다. 작게 숨을 내쉰 나세르가 부러운 목검 손잡이를 바로 세우자, 홀연히 솟아오른 푸른 기운이 방금 부러진 검날의 자리를 대신 채웠다.

아까보다도 더욱 선명하고 날카로운 검날의 모습에 사람들은 비명을 질렀다.

"말도 안 돼! 마나 소드다!"

"마나를 깨우친 지가 얼마 안 됐다고 들었는데, 벌써?!"

그 광경을 보며 어이없는 것을 넘어서서 멍해진 지엔의 어깨를 칼리스가 툭툭 두드렸다. 지엔이 돌아보자, 칼리스는 상냥한 미소를 지으며 말했다.

"봐, 내가 저 녀석 하나도 걱정 안 된다고 했지."

"⋯⋯."

여전히 입을 벌린 채 아무 대답이 없는 지엔에게 그가 다시 속삭였다.

"나는 이제부터 저 목석을 로이와 동일 선상에 놓을 거야. 그게 무슨 뜻이냐 하면, 사람 취급하지 않겠다는 뜻이지."

이윽고 연무장에서 터져 나온 붉은 장미꽃잎과 푸른 파도의 춤이 모든 것을 휩쓸기 시작하는 가운데, 칼리스와 지엔, 발리아는 구경을 포기하고 대피하는 쪽을 택했다.

칼리스가 두 사람의 어깨에 손을 얹으며 말했다.

"어차피 저 싸움 오늘 밤새도 안 끝날 테니 각자 침소로 돌아갑시다."

그의 에스코트를 받아 루디나토 대공가의 마차에 오르는 한편, 여전히 불길이 번쩍이는 제3궁 연무장 쪽을 바라보며 지엔은 복잡한 표정을 지었다.

　'오늘 중으로 들어오시기는 하려나⋯⋯.'

　어쩨 나세르가 헤카테를 뛰어넘어서 더 대단한 것으로 진화하는 것 같아 걱정이 되기 시작한 그녀였다.

4. 손수건과 술과 활

　사냥 대회 당일, 여느 때처럼 출근을 위해 이른 새벽 일어난 지엔
은 팔을 뻗으며 기지개를 켰다.

　"으음."

　잠이 많은 지엔은 매일 아침 고역을 치르곤 했으나, 오늘만은 상
쾌한 기분으로 기상할 수 있었다.

　왜냐하면, 오늘부로 드디어 지엔의 황성 출근이 막을 내리기 때
문이었다.

　일손이 많이 필요한 것은 전야제까지였고, 오늘은 황성에 나가
전야제의 흔적을 정리하기만 하면 끝이었다. 그다음에는 수당을 챙
겨 드디어 브리지트 백작령으로 돌아갈 수 있다.

　"오랜 기다림이었지."

감격에 차 중얼거린 지엔은 옷을 갈아입고, 콧노래까지 흥얼거리며 계단을 내려갔다. 그러던 그녀는 홀에 쌓인 손수건의 산과 맞닥트리고 잠시 주춤하고 말았다.

그런 그녀에게 그새 익숙해진 고용인들이 친근하게 인사를 건넸다.

"지엔 양, 일어나셨습니까?"

"네, 늘 돌봐 주시는 덕분에. 그런데…… 그게 다 뭔가요?"

그러자 유난히 지엔을 예뻐하는 노집사는 태연한 표정으로 대답했다.

"뭐겠습니까, 손수건이지요."

그리고 그가 기다렸다는 듯 말했다.

"어제 나세르 공자님이 연회장에서 아주 대단하셨다면서요?"

"아아, 네. 맞아요……."

그러면서 지엔은 어색하게 웃었다.

영식이 사냥이나 전장에 나갈 때, 영애들이 연모하는 영식의 무기나 손목에 자신의 손수건을 달아 무사 귀환을 기원한다는 전통 정도는 물론 알고 있었다.

두 사람 다 인기가 많은 건 알고 있었지만, 이렇게 많은 손수건을 한자리에서 보게 될 줄이야. 서로 섞이기라도 하면 큰일 나겠네.

지엔은 그 자리에 쪼그려 앉아 손수건들을 하나하나 들여다보았다. 그녀의 입에서 가벼운 탄성이 터졌다.

'진짜 잘 만들었네.'

꽃과 나비가 살아 움직이는 것 같은 손수건들은 하나하나 예술품 같았다. 복잡한 무늬의 검이나 방패를 세밀하게 수놓은 것도 있었다.

'이 중에 단 하나의 손수건만 선택받는다고 생각하니 좀 아까운걸……'

그렇게 생각하며 턱을 괴는 지엔을 옆에서 유심히 보던 노집사가 불쑥 물었다.

"지엔 양은 손수건에 수를 놓지 않으셨습니까?"

"네? 아, 네. 하하, 저는 황궁에 다니다 보니 시간이 없어서……."

사실 산더미처럼 쌓인 손수건 중에는 바로 그 황궁 시녀들이 시간을 쪼개 만든 것도 꽤 됐지만, 노집사는 인자한 표정으로 고개를 끄덕였다.

"그러시군요."

지엔은 '그러시군요'가 과연 무슨 의미일지 심히 걱정되기 시작했다.

'지엔 양은 우리 도련님의 생사고 뭐고, 주인이신 나세르 공자님의 생사고 뭐고 아무 관심이 없군요.'라는 뜻?

아니면 '놀고먹느라 바쁘셨군요. 예, 다 압니다.'라는 뜻?

그러다가 노집사의 따뜻한 눈빛을 보고, 그가 그런 생각을 할 리 없다는 것을 겨우 깨달은 지엔은 고개를 휘휘 내저었다.

그녀가 급하게 현관 쪽으로 걸음을 옮기며 외쳤다.

"그, 그럼 다녀올게요!"

"예, 조심히 다녀오십시오."

노집사의 따뜻한 인사를 뒤로하며 지엔은 슬쩍 자기 품 안의 무언가를 꺼냈다가 다시 집어넣었다. 그 모습을 본 노집사는 더욱 흐뭇한 웃음을 띠었다.

지엔에게 황성에서의 마지막 날이 시작되었다.

사냥 대회가 열리는 숲은 황성 바로 뒤였는데, 시녀들이 거기까지 갈 이유는 전혀 없었기에 사실상 임시 시녀들의 모든 업무는 오늘 오전으로써 종료되었다.

임시 시녀들이 모이는 곳으로 바쁘게 향하던 지엔은 이리로 향하던 정식 시녀 무리와 정면으로 맞닥트리고 말았다.

'아차.'

반사적으로 우뚝 멈춰 선 지엔은 잠시 고민했다. 길을 비켜야 할까?

정식 시녀 중 몇이나 어제의 일에 가담했을지 알 수 없었다. 그런 상황에서 저들과 마주치는 것은 적진에 혼자 몸을 던지는 병사와 같을 터.

하지만 피하는 것도 피하는 것대로 문제가 있는 게, 저들이 꼬투리라도 잡으면 큰일이었다.

결국, 지엔은 뻔뻔하게 나가는 쪽을 택했다. 정확히 말하자면 기억을 잃은 척하는 쪽을 택했다.

한편 지엔을 발견한 정식 시녀들도 긴장한 기색이 역력한 것은 마찬가지였다.

거리가 가까워질수록 안절부절못하는 그녀들에게 지엔은 공손히 예를 갖춰 인사했다. 헤카테가 보았다면 저 망나니가 어쩐 일로 그럴듯하게 해냈다고 박수를 보낼 모습이었다.

의외의 상황에 정식 시녀들이 잠시 말문이 막힌 틈을 타, 지엔이 환히 웃으며 말했다.

"빛의 신의 인도가 있기를. 좋은 아침입니다, 시녀님들!"

"아, 그래……."

떨떠름하게 대답한 이들은 저들끼리 시선을 주고받았다. 이제 그녀들의 얼굴에는 걱정 대신 가벼운 감탄만이 떠올라 있었다. 물론 지엔의 신경 줄에 대한 것이었다.

'튼튼하기도 하지.'

어제 나세르가 람두스 경과의 간이 결투에서 졌더라면 지엔은 어떻게 되었을지 몰랐다. 그런데 그 일에 가담했을지도 모르는 자신들에게 저토록 태연히 인사하다니.

'알아서 기라는 건가?'

'우리 앞에서는 웃고, 칼리스 공자님과 나세르 공자님께 말해서 싹 다 치워 버릴 셈?'

그러나 앙금을 모두 털어 버린 듯, 환히 웃고 있는 그녀에게 속셈을 대놓고 물어볼 수는 없는 일이었다.

결국, 제 발 저린 시녀들은 하나둘 갖고 있던 귀중품을 털기 시작했다.

"지엔 너를 보는 것도 오늘도 마지막이라고 생각하니 너무 슬퍼서…… 간소하지만 선물을 준비해 봤어."

"너는 작은 태양 궁에 있는 동안 밝은 빛으로 우리를 비추었지.

네가 없는 궁은 적막할 테고, 우리는 널 오래도록 그리워할 거야."

"네 뛰어난 업무 실력이 아쉬운 날이 곧 오겠구나……."

그녀들은 마음도 없는 소리를 늘어놓으며 지엔의 팔에 하녀복과
는 어울리지도 않는 자수정 팔찌나 터키석 팔찌 같은 것을 자꾸만
채웠다.

머지않아 가진 보석을 모두 착용하고 외출한 졸부 같은 모습이
되어 버린 지엔은 싱글벙글 웃으며 말했다.

"여러분들의 마음 절대 잊지 않을게요. 빛의 신의 인도가 함께하
기를."

"지엔 네게도 빛의 신의 인도가 함께하기를!"

그간 벌어졌던 일들에 비해 퍽 동화책 같은 결말이었다. 한편 그
모습을 멀지 않은 곳에서 지켜보는 이가 있었으니, 활활 타오르는
눈으로 이를 부득 가는 미리엄이었다.

미리엄은 속이 몹시 쓰렸다.

'감히 이 나를 잊은 척해?'

기껏 공들여 준비한 복수가 완전히 무산된 것도 속 쓰린데, 그것
도 모자라 저 시건방진 하녀는 그것에 대해 조금도 신경 쓰고 있지
않은 것처럼 보였다.

이쪽에서 전력을 다해서 싸움을 거는데 상대는 취급도 안 하다
니! 물론 죄가 까발려지지 않고 넘어간 것을 고맙게 여겨야 할 일이
었지만, 미리엄은 여전히 자존심이 상해 견딜 수가 없었다.

'나를 무슨 제가 닦는 유리창에 앉은 파리 정도로 알고 있어! 감
히 평민 주제에!'

저 콧대를 꼭 한 번 눌러 주지 않으면 평생 발 뻗고 잠을 잘 수 없을 것만 같았다.

지엔이 황성에서 보내는 날이 오늘로 마지막이라는 것을 떠올린 미리엄의 마음이 다급해졌다. 입술을 깨문 그녀가 휙 돌아서서 수풀 사이로 사라졌다.

한편, 그녀의 존재를 진작 눈치채고 있던 지엔은 힐끗 그녀가 있던 자리를 돌아보며 생각했다.

'휴, 갔나.'

나세르와 헤카테의 살기에 단련된 데다가, 최근에는 미행에 시달리기까지 한 지엔이 미리엄의 살기를 눈치채지 못할 리 없었다.

'무슨 수작을 또 부리려나?'

뒷머리를 벅벅 긁으며 생각하던 지엔은 곧 생각하기를 그만두었다. 지엔이 보기에 미리엄은 그만하면 귀여운 편이었다.

어렸을 때부터 헤카테와 가까이 지낸 지엔의 기준은 정상과는 거리가 멀었다. 엘레노어와의 만남도 지엔의 기준을 비정상으로 바꾸는 데 작게나마 거들었다.

'뭐, 수작을 부려 봐야 별로 위험하진 않겠지.'

그렇게 생각하며 정식 시녀들과도 인사를 마친 지엔은 다시 걸음을 옮겼다. 보석 팔찌로 무거워진 팔을 흥겹게 휘두르며.

*　　*　　*

임시 시녀들도 지엔과의 헤어짐을 정식 시녀들보다 슬퍼하면 슬

퍼했지, 덜하지 않았다. 지엔이 비록 본의는 아니었지만, 어쨌든 화
살받이가 되어 준 덕에 자신들이 황궁에서 편하게 지냈다는 것을
아는 덕이었다.

실제로 천 개의 계단을 지나 제1궁을 다녀오는 일은 거의 지엔에
게 맡겨졌기 때문에, 이들은 제1궁을 다녀온 일이 거의 없었다.

다들 고된 나날들을 되새기며 눈물범벅이 된 얼굴로 서로를 끌
어안았지만, 특히 지엔과의 작별 인사는 제일 길었다.

"꼭 연락해야 해, 지엔."

"꼭 다시 만나."

"수도로 다시 와야 해."

그것은 지엔 자신의 의지로는 절대 불가능한 일이었지만, 지엔
은 사실대로 말하는 대신 그녀들을 마주 안아 주었다.

지엔이 속한 브리지트 백작가는 세가 부족하지 않은데도 수도에
진출하지 않은 드문 가문이었다. 브리지트 백작가에 아가씨라도
있었다면 아가씨의 혼처를 찾으러라도 수도에 다시 올 수도 있지
만, 브리지트 백작가에는 아들만 셋…….

이번이 수도에서의 마지막 나날이라는 것을 깨달음과 동시에, 지
엔은 또 한 가지 새로운 사실을 깨달았다.

'결국 황태자 전하와도 아무 일 없이 안녕이구나!'

그러자 방금까지도 아쉬워하던 지엔의 얼굴이 금세 기쁨에 물들
었다.

자리에서 벌떡 일어난 그녀가 외치듯 물었다.

"혹시 어제 마시고 남은 술들 있니?"

임시 시녀들은 갑자기 명랑한 얼굴로 그렇게 말하는 지엔을 의아하게 쳐다보았다. 그도 그럴 것이 그녀들이 보아온 지엔은 언제나 시큰둥하고, 매사에 의욕이 없는 것은 물론 정식 시녀들의 괴롭힘에 화내는 것조차 귀찮아서 하지 않는 것 같았다(그리고 그것은 사실이었다).

어리둥절해 하던 그들이 이윽고 대답했다.

"주방장님께 부탁드리면 받을 수는 있을 텐데. 잠깐, 그런데 무에 쓰려고?"

다른 시녀도 하늘을 가리키며 말했다.

"지금은 낮이잖아."

과연 그랬다. 하얗게 작열하는 해가 사방의 풍경을 환하게 비추고 있어 도저히 낮과 밤을 헷갈릴 수 없을 테지만, 지엔은 결연하게 되물었다.

"그게 뭐 어때서?"

"뭐?"

"술 가져오자. 아, 잔도."

어안이 벙벙한 채 있던 이들이 이윽고 지엔을 따라 홀린 듯 걸음을 옮겼다. 그중에는 다름 아닌 세실리아도 섞여 있었다.

그녀는 복잡한 눈빛으로 지엔의 등을 응시했다.

'쟤는 또 왜…….'

그녀의 손이 귀에 걸린 붉은 귀걸이를 매만졌다. 그것도 잠시, 그녀는 고개를 내젓고 그들에게로 다가가 술을 나르고 잔을 놓는 일을 도왔다.

술판이 벌어졌다. 시녀들 앞마다 잔이 하나씩 놓였고, 얼음물까지 채운 양동이 속에는 와인 병들이 푹 잠겼다.

"얼음은 도대체 어떻게 얻어 낸 거야?"

수완도 좋다며 혀를 내두르는 세실리아에게 지엔이 명랑하게 웃으며 말했다.

"세실, 너도 한 잔 받아!"

"아, 응."

얼떨결에 잔을 내밀면서도 세실리아는 술을 따르는 지엔을 복잡한 표정으로 힐끗거렸다. 그러기를 한참, 그녀가 머뭇거리며 물었다.

"지엔, 혹시 브리지트 백작령에서는 술을 낮에 마시니?"

브리지트 백작이 들었으면 기함할 질문이었으나, 지엔은 입에 침도 안 바르고 대답했다.

"그럼! 낮술이라고 해서 브리지트 백작령 고유 풍습이란다."

"그렇구나."

조금의 망설임도 없이 흘러나온 대답에 세실리아는 설마 지엔이 아무렇게나 지껄인 줄은 꿈에도 몰랐다.

그렇게 빛의 신과 브리지트 백작이 천인공노할 술판이 벌어지는 가운데, 돌연 하늘 저편이 번쩍이더니 붉은 폭죽이 솟아올랐다.

지엔만은 천벌인가 싶어 술병을 들고 있던 손을 움찔했으나, 다른 모두는 와아 하고 탄성을 터트리며 잔을 높이 들었다.

낮인데도 붉은색 폭죽의 길게 뻗은 꼬리는 하늘을 선명하게 수놓았다. 그 모습을 보던 지엔이 입을 열었다.

"저게 폭죽이란 거야? 축제 때뿐만 아니라 신호를 보낼 때도 쓴다던데."

세실리아는 고개를 끄덕였다.

"그럼 저 신호가 의미하는 건 하나겠네."

지엔이 되물은 말에 세실리아는 다시 고개를 끄덕였다. 그러자 지엔의 표정이 조금 가라앉았다.

한가로운 술판이 벌어진 이곳 제3궁의 맞은편, 숲에서는 사냥 대회가 벌어지고 있었다.

그러나 그것이 사냥 대회를 가장한 시험이라는 것은, 오직 극소수만이 아는 사실이었다.

*　　*　　*

"이봐, 목석."

흔치 않은 호칭에 나세르는 고개를 돌렸다.

높이 솟아 흩날리는 깃발과 위풍당당한 준마들, 그 위에 가벼운 경장 차림으로 올라앉은 영식들 중에서도 칼리스는 특히 눈에 띄었다.

그것은 칼리스의 체격이 대단히 훌륭해서도, 말이 눈에 띄게 준마라서도 아닌, 그의 수려한 외모와 그의 등 뒤를 수놓는 선명한 보라색 머리카락 때문이었다.

한 폭의 그림 같은 그 모습을 보며 나세르는 덤덤히 생각했다.

'확실히 어렸을 적 읽었던 건국사 책에서 본 기억이 있는 얼굴이군.'

'릭서만 황실의 혈통이 바로 나요' 하고 자랑이라도 하는 것 같은 모습. 저런 존재감이니 벨하르트 황태자의 지지자들이 그를 경계할 만도 했다.

그러나 그런 걱정은 전혀 할 필요가 없는 것이, 공식 석상에서 같은 귀족 영식을 가리켜 목석이라고 부를 정도로 제멋대로인 인간인 것이다.

이미 몇몇 사람들은 이쪽을 힐끗거리며 '방금 내가 잘못 들었지?', '아닌 것 같은데.' 따위의 소리를 지껄이고 있었다.

나세르는 그 소란을 잠재우기는커녕, 키우는 데 한 몫 보태기로 했다. 그가 칼리스를 돌아보며 태연히 대답했다.

"왜 부르나, 망나니."

나세르의 의도는 정확히 맞아떨어졌다. 그가 대답한 순간, 칼리스와 나세르를 중심으로 반경 5M 정도의 원이 생겨났다.

이 자리에 모인 사람들에게 잘 보일 마음은 전혀 없었기에, 아니, 그러긴커녕 어제의 결투 이후로 지나치게 쏠린 관심을 좀 덜어 내고 싶을 지경이었기에 나세르는 이 결과에 적잖이 만족했다.

'과연, 칼리스와 어울리는 나를 제정신으로 볼 인간은 몇 없겠지.'

칼리스가 들었으면 너무한 거 아니냐고 한마디쯤 투덜거릴 법했지만, 물론 칼리스는 그의 속내를 전혀 눈치채지 못했다.

말고삐를 쥔 그가 나세르를 돌아보며 물었다.

"사냥 대회가 끝나면 뭘 할 작정이지?"

갑자기 그의 목소리가 울리기 시작한 것을 알아챈 나세르는 주변을 둘러보고 깨달았다. 칼리스가 그새 마법으로 차음막을 친 모양이었다.

하지만 무엇을 위해서? 고작 백작가 삼남인 자신의 추후 일정 따위에 관심 가질 이는 얼마 없을 터였다.

어리둥절하게 칼리스를 돌아본 나세르는 되물었다.

"그런 건 왜 묻지?"

"앞으로의 계획을 말하는 게 그렇게 어렵나? 그렇게 평소에 생각을 충분히 해 뒀어야지."

보란 듯 빈정거리는 칼리스의 모습에 눈을 찡그린 나세르가 대답했다.

"아무튼 대공가에 더 신세 질 생각은 없다."

'네가 지엔에게 수작 부리는 꼴을 더는 보지 않기 위해서라도 말이지.'

치미는 뒷말을 애써 목 안으로 삼켰음에도, 칼리스는 그의 마음을 읽은 듯했다. 붉은 눈을 가늘게 뜬 그가 이윽고 다시 웃으며 물었다.

"그럼, 백작가로 바로 돌아갈 계획인가?"

"아마도."

나세르는 대수롭잖게 수긍했다.

아주 높으신 분의 초대를 받는다면 어쩔 수 없겠지만, 그 외에는 모두 쳐내고 곧장 브리지트 백작령으로 돌아갈 생각이었다.

어렸을 적부터 수도에서 살았다고는 하나 신전에서만 지내 온 나세르는, 이번 사냥 대회를 통해 수도의 화려함이 자신에게는 맞지 않는다는 것을 절절히 깨달았다.

말하자면 그는 아무 일도 일어나지 않는 브리지트 백작령 같은 시골에서의 생활이 훨씬 적성에 맞았던 것이다.

　'뭐, 지엔도 거기에 있을 테고.'

　자신이 그런 결정을 내린 데는 지엔도 한몫했다는 것을 부정할 수는 없었다.

　시선을 내리깐 나세르의 귀가 조금 붉어졌다. 그 모습을 보며 잠자코 웃던 칼리스가 다시 입을 열었다.

　"별로 거창한 계획이 아니라서 다행이군."

　그에 나세르는 휙 고개를 들었다.

　"뭐라고?"

　"취소하기에 복잡한 계획이라면 무척 번거로웠을 테니 말이야."

　이해할 수 없는 말에 인상을 찌푸린 나세르가 물었다.

　"그게 무슨 뜻이지? 사냥 대회가 끝나는 데까지 사흘, 그 뒤에 연회가 다시 사흘, 어림잡아 일주일이면 수도에서의 모든 일정을 마무리하고 백작령으로 돌아갈 수 있을 텐데."

　"그렇게 믿고 있었다니 유감이군. 아, 못난이를 미리 돌려보내지 않으려 한 것도 그 때문인가? 사냥 대회가 끝나고 같이 돌아가기 위해서?"

　눈썹을 살짝 들어 올린 칼리스는 기분 나쁠 정도로 태연자약하게 말을 이었다.

　"그럼 지금이라도 못난이를 돌려보내는 게 좋을 거야. 어차피 얼마나 늦든 빠르든, 백작가로 돌아가는 건 못난이 혼자가 될 테니까."

"그러니까 그게 무슨 소리냐고 묻잖나."

"내 호의는 여기까지야. 나머지는 네가 스스로 알아내도록 해. 이번 사냥 대회에서 말이야."

그렇게 말한 칼리스가 이번 사냥 대회의 주 무대가 될 황실 소유의 숲 쪽을 눈짓했다.

"아무리 사촌지간이라도 이 이상 떠드는 것은 벨이 용서치 않을 거야. 내가 이렇게 마법을 써서 차음막을 쓴 것만 해도 모르겠어?"

"하지만……."

비로소 조금 머뭇대는 나세르에게 칼리스가 말했다.

"뭐, 이 정도는 괜찮을 테지. 수도가 처음인 너는 다른 이들과는 달리, '벨하르트의 방식'을 겪어 보는 것이 처음일 테니까. 이 정도는 알려 줘야 공평할 거야."

여전히 이해할 수 없는 그의 말에 나세르가 눈을 찡그렸다. 차라리 평소의 흰소리라고 치부하고 넘어가 버린다면 훨씬 속 편할 터였다.

그러나 그러는 대신, 나세르는 고개 돌려 주위에 모인 이들의 면면을 자세히 살폈다.

청동빛 도끼를 품에 안은 채 기대감에 부풀어 지껄이는 붉은 얼굴의 남자.

"평민 신분으로 황실 소유의 숲을 밟아 보는 날이 오다니!"

아직 어린 티를 씻지 못한, 은빛 복잡한 무늬가 수놓인 검은 예복을 입은 귀족 소년.

"황태자 전하를 가까이서 뵙는 건 이번이 처음이에요!"

그리고 마지막으로 노련해 보이는 귀족들을 바라본 나세르의 눈이 가늘어졌다. 초행으로 보이는 이들은 대체로 들뜬 와중에 그들만이 침울한 분위기였다.

잡담은커녕 입 한 번 열지 않았다. 맹수가 갇힌 울타리를 보는 것처럼, 불안한 눈으로 벨하르트가 있는 앞쪽을 흘깃거릴 뿐이었다.

그것을 눈치채고 나자, 이토록 노골적인 분위기를 어째서 지금까지 깨닫지 못했는지 스스로 의아해질 지경이었다.

나세르는 다시 한번 중얼거렸다.

'벨하르트의 방식이라고?'

감히 황태자의 이름 뒤에 전하조차 붙이지 않은 불경한 화법이었으나, 칼리스가 말하니 그것은 수학자의 어떤 이름난 수식인 듯 당연한 것으로 느껴졌다.

평민들과 젊은 귀족 소년들은 벨하르트의 방식이란 것을 모르는 것이 틀림없었다. 그러나 귀족 영식들은 분명히 알고 있다. 그들 사이에 느껴지는 선명한 온도 차.

'이건 내가 아는 보통의 사냥 대회가 아닌 건가?'

나세르가 처음으로 의구심을 품던 그때, 호위병들 사이로 가벼운 무장을 한 벨하르트 황태자가 나타났다.

호위병의 행렬의 맨 앞에서 준마를 타고 대기하던 로아나가 그에게 경례했다. 고개를 끄덕인 벨하르트는 그녀의 앞을 지나 미리 준비되어 있던 단상 위에 올라섰다.

햇빛을 받으면 녹색 빛을 띠는 검은색 머리카락은 여전히 식은 돌처럼 차가워 보였다. 금속성의 광택이 도는 금색 눈동자와 제련

된 은처럼 하얀 얼굴에서도 온기라고는 전혀 찾아볼 수 없었다.

사람이라기보다 조각에 가까운 남자였다. 생명을 부여받은 탓에 억지로 움직이고는 있으나, 감정은 부여받지 못했기에 축복보다는 저주받은 것에 가까운 생명체.

나세르는 곧 고개를 내젓고 스스로의 무례를 책망했으나, 실은 그뿐만 아니라 모여 있던 대부분이 비슷한 생각을 하고 있었다.

'저런 사람이 과연 사랑을 하는 날이 올까? 그렇다면 그 상대는 어떤 여인일까?'

그리고 그들의 시선이 일제히 한 곳으로 옮겨갔다. 벨하르트와 가까운 곳에서 백마 위에 올라타 있는 발리아에게로였다.

과연 그녀는 대지에서 기꺼이 겨울을 물러나게 하는 봄처럼 싱그러웠으나, 상대 또한 만만치 않았다. 보통의 겨울이 아닌 수만 명의 동사자가 나오게 하는 혹한의 겨울.

사람들이 속으로 두 사람의 사랑의 행방을 점치던 찰나, 벨하르트가 마침내 입을 열었다.

"누군가를 죽이려는 자는."

무거운 목소리가 방금까지 들떠 있던 머릿속을 차갑게 씻어내렸다. 그들은 잔뜩 긴장한 채 벨하르트의 다음 말을 기다렸다.

"그 자신도, 언제든지 죽임당할 수 있음을 각오해야 한다."

좌중이 모두 돌처럼 굳어 있는 가운데, 그들을 찬찬히 훑어본 벨하르트가 말을 이었다.

"사냥하는 자는 자신도 사냥당할 수 있음을 알아야 한다. 그러지 않으면 언젠가 다가올 위기 앞에서 감각이 무뎌지고 만다."

"······."

"사실 자연은 인간에게 있어 언제나 무자비한 시험관이었다. 우리 인간이 그 속에서 살아남을 수 있는지를 끝없이 시험했지. 다양한 사냥꾼들을 보내서. 더위, 추위, 질병, 맹수들······ 그리고 마물들. 적어도 우리가 그 안에 문명을, 인간만의 새 질서를 세우기 전에는 그러했지."

비로소 벨하르트의 입에서 제국의 승리의 역사가 나오려나 싶어 몇몇 이들의 안색이 밝아졌다. 그러나 뜻밖에도, 이어진 것은 더욱 가혹한 말이었다.

"그러나 우리가 아직도 이기지 못한 사냥꾼이 하나 있다. 바로 시간."

"······."

"시간 앞에서 우리는 늘 패할 수밖에 없다. 그는 언제나 저항하지 못하는 우리의 뒷덜미를 잡아채 죽음의 아가리로 던져 넣지."

살벌한 말을 지껄이면서도 용케 입꼬리를 끌어 올린 벨하르트가 말했다.

"물론 나는 그대들에게 패배할 수밖에 없는 적과 싸우라 하지 않아. 그저 포식자의 자리에서 한발 물러나, 피식자로서의 위기감을 겪어 보기 바랄 뿐이다······. 그동안 문명이 세운 성벽 속에서 우리는 너무 안일해져 왔지 않나."

그렇게 말한 그가 더욱 입꼬리를 끌어 올렸다.

"언제 알 수 없는 것들이 우리의 성벽을 뚫고 침입해 올지 모르는데."

"……."

"시작하라."

말을 마친 벨하르트가 휙 돌아서자 그의 등 뒤로 진홍빛 망토가 흩날렸다. 몇몇 이들은 넋을 잃고 그 모습을 바라보았다.

한편 폭죽을 점화하는 역할을 맡은 포병 또한 넋을 놓고 벨하르트의 뒷모습을 바라보고 있을 뿐이었다.

다른 병사들이 그의 옆구리를 툭툭 치자, 그제야 정신을 차린 그가 허둥지둥 불을 붙였다.

— 쏴아아아!

포신이 붉은 폭죽을 하늘로 쏘아 올렸다.

호선을 그리며 숲 속으로 떨어지는 붉은 빛을 보통 때 같으면 설레는 마음으로 바라보았으나, 그 자리에 모인 이들은 그저 두려운 마음뿐이었다.

"온통 붉구나……."

누군가 옷깃을 잡아당기며 중얼거렸다.

오늘 벨하르트의 진홍빛 망토에서, 또 하늘과 숲을 적시는 붉은 폭죽에서 그들은 처음으로 다른 것을 떠올렸다.

피의 대제전이었다.

참가자들은 벨하르트를 따라 숲의 초입으로 말을 몰았다. 겁이 별로 없는 나세르조차 연설을 들은 이후로 계속 기분이 개운치 않았으니, 다른 이들이 느끼는 중압감은 알 만했다.

침묵 속에서 말을 몰던 나세르는 문득 칼리스가 지껄이는 말을 듣고 옆을 보았다.

"그러고 보니 손수건 가져온 건 있어? 하다못해 못난이의 엉망진창인 손수건이라도."

"아니, 전혀."

"그래? 너도 받지 못했다는 얘기로군. 뭐, 없으면 어쩔 수 없지."

만족한 듯 말한 칼리스는 혼자 앞서 달려가 버렸다. 그제야 그가 자신이 지엔에게 손수건을 받았는지 확인하기 위해 질문을 던졌음을 깨달은 나세르는 고개를 돌렸다.

제3궁이 있을 만한 방향을 보며 그는 생각했다.

비록 지엔에게 손수건을 받지는 못했지만, 크게 개의치는 않겠다고.

'분명 마음으로나마 내 무사 귀환을 빌고 있을 테지.'

그렇게 믿었기 때문이었다.

*　　*　　*

"나는 우리 나세르 공자님을 조금도, 조금도 걱정하지 않아."

정확히 그 시각, 지엔은 이렇게 말하고 있었다.

그녀의 얼굴은 술기운에 잔뜩 달아올라 있었다. 그녀가 한 손으로 땅을 탕 치며 외쳤다.

"왜냐! 공자님이 내 검술을 가져가셨으니까!"

"맞아!"

"지엔 네 말이 다 옳아!"

곳곳에서 정체불명의 감탄사가 터졌다. 아무튼 다들 제정신이 아닌 것만은 분명했다.

이곳에서 아직도 이성을 지키고 있는 유일한 사람, 세실리아는 지엔을 바라보며 중얼거렸다.

'저게 대체 무슨 소리야?'

그 뒤로도 지엔의 정체불명의 한탄은 한참을 계속되었다.

너희는 예쁜 여자 밝히면 안 된다느니, 사람은 얼굴이 다가 아니라느니, 죄짓고 살지 말라느니, 지엔의 말이 점차 한탄에서 설교에 가까워지는 것을 본 세실리아는 손을 들어 지엔의 입을 틀어막았다.

그러면서 그녀는 작게 한숨을 내쉬었다.

"그래도 빛의 신의 신도라고 하는 말은 올바르네."

제대로 잘못 짚은 세실리아는 주변을 둘러보았다. 지엔의 입을 막았다고 해서 난장판이 끝난 것은 아니었다.

모인 이들이 모두 시녀들이다 보니 나오는 것은 대체로 상전에 대한 한탄이었다.

"에스더 아가씨 성질머리."

그렇게 시작된 욕은 사슬을 타고 끊임없이 위로 올라갔다. 아가씨나 도련님, 가주나 안주인, 급기야 신까지……

이마를 짚은 세실은 한숨을 내쉬며 생각했다.

'그나마 이들은 얌전해서 입으로 욕하는 데서 그치니 다행이지.'

누군가 깨진 술병을 꼬나들고 황궁으로 향하기라도 했다면, 이 개판에서 유일하게 제정신인 세실리아의 책임이 막중할 터였다.

그러다 문득 근처가 갑자기 조용해지자 세실리아는 고개를 들었다.

'지엔이 드디어 좀 정신을 차렸나?'

희망을 품었던 것도 잠시, 그녀는 창백해진 얼굴로 외쳤다.

"안 돼, 지엔! 너무 많이 마셨어."

세실리아가 지엔의 손에서 와인 병을 다급히 낚아챘다. 그러니까, 지엔이 잠깐이나마 조용해졌다고 생각했던 것은 사실은 병나발을 불고 있었기 때문이었다.

그러자 동공이 풀린 갈색 눈이 이쪽을 향했다. 지엔에게서 이제까지 한 번도 본 적 없는 처연한 표정에, 세실리아는 당황했다.

"먹고 죽을래."

"뭐? 갑자기 무슨 소리야, 지엔? 세상에, 네가 얼마나 젊은데!"

기겁하며 그녀의 두 어깨를 냉큼 붙드는 한편, 세실리아는 속으로 생각했다. 낮부터 술을 마시는 것이 브리지트 가문 풍습이라기에 그러려니 했건만, 사실은 뭔가 안 좋은 일이 있었던 건가?

목소리를 낮춘 그녀가 염려스러운 얼굴로 물었다.

"지엔, 무슨 일 있니?"

"아니."

지엔이 조용히 고개를 내젓는 것을 보고, 조바심이 난 세실리아가 덧붙였다.

"어제 람두스 경의 일처럼, 우리끼리 해결하기 버거운 일이라도 괜찮으니 말해 봐. 힘을 합친다면 뭔가 도움이 될 수 있을지도 모르잖니?"

말은 그렇게 했지만, 세실리아는 사실 자신의 숨겨 두었던 힘을
아낌없이 꺼내 쓸 생각이었다.

'뭐, 임무를 수월히 수행하기 위해서란 핑계를 댄다면 '그분'도 틀
림없이 넘어가 주실 테고…… 무엇보다 람두스나 미리엄 같은 작
자들이 임무에 방해가 되던 것은 사실이니 말이야.'

싸늘한 얼굴로 그렇게 생각하던 세실리아는 지엔이 갑자기 고개
를 바짝 들이대는 바람에 그대로 얼어붙었다.

가까이 다가온 갈색 머리카락에서 풍기는 마른 잔디 같은 냄새
와 비누 냄새. 숨을 내쉴 때마다 희미한 백포도주 향기를 풍기는 입
술을 보며 세실리아의 뺨이 희미하게 붉어졌다.

그리고 지엔이 고개를 기울이며 물었다.

"말하면? 네가 해결해 주려고?"

"아, 아는 사람들에게 부탁할 수는 있어. 나, 나는 이래 봬도 수도
에서 오래 살아서, 인맥이 많은 편이거든."

시선을 어디에 둬야 할지 모르고, 눈을 데굴데굴 굴리던 세실리
아는 이어진 말에 화들짝 놀랐다.

"나세르 공자님."

"그분이 왜?"

'나세르야말로 모든 종복이 바라는 이상적인 주인의 상이 아닌
가? 합리적이면서도 인정이 많은 사람.'

의아해하는 세실리아의 귓가에 다음 말이 꽂혔다.

"칼리스 공자님."

"뭐?"

이번에도 세실리아는 지엔의 말을 전혀 이해할 수 없었다.

'그분이 왜? 가벼운 분이기는 하지만 더럽고 비열한 수작과는 거리가 멀고, 무엇보다 지엔에게는 특히 더 신경 써서 대하는 듯 보였는데.'

그리고 다음으로 이어진 말에 세실리아는 턱이 빠질 듯 놀랐다.

"벨하르트 전하."

"그분까지?!"

고개를 푹 숙인 지엔이 중얼거렸다.

"모두 다 나를 싫어해."

"뭐? 아니, 아니야, 그렇지 않아, 지엔……."

잔뜩 당황해 있던 세실리아는 일단 아무 말이나 하며 지엔의 등을 두드려 주었다. 그러자 한참이나 훌쩍거리던 지엔이 다시 입을 열었다.

"세실."

"응?"

"그래서 내가 아까 말했잖아. 사람은 착하게 살아야 한다고……."

"너 대체 무슨 짓을 한 건데."

세실리아는 진심으로 묻고 싶지 않을 수 없었다. 나라에서 유명하기로 둘째가라면 서러울 세 사람을 전부 적으로 돌리다니, 그게 이제까지 수도 한 번 안 밟아 본 평민이 할 수 있는 일이란 말인가?

지엔이 여전히 훌쩍이며 답했다.

"세실 너는 절대로, 남의 나라 공주 예쁘다고 뺏지도 말고……."

"무슨 소리야."

"사람한테 함부로 못생겼다고 하지도 말고⋯⋯."

"저기, 지엔?"

"사람 마음을 갖고 놀아도 안 되고⋯⋯."

이제 세실리아는 슬슬 지엔의 정체가 궁금해질 지경이었다. 너 사실 전설 속의 드래곤이냐?

그 뒤로도 세실리아의 어깨를 잡고 착하게 살아야 한다, 바르게 살아야 한다 어쩐다 일장 연설을 해대던 지엔의 말이 갑자기 뚝 끊겼다.

그러더니 한참이나 자신을 멍하니 보는 통에, 또 무슨 소리를 하려나 싶어 덜컥 겁이 난 세실이 물었다.

"또 왜 그래?"

"헤카테⋯⋯."

나뭇잎 끝에 매달려 있던 물방울이 툭 떨어지듯, 아무렇지도 않게 흘러나온 이름에 세실은 이번에도 놀랐다.

이 하녀는 본인보다 신분 높은 사람들을 아주 자연스럽게 부르는 희한한 능력이 있었다.

헤카테라니, 빛의 대사제 오웬이 타계하면서 고작 열몇의 나이에 수석 신관으로 승급, '빛의 인도자'라는 이명까지 받은 유명 인사 중의 유명 인사였다.

눈을 깜빡인 지엔이 세실의 뺨을 매만지며 이제까지와는 비교도 안 될 만큼 부드럽게 물었다.

"너 왜 여기 있어?"

"응?"

"당장 도망치자."

뒤이어 흘러나온 말에 세실은 입을 떡 벌렸다. 도망치다니, 헤카테 사제와 지엔이? 두 사람이 그런 사이였나?

지엔이 여전히 초점이 반쯤 나간 눈으로 말을 이었다.

"나세르 공자님도, 칼리스 공자님도, 벨하르트 전하 모두 없는 곳으로."

"그게 무슨."

"응? 헤카테, 당장 짐 싸자, 응?"

"아니, 일단 진정해 봐, 지엔."

"나 죽는 꼴 보고 싶어?!"

급기야 지엔은 그렇게 외치며 자리에서 벌떡 일어났다.

최대한 말렸으나 전혀 듣지 않음에 골머리를 썩던 세실리아는, 한참을 고심한 끝에 사제들의 억양을 흉내 냈다.

"진정하세요, 지엔. 잠시 기다려 보세요."

"응."

그러자마자 주인을 만난 맹견처럼 얌전해진 지엔이 털썩 주저앉았다. 그 모습을 본 세실이 이마의 땀을 닦으며 뇌까렸다. 휴, 이거 진짜 미치겠네.

'밉습니다, 대장님. 어째서 저에게 이렇게 어려운 임무를 쉬운 임무라며 맡기신 거예요…….'

감히 한 마디 불만도 허용되지 않을 정도로 지고한 상사였으나, 세실리아는 이번만큼은 원망하지 않을 수 없었다.

이윽고 자리를 정리한 세실리아는 몸을 일으키며 말했다.

"지엔, 찬물 좀 갖고 올게. 그거 마시고 정신 좀 차려."

"응."

저항 없이 순순히 고개를 끄덕이는 모습에, 저도 모르게 지엔의 머리를 한 번 쓰다듬은 세실리아는 바쁘게 길을 나섰다.

세실이 떠난 후, 홀로 멍하니 무릎 꿇은 자세로 앉아 있던 지엔의 앞에 짙은 그림자가 졌다. 고개를 들고, 멍한 눈을 깜빡이며 위를 올려다보던 지엔이 내뱉었다.

"마리?"

"뭐?"

상대가 기겁하는 것도 아랑곳하지 않고, 활짝 웃은 지엔은 상대방의 허리를 끌어안았다.

"와, 마리! 네가 수도에 어쩐 일이야!"

미리엄은 그런 지엔을 아무리 애를 써도 밀쳐 낼 수 없어 끙끙거렸다.

'아니, 평민답게 삐쩍 마른 계집애가 힘은 대체 왜 이래? 천 개의 계단을 아무렇지 않게 오르내리던 것도 그렇고, 도대체 뭐 하던 애야?!'

어이없어하던 것도 잠시, 천 개의 계단을 이용해 지엔을 골탕 먹이려던 수 번의 시도가 실패로 돌아갔던 과거를 떠올린 미리엄의 얼굴이 차갑게 굳었다.

고개를 돌려 지엔의 주변에 나뒹구는 빈 술병들을 본 미리엄은 생각했다.

'아무튼 사람을 알아볼 수도 없게 취했다면 일은 조금 더 쉽게 풀리지.'

마침 주위에는 제정신인 듯한 시녀가 단 한 명도 없었다. 비로소 가식적으로 미소 지은 미리엄이 물었다.

"그래, 지엔. 나 마리야. 곤란한 일이 생겼는데 도와줄 수 있어?"

그에 눈을 깜빡인 지엔이 되물었다.

"뭔데?"

이 와중에도 뭐냐고 물을 정신은 있다니. 미리엄은 아쉽다고 생각하며 대답했다.

"응, 그게, 나세르 공자님이 화살을 두고 가신 거 알고 있었니?"

말하면서도 미리엄은 확신했다.

이 애, 분명히 걸려든다! 자신과 (아마도) 애틋한 사이에 있는 공자님이자 자신이 모시는 주인이 무기를 두고 갔다니, 보통의 하녀라면 맨정신이었어도 기겁해서 당장 전해 주러 가겠다고 했을 것이다.

그러나 미리엄이 모르는 것이 있었으니, 지엔은 지금 잔뜩 취했으며, 그랬기에 나세르에게 보여 주던 최소한의 예우와 충성심마저 어딘가로 내던져 버린 상태였다.

금세 심드렁해진 지엔은 손을 휘휘 내저었다.

"그거 없어도 안 죽어."

"뭐?"

"내 검술을 가져가 놓고 고작 활이랑 화살 좀 없다고 죽으면 섭섭하지. 암."

"잠깐, 무슨 소리야?!"

기겁한 미리엄이 벌컥 소리를 질렀다.

'이 애는, 자기가 모시는 주인에 대한 애정이라고는 눈곱만큼도 없는 거야?! 정작 그 주인은 하찮은 하녀를 위해 몸을 던져 간이 결투까지 했건마는!'

이제 미리엄은 당장 이 상태의 지엔을 나세르의 앞에 끌고 가서 해고하라고 소리치고 싶은 마음마저 들었다.

'아니, 하지만 그래서는 내 계획이 모두 수포로 돌아가게 돼.'

간신히 숨을 고른 미리엄이 다시 말했다.

"얘, 무슨 말을 그렇게 하니. 나세르 님은 틀림없이 저 어두컴컴한 숲에서 네 손길을 기다리고 계실 거야. 그러니……."

"아, 몰라 몰라."

미리엄의 말을 끊은 지엔은 잔디밭에 아무렇게나 뒹굴어댔다. 그 모습에 계획을 깡그리 잊은 미리엄이 결국 성을 냈다.

"이 거지 같은 계집애! 네 주인이 위기에 빠졌다는데 보여 줄 반응이란 게 고작 그거야?! 잔말 말고 어서 따라오지 못해?!"

그러나 일부러 넣은 '위기' 같은 자극적인 단어에도 지엔은 전혀 반응하는 기색이 아니었다.

여전히 풀밭을 뒹굴다 말고, 벌떡 일어난 지엔이 품에서 무언가를 꺼냈다.

그 모습을 본 미리엄의 눈이 가늘어졌다.

'손수건?'

하녀가 쓸 법한 수수한 흰 천에 금색 실과 푸른 실로 무언가가 수놓여 있었다. 하지만 미리엄의 눈으로는 도저히 알아볼 수 없는 형상이었다.

'뭐지? 괴물인가? 하지만 설마 손수건에 괴물을 수놓아서 선물하는 사람은 없을 텐데.'

미리엄이 고뇌에 빠지던 그때, 손수건을 내려다보던 지엔이 울먹이며 말했다.

"공자님, 이 손수건을 받으셨다면 분명 기뻐하셨을 텐데……. 이 작은 손수건에 공자님 모습을 수놓느라 내가 얼마나 고생했는데."

그녀가 지껄이는 말을 들은 미리엄의 눈이 커졌다. 믿을 수 없다는 듯한 눈초리로 지엔의 정수리를 내려다보던 그녀가 중얼거렸다.

"야, 너……. 당장 나세르 공자님께 사과해."

그러던 찰나, 지엔이 품에서 또 다른 손수건을 주섬주섬 꺼냈다. 보라색과 붉은색으로 수놓인 형상을 본 그녀는 다시 눈물을 글썽이며 말했다.

"이것도 칼리스 공자님 드리면 좋아하셨을 텐데…… 얼마나 똑같이 만들었는데."

"너 당장 이리 와. 웬만하면 내 손을 더럽히지 않으려 했는데, 아무래도 직접 죽여야지 안 되겠어."

초점이 없는 눈으로 그렇게 지껄이던 미리엄은 갑자기 정신을 차렸다. 좋은 기회란 생각에, 다시금 잃어버렸던 미소를 떠올린 그녀가 숲을 가리키며 물었다.

"직접 전해 주지 그러니?"

이번에는 놀랍게도 반응이 있었다. 고개를 퍼뜩 든 지엔이 미리엄을 돌아보며 새는 발음으로 내뱉었다.

"어떻게?"

"숲으로 들어가는 비밀 통로를 알아."

은근히 속삭이는 미리엄에게 고개를 주억거린 지엔이 말했다.

"앞장서."

미리엄은 비로소 회심의 미소를 지으며 걸음을 옮겼다.

세실리아는 손에 병을 쥔 채 바쁘게 달렸다. 물이 가득 찬 병의 입구에서는 금방이라도 물방울이 흘러내릴 듯했지만, 어째서인지 세실리아가 그토록 급하게 달리고 있음에도 조금도 흘러내리지 않았다. 제정신인 누군가 보았다면 몹시 기이하게 여겨졌을 것이다.

그러나 다행히 임시 시녀들은 여전히 모두 취해 있었다. 마침내 지엔이 있던 자리에 도착한 세실리아는 주변을 두리번거리며 생각했다.

'어디로 간 거지?'

지엔이 그새 사라지고 없었다. 단순히 술주정으로 나들이를 갔다고 넘기기에는, 마지막에 봤던 그녀의 상태가 떠올라 불안했다.

결국 세실리아는 가장 가까운 하녀를 붙들고 물었다.

"너 지엔이 어디로 가는지 봤어?"

다행히 그녀는 세실리아가 본 이들 중에 가장 멀쩡했다.

초점이 엇나간 눈을 잠시 깜빡인 그녀가 또렷한 발음으로 대꾸했다.

"미리엄 정식 시녀님이랑 어디로 가던데? 또 심부름이라도 시키려나 보지 뭐."

"그래?"

그럼에도 안심할 수 없었던 세실리아는 다른 시녀들에게 찬물을 한 모금씩 돌렸다. 이윽고, 정신을 차린 시녀들에게서 기다리던 증언이 속속들이 튀어나왔다.

"무슨 얘기를 했더라, 미리엄 님. 나세르 공자님이 무기를 놓고 가셨다고 하지 않았어?"

"맞아, 그런데 지엔이 나세르 공자님이 죽든 말든 상관없다고……."

"그러더니 갑자기 무기는 별 상관없지만, 손수건은 전해 드려야겠다면서……."

시녀들의 더듬대는 말에 의해 복원된 진상은 생각보다도 더욱 충격적이었다. 뭐? 죽어도 상관이 없어? 그것도 잠시, 세실리아는 곧장 그 자리를 빠져나왔다.

젠장! 숲으로 달려 나가며 세실리아는 드물게 험한 욕을 지껄였다.

그녀가 중얼거렸다.

'안 돼, 지엔, 다른 모든 날은 돼도 오늘만큼은 숲에 들어가서는 안 돼! 사냥 대회가 있는 오늘만큼은……'

숲으로 통하는 길을 빠져나오며 미리엄은 대소했다.

"하, 하하, 하하하!"

이번에야말로 저 계집애는 죽었어! 죽었다고!

미리엄이 그 얘기를 엿듣게 된 것은 어디까지나 우연이었다.

— 황실의 숲에 마물을 푼다고요? 어찌 그런 신성한 숲에.

— 황태자 전하의 명령이야. 그분 속을 누가 알겠나.

— 그렇다면 마력 장도 설치합니까?

마력 장이란 마력을 응축한 마석을 설치하여 그 주변 일대의 땅
의 환경을 바꾸는 것으로, 약초를 재배하는 온실이나 기사들의 수
련실, 마탑에서는 흔히 볼 수 있는 것이었다. 황성에서 오랫동안 시
녀장으로 인한 미리엄도 그 개념에는 어느 정도 익숙했다.

하지만, 황실의 숲에 마력 장을 설치한다니? 미리엄은 의아해하
며 그들의 말에 더욱 귀를 기울였다.

— 그래, 황태자 전하의 명령이야. 황실의 숲을 북부 마물의 숲과
완전히 같은 환경으로 바꾼다.

그 얘기를 들은 순간, 미리엄의 머릿속에 한 치의 어긋남도 없이
지엔을 죽일 수 있는 계획이 떠올랐다. 이 계획이라면 틀림없다고
그녀는 확신했다.

사냥 대회 때의 황실의 숲은 본래도 사냥을 위해 굶주린 맹수들
을 풀어 놓아 위험하기 짝이 없었다. 그런데 황실의 숲을 북부 마물
의 숲과 완전히 같은 환경으로 만들겠다니?

그곳에서는 숨만 쉬어도 마기(魔氣)가 몸에 쌓여서 보통 사람은 오래 머무르는 것만으로 목숨을 잃었다. 오직 마법사나 검사, 즉 마력을 쓸 수 있는 사람들만이 마기로부터 자신의 몸을 지킬 수 있었다.

그런데 한낱 하녀에 지나지 않는 지엔이 그런 것을 할 수 있을 리가?

'곧 마기에 침식당해 무력해진 저 계집을, 마물들이 뼛조각 하나 남기지 않고 먹어 치우겠지.'

숲을 빠져나오는 미리엄의 얼굴에 걸린 미소가 더욱 짙어졌다. 그야말로 증거 하나 남지 않는 완전 범죄!

스스로의 명석함에 감탄하며 소리 높여 웃는 그녀를, 까마득한 높이에서 누군가 차갑게 주시했다.

"……."

세실리아의 새순처럼 짙은 연두색 눈이 가늘어졌다.

입술을 짓씹은 그녀는 빠르게 나뭇가지들을 타 넘으며 숲으로 내달리기 시작했다. 전설 속 숲의 일족만큼이나 빠른 속도였다.

*　　*　　*

벨하르트를 선두로 무리들은 천천히 숲 속으로 나아갔다.

숲의 안쪽으로 들어갈수록 황금색 가을볕은 씻은 듯 가시고, 대신 스멀스멀 밀려온 보랏빛 안개가 사방을 채우는 것을 보며 사람들은 잔뜩 겁에 질렸다.

얼마 안 가 스무 걸음 앞에서 걷는 사람도 잘 안 보일 만큼 안개가 짙어지자, 사람들은 마나를 두른 검을 휘두르거나 주문을 외는 등, 제각기 다른 방법으로 안개를 몰아내었다.

가장 두각을 드러낸 것은 단연 발리아였다. 크레센트 일족의 강력한 피를 타고난 발리아는 물의 상급 정령사, 그리고 안개는 본디 물로 이루어진 것.

발리아의 간단한 손짓에 이 일대를 뒤덮은 안개가 씻은 듯 사라지자, 사람들은 숨기지도 않고 탄성들을 토해냈다. 그 열렬한 반응에 발리아는 살짝 얼굴을 붉혔다.

벨하르트와 함께 선두에서 그 모습을 지켜보던 로아나가 말했다.

"기껏 세운 마력 장이 무용지물이 됐군요."

그녀의 옆에서 칼리스가 대답했다.

"그래도, 덕분에 물의 상급 정령사가 얼마나 강력한지 알 수 있었잖아?"

그리고 그는 무심하게 덧붙였다.

"그리고, 무용지물이 된 건 결국 지금뿐이지."

그때, 갑자기 "키오오오" 하는 커다란 괴성이 일행들을 덮쳤다.

지면이 크게 흔들리더니, 이윽고 나무들을 헤치고 나타나는 거대한 인영을 보며 일행들의 표정이 일제히 굳었다. 유일하게 별로 당황하지 않고 바로 검을 꺼내 든 로아나가 중얼거렸다.

"하필…… 걸려도 저런 게 처음 걸리는군."

핏줄이 터져서 붉어진 흰자위, 황소의 머리, 머리 양쪽에 솟은

뿔, 상반신은 근육이 잘 짜인 인간의 몸이었고 하반신은 털이 숭숭 돋아난 짐승의 다리.

상급 마물 미노타우르스였다. 본래도 몹시 희귀한 개체인 데다가, 온몸이 보라색인 것을 보면 상급 개체. 북부에 서식하는 진짜배기 마수들 중에서도 우두머리 격을 잡아 온 셈이었다.

물론 북부에 깊이 들어가면 숱하게 마주칠 마수이긴 했다. 그러나 고작 원정대를 선발하는 데 이런 마수를 쓰다니? 혀를 찬 그녀가 즉시 말을 달려 일행들의 선두에 섰다.

그녀가 자신의 뒤에서 굳어 있는 이들을 향해 외쳤다.

"모두 전투 준비! 마법사들은 슬로우 마법을 준비해라! 그리고 내 뒤쪽의 사람들은 모두 물러나!"

미노타우르스의 습성상 첫 공격은 무조건 돌진이었다. 로아나와 같이 그것을 아는 몇몇 노련한 이들이 황급히 물러나며 외쳤다.

"양쪽으로 갈라져! 우리가 발레노르 경의 뒤에 있으면 경께서 몸을 피하지 못한다!"

"미노타우르스의 첫 공격은 가속도까지 더해져 무조건 피하는 게 옳아!"

그러나 문제는 미숙한 자들이었다. 특히 마물을 처음 본 이들의 경우 겁에 질려 우왕좌왕하다가 피할 때를 놓쳤다.

결국, 공격을 정면으로 맞받아칠 수밖에 없게 된 로아나가 입술을 질끈 깨물었다.

"젠장."

그런 그녀에게 흙먼지를 일으키며 발을 구르던 미노타우르스가 마침내 달려들었다. 로아나가 팔이 부러지지 않도록 상체를 짙은 마나로 감싸는 그때였다.

사냥 대회에 이례적으로 출전하게 된, 대체로 용병 출신의 마법 사들이 주문을 외고 있었으나 아무리 실전에 다져진 그들이라도 미노타우르스의 빠른 돌진을 따라잡는 것은 무리였다.

그러나 간신히 시간 내에 해낸 이가 있었다. 자줏빛 고리가 미노타우르스의 발아래로 솟아올라 번쩍였다.

"슬로우(slow)!"

그렇게 외치는 익숙한 목소리에, 로아나는 급박한 와중에도 짧게나마 고마움을 표했다.

"칼 오라버니, 가끔은 쓸 데가 있군요!"

"로이, 너 말이 심해! 난 언제나 쓸 데 있다고!"

징징대는 칼리스를 무시한 로아나는 갑자기 몸이 느려져 곤혹스러워하는 미노타우르스에게 그대로 달려들었다.

단숨에 파고들어 미노타우르스의 옆구리를 벤 로아나가 외쳤다.

"개화!"

미노타우르스의 두꺼운 살가죽을 얕게 파고들었던 검으로부터 붉은 검기가 가시넝쿨처럼 솟아올랐다. 검기는 미노타우르스의 몸을 깊숙이 파고들며 깊은 고통을 안겼다.

크아악! 미노타우르스가 비명을 질렀다. 수준 높은 검사 열을 데려와도 흠집 하나 내지 못한다던 미노타우르스의 겉가죽이 순식간에 너덜거리고 있었다.

미노타우르스가 휘청이며 균형을 잃은 순간, 로아나가 재빨리 뒤로 물러남과 동시에 드디어 캐스팅을 마친 마법사들이 일제히 공격을 쏟아 냈다. 더 큰 고통에 미노타우르스가 온몸을 뒤틀며 괴성을 내질렀다.

마법의 폭풍이 걷히자 그다음은 검사들의 차례였다. 한 가닥 하는 이들만 모인 자리이니만큼, 그들도 자잘한 흠집을 내는 데는 성공했다.

그 일이 반복되자, 결국 강렬한 단말마를 내지른 미노타우르스는 그 자리에 쿵 하고 쓰러지고 말았다.

전투 와중, 본인 실수가 아닌 마법사들의 실수로 얼굴이 그슬린 로아나는 거친 숨을 토해내며 돌아섰다.

그녀는 가장 먼저 벨하르트를 찾아내어 외쳤다.

"전하! 무사하십니까?!"

"경의 활약 덕분에."

벨하르트는 태연자약하게 대답했다. 그는 이 자리에 모여 있는 이들 중 숨소리 하나, 머리카락 하나 흐트러지지 않은 유일한 이였다.

로아나는 입술을 살짝 깨물었다.

'내심 짐작하고 있었지만, 황태자 전하께서는 이 사냥 대회에서 아무것도 도와주시지 않을 셈이군.'

제대로 된 시험을 위해 그의 도움 없이 얼마나 살아남는지를 지켜보겠다는 뜻일까. 하기야, 황태자 본인은 만만치 않은 실력을 갖췄음을 이미 남들에게 꾸준히 증명해 왔으니.

체념하며 고개를 돌린 로아나는 다른 사람들을 향해 외쳤다.

"사상자는?!"

"사상자는 없습니다! 그런데 그것이……."

기사 하나가 머뭇대며 꺼내는 말에, 로아나가 미간을 좁히며 되물었다.

"뭐지?"

"사람들이 흩어져 버렸습니다! 특히 어린 귀족 영식들이요!"

"그런가."

로아나는 순식간에 목소리를 가라앉히며 대답했다. 그 정도야 미노타우르스가 나왔을 때 예상치 못한 일도 아니었다. 다시 뒤를 돌아보는 그녀와 벨하르트의 눈이 마주쳤다.

벨하르트가 숲의 초입에 미노타우르스를 배치한 이유는 자명했다. 미노타우르스가 나올 경우 사람들은 가장 먼저 양쪽으로 갈라지므로, 무리를 흩어 놓기에는 딱 좋은 마수였다.

그녀의 입에서 다시금 낮은 한숨이 터졌다.

'그래도 철저하신 분이니, 적어도 인명 사고는 나지 않도록 조치해 두셨겠지. 믿을 수밖에.'

이 숲에 홀로 헤매게 된 이들의 두려움을 짐작 못 할 바는 아니었으나……. 그런 실력으로 북방 원정에 끼어봤자 목숨을 잃을 뿐이므로, 그저 무사하길 빌어 주는 수밖에 없었다.

한편, 나세르는 굳어진 얼굴로 곁에 서 있던 칼리스를 돌아보았다. 그는 칼리스가 했던 말의 의미를 드디어 깨달았다.

나세르는 미노타우르스가 나왔을 때 비교적 무리의 가장자리에 자리 잡고 있었기 때문에, 달아날 필요도 없었고 싸움을 할 필요도 없었다.

어찌 보면 운이 좋았다고 할 수 있었다.

'마물과 싸운 경험이 없는 내가 혼자서 그것과 마주쳤다면, 결코 살아남을 수 없었을 테지.'

허나 앞으로도 이 행운이 언제까지 계속될지는 알 수 없었다.

마물들의 습격에 계속 당하다 보면 일행들은 언젠가 뿔뿔이 흩어질 테고, 그렇게 되면 드디어 나세르 또한 그 끝을 맞이할 때가 올 것이다.

칼리스의 말을 되새기던 나세르의 눈이 가늘어졌다.

'하지만, 칼리스의 말투는 내가 죽을 것을 염두에 두고 말하는 것 같지는 않았어. 내가 이 사냥 대회에서 반드시 목숨을 잃을 것이기 때문에 지엔이 홀로 돌아갈 수밖에 없다…… 그런 뜻은 아니었겠지.'

그렇다면 설령 이 사냥 대회에서 목숨을 잃지 않는다고 해도, 뭔가 다른 일이 기다리고 있다는 뜻이었다.

도대체 이 괴팍하기 그지없는 사냥 대회에 숨겨진 저의가 무엇일까? 나세르는 머리를 굴려 보았지만, 단서가 너무 부족한 탓에 지금으로써는 포기하는 수밖에 없었다.

고개를 일행들에게로 향하며 나세르는 중얼거렸다.

'지엔에게는 차라리 미리 백작가에 돌아가 있으라고 할 것을 그랬나.'

이런 위험한 곳과는 최대한 떨어져 있어 주는 편이 나세르로서는 안심이 되었다. 그것도 잠시, 나세르는 고개를 내저었다.

이 이상한 보랏빛 안개가 숲 바깥까지 펼쳐져 있으리란 것은 기우였다. 나세르는 지엔이라도 안전한 곳에 있어 새삼 다행이라고 생각하며 말을 몰았다.

＊　　＊　　＊

짐승의 입김처럼 축축한 안개가 목덜미에 와 닿자, 지엔은 그제야 술이 조금 깼다.

마침내 정신을 차린 지엔은 침침한 눈으로 주변을 둘러보았다. 심상치 않은 모습에 그녀가 고개를 기웃했다. 황실 숲은 원래 다 이렇게 생겼나?

나무들은 하나도 빼놓지 않고 시커먼 색이었고, 무릎 높이에서 뒤엉킨 풀들은 생명력이라고는 느껴지지 않는 낡은 회색이었다.

분명히 아까까지만 해도 맑던 하늘은 붉은빛이었고, 그것도 모자라 사방에는 짙은 보랏빛 안개까지 껴 있었다. 보랏빛 안개라니, 이런 이상한 풍경은 어디에서도 듣도 보도 못했다.

'도대체 내가 왜 여기에? 신성한 황성에서 술을 마셨다고 천벌이라도 받은 건가?'

지엔은 이마를 짚으며 기억을 되짚었다. 수도와의 이별을 자축하며 술판을 벌인 것까지야 맨정신이었으니 똑똑히 기억났다. 그다음 헤카테가 자신에게 찾아와서…… 아니지, 헤카테가 거기에 왜 찾아와?

마침내 기억 속에서 헤카테를 대신해서 자신의 푸념을 들어준 이가 떠오르자, 지엔은 탄식했다.

"미안, 세실리아. 내가 돌아가면 잘할게."

그리고 그녀는 주변을 둘러보며 다시 중얼거렸다.

"돌아갈 수 있을 때의 얘기지만."

지엔은 숲에 들어오기 전 마지막 기억을 떠올렸다.

자신의 손을 잡아끌어 이곳으로 데리고 온 이가 동향 친구 마리가 아닌 미리엄이란 것도 이제는 알 수 있었다.

그제야 지엔은 황실의 숲 상태가 이토록 범상치 않은 것도 이해가 갔다.

마지막까지도 복수의 불길로 타오르던 미리엄이, 설마하니 단순히 길이나 잃어 보라며 이런 곳에 자신을 떨구고 가진 않았을 것이다. 즉, 지금 황실의 숲은 말도 못 하게 위험한 상태일 것이다.

그리고 지엔은 소지품부터 확인했다. 손목에 걸린 손수건 두 장을 보고 지엔은 미간을 찌푸렸다.

지엔은 사실 나세르와 칼리스를 위해 일찌감치 수놓기에 도전했었으나, 결과물이 너무 처참한지라 절대로 그들에게 주지 않으리라고 굳게 다짐했었다.

'저주하는 줄 알걸.'

유감스럽게도 미리엄도 그와 비슷한 생각을 했다.

여전히 인상을 쓰고 있던 지엔은 품 안의 낯선 물건들을 보고 눈을 동그랗게 떴다.

"웅?"

활과 화살이었다.

활줄을 당겨 보자, 지엔의 힘으로도 보통이 아니라고 느껴지는 것이 보통 사람이 쓸 것은 아니었다. 틀림없이 사냥 대회 참가자들을 위해 준비된 무기였다.

그제야 지엔은 미리엄이 처음 들이댔던 핑곗거리를 기억해냈다.

'나세르 공자님이 활과 화살을 두고 가셨지 뭐니.'

사실 지엔이 제정신일 때 그 말을 들었다면, 지엔은 책임이 돌아오는 것이 두려워서라도 우는 시늉을 하며 미리엄을 따라갔을 것이다.

하지만 유감스럽게도 지엔은 그때 만취한 상태였고, 그 결과……

지엔은 스스로의(전생의) 검 실력을 믿어서 한 말이었지만, 결과적으로는 주인 목숨 생각도 안 하는 쓰레기가 되었다.

잠시 침묵에 빠졌던 지엔은 이윽고 활을 꽉 쥐며 외쳤다.

"그래! 난 공자님께 활과 화살을 전해 드리러 이 숲에 들어온 걸로 하자!"

그러던 지엔은 문득 들려온 인기척에 고개를 돌렸다.

"응?"

─ 꾸륵?

수풀 사이로 나타난 괴생명체가 지엔을 보고 고개를 기웃했다. 귀여운 동작과 달리 그 모습은 몹시도 귀엽지 않았다.

울퉁불퉁한 근육질의 몸 위에 달린 돼지 머리. 앞니는 입술 위로 튀어나와 있고, 송곳니는 하늘을 향해 솟아 있었다.

동화책 삽화를 베껴다 만든 것 같은 전형적인 생김새! 길 가는 아이를 붙잡고 물어도 저것은 오크라고 대답할 것이다. 하지만…….

'오크의 피부는 녹색이잖아. 그런데 왜 얘는 보라색이지?'

제국 기사들이 북부 마물의 땅에서 죽을힘을 다해 공수해 온 북부 현지 오크란 것을 지엔으로서는 알 도리가 없었다.

아무리 지엔이 전생에 사악하고 위대한 자였다고 해도, 지금은 18년간 마물과 한 번도 맞닥트린 적이 없는 평화에 절여진 민간인이었다.

당연히 지엔은 눈앞의 생명체가 마물이란 것부터 부정하고 싶어 했다.

'그래, 변장일 거야. 사냥 대회 참가자의 담력을 시험하기 위한……. 어라? 하지만 저러다 정말 화살 맞아 죽으면 어쩌려고 그러지?'

그런 지엔을 보며 멍하니 서 있던 오크의 입이 헤 벌어지고, 송곳니 사이로 흘러내린 침이 바닥으로 뚝뚝 떨어졌다.

그 모습을 본 지엔의 안색이 마침내 창백해졌다.

'아니야, 저런 게 변장일 리 없잖아. 저건 진짜 오크야.'

그와 동시에 오크가 먹이에게로 달려들 준비를 했다. 지엔은 울상을 하며 두 손 들고 물러섰다.

"어, 잠깐만요. 오크 양반."

아무리 온갖 동화책이며 소설책에서 오크가 손가락 한 번 튕기면 잡을 수 있을 것 같은 최약체로 다뤄진다고 해도, 몬스터는 몬스터.

모험가들조차 일대 다수가 아니면 고전을 면치 못하는데, 평범한 하녀가 상대가 될 리 없었다.

지엔은 마물의 손에 친척을 잃은 하녀장이 하녀들을 불러 놓고 으름장 놓던 것을 기억했다.

'마물을 보면 아무리 저급이라도 죽기 살기로 도망쳐라.'

그 말을 머릿속으로 떠올린 순간, 눈앞의 오크가 무섭게 포효했다.

— 크오오오!

맹렬한 포효가 큰 콧구멍을 통해 사방에 쏟아진 순간, 지엔은 활과 화살통을 안고 전력으로 뛰기 시작했다.

그런 그녀의 뒤를 오크가 쏜살같이 쫓았다.

"헉, 헉."

지엔은 나무들 사이를 정신없이 지나쳤다.

백작가 성 하인 하녀들을 통틀어, 어쩌면 백작령 전체를 통틀어도 가장 빠를 거라고 자부하는 그녀였으나 오크는 잘도 따라오고 있었다. 애초에 몬스터와 인간 여성의 보폭은 비교도 되지 않았다.

오크가 한 발 한 발 내디딜 때마다 땅의 진동이 점차 가까워졌다. 그것을 느낀 지엔의 목덜미에 식은땀이 맺혔다.

이를 악물고 더욱 속도를 높이며, 지엔은 술 먹고 지겹게 했던 신세 한탄을 또 시작했다.

'백작가에서 떠나올 때만 해도 목숨의 위기를 이렇게 많이 겪게 될 줄은 몰랐는데!'

얼마 전에는 고성에서 유령에게 밀려 천 길 낭떠러지로 떨어질 뻔하질 않나, 이번엔 오크? 스펙터클도 이 정도면 모험 소설급이다.

그녀는 속으로 절규했다.

'미리어어엄!'

대체 아무리 사람이 밉기로서니, 취한 사이 마물들이 우글대는 숲에 던져두다니 제정신이냐! 아무튼 이대로는 수 초 안에 오크에게 뼈까지 집어 삼켜지고 말 것이다.

복수도 살아 있어야 하는 법, 지엔은 분함을 가득 담아 뒤를 노려보았다.

이제 남은 거리는 기껏해야 스무 걸음 남짓. 지엔이 지금 시도할 수 있는 일은 단 하나였다.

그녀는 안고 있던 화살통을 재빨리 어깨에 둘러메고 활을 들었다. 화살통에서 화살 하나를 꺼낸 그녀가 화살을 활에 걸어 조준했다.

화살이 맞는 건 바라지도 않았다. 궁술은 익히는 데 아주 오랜 시간을 들여야 하기 때문에, 사냥꾼이나 귀족 자제들이 아니면 제대로 구사하지 못한다는 것을 주워들은 적이 있었다.

태어나서 처음 쏴 보는 활, 게다가 여유도 충분하지 않은 상태. 지엔은 눈을 질끈 감으며 활시위를 당겼다.

오크의 입에서 뿜기는 구역질 나오는 초록색 숨이 어느새 닿을 듯 가까워져 있었다.

'제발 잠깐의 틈이라도 벌어 주기를! 내가 나무에라도 올라갈 수 있게!'

그리고 지엔의 손에서 마침내 화살이 떠났다.

쐐애액! 날카로운 소리와 함께 활시위가 허공을 갈랐다.

*   *   *

그때, 세실리아는 멀지 않은 나무 위에서 지엔이 오크와 맞닥트리고 도주하는 모습을 모조리 지켜보고 있었다.

물론 그녀도 내려가서 도와주고 싶은 마음이야 굴뚝같았지만, 당장은 그러지 못할 이유가 있었다.

연두색 눈을 가늘게 뜬 그녀가 중얼거렸다.

'임무만 아니었어도.'

세실리아의 본명은 세실.

그녀는 벨하르트가 '수상한 행동을 보인다면 당장 보고하라.'라는 명목으로 지엔에게 붙인 황실 직속 비밀 부대, 그림자단의 일원이었다.

사람은 위기의 순간에야 본색을 드러낸다고 했으니, 제게 하달된 명령을 지키려면 거리를 두고 상황을 지켜보는 게 옳았다.

사실 세실도 지엔의 지나치게 튼튼한 체력이나 강한 힘에 대해서는 상당한 의구심을 품고 있었다.

'목숨을 잃기 전에만 구해 주면 돼. 빛의 대사제인 헤카테와 친밀한 사이라면, 아무리 심각한 부상이라도 그분께서 치료해 주시겠지.'

속으로 거듭 되뇌던 세실은 머리 위로 덮어쓴 가발이 흐트러진 것을 깨닫고 매무새를 가다듬었다.

'가발이 흐트러지면 안 되니까.'

소녀가 아니라 소년이라는 것이 세실리아, 아니, 세실의 사소한 비밀이라면 비밀이었다.

그러는 사이 상황은 점차 급박해져, 지엔과 오크의 거리는 어느덧 스무 걸음도 남지 않았다.

예상을 배신하지 않는 전개에 세실은 나무에서 뛰어내릴 준비를 했다.

'다섯 걸음만 남으면 바로 오크의 어깨에 내려앉아 목을 따는 거야.'

살벌한 생각을 떠올리며 세실이 손에 쥔 단검을 역수로 쥐었다. 그때, 거듭 수세에 몰리던 지엔이 결국 품에 있던 무기라도 써 볼 작정인지 활을 꺼내 들었다.

'활? 활이라고?'

눈을 동그랗게 뜬 세실이 다시 속으로 외쳤다.

'안 돼, 지엔, 그건 자살 행위라고! 차라리 그 시간에 뛰는 게 나아!'

활이 얼마나 다루기 어려운 무기인지는 무기 좀 잡아 본 사람이라면 다 알았다. 그런데 평생 검조차 잡아 보지 않았을 것 같은 하녀가, 그것도 자세를 가다듬을 여유조차 충분히 가지지 못한 상황에서 활을 든다고?

결과야 뻔했다. 화살은 오크의 머리 위를 크게 빗나갈 것이고, 무력해진 지엔을 오크가 씹어먹을 것이다. 물론 자신이 없다면.

'계획을 앞당겨야겠어. 지금 당장⋯⋯.'

그렇게 뇌까리던 세실의 얼굴에 경악이 떠올랐다.

지엔의 손에서 화살이 떠나고 잠시 후.

쿵, 굉음과 함께 오크의 거체가 서서히 바닥으로 쓰러졌다. 이마에 화살 깃이 튀어나온 그는 텅 빈 동공으로 하늘을 올려다보고 있었다.

겨우 하녀 손에 죽다니, 북부 마물치고는 참으로 허무한 죽음이었다. 아마 죽은 오크 본인도 어이가 없을 것이다.

그러나 그보다도 더 황당해하는 사람들이 있었으니, 다름 아닌 화살을 쏜 장본인 지엔과 그걸 지켜보던 세실이었다.

일격에 쓰러진 오크의 모습을 넋을 잃고 보던 지엔은 다급히 화살통에서 화살 몇 개를 더 꺼내어 쉼 없이 오크의 몸에 내리꽂았다. 표적이 움직이지 않으니 이번에는 더 맞추기 쉬웠다.

오크를 고슴도치 꼴로 만들어 놓고 나서야 마침내 안도한 지엔은 어깨를 내리며 숨을 거칠게 내쉬었다.

"헉⋯⋯. 헉⋯⋯."

'오크가 아니라 오거라고 해도 저 꼴로 살아 있진 못하겠지.'

그렇게 뇌까린 지엔은 자신의 손바닥을 내려다보았다.

활을 있는 힘껏 쥐느라 피가 안 통해 울긋불긋해진 손을 보던 그녀가 중얼거렸다.

"말도 안 돼. 저걸 내가⋯⋯ 죽였어?"

도대체 어떻게 이런 일이 가능했던 거지? 아무리 사람이 죽을 위기에 처하면 없던 힘도 생겨난다지만 궁술은 종류가 달랐다.

지엔은 다시 고개를 들며 아까 활을 쏠 때의 감각을 떠올렸다. 분명히 태어나서 처음 쏴 보는 활인데도, 일순 활과 화살이 자신의 수족이 된 것처럼 느껴졌다.

숨도 못 쉴 만큼 긴장되는 순간 오크의 이마와 심장 부근이 바위만큼 커져 보였다. 그러지 않았으면 감히 초보 주제에 그런 곳을 표적으로 삼는 과감한 짓은 안 했다.

한참이나 가슴을 오르락내리락하며 죽은 오크를 바라보던 지엔이 마침내 중얼거렸다.

"……내 전생."

그게 아니라면 이런 일이 가능할 리 없었다.

그리고 지엔은 난생처음으로, 언제나 자신의 삶에 고난만 선사했던 자신의 전생에 대해 고마움을 느꼈다.

'고맙다! 내 전생! 잘나 줘서! 검뿐만 아니라 활도 잘 써 줘서 정말 고맙다!'

그렇게 생각하며 지엔이 눈물을 훔쳤다. 한편, 나무 위에서 그 모습을 빠짐없이 지켜보던 세실은 뇌까렸다.

'미안하지만 지엔, 이제 널 순순히 숲 바깥으로 데려가 줄 수는 없게 됐어.'

황태자 전하께서 왜 저런 평범한 하녀를 주시하라고 명하시나 했더니, 다 이유가 있었다. 그렇다고 해도 설마하니 저런 감쪽같은 위장으로 자신조차 속였을 줄이야.

세실의 상식상 태어나서 처음 잡아 본 활로 마물을 쏘아 죽일 수는 없으니, 그렇게 오해하는 것도 당연했다.

그렇게 그가 상황을 더 지켜보는 것으로 계획을 전면 수정하는 그때, 지엔은 오크의 시체에서 화살을 알뜰하게 뽑아 회수하고 있었다.

그리고 한결 씩씩해진 걸음으로 숲으로 향하는 그녀를 세실이 숨죽여 뒤쫓았다.

*   *   *

쐐애애액! 빠르게 날아간 화살 끝이 고블린의 가슴팍을 꿰뚫었다. 사람이라면 정확히 심장이 있을 자리였다.

인간형 마물도 신체 구조는 크게 다르지 않은지라, 고블린은 숨 한번 못 내뱉고 절명했다.

놀랄 만큼 깔끔한 활 솜씨였다. 그 깔끔한 활 솜씨를 구사하고 있는 사람이 오늘 처음 활을 잡았을지도 모른다는 게 문제라면 문제였다.

'아니야, 당연히 처음이 아니겠지. 무슨 소리야. 지엔은 어디선가 우리 황실을 노리고 보낸 스파이…….'

관자놀이를 짚고 되뇌는 세실의 머릿속에 지엔의 신원을 보증해 준 이가 다름 아닌 칼리스라든가, 그녀가 술에 취해 무방비하게 지껄이던 말들 따위가 지나갔다. 아니야, 애써 고개를 내저으며 세실은 아래를 내려다보았다.

숲에 들어온 지 고작 두어 시간 만에 지엔은 경악할 정도로 훌륭한 사냥꾼으로 성장했다.

오크 따위를 마주쳐도 화살이 다섯 발 이상 필요하지 않았고, 고블린 따위의 소형 마물은 한 발이면 끝났다.

방금 쏴 죽인 고블린 시체에는 눈길도 주지 않은 채, 고개를 돌린 지엔이 입술을 잘근 깨물며 초조하게 중얼거렸다.

"젠장, 돌겠네. 출구가 왜 안 보이는 거야."

혼자 있으니 험한 말도 맘껏 했다.

술을 마신 지도 그럭저럭 두세 시간이 지나, 지엔의 이성은 이제 완전히 맑고 명료하게 깨어나 있었다.

물론 그렇다고 해서 쓸 만한 생각을 해낸다든가 길을 기억해낼 수는 없었지만, 적어도 자신이 처한 상황 정도는 제대로 파악이 가능했다.

이곳은 엄연한 황실의 숲, 들어오기 위해서는 엄격한 허가가 필요한 데다가 지금은 온갖 황족과 귀족 자제들로 바글거렸다.

들어온 사람이 많으니 지엔 하나쯤 넘어갈 수 있지 않겠냐고? 아니, 오히려 사람이 바글거리기에 더욱 문제가 되었다. 숲에 침입한 것을 들킬 경우, 그들 중 하나를 노린 암살자로 오해받아 배후를 추궁당할 수도 있었다.

지엔의 뒷배가 튼튼하다면 보다 긍정적인 결과를 기대할 수도 있겠으나, 브리지트 백작가에 있는 거라고는 빛의 교단과의 연줄뿐이니 기대하지 않는 편이 좋았다. 더군다나 그 연줄을 고작 하녀 하나를 구하기 위해 쓸 리도 없고.

게다가 문제가 하나 더 있었다. 마물들이 득실거리고 보랏빛 안개로 가득 차 사방 분간도 어려운 이곳 숲 속의 환경이었다.

범인은커녕 웬만한 모험가들조차 생존하기 어려울 듯한 이런 환경에서, 혼자 힘으로 마물들을 쏴 죽이며 살아남은 하녀가 있다?

'반드시 오해받아. 전에 나세르 공자님 때처럼 스파이인지 뭔지로.'

지엔도 지금 자신의 상황이 말도 안 된다는 자각 정도는 있었다.

지엔은 갈색 머리카락 사이로 드러난 이마를 짚었다. 그렇다고 차라리 아무도 만나지 않길 기대하자니……

'길치인 나 혼자서 이 거대한 숲을 빠져나갈 수 있을 리 없잖아.'

그 때문에 지엔은 현재 사람들에게 발견되어도, 발견 안 되어도 난처한 입장이었다.

곱씹을수록 빈틈이 없는 미리엄의 계략에, 지엔은 속으로 칭찬 아닌 칭찬을 퍼부었다.

'누가 황실 정식 시녀 아니랄까 봐 계략 한번 잘 짜네! 엘레노어와는 비교도 안 돼!'

아무튼, 제자리에서 오래 머물러 있을 처지도 아니기에 지엔은 다시 바쁘게 움직였다.

고블린 시체에서 화살을 뽁 소리 나게 뽑고, 그것을 옷에 슥슥 문질러 닦은 지엔이 느긋하게 걸음을 옮겼다. 그 모습이 마치 숲에서 지낸 지 십 년은 된 사냥꾼 같아서 지켜보던 세실은 속으로 감탄했다.

그러나 지엔이 걸음을 옮기는 방향을 보며 그는 생각을 바꾸지 않을 수 없었다.

'지엔 너, 길 찾는데 정말 소질 없구나.'

어쩌면 저렇게 정확히 반대 방향으로만 갈 수 있는지.

웬만하면 티 나지 않게 길이라도 알려 주고 싶었는데, 지엔의 기민한 반사 신경을 보아 조금이라도 수작을 부려 보려다가는 화살에나 맞을 것 같아 참았다.

물론 그림자단인 세실조차 황실의 숲 구조를 모두 외우고 있진 않았지만, 지금은 오히려 마력 장이 설치된 덕에 길을 찾기 쉬웠다.

숲을 뒤덮은 보랏빛 안개는 숲의 중심으로부터 발산되고 있었다. 즉, 안개가 옅어지는 방향으로 계속 향한다면 숲을 빠져나갈 수 있었다.

그것도 모르고 지엔은 자꾸만 안개가 짙어지는 방향으로만 걸음을 옮기고 있었다. 그 모습을 보며 난처하게 한숨을 내쉬던 세실이 문득 중얼거렸다.

'어?'

그러고 보니, 아주 중요한 것을 잊은 것만 같았다.

도대체 자신이 지엔에 대해 또 뭘 놓치고 있는 걸까? 세실이 거듭 생각하던 그때, 지엔이 지나던 수풀 한구석이 작게 흔들렸다.

세실이 몸을 엎드린 것과 지엔이 화살을 꺼내어 활시위에 먹이며 몸을 돌린 것은 거의 동시였다.

바로 쏘지 않은 것은 짙은 안개 때문에 너머에 있는 것이 사람인지 마물인지 아직 분간이 가지 않았기 때문이었다. 사실 지금까지 마주친 다섯은 모두 마물이었기에, 지엔도 큰 기대는 하지 않았다.

심드렁히 그쪽을 응시하던 지엔의 눈이 새롭게 떠오른 생각에 문득 커졌다. 그녀가 중얼거렸다.

'아니, 잠깐. 상대가 마물이 아닌 사람이라고 해서 화살을 쏘지 않아야 할 이유가 있을까?'

너무 극단적인 생각이라서 보랏빛 안개에 머리가 어떻게 되어 버렸나 싶을 정도지만, 사실 지엔의 머릿속은 몹시 명료했다.

저 안개를 헤치고 나타난 것이 만약 진상 귀족이라면? 그가 마물보다 자신에게 해가 되지 않는다는 보장이 있을까?

가진 실력이 미약할 경우 그는 더욱 마물들과 싸우느라 지쳐 있을 테고, 피아 구분도 어려운 상태일 것이다. 그런 그의 앞에 지나치게 멀쩡해 보이는 하녀가 나타난다? 유령 취급이나 안 당하면 다행이다.

최악의 경우는 그가 지엔을 유령도 아닌 마물로 인식하고, 처치하겠다며 검을 뽑아 들 경우였다.

그럴 경우 지엔은 어쩔 수 없이 그를 상대해야 할 테고, 그 모습을 소란에 달려온 다른 귀족들이 목격이라도 한다면······.

'안 돼!'

더 곤란한 것은 그가 자의식 과잉일 경우였다.

그 경우 그는 당장 '뭐야, 날 죽이러 온 암살자냐!'라며 지엔을 포박하여 벨하르트의 앞으로 끌고 갈 텐데.

'그럼 날 죽일 기회만 노리고 있는 벨하르트는 옳다구나 하고······.'

거기까지 상상한 지엔의 동공이 사정없이 떨리기 시작했다.

'아니야, 제3의 선택지가 있을 거야. 저 진상 귀족도 나도 살 수 있는 선택지가.'

그러나 아무리 고뇌해 봐도 그런 건 떠오르지 않았다.

결국, 마음을 다잡은 지엔은 활을 수평으로 들어 올리며 말했다.

"잘 가세요."

그때 이미 보랏빛 안개 너머로 은색 검날이 솟아 있어 상대가 사람이란 것은 충분히 분간할 수 있는 시점이었다.

몹시 차분한 그녀의 목소리에 그녀가 상대를 죽일 작정이란 것을 알아차린 세실이 속으로 외쳤다.

'지엔! 너 이제까지 나타난 마물들한테는 그런 말 하지 않았잖아! 그럼 설마 상대가 사람이란 것을 알고서도…….'

황태자 전하가 자신에게 지엔의 감시를 맡겼던 이유가 이 때문이었나? 지엔이 흉수임을 예상하고?

그러나 세실은 칼을 뽑는 그 순간까지도 고민할 수밖에 없었다. 지엔의 흐릿한 눈 위에 개인적인 원망이나 비장함 따위는 조금도 떠올라 있지 않고, 그저 뭔가를 포기한 듯한 눈빛이었기 때문이었다.

도대체 무엇 때문에 눈앞의 사람을 죽이려고 하는 거지? 세실이 여전히 망설이던 그때, 안개 사이로 사람의 불쑥 목소리가 날아왔다.

"지엔?"

그러자 지엔은 움찔하며 앞을 보았다. 하마터면 너무 놀란 나머지, 손에서 힘이 풀려 그대로 활을 쏠 뻔했다.

시야를 가린 안개가 걷히기 전에 재빨리 활을 거두고 화살을 통에 집어넣으며, 지엔이 의아하게 물었다.

"나세르 공자님?"

과연 그랬다. 안개를 헤치고 불쑥 나타난 흐릿한 백금발을 보며 지엔은 입을 벌렸다.

사실 새롭게 나타난 사람도 지엔도 살 수 있는 제3의 선택지가 있긴 했다.

바로 그 사람이 나세르나 칼리스, 발리아처럼 지엔과 친분이 있는 사람일 때. 하지만 그것은 정말로 말도 안 되는 희박한 가능성이라 생각했는데.

그 말도 안 되는 일이 지금 실제로 일어났다.

지엔은 멍하니 눈을 굴려 나세르의 회청색 눈동자, 천사처럼 선한 생김새를 차례로 확인했다. 금방 사라질 환상이라도 보듯이 아주 느리고도 조심스러운 눈길로.

그런 지엔을 기다려 주지 않고 나세르가 한달음에 달려왔다. 그도 지금 지엔만큼이나 어이없는 심정이었다.

칼리스와 나란히 위험한 숲에 들어서며 그가 위안 삼았던 것은 지엔은 지금쯤 안전한 곳에 있을 거란 사실, 단 하나였다.

'그런데 누구보다도 안전한 곳에 있을 줄 알았던 지엔이, 어째서 이곳에 있지? 그것도 홀로?'

틀림없이 자의는 아닐 터였다. 그러기엔 그녀의 생존 본능이 너무 대단하다는 것을 나세르는 잘 알고 있었다.

인상을 잔뜩 찌푸린 그가 '누가 범인이냐.'고 묻는 것보다도 지엔이 울음을 터트리는 것이 먼저였다.

'울어?'

나세르는 하늘이 무너진 듯 놀랐다.

고성에서 죽다 살아난 다음에도 지엔은 결코 울음을 터트린 적
이 없었다. 그렇게 견고하던 눈물샘이 어째선지 칼리스가 '못난이'
라고 불렀을 때는 터졌으나, 그는 일단 그런 사실은 머릿속에서 치
웠다.

어쨌거나 그에겐 지엔이 지금 울고 있다는 사실만이 중요했다.
얼마나 무섭고 막막했으면. 그는 망설이다가 지엔의 어깨에 조심스
레 손을 올려놓았다.

그러자마자 지엔이 덥석 그의 목을 끌어안았다. 그 과감한 동작
에 나세르도, 세실도 놀랐다.

세실은 머릿속으로 지엔 주변의 관계도를 그려 보고 있었다.

'헤카테 대사제와는 함께 도망가자면서, 이번에는 나세르 공자
와? 도대체 이게 무슨 상황이야?'

아래에서는 잠시 얼어붙어 있던 나세르가 천천히 손을 들어 지
엔의 등을 토닥이고 있었다.

나세르는 아예 지엔을 두 팔로 끌어안으려 손에 들고 있던 검까
지 집어넣어 버렸다. 이곳이 마물의 숲 한복판임에도 불구하고.

"많이 무서웠나."

"공자님."

"괜찮다. 이제 내가 함께 있으니. 미물들 따위는 걱정하지 않아
도 된다."

그 말에 지엔이 감동한 듯 더욱 눈물을 글썽거렸다.

"공자님……."

그 모습을 보며 나세르는 내심 뿌듯해했으나, 이제까지의 지엔의 행보를 본 세실의 머릿속에 떠오르는 생각은 단 하나뿐이었다.

'마물을 두려워한다니, 대체 누가?'

한편, 나세르는 품에 안겨 칭얼거리는 지엔의 머리를 어색하게 쓰다듬으며 다시 생각했다.

'그랬지, 지엔은 평범한 하녀였지.'

함께 여행을 다니며 어쩔 수 없이 잊게 된 사실이었다. 칼리스의 신분이 원래는 대공가 자제임을 꽤 자주 잊어버리게 되었듯이.

나세르는 새삼스런 눈길로 지엔을 쳐다보았다.

그동안 보여 준 대범한 행동들에 그만 잊고 있었으나, 그녀는 사실 태어나서부터 지금까지 영지 바깥으로는 단 한 번도 나와 본 적이 없는 사람이었다.

'그런데 느닷없이 모르는 숲에 내던져져 마물들과 맞닥트리다니, 얼마나 무서웠을까?'

그리고 나세르는 새삼 떠오른 가정에 주먹을 꽉 쥐었다.

'만약 내가 이곳에 나타나지 않았다면?'

하다못해 그가 사냥 대회가 시작되기 전 마나를 다루는 데 실패했더라면? 그래서 로아나와의 대련에서 검기를 보여 주지 못했다면 어땠을까?

아마 그는 지엔이 이곳에 있는 줄도 모르고, 엉뚱한 바깥에서 그녀를 애타게 찾아 헤매고 있었을 것이다.

그렇게 생각하자 오싹한 기분이 들었다.

솔직히 헤카테의 밑에서 고단한 수련을 견딜 때는 도대체 언제까지 이 짓을 해야 하나 싶은 마음뿐이었다. 아무리 동기부여를 얻었다 해도 나세르는 나세르, 고작 힘을 얻기 위해 이 정도의 시간과 노력을 기울여야 한다는 것 자체가 회의적으로 느껴졌다.

'하지만 그랬다면 나는 지금 지엔을 구할 수 없었겠지.'

자신과 마주치지 않았다면, 지엔이 과연 얼마나 버틸 수 있었을까? 그런 생각이 들자 지엔을 안은 팔에 절로 힘이 들어갔다.

그에 고개를 든 지엔이 어리둥절한 표정으로 나세르를 올려다보았다.

"공자님?"

"이젠 괜찮다, 지엔. 내가 있으니. 이제 다시는……."

나세르는 뒤에 흘러나오려던 말을 꾹 삼켰다.

이제 다시는, 너의 위기 앞에서 무력해지지 않겠다. 그러기 위해서라면 나는, 어떤 수련이라도. 어떤 고난이라도…….

절절하게 지엔의 뺨을 쓰다듬으며, 나세르가 낮은 목소리로 말했다.

"악몽 속에서라도 내가 널 지키겠다. 그러니 걱정하지 마라, 지엔."

설령 이날의 기억을 그녀가 꿈으로 꾼다고 하더라도, 그것이 그녀에게 악몽이 되진 않길 바랐다.

그 끝에는 누군가 그녀를 구하러 오는, 그녀의 곁에서 지켜 주는 꿈이길 바랐다.

지금 이 순간, 나세르는 비로소 강해진 이유를 얻은 것이었다. 그리고 앞으로도 더욱 강해져야만 할 이유를.

몹시 애틋한 광경이긴 했지만, 그 모습을 지켜보던 세실은 다시
중얼거렸다.

'아무리 생각해도 지엔이 운 이유, 나세르 공자가 생각하는 그 이
유는 절대 아닐 것 같은데…….'

과연, 나세르를 울면서 끌어안던 지엔의 머릿속에 떠오른 생각
은 단 하나였다.

'나세르 공자님이라면 설마 나를 벨하르트에게 데려가진 않겠지!'

전생에 지은 죄가 많은 그녀에게는 이 숲의 마물보다도 이 나라
황태자가 더 무서운 것은 어쩔 수 없었다.

그렇게 감동의 해후를 마친 뒤, 지엔은 자신이 이곳에 온 이유에
대해 간략히 설명했다.

미리엄의 계략을 설명하면서 지엔은 술에 대한 얘기는 쏙 뺐다.
오랫동안 숲 속을 헤맨 덕에 취기는 완전히 가서 있었고, 풀 냄새와
짙은 피 냄새 덕에 술 냄새도 전혀 나지 않았다.

그 덕에 지엔은 나세르의 안전을 걱정해서 활을 가지고 위험한
숲에 들어온 충직한 하녀가 되어 있었다.

나세르는 감동…… 하지 않았다.

'이상하군.'

아무리 사랑에 눈먼 나세르라도, 지엔이 그럴 만한 위인이 아니
란 것 정도는 알았다. 오히려 사랑에 빠지면서 자세히 관찰했기에
그녀의 본성에 더욱 가깝게 접근할 수 있었다.

하지만 지엔이 애꿎은 사람에게 누명을 씌울 리도 없고, 자신이
모르는 내막이 있겠거니 하고 미리엄을 추궁하기로 한 나세르는 일

손수건과 술과 활 321

단 고개를 끄덕였다.

그런 그를 말똥말똥하게 올려다보던 지엔이 물었다.

"아무튼 그래서 말인데 공자님, 혹시 활은 필요 없으세요?"

지엔의 품에 안긴 활을 내려다보던 나세르는 잠시 고민하다가 고개를 내저었다.

"검이면 충분하다. 검을 손에 익힌 지도 얼마 되지 않았으니."

그 말을 듣고 지엔은 씩 웃었다. 보통 전투에 대한 재능은 한 무기에 국한되지 않을 터.

그럼에도 불구하고 나세르가 마찬가지로 많이 다뤄 보지 않은 검에는 자신이 있지만 활에는 그렇지 못한다는 건…….

'한마디로 나세르 님이 지금 검을 잘 쓰는 이유는 전생의 나 때문이고, 원래 가진 운동 신경은 형편없다 이거지?'

음흉하게 히죽대는 지엔을 나세르가 미심쩍은 듯 흘깃거렸다. 그때, 지엔의 손에 든 활에 피가 덕지덕지 엉겨 붙어 있는 것이 비로소 나세르의 눈에 들어왔다.

놀란 그가 휙 고개 돌려 지엔을 살폈으나 그녀에게는 상처 하나 없었다. 그렇다면 그녀의 피일 리는 없었다.

'그렇다면 대체 누구의?'

나세르가 생각하던 찰나, 갑자기 둘이 걷던 왼쪽 수풀이 파스스하고 흔들렸다.

나세르가 검을 들기도 전에 지엔이 망설임 없이 활을 겨냥했다.

쐐애액! 빠르게 날아간 화살이 슬금슬금 기어 오던 거대 달팽이를 단숨에 꿰뚫었다. 화살이 꽂힌 자리는 정확히 몸통의 한가운데였다.

키에엑, 비명 소리와 함께 옆으로 쿵 쓰러지는 마물을 보며 나세르의 눈이 흔들렸다.

"지금……."

할 말을 잃고 돌아보는 나세르를 향해, 뒤통수를 긁적이며 태연하게 웃은 지엔이 대답했다.

"하하, 이상하게 저는 손에 활이 착착 감겨서."

여전히 넋을 잃은 나세르에게 지엔은 아무리 해도 궤변으로밖에 안 들리는 설명을 주절주절 이어 갔다.

"아니, 사람마다 체질이란 게 다른 거지요. 그러니까 공자님께서도 한 번도 들어 보지 못한 검을 그토록 잘 다루셨던 것이 아닐까요? 공자님은 검 체질, 저는 활 체질. 뭐 그런 거지요. 하하!"

"아니, 대체……."

세상에는 참 다양한 사람이 있고, 그래서 세상사 재미가 있는 것이고……. 뻔뻔하게 계속 이어지는 헛소리를 들으며 나세르가 이마를 짚었다.

게슴츠레한 눈으로 지엔을 내려다보며 나세르는 생각했다.

'그래서, 대체 아까는 왜 운 거냐.'

위에서 그 모습을 내려다보던 세실 또한 크게 한숨을 내쉬었다.

*　　*　　*

숲 속 깊은 곳, 가장 큰 나무 근처에는 이제 막 인공적으로 만든 듯한 공터가 있었다.

나무 뽑은 자국과 흙이 파헤쳐진 자국이 그대로 남아 있는 공터의 정중앙에는 거대한 홈이 파여 있었고, 웅크린 사람만 한 크기의 검은 구슬이 그 안에 들어가 있었다. 바로 마석이었다.

저토록 큰 마석은 웬만큼 큰 전쟁 때가 아니고서야 보기 힘들었기 때문에, 마력 장을 유지하기 위해 소집된 마법사들은 꼴깍꼴깍 침을 삼켜댔다. 심지어 혹시나 모를 큰 부상자를 위해 함께 배치된 사제들마저 그랬다.

탐욕을 이기기 힘들어질 때마다, 그들은 곁에 선 한 사람을 보며 이성을 되찾았다.

그들은 그때마다 감탄 어린 얼굴로 중얼거렸다.

"참 고결하신 분이란 말이야."

"저 욕심 없는 성품을 본받고 싶군."

"최연소 수석 사제가 되신 분은 역시 달라."

그러나 그런 존경을 한 몸에 받고 있는 당사자, 헤카테의 머릿속에는 단 한 가지 생각뿐이었다.

팔짱을 끼고 눈을 내리깐 그가 뇌까렸다.

'지루해.'

수도에 올라온 지도 어언 2주, 헤카테는 대사제 서품을 받고 수도 없이 많은 사제들을 만났다. 그뿐만 아니라 황궁의 몇몇 행사에도 참여해야 했고, 사냥 대회의 사전 준비에도 큰 역할을 했다.

눈코 뜰 새 없이 바쁜 시간이었으나, 헤카테는 그 와중에도 몹시 지루함을 느꼈다.

그토록 수많은 사람을 만났고 수많은 일을 겪었으나, 그 모든 게 헤카테에게는 단 한 사람과 그 사람이 일으키는 사건만 못 했다.

한참이나 고뇌에 잠겨 있는 듯하던 헤카테가 갑자기 한숨을 푹 내쉬자, 사제들은 일제히 서로를 돌아보며 수군댔다.

"뭐지?"

"설마, 헤카테 님도 드디어 저 마석을 향한 탐욕에 사로잡히신 건……."

그를 둘러싼 말들에도 아랑곳하지 않고, 갑자기 손을 들어 성호를 내리그은 헤카테는 기도를 올렸다.

'빛의 신이시여, 제발 그 인간 재앙을 돌보소서.'

지엔을 마지막으로 본 지는 일주일도 되지 않았건만, 헤카테는 벌써부터 불안했다.

'일주일이면 지엔이 사고를 열 개는 더 치고도 남을 시간…….'

그의 상념을 어느 사제의 외침이 잘랐다.

"헤카테 님! 좀 와 보셔야 할 것 같습니다!"

눈을 반짝 뜬 헤카테가 차분한 얼굴로 물었다.

"무슨 일입니까?"

"이상한 일이 있습니다. 숲의 정중앙에 도달한 사람이 있어요."

"벌써요?"

헤카테는 놀라움에 눈을 찡그렸다. 그 짧은 시간 동안 숲을 단숨에 가로질러 가는 이가 있을 거라고는 생각도 못 했는데…….

'겁도 없이.'

혀를 짧게 찬 헤카테가 대답했다.

"예상했던 것보다 이르긴 하지만, 크게 이상한 일은 아니군요.

정신없이 도망치다 보니 어느새 숲의 중앙에 도착했을 수도 있지요."

그리고 헤카테는 일견 냉랭하기까지 한 태도로 말을 맺었다.

"그런 보고는 생략하셔도 좋습니다. 적어도 누군가가 빛의 검에 가까이 다가갔거나, 아니면 빛의 검에서 심상치 않은 반응이 보인 게 아니라면."

이어진 말에 헤카테의 표정이 다시 일그러졌다.

"하지만, 저, 헤카테 님. 아무래도 이상한 점이 있어서……."

"이상한 점이라고요?"

마석을 가리킨 사제가 더듬더듬 말을 내뱉었다.

"숲의 정중앙에 와 있는 그 사람, 마나가 전혀 없습니다."

"네?"

눈썹을 찡그린 헤카테가 고개를 휙 숙여 마석 위를 살피니 과연 그랬다.

마석 정중앙 부근에서 깜빡이는 점은 너무 옅은 나머지 거의 육안으로 식별되지 않을 정도였다. 이것을 발견한 사제에게 대단한 관찰력이라며 칭찬이라도 해야 할 판이었다.

'점의 밝기는 그 사람이 가진 마력의 농도로 결정되지.'

그리고 헤카테는 한숨을 내쉬었다. 자, 이제 어쩐다. 웬 겁도 없는 참가자 하나가 자신이 지닌 마력을 숨기고 숲에 들어온 것이 분명한데…….

도대체 벨하르트의 눈길을 어떻게 피한 거지? 다시금 한숨을 푹 내쉰 헤카테가 그에게만 들릴 크기로 중얼거렸다.

"간이 배 밖으로 나왔군. 도대체 어디서 굴러들어 온 머저리야."

하지만 그가 머저리건 아니건 간에, 이 숲에 들어와 버린 이상 헤카테에게는 그를 보호해야 할 의무가 있었다.

문득, 간이 배 밖으로 나온 다른 누군가를 떠올린 헤카테가 생각했다.

'지엔은 저런 사고는 안 쳐야 할 텐데.'

안타깝게도 그 본인이었다.

그것을 새까맣게 모르는 헤카테는 무심한 표정으로 마석에서 돌아섰다. 그 모습을 보고 다른 사제가 예의 바르게 웃으며 물었다.

"어떻게 할까요?"

헤카테가 담담한 어조로 되물었다.

"어떻게 하다니요?"

"그, 조치를 취해야 하지 않습니까? 어서 누군가를 파견하여 보호한다거나, 하다못해 이쪽으로 데리고 온다거나……."

"그가 이 마석을 탐내어 들어온 첩자인 줄은 어찌 알고?"

헤카테의 냉랭한 대구에 사제는 말을 잃었다. 그야 그럴 가능성이 있기야 하지만, 늘 인류애 넘치는 빛의 사제가 입에 담기는 너무 가혹한 가정이 아닌가…….

그런 사제를 향해 헤카테가 다시 말했다.

"마물들이 사람의 목숨까지는 빼앗지 못하도록 최소한의 조치는 취해 두었으니, 당장 구하러 가진 않아도 됩니다. 게다가……."

"게다가?"

헤카테가 갑자기 빙긋 웃었다. 그를 지켜보던 사제 모두가 넋을 잃거나 뒤늦게 정신을 차리고 한 발자국 떨어질 정도로 화사하고 아름다운 미소였지만, 한편으로 그들은 생각하지 않을 수 없었다.

'지금이 웃을 때인가?'

헤카테가 다시 말했다.

"저토록 마나가 부족함에도 기꺼이 이 숲으로 발을 들인 용기 있는 자입니다. 그런 자를 빛의 신께서는 무척 좋아하시지 않습니까."

왠지 듣고 있던 사제들을 무척 불안해지게 하는 말이었다. 그들이 어찌해야 하는지 몰라 갈팡질팡하던 그때, 헤카테가 덧붙였다.

"그러니 빛의 신께서 인도하시겠지요."

"예?"

"무슨 문제 있습니까?"

그렇게 말하며 더욱 화사하게 웃는 헤카테를 앞에 두고 그들은 아무 말도 못 했다.

어색한 침묵이 길어지자, 눈을 가늘게 뜬 헤카테가 입가에서 미소를 지우며 물었다.

"아니면…… 자비로우신 빛의 신께서 설마 저런 겁도 없이…… 용기 있는 자를 이 위험한 숲에서 계속 헤매도록 둘 거라는 말입니까."

"무, 물론 아닙니다! 하지만……."

사제들은 울 것 같은 얼굴로 눈빛을 주고받기 시작했다. 너 방금 헤카테 대사제님께서 '겁도 없이'라고 말씀하신 거 들었어? 난 들은 것 같은데. 몰라, 난 그냥 안 들은 걸로 할래.

그들 사이에서 눈빛으로 어지러운 대화가 오가는 가운데, 마침내 찾아온 침묵에 만족한 헤카테는 흥 하고 코웃음을 치며 팔짱을 꼈다.

마석을 내려다보던 헤카테가 중얼거렸다.

"단단히 고생 좀 시켜야지. 빛의 사제가 무료 봉사자가 아니라는 교훈을 얻을 무렵 데리러 가야겠어."

아무렴, 그 교훈을 얻게 될 사람이 지엔일 것이라고 헤카테는 상상도 못 했다.

헤카테가 문제의 겁도 없는, 아니, 용기 넘치는 사냥 대회 참가자를 구하러 가기로 결심한 것은 그의 곁에 동료 하나가 합류하고 나서였다.

점 하나가 합류하여 같이 움직이는 것을 보고 이제는 안심해도 되겠거니 생각했건만, 웬걸, 그 동료는 이 숲에서 거의 가장 적은 마나의 소유자였다.

그는 물론 수련을 시작한 지 얼마 되지 않아 몸에 쌓인 마나가 거의 없는 나세르였지만, 그 사실을 알 리 없는 헤카테는 '끼리끼리 만났군.' 하고 생각하며 혀를 찼다.

아무튼 둘이 함께 있어 봐야 마물을 상대하는 데는 쥐뿔도 도움 안 될 것이 분명하니, 드디어 구조에 나설 시간이었다. 한 번의 구조로 둘이나 되는 겁 없는 참가자들을 일망타진한다면 헤카테로서도 이득이었다.

"슬슬 구하러 가 봅시다."

마석을 주시하던 헤카테가 마침내 꺼낸 말에 주위 사제들은 안도의 한숨을 내쉬며 기도를 올렸다.

'빛의 신이시여, 하마터면 사제를 고르는 당신의 취향을 의심할 뻔했습니다.'

속으로 그런 불경한 말까지 하는 사제들에게 헤카테가 말을 이었다.

"황태자 전하께도 연락을 드릴 테니, 위치를 주기적으로 보고해 주세요."

"네, 알겠습니다!"

주변 사제들이 의욕적으로 대답하는 가운데 헤카테는 사제복을 휘날리며 빠르게 그 자리를 벗어났다.

인적이 드문 곳에 선 그가 귀걸이에 손을 가져다 대고 마력을 주입했다.

[전하.]

벨하르트는 말을 몰던 것을 멈추었다. 벨하르트의 옆을 걷던 로아나도 따라서 멈추었다.

그러자 뒤따르던 행렬도 일제히 정지했다.

어림잡아 열 명 정도 되는 무리였다.

어린 영식들은 고작 셋 정도로, 나머지는 전부 노련해 보이는 용병이나 전투 경험이 어지간히 많아 보이는 귀족이었다. 경험상 가장 생존 확률이 높고 안전해 보이는 무리를 골라 죽기 살기로 쫓아온 것이다.

과연 그들이 고른 것이 정답이긴 했다.

릭서만 제국 최고의 기사, 로아나 폰 발레노르. 본래 호전적인 데다가 벨하르트를 지켜야 한다는 사명감에 사로잡힌 그녀는 전투에 있어 몸을 사리지 않았다.

대신 그녀 못지않은 전투력을 지녔다 평가받는 벨하르트는 왜인지 검 한 번 꺼내지 않았지만, 로아나가 두 사람 몫을 충분히 해 주고 있으니 상관없었다.

게다가 이 무리에는 탁월한 실력자가 둘이나 더 있었다.

차기 마탑주 후보로 언제나 가장 먼저 거론되는 천재, 그러면서도 동시에 사교계의 총아, 참으로 세상 불공평하다 느끼게 하는 이 남자의 이름은 칼리스 릭서만 폰 루디나토. 황제의 조카이자 황태자의 사촌 동생이었다. 어쩌면 핏줄조차 불만을 표할 수 없을 만큼 완벽했다.

그리고 칼리스 만큼은 아니더라도 흠잡을 데 없이 고귀한 핏줄을 물려받은, 이제는 전설이 되어 버린 정령 가문 크레센트가의 후손, 발리아 폰 크레센트까지 있었다.

그녀가 다루는 물의 정령 덕에 일행들은 가는 내내 마기가 낀 안개 따위 걱정하지 않아도 되었다. 그들 주변만이 본디 모습인 가을의 숲의 모습을 되찾고 반짝이고 있었다.

벨하르트, 로아나, 칼리스, 발리아. 이렇게 네 사람이 이곳에 모여 있는 한 이 무리에 속한 사람들은 절대로 목숨 걱정을 할 필요가 없었다.

그들은 제발 이 무리가 와해되지 않기를 속으로 간절히 비는 한편, 만약 정말로 그렇게 될 경우 누구를 따라나서야 할지 치열하게 머리를 굴렸다.

'로아나 경? 안 돼, 그녀는 만일의 경우에 황태자 전하를 지키느라 우리는 죽게 내버려 둘 거야.'

'칼리스 공자? 그는 마법사라 방어할 수 있는 범위가 넓지만 그래 봐야 마법사, 주문을 영창할 동안 시간을 벌어 줄 수 있는 뛰어난 검사가 같이 있지 않은 한 쓸모가 없어. 로아나 경과 같은 무리에 있지 않은 한 오히려 짐만 되겠지.'

'벨하르트 전하? 철혈이라 불리는 그가 잘도 우리를 돕겠군. 지금 이 사냥 대회도 그의 생각인데, 그야말로 쓸모없는 자는 죽으라고 만들어진 대회 아닌가? 벼랑 끝에 우리를 몰아넣은 게 그인데 도와줄 리가.'

냉정하게 생각을 거듭할수록 그들 모두는 한 가지 결론에 도달했다.

그들은 벨하르트의 옆에서 느리게 걷고 있는 발리아를 선망 어린 눈길로 바라보았다.

그들 중 하나가 조심스레 말을 꺼냈다.

"저, 크레센트 영애."

발리아는 움찔하며 고개를 들었다.

"네?"

공연히 푸근한 미소를 지은 귀족이 대답했다.

"정령사의 존재 자체가 워낙 희귀하여 오늘에야 처음 정령술을 보았는데, 정말 신묘하군요. 마나가 많이 들지 않아 효율적인 데다

의사소통 능력을 갖고 있어 정찰할 수 있고, 정말 경이롭습니다. 어째서 축복받은 일족만이 쓸 수 있는 힘인지 알 것 같습니다."

아부에 가까운 찬사였다. 그러자 다른 이들도 질세라 황급히 말을 얹기 시작했다.

"맞습니다. 정말로 축복받은 일족에게 어울리는 힘이에요."

"덕분에 목숨을 구했습니다."

찬사를 쏟아 내는 한편, 그들은 흘긋흘긋 벨하르트의 눈치를 살폈다. 황태자가 스스로의 가치를 증명하지 못하는 사람을 누구보다도 싫어한다는 것을 알고 있기 때문이었다.

다행히 벨하르트는 별말이 없었다. 한편 발리아는 그들의 말이 생소한 듯 고개를 기웃거렸다.

그녀가 의아한 듯 물었다.

"여러분의 세계에서는 정령술이 그렇게까지 희귀한가요?"

초승달 숲에서 같은 일족들에게 둘러싸여 자란 그녀로서는 정령술이 희귀하다는 것을 알 도리가 없었다. 크레센트 가문이 전설 속 가문으로 다루어지는 것도 겨우 얼마 전에야 안 참이었다.

발리아가 긍정적으로 반응하는 듯하자, 찬사는 더욱 거세졌다. 그러자 발리아는 난처한 듯 얼굴을 붉혔다.

그 모습을 일행의 선두에서 지켜보는 이들이 있었으니, 칼리스와 로아나였다.

칼리스가 혀를 차며 말했다.

"불쌍한 녀석들. 빌붙는 것밖에는 하지 않으려고 들지. 저래서는 벨하르트의 눈 밖에 가장 먼저 날 텐데 말이야."

실제로 벨하르트가 아무런 말도 하지 않고 있는 것은 어디까지나 탈락자를 추려 내는 번거로운 과정을 줄이기 위해서였다.

별다른 이변이 없는 한 이 무리는 로아나와 칼리스, 발리아를 제하곤 모두 탈락하게 될 것이다.

그에 칼리스를 힐끗 본 로아나가 물었다.

"그러는 칼 오라버니는 혼자서도 이 숲에서 살아나갈 자신이 있나 봅니다?"

"물론이지! 로이와 함께라면 이 오라버니는 용암 속이라도, 바다 밑이라도 두렵지 않단다."

"혼자 가시지요."

너무해! 로아나의 냉정한 대답에 칼리스가 버럭 외치는 사이, 벨하르트는 귀에 낀 귀걸이에 마력을 주입했다.

그가 차분히 되물었다.

"헤카테 사제. 무슨 일인가?"

[예상치 못한 일이 발생했습니다. 숲에 마력을 전혀 지니지 않은 인물이 들어왔는데, 혹시 이에 대해 황태자 전하께서 명하신 바가 있습니까?]

"아니."

[황실 소유의 숲에 무단으로 들어온 것은 분명 처벌 대상이나, 제국의 법도가 사형은 아닌 줄로 압니다. 하여 일단 구조하여 신원을 확인하고 그 후에 처벌함이 옳을 듯한데, 사제 중에는 이 숲을 안전하게 쏘다닐 수 있는 이가 몇 없습니다. 하여…….]

"수색을 도우란 거군."

[부탁드립니다.]

벨하르트의 옆에서 칼리스가 고개를 쏙 내밀었다.

"왜? 무슨 일이래?"

"조난자가 발생했다는 모양이다. 마력이 전혀 없다는 걸 보아 민간인인 모양이군."

여전히 담담한 표정의 벨하르트에 반해 로아나와 칼리스의 안색은 갈수록 창백해졌다. 말이 끝나자마자 칼리스가 외쳤다.

"뭐야, 그거 엄청 큰일 아니야? 마력을 다룰 줄 아는 우리조차 몇 명씩 무리 짓지 않고는 혼자 다닐 엄두도 내지 못하는 판국인데."

그렇게 말하던 칼리스는 문득 언제 사라졌는지도 모를 나세르에게 생각이 미쳤다.

'그때 함께 사라진 사람이 없던 것을 생각하면 그 녀석은 지금쯤 혼자 숲을 헤매고 있을 텐데. 말은 도망치지 않았나 몰라.'

말까지 도망쳤다면 정말 꼼짝없이 맨몸에 검 하나 달랑 들고 있을 것이다.

'신전 밖에 나갈 일도 없는 견습 사제였으니 마물과 싸워 본 적도 없겠지. 그쪽도 좀 걱정인걸.'

쓴웃음을 지으며 생각하던 칼리스는 이윽고 고개를 휘휘 내저었다. 아니, 그래도 명색이 무투 대회 우승자인 그보다도 걱정해야 할 것은 민간인 쪽일 것이다.

그리고 고개를 든 칼리스가 말했다.

"구조대를 편성하자."

"제가 가겠습니다."

가장 먼저 나선 것은 로아나였다.

아무도 놀라지 않았다. 약한 것을 구하는 것은 기사의 본분이었고, 로아나는 그런 점에 있어 그 누구보다 충실했다.

더군다나 검사인 그녀는 대체할 만한 인재가 있었다. 바로 이제껏 전투는커녕 한 번도 검을 뽑지 않은 벨하르트였다.

'절대로 전하께 별다른 유감이 있어서 이러는 건 아니야.'

그렇게 생각한 로아나가 벨하르트를 돌아보며 말했다.

"전하, 부탁드립니다."

무리에 빌붙고 있던 떨거지들이 몹시 아쉬워하는 가운데, 칼리스도 냉큼 나섰다.

"나도 데려가."

"기각. 저는 검사지만 칼리스 님은 이 무리 중 유일한 마법사입니다. 그리고 저희 둘 중 하나는 남아서 벨하르트 전하를 호위해야지요."

"그래? 난 말이야, 벨을 지키는 데 따로 인력을 차출하는 것이야말로 가장 쓸데없는 일이라고 보는데."

입을 삐죽 내민 칼리스는 굳이 덧붙여 말했다.

"벨 전속 호위란 직책은 이 제국에서 제일가는 월급 도둑 자리야."

"말 다 하셨습니까?"

로아나가 살벌하게 눈을 빛내자, 칼리스가 두 손을 들어 올리며 '아니, 그냥 말이 그렇다는 거지…….' 하고 어물쩍 내뱉는 그때였다.

여태껏 팔짱을 끼고 두 사람의 싸움을 방관하기만 하던 벨하르트가 입을 열었다.

"나는 상관없다. 갈 테면 가라."

"하지만……!"

"마법사나 탐지 능력을 지닌 누군가 같이 있어야 탐색이 수월하겠지."

그렇게 말한 벨하르트의 시선이 다른 곳을 향했다. 로아나와 칼리스를 비롯한 이들도 따라서 고개를 돌렸다.

그들의 시선이 향한 곳은 자신에게 아부하는 이들을 상대하느라 한창 진땀 빼고 있던 발리아였다. 난처해하던 그녀는 자신에게 시선이 모인 것을 깨닫고 의아해하며 물었다.

"왜 그러시지요?"

칼리스가 턱을 매만지며 감탄한 듯 말했다.

"그래, 크레센트 영애가 있긴 하군."

"네?"

"허 참, 물의 정령은 정말이지 다재다능하다니까."

"그게 무슨 말씀이신지……."

의아한 표정으로 되묻는 그녀에게 로아나가 간단히 상황을 설명했다.

"조난자를 찾으러 가는 일인데, 마력도 없는 민간인 하나가 이곳 숲에 잘못 흘러들어 온 모양입니다."

"아……."

멍하니 탄식하는 발리아에게 로아나가 못 박듯 말했다.

"탐지 능력을 가진 사람이 필요한데, 정령은 그런 일에 아주 능하다고 알고 있습니다. 도움을 주실 수 있으십니까?"

보통이라면 아무도 받아들이지 않을 제의였다.

사냥 대회란 단순히 놀고 흥을 겨루는 자리가 아니라 성과 자체에도 대단한 의미가 있었다.

실제로 이 와중에도 마물들 시체에는 마물을 쓰러트린 사람의 표식이 달린 화살이나 깃털을 꽂아 두고 있었다. 사냥 대회가 끝나고 결과를 추산하기 위함이었다. 누가 가장 많은 마물을 쓰러트렸고, 최종 승자는 누구인지.

무투 대회 우승자만큼은 아니더라도 사냥 대회 우승자도 꽤 큰 관심을 받는다. 게다가 이런 특수한 환경에서의 사냥 대회임에야, 어쩌면 무투 대회 우승자보다도 더한 관심을 받을지도 모른다. 갑자기 사교계의 총아로 급부상한 촌구석 무지랭이(물론 나세르를 말하는 것이다)를 꺾을 수 있는 절호의 기회였다.

그러니만큼 로아나의 말을 들은 대부분은 '누가 굳이 구조대에 자원한단 말인가?' 하는 표정을 짓고 있었다.

그러나 로아나는 여전히 발리아에게 희망을 걸고 있었다. 그녀의 타고난 듯 따뜻한 성품. 하녀조차 친구로 삼을 정도로 열린 마음.

과연 발리아는 고개를 끄덕이며 한 걸음 앞으로 나왔다. 그러나 그때, 다른 이들의 호소가 그녀의 발목을 붙들었다.

"크레센트 영애! 영애께서 가시면, 저희 중 마나를 능숙하게 다룰 수 없는 자들은 어찌한다지요?"

"아······."

발리아는 주춤하며 걸음을 멈추었다. 그때를 놓치지 않은 이들이 이구동성으로 목소리를 키웠다.

"크레센트 영애! 부탁드립니다. 부디 무리를 떠나지 말아 주십시오."

"크레센트 영애마저 이 무리를 떠나신다면 저희는 어찌 될지 모릅니다."

그들과 눈을 마주친 발리아가 주저하듯 말했다.

"하지만, 저쪽에는 아예 마력을 못 쓰는 이가 있다고······."

"마나가 아예 없는 것을 보면 평민이 분명합니다! 크레센트 일족의 고귀한 피를 가지신 영애가 상대할 자가 아니지요."

"네? 하지만······."

난처한 표정을 짓고 있던 발리아가 이윽고 입술을 질끈 깨물며 돌아본 것은 다른 누구도 아닌 벨하르트였다.

그는 여전히 감흥 없는 눈빛으로 돌아가는 상황을 지켜보고 있었다. 그를 바라보던 발리아의 얼굴에 마침내 결심한 빛이 떠올랐다.

다시 로아나를 돌아본 발리아가 입을 열자, 예상 밖의 대답에 로아나의 눈이 커졌다.

"저는 남겠습니다."

"예?"

"여기에도 제 도움을 필요로 하시는 분들이 계시니까요."

그렇게 말하는 발리아는 못내 찝찝한 얼굴이었다. 그에 희망을 잃지 않은 로아나가 반박했다.

"발리아 님이 계시지 않아도 이들은 서서히 몸이 둔해질 뿐, 죽진 않을 겁니다. 하지만 저쪽은 죽을지도 모릅니다."

하지만 발리아는 어두운 낯을 하고서도 결코 의견을 굽히지 않았다.

"제 도움이 더 필요한 건 저쪽이라는 건 저도 알고 있어요. 하지만 저는 역할의 증명이 필요합니다."

"역할의 증명?"

"네."

결연히 고개를 끄덕인 발리아가 다시 벨하르트를 돌아보았다.

몇몇 이들은 꿈에서도 마주치길 두려워하는 금색 눈동자를 거리낌 없이 바라보며, 발리아가 말을 이었다.

"저는 황태자 전하께서 사냥 대회를 이런 특수한 환경에서 치르도록 한 것에 대해…… 반드시 어떤 이유가 있을 거라 짐작했습니다. 이유 없는 일을 하실 분이 결코 아니니까요. 아마도 이곳 환경과 비슷한 곳에서 어떠한 임무를 수행할 사람들을 뽑으려 하시는 거겠지요."

그 냉정한 분석에 로아나의 눈이 일순 흔들렸다.

'후작에게서 체스에 재능이 있다는 소리를 들을 때부터 명석하다는 것은 짐작했지만.'

상상 이상이었다. 문명과 차단된 숲에서 자라 정보를 받아들이는 데 무척 둔감할 줄 알았더니, 오히려 그 반대였다.

'이들 중 사냥 대회의 내막과 황태자 전하의 속내를 이토록 잘 꿰뚫고 있는 이가 과연 몇이나 될까?'

벨하르트가 표정이 없는 것이 천만다행이었다. 그렇게 생각하며 고개를 돌린 로아나는 칼리스의 표정을 보고 두통을 느꼈다.

'입 좀 닫으세요, 오라버니. 다 들키겠습니다.'

다른 이들이라면 모르겠지만 칼리스는 황태자의 사촌, 언질 정도는 받았음을 눈치채는 이들이 많을 것이다.

로아나가 이마를 짚는 사이, 발리아가 말을 이었다.

"그래서 저는 안개를 몰아내는 것으로 제 효용을 증명해야겠다고 생각했습니다. 제가 이런 환경에서 얼마나 도움이 될 수 있는지요."

"그럼 영애께서는."

한 박자 쉰 로아나가 조심스레 물었다.

"민간인 조난자를 구하는 것은 '도움'의 범위에 속하지 않는다고 생각하십니까?"

그에 발리아는 조용히 고개를 가로저었다.

"아니요. 다만 그런 일은 어디까지나 인공적으로 환경이 조성된 이곳에서나 가능한 일이라고 생각합니다. 이런 땅이 실제로 있다면, 민간인이 그곳에 섞여 들어오는 일 따위는 없겠지요. 그러니 그 일을 돕는 것으로는 저의 효용을 증명할 수 없습니다."

과연, 로아나는 납득했다. 발리아의 말에는 틀린 데가 하나도 없었다.

단 하나 문제가 있다면 정의의 문제. 북부의 땅에서는 일어나지 않을 일이라고 해서, 지금 저 민간인을 죽게 두어도 좋으냐는 것뿐이었다.

그러나 발리아는 잠시 흔들리는 듯하다가도 굳건한 목소리로 선언했다.

"저는 황태자 전하의 곁을 지켜야 하니까요."

그에 납득한 로아나는 눈을 가만히 내리감았다. 과연, 민간인보다 황태자의 안위를 중시할 수밖에 없는 것은 예비 황태자비로서 당연한 일.

'할 수 없지. 약자를 지키는 것은 정령사가 아닌 기사의 일이니까.'

검집에 넣었던 검을 다시 뽑은 로아나가 벨하르트를 향해 경례했다.

"다녀오겠습니다."

"칼리스를 붙여 주지."

"……배려에 감사드립니다."

조금 미간을 좁힌 로아나가 대답했다. 발리아가 올 수 없다면, 칼리스의 도움이라도 불가피하긴 했다.

칼리스가 그 표정은 뭐냐고 로아나에게 지적하고, 둘이 투닥거리며 길을 떠나는 모습을 발리아는 가만히 지켜보았다. 착잡한 듯한 그녀의 얼굴을 살피던 귀족들이 이윽고 용기 내어 한마디씩 건넸다.

"참으로 명민한 상황 판단이었습니다."

"아무렴요, 그깟 민간인 따위의 목숨이 우리들의 목숨에 비할 바입니까."

한 귀족 영식이 분위기도 못 읽고 잔뜩 거드름 피우며 뱉은 말에 발리아의 고개가 그쪽으로 향했다.

시선을 받게 된 그는 아차 했다. 그러고 보니, 발리아는 어제의 전야제에서 귀족들이 고작 하녀 따위를 무시한다며 화를 낸 전적이 있었다.

혹시 기분이 상한 것일까? 그는 혹시라도 발리아가 화를 내며 이제라도 로아나를 따라가겠다고 하지 않을까 조마조마했으나, 다행히 그런 일은 벌어지지 않았다.

다만 그녀는 착잡한 듯 시선을 내리깔며 말했다.

"그런 말씀은 삼가세요. 목숨은 누구에게나 중하니까요."

"이런, 영애를 불편하게 했다면 죄송합니다."

"아니요, 다만 생각하고 있었어요."

그렇게 말하는 발리아의 눈이 조금 어두워졌다.

"스스로에게 목숨을 지킬 힘이 없을 때, 그런 힘을 가진 사람들의 판단에 따라 그 목숨이 좌우되는 것은 어쩔 수 없군요."

낮은 목소리로 말하는 발리아를 선두의 벨하르트가 표정 없이 응시했다.

잠시 후, 그가 다시 일행들을 돌아보며 말했다.

"출발하지."

*   *   *

황태자 일행에서 떨어져 나온 즉시 칼리스와 로아나는 거침없이 말을 몰아댔다. 그들이 서두를 이유는 충분했다.

벨하르트가 사제들로 하여금 마물들이 인간의 목숨까지는 뺏지 못하도록 금제를 걸었다고는 하나, 어디까지나 마력을 가진 인간을 기준으로 한 금제였다. 민간인의 경우 가벼운 주먹 한 방에도 죽지 말란 법이 없었다.

게다가 숨 쉬는 즉시 코를 통해 침투하는 마기 또한 문제였다. 만에 하나 숲에 들어온 민간인이 노약자나 어린이라면, 지금쯤 마기에 노출된 것만으로도 목숨이 간당간당할지도 몰랐다.

급하게 말을 몰던 로아나는 칼리스의 물음에 고개를 돌렸다.

"발리아 영애에 대해서 말이야. 어떻게 생각해?"

"갑자기 무슨 말씀입니까? 지금 저희에겐 그런 잡담을 나눌 시간이 없습니다."

로아나의 단호한 대답에도 아랑곳하지 않고 칼리스가 다시 말했다.

"그러지 말고 말해 봐. 어떻게 생각해? 로이 네가 보기에는 그녀가 아직도 세상 물정 모르는 소탈한 영애인가?"

"······."

칼리스의 진지한 표정을 통해 그가 진심이란 것을 깨달은 로아나는 눈빛을 가라앉혔다. 다시 정면을 돌아본 그녀가 대답했다.

"설마요. 제가 그렇게 눈치 없어 보입니까?"

"뭐? 나는 로이가 검 말고 뭘 잘하는 걸 본 적이 없는데."

잠시 찾아온 침묵 속에서 칼리스가 눈치 없이 웃어대며 말했다.

"어라, 생각해 보니 나세르 녀석도 똑같은데. 이거 완전 천생연분······."

그때, 입술을 꽉 깨물며 단숨에 칼리스의 옆으로 말을 몬 로아나가 그의 말 옆구리를 세게 걸어차 버렸다.

깜짝 놀라 날뛰는 말 위에서 칼리스가 바짝 엎드리며 외쳤다.

"미안해, 로이, 미안해!"

"이런 상황에서도 말 같지도 않은 소리를 하니까 말이 대신 혼나는 겁니다."

"로이, 방금 그거 농담이야? 재미없었어."

"……."

"살려 주세요."

대공가 자제의 체신 따위 버리고(원래부터 없긴 했지만) 목숨을 구걸한 끝에 칼리스는 다시 말 등에서 허리를 펴고 있을 수 있게 되었다.

다시 고삐를 당기며 로아나가 말했다.

"확실히 처음 생각한 것과는 전혀 다르더군요. 오히려……."

"오히려?"

"그녀는 오히려 누구보다도 민간인, 또는 약자에게 공감을 못 하지 않을까. 저는 그런 생각을 했습니다."

미간을 찌푸린 로아나가 말을 이었다.

"그녀는 크레센트 일족 중에서도 오랜만에 태어난 정령사니까요. 정령사의 힘이야말로 태어나면서부터 부여받을 수 있는 가장 강한 힘, 그야말로 절대적인 권력에 가깝지 않을까요? 즉, 그녀는 태어나면서부터 선택받은 자였지요."

"흐음."

"물론 그녀는 제 요청에 흔쾌히 민간인을 구하러 가겠다고 말했습니다만…… 그런 것치고는 포기가 빨랐지요. 그리고 결정을 마쳤을 때, 그에 대해 망설임이라곤 없어 보였습니다."

잠시 고개를 기울이고 있던 칼리스가 대답했다.

"요컨대 이런 거지? 그녀는 언제나 '힘이 없는 쪽'이 아니라 '힘을 가진 쪽'이었고, 자기 힘을 어디에 쓸지 결정할 권리가 자기에게 있다는 것을 알고 있고 그걸 당연하게 여긴다. 심지어 기사나 귀족의 의무조차 그녀에게는 전혀 고려의 대상이 되지 않는다."

"공감 능력이라곤 없는 오라버니께서 용케 비슷하게 맞추셨군요. 부디 여심을 헤아리는데도 그 마음을 써 달라고 하고 싶습니다만."

"로이, 난 늘 여심을 헤아리는 데 하루 시간 대부분을 쓰고 있다고. 이거 왜 이러실까."

"그게 자랑이십니까?"

투덕투덕 이어지던 그들의 말이 별안간 뚝 멈췄다.

잠시 땅을 뚫어져라 응시하던 로아나가 말에서 뛰어내렸다.

칼리스가 몸을 굽히며 물었다.

"로아나, 왜 그래?"

"아래를 보세요."

그에 마찬가지로 아래를 내려다본 칼리스가 헉 하고 숨을 집어삼켰다.

지금까지 봐 온 발자국들, 인간의 것보다 조금 큰 오크 발자국이나 고블린 발자국과는 전혀 격이 달랐다. 육중한 무게를 자랑하듯 깊이 찍힌 그것은 다름 아닌 사자의 발자국이었다.

그러나 마기가 넘치는 이 숲에서는 평범한 맹수들조차 버틸 수 없으므로, 그것이 사자가 아닌 마물의 발자국이란 것을 깨달은 로아나와 칼리스의 얼굴이 일제히 창백해졌다.

만티코어.

노인의 얼굴, 사자의 몸뚱이, 뱀의 꼬리를 가진 괴수 중의 괴수였다. 북부에서도 특히 깊은 곳이 아니면 서식하지 않는데, 운 나쁘게 잡혀 이곳에 틀어박혔으니 화가 나도 단단히 났을 것이다.

'정말 사제들의 금제가 이런 마수에게조차 통한단 말이야?'

로아나는 입술을 깨물었다. 자신조차 칼리스 없이 혼자 맞닥트린다면 승패를 장담할 수 없는 마물인데.

황태자 전하께서는 어쩌자고 이런 마물을 풀어 둔 건지……. 그렇게 뇌까리며 발자국을 다시 들여다본 로아나가 작게 신음했다. 그녀가 중얼거렸다.

"미치겠군."

"왜?"

고개를 쑥 들이민 칼리스에게 그녀가 발자국 안을 가리켰다.

"발자국 안에 사람 발자국이 두어 개 더 패여 있어요. 보입니까?"

무릎을 꿇고 살피던 칼리스가 눈을 크게 떴다.

과연 발자국 두 쌍이 찍혀 있었다. 만티코어는 발자국을 보거나, 혹은 냄새를 맡고 이들을 따라간 것이 분명했다.

이거 일이 더욱 급박하게 돌아가는데. 그렇게 중얼거린 칼리스가 발자국의 모양을 가늠하고 눈을 가늘게 떴다.

'발자국 하나는 남자의 것이고, 다른 발자국은…….'

마법사는 천재만 될 수 있다는 말이 틀린 것은 아니라서, 칼리스는 종종 쓸데없는 것까지 자세히 기억하는 경우가 있었다.

그리고 이번에는 그 쓸모없는 기억력이 모처럼 빛을 발했다. 칼리스가 불쑥 깨달은 표정으로 외쳤다.

"황성 시녀의 신발 발자국인데. 황성 시녀가 여기에는 왜 들어왔지?"

"이젠 신발 자국만 보고도 어느 계급 여자인지 아시는 겁니까? 이번에는 도움이 되었으니 별말은 더 안 하겠지만……."

어이없다는 듯 중얼거리던 로아나가 다시 생각했다.

그럼 숲에 들어온 민간인이란 건 바로 그 황실 시녀겠군. 우연히 그녀와 마주친 누군가가 그녀를 보호하다가, 함께 만티코어에게 습격당하게 된 상황……. 아니, 어쩌면 이미 습격당했을지도.

몸을 휙 일으킨 로아나가 말에 올라타며 말했다.

"칼 오라버니, 어서 서두르죠. 만티코어라면 참가자들 중 누구라도 혼자서는 결코 상대 못 해요."

"아, 그래."

"더군다나 몸에 마기가 가득 찬 민간인을 보호하기까지 하면서 싸워야 한다면."

그렇게 말한 로아나가 미간을 좁히며 다시 고삐를 당겼다.

*　　*　　*

나세르와 세실, 두 사람이 위화감의 정체를 깨달은 것은 지엔과 동행하고도 한참이 지난 후의 일이었다.

그때 지엔은 한창 배가 고파 오던 참이었다.

그도 그럴 게 난데없이 숲 속에 버려져 한참을 정처 없이 걸은 데다, 마물들과 생전 잡아 본 적이 없는 활로 전투까지 치렀으니.

배가 고프지 않으면 그게 더 이상한 일.

지엔은 희망 없이 주머니를 뒤적거렸다. 뭐 없나?

이윽고 손에 딱딱한 것이 닿자 그녀의 얼굴이 환해졌다. 부엌에서 그제인가 먹다 남긴 빵이었다.

사람이 죽으란 법은 없구나! 신께서 벨하르트를 내리고 미리엄까지 내리사, 사람 죽으라는 줄 알았더니 빵 한 조각 줄 정도의 인심, 아니, 신심은 있으셨나 보다.

'부디 이것이 마지막 만찬이 되지 않게 해 주세요.'

백작 저에서의 습관대로 기도를 마친 지엔은 희희낙락하며 빵에 대고 입을 벌렸다.

그러던 찰나, 앞서 걷는 나세르의 모습이 지엔의 눈에 들어왔다. 그는 지엔을 위해 보다 위험한 전방을 자처하고 나섰다.

그를 보던 그녀의 눈이 가늘어졌다.

'그러고 보면 공자님도 나만큼이나, 아니, 아침에 사냥 대회가 시작되었으니 나보다도 오래 이 숲에 계셨겠구나.'

게다가 지엔은 원거리 무기지만, 나세르는 단거리 무기, 휘두르랴 베랴 구르랴 지엔보다도 체력 소모가 막심했을 것이다. 아마 그도 지금쯤 잔뜩 허기져 있겠지.

아까 자신을 품에 안으며 괜찮다고 자꾸만 말하며 달래던 그의 모습이 떠올라 눈앞이 조금 흐려졌다.

지엔은 감동한 표정 그대로 빵을 입에 다시 가져가 댔다.

'보이지 않으면 원하지도 않는 법. 아예 없던 빵이라고 생각하게 해 드리자.'

그렇게 결심한 지엔은 빵을 입 안 가득 한 번에 구겨 넣었다. 세실이 그 모습을 보고 얼굴을 창백하게 물들인 것은 물론이었다.

'지엔, 뭐 하는 거야?'

나세르가 갑자기 뒤를 돌아본 것은 그때였다. 나세르와 마주친 지엔의 눈이 커졌다.

갑자기 나세르가 어깨를 잡는 바람에 그녀는 기겁했다.

'내 빵.'

나세르가 돌아보기 직전에 간신히 삼키긴 했으나, 너무 놀라는 바람에 목에 걸려 다시 튀어나오기 일보 직전이었다.

눈을 크게 뜨고 두 손으로 입을 틀어막는 지엔을 본 나세르가 다급히 물었다.

"지엔, 괜찮나? 역시 숨쉬기가 힘든 건가?"

'네? 갑자기 제 숨이 왜요?'

지엔은 그렇게 생각했으나 입 밖으로 내뱉을 수 없었다. 그랬다간 빵가루가 나세르의 얼굴로 분수처럼 쏟아져 나갈 것 같았기 때문이다.

'그랬다가 나세르 님이 급기야 나 몰라라 하고 나만 버리고 숲을 빠져나가 버리시면 어떡해?'

물론 천하의 나세르가 그럴 리 없었으나, 지엔은 멋대로 그를 자신과 동일 선상에 놓았다.

지엔은 필사적으로 빵을 목구멍 안으로 욱여넣었다. 그 와중에도 나세르는 그녀의 어깨를 자꾸만 흔들어 댔다.

"지엔, 괜찮나? 지엔! 이런, 말하기조차 힘든 건가?"

한편 그 무렵에야 세실 또한 나세르가 걱정하고 있는 것이 무엇인지를 깨달았다. 그가 얼굴이 창백해진 채 중얼거렸다.

"이런. 왜 진작 생각하지 못했지?"

북부 마물의 땅과 똑같은 환경이 되도록 조성된 숲. 마기로 가득 찬 보라색 안개가 마나가 없는 보통 사람의 몸에 치명적인 악영향을 주는 것은 당연한 일!

지금쯤 호흡 곤란이 일어나거나 온몸이 마비되어도 이상하지 않은데, 지엔은 지금까지 멀쩡히 돌아다니고 있었다.

'하지만 이 핑계라면 드디어 보고할 수 있어. 그러면 지엔을 일단 이 숲 바깥으로……'

그렇게 생각하며 세실이 귀걸이 위에 손을 올리는 가운데, 아래에서 지엔이 갑자기 토할 듯 기침을 해댔다.

그 모습에 세실과 나세르가 다시금 화들짝 놀랐다.

'이런, 마기가 드디어 지엔의 몸에 악영향을 끼치기 시작한 건가?'

방금 지엔이 하는 양을 모두 지켜본 세실조차 그렇게 오해하는 가운데, 지엔이 기침 때문에 눈물이 글썽글썽해진 눈으로 나세르를 올려다보았다.

"고, 공자님."

그렇게 말하는 지엔의 입술에는 흰 가루가 덕지덕지 붙어 있었다. 그 정체는 물론 빵에 사용된 최고급 밀가루였으나, 이미 지엔이 아프다고 믿고 있는 나세르에게 그런 사실이 들어올 리 없었다.

"콜록, 커헉!"

미친 듯이 기침을 해대는 지엔을 두고 안절부절못하던 나세르가 갑자기 지엔을 번쩍 들어 업었다.

"고, 공자님?!"

"이 숲은 지금 북부 마물의 땅과 같은 환경이야!"

"네?!"

"숨만 쉬어도 평범한 사람은 몸에 마기가 침식해 얼마 살지 못한다는 뜻이다. 젠장, 내가 안일했어."

스스로를 탓하며 표정이 어두워지는 나세르를 올려다보던 지엔의 표정도 따라서 어두워졌다. 그러나, 그녀의 머릿속에 떠오른 것은 이대로 죽으면 어떡하지 하는 걱정 따위가 아니었다.

'나 완전 멀쩡한데? 나세르 님 뭔가 잘못 알고 계신 거 아니야?'

왜, 이를테면 이 안개는 단순히 보랏빛 염료를 푼 거라던가…….

지엔이 더 생각할 겨를도 없이 그녀를 업은 나세르가 빠르게 뛰기 시작했다.

그러면서 그가 크게 외쳤다.

"누구 없나!!"

이 숲에 마물들이 득시글한 것을 생각했을 때 이건 미친 짓이었다. 완전히 나 잡아먹어 줍쇼 하는 것과 다름이 없었다.

포식자들과 피식자들이 구분 없이 뒤섞여 어느 하나 소리 내길 거부하던 침묵의 질서를, 피식자에 불과한 나세르가 뒤흔들다니.

그런 그의 행동에 그의 등에 업혀 있던 지엔이 비명처럼 외쳤다.

"공자님! 그러다간 이 숲의 마물들이 전부 몰려올 거예요. 저 정말 괜찮아요!"

"거짓말하지 마라. 그럴 리 없잖은가."

'아니, 진짜인데.'

빵 먹다가 사레들린 건데요. 하지만 그렇게 말해 봤자 지금 나세르의 반응으로 봐서는 믿지도 않을 것 같았다.

아니, 도대체 어쩌다가 상황이 이렇게 된 거지? 머리를 쥐어뜯는 지엔을 업고 있던 나세르는 생각했다.

'방금까지만 해도 누구도 아닌 내가 지엔을 발견해서 다행이라고 생각했는데.'

어쩌면 자신이 검술에 재능을 타고난 것도, 마나를 다룰 수 있게 된 것도 다 이 자리에서 그녀를 구하기 위해서였는지도 모른다는 생각조차 했었다.

하지만 아니었다. 다가온 위기 앞에 그는 여전히 무력했다.

'지엔을 발견한 사람이 사제인 헤카테였다면. 하다못해 마법사인 칼리스나 물의 정령을 다룰 수 있다는 발리아 영애이기만 했어도.'

이제 막 마나를 깨우친 햇병아리에 불과한 나세르가 지엔의 몸속 마기를 밀어내는 방법 따위를 알 리 없었다.

그는 다시 이를 악물었다.

'방금까지만 해도 그녀를 만나서 너무 기쁜 나머지 안심하라고, 지켜 주겠다고, 걱정하지 말라고, 그런 말이나 해놓고선. 죄다 지킬 수 없는 말뿐이지.'

그런 자신이 한심한 나머지 지엔을 안은 그의 팔에 힘이 좀 더 들어갔다.

도대체 얼마나 노력해야 모든 위험으로부터 지엔을 지킬 수 있을까? 도대체 얼마나 더 노력해야.

'내겐 정말 헤카테의 말대로 자격조차 없는 것일까?'

그리고 그의 뒤통수를 바라보던 지엔은 생각했다.

'차라리 여기에서 정말 숨이 안 쉬어진다며 기절이라도 하고 싶네.'

저렇게까지 걱정하는데 이렇게까지 멀쩡하다니, 정말 환장할 노릇이다…….

지엔이 그렇게 생각하던 그때, 나세르는 더욱 목소리를 높여 주위 사람들을 찾았다. 그에 기겁한 지엔이 외쳤다.

"공자님! 저 정말로 괜찮아요. 그러니 이제 그만……."

바로 그때였다. 갑자기 쿵 하고 지면이 흔들리며, 우르르하고 돌 같은 것이 쏟아지는 소리가 들렸다.

잠시 휘청하다가 재빨리 뒤를 돌아본 나세르의 눈이 커졌다.

그것도 잠시, 각오한 듯 쓴웃음을 지은 그가 말했다.

"얼마 부르지도 않았는데 가장 큰 게 왔군."

"저, 저게 뭔데요? 공자님."

지엔 또한 눈앞의 형상을 보며 눈을 동그랗게 떴다.

몸은 사자의 모습이었다. 그러나 갈기에 둘러싸인 자리에는 사자의 얼굴 대신 주름 가득한 노인의 얼굴이 있었다.

그만한 나이면 이빨은 없어야 할 테지만, 유감스럽게도 송곳 같은 이빨이 잇몸 안을 가득 채우고 있었다. 이곳에 오기 직전 무언가를 물어뜯은 듯 새빨갛게 물들어 위협적이었다.

꼬리가 있어야 할 자리는 뱀 세 마리가 서로를 노려보거나 싸우며 쉭쉭거리고 있었다. 어느 모로 보나 범상치 않은 생김새였다.

본능적으로 얼어붙은 지엔의 앞에서, 나세르가 중얼거렸다.

"만티코어다."

"만티코어?"

지엔은 멍하니 그 이름을 읊조렸다.

지엔도 소문으로 들어 대강은 알고 있었다. 북부 땅 깊은 곳에 산다는 최강의 마물! 자기 눈으로 직접 본 이도 얼마 되지 않을 텐데, 어째서 그런 것이 다른 곳도 아니고 이곳 황실의 숲에 떡하니 있는 건지.

나세르가 지엔을 땅에 내려놓았다. 얼떨결에 지면에 발이 닿은 그녀가 의아하게 나세르를 올려다보자, 그는 결연히 말했다.

"지엔, 도망쳐라."

"네?"

지엔은 경악했다. 앞서 말했듯이 만난 이가 거의 모두 죽은 탓에 전설 속에나 나올 법한 마물이었다. 그런데 아무리 검술이 뛰어나다고는 해도 이제 막 마나를 깨우친 나세르가 혼자 남아서 뭘 어쩌겠다고!

지엔은 나세르의 팔을 다급히 잡아당겼다.

"공자님, 저희 어서 도망쳐요. 아직 저희한테 달려들지 않고 있으니까……. 얼른."

"만티코어는 본능에 따라 사냥감을 고르고 있는 것뿐이야. 우리가 등을 돌리는 즉시 추격할 거다."

"그런."

"적어도 한 명은 이 자리에 남아야 해."

"그럼 제가!"

'아무리 생각해도 빵 한 조각 때문에 이런 상황을 만든 건 나인데, 왜 나세르 공자님이.'

지엔은 그래도 그렇게 생각할 양심 정도는 있었다. 절대로 백작가 삼남과 대공가 후계자에 이어 황태자까지 적으로 돌린 이 삶에 절망한 것이 아니라.

그러나 나세르는 지엔을 뒤로 물러나게 하며 다시 말했다.

"지엔, 도망치라고 했다."

"싫어요! 공자님이 왜 제 대신……."

그렇게 외치는 지엔을 기어이 뒤로 밀친 나세르가 먼저 앞으로 달려 나갔다.

감사하게도 아직 덤벼들지 않으니 숨죽이고 있어도 모자랄 판에, 제 발로 마물에게 뛰어드는 그의 모습을 보며 지엔은 눈을 홉떴다.

한편, 나세르의 만행에 기어이 만티코어도 첫 상대를 나세르로 정했다. 촘촘한 이빨을 드러내며 앞발을 뻗는 만티코어의 모습에 지엔이 다시 외쳤다.

"공자님!!"

"어서 도망쳐! 내 목숨을 헛되이 하고 싶은 건가!"

나세르의 마지막 말이 지엔의 귀에 와 박혔다.

'목숨'.

확실히 이곳에 자신이 남아 봐야 둘이 함께 죽을 뿐이다. 그렇다고 자신의 미약한 힘으로 나세르를 도와 봐야 승리를 점칠 수는 없는 상황.

그렇다면 차라리 이곳에서 벗어나 원군을 부르는 것이 어느 모로 보나 합리적인데도, 지엔은 차마 걸음을 뗄 수 없었다.

'왜?'

지엔은 입술을 꾹 깨물었다.

'어쨌건 제 발로 만티코어에게 뛰어들기로 한 건 나세르 공자님이고, 그가 내가 도망치길 원하기까지 하니 그렇게 하는 게 맞는데 왜?'

생각은 길지 않았다. 눈빛을 가라앉힌 지엔은 획 뒤돌아 수풀 속으로 뛰어들었다.

그 모습을 본 나세르가 안도의 한숨을 쉴 새도 없이 만티코어와 앞발이 그에게 날아들었다.

그는 반사적으로 검날을 세워 만티코어의 앞발을 막았다. 그런데도 두꺼운 앞발은 검날 너머로 믿을 수 없이 강한 충격을 선사했다.

"크윽."

신음을 삼키며 검을 고쳐 쥐는 나세르를 내버려 두고, 세실은 지엔이 뛰어간 방향으로 향했다.

　얼마 가지 않아 맞닥트린 그녀는 아니나 다를까 전혀 엉뚱한 곳에서 헤매고 있었다. 그 모습에 관자놀이를 짚은 세실이 중얼거렸다.

　'안 되겠어. 황태자 전하께 보고드리려고 했지만⋯⋯.'

　세실이 지켜본바, 이상하게도 지엔은 마기에 전혀 영향을 받지 않은 듯한 모습이었다. 마나가 없는 일반인이라면 지금쯤 가슴께를 움켜쥐며 진작 쓰러졌어도 이상하지 않은데.

　하지만 그것이 튼튼한 몸 때문에 마기의 침식 속도가 남들보다 느려서 생긴 착각일 뿐이라면? 그럴 가능성을 완전히 배제할 수는 없었다.

　'감시 대상이 죽는 것보다는, 살아 있는 편이 감시를 계속할 수 있으니 황태자 전하께서도 이해해 주실 거야⋯⋯.'

　애써 자신의 행동을 합리화하며 세실은 지엔의 앞에 뛰어내렸다.

　높은 나무에서 뛰어내리면서도 세실은 낙엽 부스러지는 소리조차 내지 않았다. 머리카락을 흔드는 미풍에 무심코 뒤를 돌아본 지엔의 눈이 커졌다.

　검은 복면을 입고 두건까지 쓴 날씬한 체구의 소년이 쉿 하고 입술에 손가락을 가져다 댔다.

　다시 입술에서 손가락을 뗀 그가 속삭였다.

　"따라오세요. 숲 바깥까지 제가 안내하겠습니다. 본래는 당신의 앞에 이렇게 모습을 드러내는 것 자체가 규정 위반이니, 이 일은 비밀로 해 주세요."

복면을 더욱 깊게 눌러쓰며 그렇게 말한 세실은 지엔의 대답에
눈을 동그랗게 떴다.

"뭐라고요?"

"저를 공자님이 계신 곳으로 다시 데려다주세요."

두 주먹을 말아 쥔 지엔이 결연하게 말했다. 그래 봐야, 분명히
방금 그녀가 제 발로 나세르를 떠나는 것을 똑똑히 목격한 세실로
서는 그저 의아해질 뿐이었다.

고개를 살짝 기울인 그가 생각했다.

'내가 자기 주인을 버렸다는 사실을 책잡기라도 할까 봐 그러나?
아니, 전혀 그렇지 않은데.'

오히려 세실은 지엔의 행동을 보며 이성적이며 명민한 판단이라
고 드물게 칭찬까지 했었다. 그런데 갑자기 나세르에게 다시 돌아
가겠다니, 어째서?

정신을 차린 그가 다시 말했다.

"당신이 돌아가 봐야 할 수 있는 일은 아무것도 없어요. 당신도
그 사실을 알기 때문에 도망쳐 온 게 아닌가요?"

지엔은 주먹을 부들부들 떨며 대답했다.

"아, 알아요. 하지만…… 그래도 가야겠어요."

"도대체 왜요?"

"그건……."

지엔은 차마 처음 본 복면인에겐 할 수 없는 말을 입 속으로 삼켰
다.

'나세르 님과 다음 생에서까지 얽히고 싶지 않아!'

만약 나세르가 정말로 만티코어란 그 괴수에게 죽기라도 한다면? 그렇다면 지엔은 이번 생에서 전생의 죄업을 갚기는커녕, 그에게 더욱 신세만 진 꼴이었다.

'다시 죽어서 마주 서게 됐을 때 모든 기억을 되찾은 나세르 님이 날 도대체 어떤 눈빛으로 보실까? 또 신이 날 보는 눈빛은 어떻고…….'

재활용도 안 되는 구제불능의 쓰레기!

분명 둘의 눈빛은 그렇게 외치고 있겠지.

어쩌면 신은 지엔 같은 인간은 다시 태어나 봐야 아무것도 속죄할 수 없다며, 그녀에게서 환생할 기회마저 박탈할지도 모른다…….

'안 돼!'

다시 고개를 든 지엔이 외쳤다.

"저, 저는 아무튼 공자님께 다시 돌아가야겠어요. 그러니 도와주시지 않을 거면 적어도 방해라도 하지 마세요!"

그렇게 외친 지엔이 활과 화살을 다시 챙기기 시작했다. 그 모습을 보던 세실은 고개를 기울이며 생각했다.

'그래 봐야 만티코어의 가죽엔 화살 따위 전혀 통하지 않을 텐데. 하물며 마나도 쓰지 못함에야…….'

그렇게 생각하던 세실의 얼굴이 문득 굳었다. 어?

하지만 세실이 본 바로는, 이미 지엔은 마나를 담지 않은 화살로 벌써 몇이나 되는 마물들을 해치워 왔지 않은가?

'잠깐, 그게 가능한 일인가?'

세실이 심각해진 표정으로 중얼거렸다.

이 숲에는 제국 기사단이 힘겹게 공수해 온 북부의 마물들뿐.

만티코어뿐만 아니라 하급 마물들조차 마나가 담긴 공격이 아니면 통하지 않는다. 그렇지 않았더라면 굳이 황태자가 사냥 대회 참가 자격에 '마나를 사용할 수 있을 것'이라고 제한을 두지도 않았을 것이다.

'그런데 지엔의 공격은 어째서 먹힌 거지?'

그러나 지금은 그런 고민에 빠져 있을 때가 아니었다. 세실은 손을 뻗어 계속 고집부리는 지엔의 손목을 잡아당겼다.

이대로 그녀를 데리고 숲 바깥으로 향하려던 세실의 얼굴이 굳었다.

'이게 대체……. 그림자단인 내가 힘에서 밀리다니?'

온갖 특수 훈련을 거쳐 온 세실의 힘은 성인 남자의 다섯 배에서 열 배까지도 너끈히 넘볼 수 있었다. 그런데도 밀릴 정도라니?

세실의 끌어당김을 버티던 지엔은 결국, 그를 떨쳐내는 데 성공하고 돌아섰다.

얼마 가지 않아 뛰기 시작하는 지엔의 뒷모습을 멍하니 보던 세실은 결국 귀걸이에 손을 가져다 댔다.

'마나를 사용한다면 지엔을 숲 밖으로 데리고 갈 수 있겠지만, 그래 봐야 원망을 살 뿐이겠지. 그러면 지엔이 내 존재를 비밀로 해 달라는 부탁을 들어줄 리 없고.'

그녀를 숲 밖으로 데리고 갈 수 없다면 그녀를 숲 속에서 구해 줄 사람을 부를 수밖에…….

과연 그가 정말로 구원자가 될지, 아니면 다른 무엇이 될지 세실로서는 확신할 수 없지만, 어차피 고용된 처지인 이상 다른 선택지는 없었다.

침묵 속에서 잠시 기다리던 세실이 말했다.

"대장. 바쁘신 것을 알고 있지만 연락드립니다. 감시 대상의 동향에 큰 변화가 있어 보고하지 않고 넘어갈 수 없었습니다."

[뭐지?]

다행히 벨하르트는 곧바로 대답해 왔다. 오래 준비해 온 선발전 중이니 그냥 넘어가실지도 모른다고 생각했건만.

역시 그림자단 중의 한 명을 붙여 둘 정도면 지엔에게 꽤 신경을 쏟고 있음이 틀림없었다. 도대체 왜 그러는지 이유는 모르겠지만.

하지만 오늘을 통해 비로소 알 수 있을 것 같다고도 생각하며, 세실은 대답했다.

"감시 대상이 사냥 대회 중인 숲 속에 들어왔습니다. 들어온 지세 시간이 지나는 동안, 그녀는……."

총 여섯 마리의 마물을 쏘아 죽였고, 마기에도 전혀 침식지 않은 듯한데, 마나를 갖지 못한 그녀가 이런 일을 할 수 있다는 건 너무나 이상한 일…….

그렇게 말하려던 세실은 말을 자르고 들려오는 벨하르트의 말에 눈을 동그랗게 떴다.

[숲에 흘러들어 온 마나 없는 민간인이 그녀였나.]

"아, 구조대를 이미 편성하셨습니까? 그렇다면……."

[나도 그곳으로 가겠다.]

간격 없이 흘러나온 말에 세실의 얼굴이 다시 흐트러졌다. 그가 망연히 되물었다.

"네?"

[어디지?]

"하지만 대장님. 워, 원정대 선발은 어찌하시고……"

[네가 신경 쓸 바가 아니다. 위치나 말하도록.]

단정적인 말에 이어 말머리를 돌리라는 소리까지 들렸다. 자신의 일행들에게까지 명한 이상 그는 어떻게든 이곳으로 올 터였다.

물론 벨하르트가 직접 온다면 지엔의 안전은 그 무엇보다 확실해지겠지만…….

'난 아직 지엔이 왜 수상한지에 대해서도 설명하지 못했는데.'

세실이 어안이 벙벙하게 중얼거리던 찰나, 벨하르트의 물음이 다시 들려왔다. 세실은 좌표를 표시하는 마법 물품을 꺼내 확인한 좌표를 읊었다.

통신이 뚝 끊긴 것을 확인한 세실은 침묵 속에서 멍하니 남겨져 있다가 정신을 차렸다. 그가 다시 허둥지둥 몸을 틀었다.

"지엔……! 그새 어딜 간 거야?"

멀지 않은 곳에서 지엔은 여전히 씩씩하게 걸음을 옮기고 있었다. 방향이 나세르가 있는 곳과 정반대라는 게 문제라면 문제였다.

물론 지엔은 지금 자신이 향하는 곳이 나세르가 있는 곳이라 진심으로 믿어 의심치 않았다.

"아까 그 사람은 뭐야? 처음부터 다 지켜본 것 같던데. 그러면서 왜 이제야 나타난 건지. 또 나세르 님은 도와주지도 않고…….”

투덜거리던 지엔은 문득 고개를 들었다. 아차, 방해나 하지 말라고 할 게 아니라 함께 나세르 님께 돌아가자고 해야 했는데. 그럼 적어도 새로운 미끼가 둘…….

'안 돼. 전생의 죄를 갚진 못할지언정 새로운 죄를 짓진 말자.'

그 복면 쓴 사람과도 다음 생에 만나기 싫으면…….

머리를 쥐어뜯으며 우는 소리를 내느라 지엔은 바닥에 뭔가가 있다는 것을 보지 못했다.

“아으윽.”

콰당 넘어진 지엔이 신음했다. 까진 무릎을 감싸며 울상을 짓던 것도 잠시, 자신을 넘어지게 한 범인을 확인한 지엔의 이마가 좁아졌다.

“응……? 이게 뭐야, 검?”

금색으로 장식된 순백의 검집. 힐트에 장식된 푸른 보석. 어쩐지 몹시 익숙한 검이 숲 한가운데에 덩그러니 떨어져 있었다.

지엔이 머뭇거리며 검에 손을 가져다 댄 순간, 검이 스스로 밝은 빛을 발하기 시작했다. 순식간에 주변의 안개를 물리칠 만큼 강한 빛이었다.

멀지 않은 곳에서 기막혀하며 그 모습을 보던 세실이 눈을 크게 떴다.

그가 외쳤다.

“설마! 빛의 검의 주인이…….”

＊　　＊　　＊

쩡! 커다란 소리와 함께 도끼날처럼 두꺼운 만티코어의 발톱과 나세르의 검날이 부딪혔다.

나세르는 이를 악물었다.

분명히 상식적으로는 금속인 검의 승리여야 할진대. 더군다나 나세르의 검은 무투 대회 우승 때 하사받은 명검이었다.

— 챙강!

그러나 그조차 마물의 왕, 만티코어 앞에서는 아무런 쓸모가 없었다. 흩어지는 검날을 보고 허무한 표정을 짓는 것도 잠시, 나세르는 황급히 옆으로 굴렀다.

만티코어의 매서운 앞발 공격을 피했다고 생각한 순간, 옆구리에 찌릿한 경고의 감각이 퍼졌다. 돌아봤을 때는 이미 늦어 있었다.

날카로운 뱀 이빨이 그의 옆구리에 틀어박혔다.

"윽."

신음을 내뱉으며 상처를 움켜쥔 나세르는 재빠르게 만티코어와의 거리를 벌렸다.

지엔이 떠나고 홀로 버티기를 10분. 그마저도 만티코어가 나세르를 베어 물려 할 때마다 어디에서 나타났는지 모를 흰 쇠사슬이 마물을 감쌌기 때문에 가능한 일이었다.

신전 출신의 나세르는 그것이 신성력으로 된 것임을 어렵지 않게 알아보았다.

'금제?'

그랬다면 제국의 총아들을 사지로 몰아 놓고 그토록 태연자약하던 황태자의 태도도 이해는 되었다.

'하지만 마나를 가진 자들에겐 치명적이지 않은 공격들도 마나를 가지지 않은 자에겐 치명적이겠지.'

나세르가 여태껏 만티코어를 상대하는 것을 포기하지 않고 끈질기게 늘고 물어지던 이유였다.

그때 만티코어가 갑자기 태도를 바꾸었다. 놓친 사냥감을 잡으러 가야 하는데 끈질기게 달라붙는 사냥감이 지겨웠던 듯, 성급히 달려들던 만티코어가 한발 물러나며 히죽 웃었다.

그 모습을 본 나세르는 눈을 의심했다. 웃어?

그러나 분명 갈기 사이에 파묻힌 주름진 노인의 얼굴은 미소 짓고 있었다. 눈을 가늘게 뜨며 미심쩍어하던 나세르는 마침내 그 이유를 알아차렸다.

'방금 나를 문 뱀의 이빨에 독이 있군.'

그가 여유로워진 것은 바르작거리는 사냥감의 최후를 구경할 생각에 신이 난 것이리라.

비로소 나세르는 만티코어라는 마물이 어째서 상대하기 그토록 까다롭다고 전해지는지 실감했다. 공격을 피해 옆구리나 등 쪽으로 돌아가도, 독을 가진 뱀이 찔러 들어오기 때문에 사각이 없는 것이다.

그러나 나세르는 혼곤해지는 의식 속에서도 어떻게든 몸을 다잡으려 노력했다. 날이 나간 검이 잠시 흔들리는가 싶더니, 푸른 기운이 그 위에 덧대졌다.

'나는 죽진 않겠지만, 지엔은 반드시 죽을 테니……'

그렇다고 해도 남은 마나를 모두 짜내어 마나 소드를 만든 것은 사실상 나세르에게도 자살 행위였다. 그에겐 이제 숲의 마기를 몰아낼 최소한의 마나조차 남아 있지 않았다.

그는 입술을 깨물었다.

'그래도 상관없어.'

그가 읊조렸다.

'나는 지금까지 단 한 번도 지엔을 제대로 지키지 못했으니.'

그런 그에게 만티코어의 강맹한 공격이 쇄도했다.

처음 몇 번은 막아 냈으나, 역시 중독된 몸으로 오래 버티진 못했다. 일순 균형을 잃은 그의 몸을 만티코어의 거대한 앞발이 다시 후려쳤다.

"크윽!"

신음을 삼킨 나세르는 흙바닥에 거세게 내던져지는 감각을 느끼며 잠시 눈을 감았다.

다시 눈을 떴을 때, 그는 얼마 동안의 시간이 지났는지 몰라 눈을 깜빡였다.

'내가 기절했던 건가?'

나세르는 벌떡 몸을 일으켰다. 잠시라도 쉬었다면 상태가 더 좋아져야 했건만, 중독이 더 심해진 건지 코앞조차 보이지 않았다.

손으로 주변을 더듬어 본 나세르가 고개를 기웃했다.

'수풀이 나를 만티코어로부터 가려 준 건가 했지만, 주위에는 아

무엇도 없는데⋯⋯. 더군다나 만티코어는 후각 또한 예민하겠지.'

그럼 어째서 그가 자신을 포기한 거지?

그러다 문득 떠오른 가정에 나세르는 소스라치게 놀랐다.

'설마, 지엔이?'

언제나 자기 말을 안 듣던 하녀가 이번만큼은 순순히 따르기에, 의외라는 생각을 했다. 물론 그것이 아쉽게 느껴진 것은 아니었다. 오히려 다행이라고 생각했다.

정말로 다행이라고.

'그런데 만일 그녀가 돌아왔다면.'

나세르는 두 팔로 상체를 지탱한 채 앞을 보려고 노력했다.

시야에 흐릿하게 맺히는 형상들이 있었다. 하나는 얼핏 봐도 거대한 것이 아까의 만티코어였고, 그에 맞서는 두 개의 그림자는⋯⋯.

나세르의 눈이 마침내 커졌다. 여기에서 볼 것이라고는 전혀 기대치 않은 사람들이었다.

"발레노르 경과⋯⋯ 망나니?"

나세르가 멍하니 중얼거리기가 무섭게 저편으로부터 외침이 날아왔다.

"다 죽어 가는 것을 구해 줬는데 돌아오는 소리가 '망나니'라니, 이거 참 보람차군그래!"

"칼 오라버니, 그딴 호칭 따위가 눈앞의 싸움보다 중요합니까!"

곧이어 반박하는 로아나의 외침을 듣고 나세르는 저도 모르게 안도의 한숨을 내쉬었다.

'평소 같은 시답잖은 말장난까지 할 여유가 있다면, 아무리 만티코어라고 해도 저 두 사람에게는 쉬운 상대임이 분명······.'

그러기가 무섭게 날아온 로아나의 외침에 나세르는 생각을 바꾸었다.

"저희도 잘못하면 중독당해 나세르 공자와 나란히 눕는 처지가 될 겁니다! 그런 수치스러운 꼴 당하고 싶지 않으면 제발 좀 집중하세요!"

'아닌가 보군.'

차분히 중얼거린 나세르가 자세를 고쳐 앉았다. 그래도 두 사람이 함께 있는 이상, 자신이 잘못될 것이란 생각은 전혀 들지 않았다.

말은 그렇게 했어도, 아마 두 사람은 분명히 만티코어를 물리쳐 줄 것이다.

과연 칼리스가 평소의 여유로운 태도를 버리지 않고 외쳤다.

"어허, 멍멍아! 너 세상에서 네가 제일 강한 줄 알고 그렇게 건방지게 굴면 안 된다! 네까짓 건 사실 내 품에 있는 비밀 무기 하나면 바로—"

'비밀 무기?'

본의 아니게 들어서는 안 될 것 같은 얘기를 들어 버린 나세르는 좀 당황했다. 저것도 평소의 헛소리인가? 그러기가 무섭게 로아나의 말이 들려왔다.

"칼 오라버니! 도대체가 생각이 있습니까 없습니까! 나세르 공자도 있는 곳에서 황실 기밀을 나불거리면 어떡합니까?!"

그에 나세르 쪽을 힐끔 본 칼리스가 개의치 않고 다시 지껄였다.

"에이, 지금 목석 상태를 봐! 눈에 초점도 안 맞고, 제대로 앉지도 못하고, 중독당해서 오감이 거의 마비된 상태일걸. 우리를 알아본 게 기적이지. 그런데 우리 말이 들릴 리가 없잖아!"

"……."

나세르는 처음으로 지엔이 엘레노어와 자신의 대화를 엿들었을 때의 심정을 조금 알 것도 같았다.

전혀 궁금하지 않지만 중요한 것을 알아 버린, 들키면 몹시 귀찮은 일이 생길 것 같은 이 느낌이라니.

'모르는 척하자.'

나세르가 은밀히 결론을 내리는 그때, 쿵 거대한 소리와 함께 마침내 거체가 쓰러졌다.

확실히 숨통을 끊기 위해 로아나는 만티코어의 입 안에 검을 찔러 넣어 머리까지 관통시켰다. 푸욱! 분수처럼 솟아오르는 피를 보고 칼리스가 기겁하며 물러났다.

"로이, 피 정도는 마나로 막을 수 있잖아."

"만티코어의 피에 독성이 있다고 확인된 바는 없으니 괜찮을 겁니다. 어차피 사냥 대회 중에 지겹게 묻히게 될 피, 뭐 어떻습니까."

"네가 문제가 아니라 널 봐야 하는 내가 무섭다고, 내가!"

그에 미간을 좁히며 칼리스를 노려보던 로아나가 나세르를 발견하고 그리로 다가갔다. 칼리스 또한 한달음에 그에게 가까이 가며 손을 뻗었다.

곧장 수인을 맺은 그가 주문을 외웠다.

"어디 보자. 큐어(cure), 큐어 포이즌(cure posion)."

그의 옆에서 팔짱을 낀 로아나가 평소같이 핀잔을 주었다.

"칼 오라버니, 더블 캐스팅 하지 말고 하나하나 확실히 하세요. 그러다가 제대로 해독되지 않으면 어쩌려고 그러십니까."

"로이, 설마 내 마법 실력을 못 믿는 거야?"

둘 사이에 오가는 한담을 들으며 나세르는 흙먼지가 엉겨 붙은 속눈썹을 깜빡였다. 눈을 비비자, 한결 시야가 맑아지며 주변 사물들이 평소처럼 또렷이 눈에 들어왔다.

그런 그에게 칼리스가 고개를 기울이며 말했다.

"괜찮나? 물론 내 마법 실력은 완벽하겠지만, 예의상 물어보는 거라네."

"……잘 보이는군. 고맙다. 만티코어는?"

딱딱하게 대답한 나세르가 고개를 들며 되묻자, 칼리스는 얼마 떨어지지 않은 곳을 가리켰다. 만티코어는 위엄도 없이 혀를 빼물고 죽어 있었다.

그 모습을 인상을 찌푸리고 보던 나세르가 로아나를 향해 고개를 숙였다.

"경, 구해 주셔서 정말 감사합니다."

"해야 할 일을 한 것뿐이니 신경 쓰실 것 없습니다."

"목석, 나는? 나한테는 아까 그 '고맙다'가 끝이야?"

옆에서 칼리스가 칭얼거리듯이 물었지만 나세르는 애써 무시했다. 로아나 또한 상대할 필요 없다는 듯한 표정으로 돌아섰다.

그때, 고개를 기울인 칼리스가 다시 물었다.

"어? 그런데 목석. 왜 혼자야?"

"뭐?"

"분명히 한 사람 더 있지 않았어? 시녀 신발을 신은. 우리는 두 사람의 발자국을 보고 쫓아온 길인데 말이야."

"만티코어와 만나기 전까지 지엔과 함께 있었다."

의외의 이름에 칼리스와 로아나 둘 모두의 눈이 휘둥그레졌다.

"지엔을 만났다고?! 여기에서?! 도대체 어쩌다가……."

그렇게 말한 칼리스가 두 손으로 자신의 입을 틀어막으며 말을 이었다.

"설마, 나 몰래 여기에서 밀회하기로 한 건……."

"나세르 공자를 자신과 같은 선상에 두지 마십시오, 칼 오라버니."

인상을 찌푸리며 날카롭게 말한 로아나가 다시 나세르를 돌아보았다.

"숲에 흘러들어 온 민간인이 그녀였군요. 그러면 저희는 민간인을 쫓기 위해 편성된 조이므로 추격을 계속하겠습니다. 어느 방향으로 갔는지 기억하십니까?"

나세르는 고개를 내저었다.

마지막 모습이 될지도 모르는 그녀의 모습을 눈에 담고 싶은 마음이야 굴뚝같았지만, 만티코어는 결코 한눈팔면서 피할 수 있을 만큼 만만하지 않았다.

옅은 한숨을 내쉰 로아나가 말했다.

"그렇군요. 그럼……. 나세르 공자, 부상을 사제에게 보여야 하는 것은 알지만 잠시 참으실 수 있겠습니까? 나세르 공자만큼이나 저쪽도 위중한 상태일 테니."

로아나가 다시 검집에 검을 집어넣으며 말을 이었다.

"그녀를 발견하면 함께 사제에게 보이는 편이 나을 겁니다. 어디까지나 그녀가 마기에 목숨을 잃지 않았을 때의 경우지만……."

그에 칼리스의 표정 또한 초조해졌다. 여태껏 불안해하면서도 태연함을 가장했음이 여실히 드러나는 얼굴이었다.

나세르 또한 냉큼 대답하며 몸을 일으켰다.

"저는 괜찮습니다. 어서 가도록 하지요."

그러면서 반사적으로 옆구리를 부여잡은 그가 미간을 좁히며 말을 이었다.

"화살에 맞은 마물 시체를 발견한다면 추적이 훨씬 더 쉬울지도 모릅니다."

"화살 말입니까?"

의외의 말에 로아나가 눈을 동그랗게 뜨며 되묻던 그때였다.

갑자기 뒤에서 날아온 목소리에 그녀는 획 하고 고개를 돌렸다. 다른 이들도 마찬가지였다.

"전에 봤던 버러지 둘, 그리고 새로운 버러지 하나, 마지막으로…… 내 애완동물의 시체."

목소리 자체는 분명히 청량하고 차가웠다. 그러나 말투는 기이하고도 끈적거려 마치 귓속으로 흘러드는 독물 같았다.

목소리의 주인을 확인한 로아나가 의아하게 물었다.

"'빛의 인도자?'"

거짓말처럼 공터 한가운데 솟아난 남색 머리칼의 청년이 그들을 향해 웃고 있었다.

맑은 빛 아래에서는 고아해 보이던 미소가 보랏빛 안개 속에서는 음험한 분위기를 풍겼다. 헤카테 또한 간혹 풍기고는 하던 분위기였으나, 그를 지그시 노려보던 칼리스는 가만히 고개를 내저었다.

"아니야. 로아나. 생김새는 같지만 그가 아니야."

"네? 그럼 대체……."

혹시 모를 사고를 대비해 '빛의 대사제'를 비롯한 사제들이 숲에 배치되었다는 말을 벨하르트로부터 전해 들었기에, 당연히 그인 줄 알았던 로아나가 뒤늦게 얼굴을 굳혔다.

'성물 사냥꾼.'

빛의 사제인 쌍둥이 동생과 똑같은 얼굴을 한 주제에, 마물들을 데리고 다니며 빛의 성물을 사냥하러 다니는 자.

그런 사실이 밝혀져 봐야 민심만 흉흉해질 것이기에, 또한 같은 얼굴을 한 빛의 사제가 있어 사람들이 더욱 혼란스러워할 것이기에 그 사실은 극비로 취급되었다.

거기까지 생각한 로아나가 뇌까렸다.

"하지만 그가 왜 이곳에?"

그러다 말고 아차 한 그녀가 칼리스를 힐끗 보았다. 바로 그 순간, 여전히 웃던 남자로부터 물음이 날아왔다.

"묻겠다. 혹시 이곳에 빛의 성물이 있나?"

"……."

"성물의 기운을 느끼고 찾아왔다."

"그런 건 없다."

나세르가 가장 먼저 대답했다.

있었다면 목숨과 비밀 중에 고민했겠지만, 빛의 성물 중 하나라도 이곳에 있을 리 없었기에 그의 대답에는 망설임이 없었다.

빛의 검은 얼마 전에 신전 본단으로 옮겨졌고, 다른 성물들 역시 황궁 또는 빛의 신전 본단 깊숙한 곳에 보관되어 있을 터. 그런데 그런 것이 난데없이 사냥 대회 중인 이곳에 나타날 리는 없는 것이다.

'설마 없는 물건을 내놓으라 떼쓰는 어린애 같은 짓은 안 하겠지.'

저 수상쩍은 자는 비록 그 방식이 과격하기는 했으나, 기본적인 행동 원리는 명확했다. 성물과 관련된 일에만 힘을 쓴다.

일전에 그가 덤벼들었을 때는 모두 빛의 검이 걸려 있을 때뿐이었다. 심지어 제 동생인 헤카테가 다쳤을 때조차 그런 건 제 알 바 아니라며 성물만 빼앗고 훌쩍 떠버리려던 인간이었다.

'아니, 하나 힘을 낭비하던 때가 있긴 했지…….'

나세르의 눈이 가늘어졌다.

다름 아닌 지엔이 죽을 뻔했을 때. 그때 남자는 몹시 분개하며 몇백 년간 이어져 온 유령들의 연회를 단숨에 끝내 버렸다. 그들의 호소 따위 듣지도 않았다.

'대체 왜?'

잠시 생각하던 나세르는 고개를 내저었다.

아무튼, 중요한 것은 이곳에 성물이 없다는 사실이었다. 그것을 알게 된 이상 저자는 당장 흥미 없다는 듯 이 자리를 떠날 것이다.

그런데, 그는 떠나지 않았다. 그러긴커녕, 그가 희미한 미소와 함께 물었다.

"태연히 거짓부렁이라……. 너희는 빛의 신의 품속에서는 늘 고결한 척하지만, 그래 봐야 어둠 속에서는 살기 위해서 뭐든 다 하지. 안 그래? 거짓말이든, 살육이든……."

"무슨 소리지? 거짓을 고한 적은 없다."

그에 가느스름한 눈으로 칼리스와 로아나를 훑어본 남자가 휙 손을 들어 올렸다.

"뭐, 그건 차차 알게 되겠지. 마침 여기에 좋은 재료가 있으니."

그렇게 말한 남자의 손이 만티코어의 시체를 쓰다듬었다.

날카로운 이빨 사이로 더러운 혀를 내밀고 축 늘어진 흉물스러운 시체를 정성스레 쓰다듬는 손길에 로아나는 다시 눈살을 찌푸렸다.

'아무리 쌍둥이라고 하지만…… 너무 닮았어.'

아무리 머리로는 눈앞의 남자가 헤카테와 다른 사람이라는 것을 알고는 있어도 속으로는 빛의 사제가 마물을 쓰다듬고 있다는 것을 본 듯, 경악에 가까운 심정이 들었다.

그것은 옆의 칼리스도 마찬가지인 듯, 그가 못내 찝찝한 얼굴로 남자를 바라보았다.

만티코어의 이마에 자신의 이마를 가져다 댄 남자가 어린아이를 재우듯, 상냥하고 다정하게 읊조렸다.

"내 피조물아. 네 창조주는 내가 아니나 네 창조주가 나의 혈육이므로 내 너를 내 피조물이라 부르마."

잔뜩 긴장하며 검 손잡이를 꽉 움켜쥐고 있던 로아나의 얼굴이 점차 의아해졌다.

저것은 주문이라기보다는 추도문 같았다. 그보다도 남자의 말엔 그냥 넘어갈 수 없는 부분이 있었다.

창조주라니? 모든 마물은 마왕의 창조물이라는 것이 정론이었다. 그런데 마왕을 일컬어 혈육이라니? 어딜 봐도 평범한 인간의 모습을 하고 있는 주제에.

그때 남자의 말이 이어졌다.

"너의 죽음을 저들의 죽음으로 갚아라. 내 창조주의 자격으로 너에게 새 생명을 주겠다."

뒤늦게 아차 한 로아나가 칼리스와 나세르를 돌아보며 외쳤다.

"모두 물러나십시오!"

그리고 다시 앞을 본 그녀는 검 손잡이를 꽉 쥐며 외쳤다.

"흑마법이라니!"

그와 동시에 수인도 없이 주문만으로 마법이 완성되었다.

"언데드 라이징(undead rising)."

남자가 이마를 맞대고 있는 만티코어의 온몸에서 검은 재가 일어나 흩날렸다. 이윽고, 스스로의 힘으로 비척비척 몸을 일으키는 만티코어는 아까와는 전혀 다른 모습이었다.

살아 있을 때도 결코 아름답다고는 할 수 없었으나, 이젠 그보다도 훨씬 더 끔찍해진 모습이었다. 온몸의 거죽이 오염된 것처럼 보랏빛으로 물들더니, 곧 그마저도 사라지고 뼈만 남았다.

얼굴 거죽은 며칠간 굶은 것처럼 두개골에 바짝 달라붙어 뺨이 홀쭉해졌고, 꼬리에 달린 뱀들은 뼈만 남은 몸을 저들끼리 부딪치며 덜그럭덜그럭 요란한 소리를 냈다.

그 흉측한 모습을 보며 세 사람은 말없이 마른 침을 삼켰다.

칼리스가 낭패 어린 표정으로 중얼거렸다.

"언데드…… . 만티코어 정도의 마물을 되살리려면 마나가 보통 필요한 게 아닐 텐데. 인간의 힘으로는 불가능해."

로아나가 검 손잡이를 꽉 움켜쥐며 물었다.

"칼 오라버니! 언데드 몬스터는 본래 몬스터에 비해 얼마나 강합니까? 저는 상대해 본 적이 없어 알지 못합니다!"

목소리를 키운 것은 어디까지나 두려움을 떨치기 위해서였다.

그러자 칼리스는 더욱 굳어진 얼굴로 대답했다.

"언데드 몬스터의 강함은 흑마법사의 역량에 따라 결정되지만, 저런 마물을 되살려 낸 흑마법사이니 분명 보통 기량이 아닐 거야. 아마도…… 살아 있을 때보다 몇 배는 더."

다시 만티코어를 돌아본 그가 덧붙였다.

"게다가 죽었다가 살아났으니, 빛의 사제들이 이 숲의 마물에게 걸어 둔 '사람을 죽이지 못한다'는 금제도 풀렸겠군."

바로 그 순간, 만티코어가 마침내 뼈만 남은 몸을 덜그럭거리며 달려들었다. 정면으로 맞붙을 엄두도 못 낸 이들은 잽싸게 몸을 굴려 피했다.

"으악."

만티코어에게 들이받힌 나무가 흔적도 남지 않고 부식되는 것을 보며 칼리스가 신음했다.

"괴물이 되살아나니 더한 괴물이 되는군! 하마터면 이 잘생긴 얼굴이 흔적도 없이 썩어 버릴 뻔했잖아?"

"칼 오라버니, 좀!"

로아나가 버럭 외치는 그때, 나무에 부딪힌 머리를 흔들어 대던 만티코어가 다시 돌아섰다.

흰자위가 사라진 검은 눈이 로아나에게 닿았다가 칼리스, 마지막으로 나세르를 훑었다. 나세르는 부상을 당해 옆구리를 움켜쥐고 있었다.

칼리스가 중얼거렸다.

"이 와중에도 본능이 남아 있나 보군. 가장 약한 사냥감을 찾아 먼저 공격하겠지……."

그리고 소매를 걷어붙인 그가 외쳤다.

"목석! 조금만 버텨! 그동안 내가 수인을 완성해서 만티코어의 발을 묶을 테니. 그리고 나면 다음은 알지, 로이?!"

"네!"

로아나가 호기롭게 외치던 그때였다.

부상 입은 나세르와 멀쩡한 칼리스, 둘 사이를 번갈아 오가던 만티코어의 시선이 칼리스에게 고정되었다.

금방이라도 도약하려는 듯 뒷다리를 구부리는 모습에, 스스로를 가리킨 칼리스가 물었다.

"어럽쇼. 진짜 나? 야, 다시 한번 잘 생각해 봐."

칼리스의 목소리를 뚫고 로아나가 버럭 외쳤다.

"젠장, 칼 오라버니! 엎드리세요!"

그러나 이미 늦었다는 것을 깨달은 로아나의 얼굴이 굳어졌다.

만티코어가 번개 같은 속도로 달려들어 칼리스를 덮쳤다. 로아나조차 예상도 못 했을 만큼 빠른 속도였다.

바로 그때, 갑자기 하늘에서 내려온 한 줄기 낙뢰가 만티코어의 몸을 내리쳤다. 그렇다고 해도 보통 번개 따위에 물러날 리 없는 만티코어가 이상하게도 깨갱 소리를 내며 물러났다.

그 모습을 본 로아나의 눈과 나세르의 눈이 일제히 커졌다. 다음으로 내놓은 반응은 둘이 명백히 달랐다.

"신성력?"

나세르는 작게 중얼거렸고, 로아나는 이마를 감싸며 어두운 표정을 했다. 그녀가 착잡하게 중얼거렸다.

"결국……."

그 가운데 아까의 일이 우연이 아니었다는 것을 증명하기라도 하듯, 한 번 내리친 번개는 끊임없이 내려치며 만티코어와 칼리스 사이에 빛의 창살을 만들었다.

그 가운데, 칼리스가 희게 질린 얼굴로 제 품속을 향해 외쳤다.

"이봐! 내가 말했잖아! 나서지 말라고. 아니, 물론 지금은 내 목숨이 위험하긴 했지만…… 아니, 내가 잘못했어. 그래, 미안해."

기세 좋게 외치던 것은 언제고, 금세 태세를 전환하여 쩔쩔매는 칼리스를 보며 나세르의 눈이 가늘어졌다.

방금의 대화를 보건대 저 번개를 만든 것은 틀림없이 칼리스의 품에 있는 '어떤 것'의 힘일 것이다.

그런데 그것이 자아를 가지고 대화를 하며, 주인의 위기를 느끼고 선제공격을 할 수 있다?

나세르가 알기로 그런 일이 가능한 것은 빛의 성물뿐이었다. 그 중에서도 칼리스의 주변을 새장처럼 둘러싼 낙뢰로 보아, 성물의 정체는 명백했다.

'빛의 지팡이.'

성스러운 낙뢰로 마물에게는 타격을 주고 인간은 상처를 회복시켜 주는 성물.

성물에게 자아가 있다는 것은 전설로 여겨졌지만, 칼리스를 적극적으로 보호하려는 듯한 저 모습을 보아 못 믿을 것도 아니었다.

칼리스가 익숙한 듯 대화하는 모습을 미루어 보니, 그가 빛의 지팡이의 주인이 된 것은 한두 해 전의 일이 아닌 듯했다. 그런데도 고의로 숨기다니, 어째서지?

의심을 갖게 되자 답은 금방 나왔다.

'제국 내의 안정을 위해서였겠군.'

칼리스가 태어나고, 또 자라는 모습을 보며 제국의 많은 사람들이 '위대하신 그분'과 쏙 빼닮았노라고 웅성거렸다.

벨하르트는 본인의 능력이 출중한 것이지, 황실의 특징이라고는 조금도 타고나지 않은 용모의 소유자이니 자연스레 둘을 비교하는 말이 나올 수밖에 없었다.

그럼에도 갈등이 위험 수위까지 가지 않은 것은 칼리스가 난봉꾼인 데다가, 일찌감치 속세를 버리고 마탑에 틀어박혔기 때문이었다.

그런데 빛의 지팡이의 주인이기까지 했다니. 이 사실이 밝혀졌더라면 과연 제국에서 내전이 일어나는 것도 불가능하진 않았다.

거기까지 생각한 나세르는 아차 하며 먼 곳을 돌아보았다.

만티코어에게 모든 것을 맡기겠다는 듯, 처음 흑마법을 쓴 것 외에는 여태껏 팔짱을 끼고 방관하고 있던 남자의 얼굴 가득 미소가 떠올라 있었다.

마침내 원하던 것을 찾아낸 자의 만족스러운 미소였다.

* * *

마기로 침식된 황실 소유의 숲 깊고 깊은 곳, 나무 아래에 검 한 자루가 꽂혀 있었다.

새하얀 손잡이와 힐트에 달린 푸른빛 보석까지, 어딜 보아도 평범한 검으로 보이길 거부하는 모습.

빛의 검은 사냥 대회가 시작된 이래로 계속 이곳에 놓여 있었다.

빛의 성물이 주인을 만나기 전까지는 자아가 깨어나지 않는다는 말은 사실이 아니었다.

그들은 원하는 때에 잠들고 깨어날 수 있었고, 유난히 따분한 것을 싫어하는 빛의 검은 벌써 주인을 찾고자 몇 번이고 스스로 깨어났다.

지금 그는 오랜만에 느껴 보는 자연을 즐기는 중이었다. 보통 신전이나 다른 곳에 귀하게 보관되던 그에게 바스락거리는 나뭇잎 소리와 풀 밟는 소리, 흙의 감촉은 생소했다.

"아악! 살려 줘!"

"이 괴물, 저리 가! 제기랄, 황태자 전하는 도대체 어디서 저런 괴물들을…… 아아악!"

숲 속 여기저기에서는 생존을 건 처절한 투쟁이 일어나고 있었으나, 그런 건 빛의 검이 알 바 아니었다.

그들 중 자신의 주인이 될 자가 있다면 고려해 보겠으나, 아쉽게도 그럴 자격을 가진 자는 아무도 없었다.

쓸만한 소질을 지닌 이들은 많았으나, 능력이 아닌 성품의 문제였다.

빛의 검은 오래전, 그의 첫 주인과 했던 마지막 약속을 떠올렸다.

첫 주인이자 그들을 만든 제작자이기도 했던 그는, 도대체 왜 막대한 비용과 노력을 투자하여 빛의 성물을 만들었는지 알 수 없을 만큼 포악한 성품의 소유자였다.

빛의 펜던트와 빛의 검 모두 그를 밥맛 없어 했으나 빛의 지팡이만이 그를 몹시 따랐는데, 단지 그의 생김새가 몹시 아름답다는 이유였다.

사실 빛의 펜던트와 빛의 검 또한 성격이 그리 좋지 않다는 점을 생각했을 때, 포악한 자에게서 별종 성물들이 태어났다고밖에 할 수 없다.

마지막 대화에서, 첫 주인은 빛의 검을 내려다보며 이렇게 말했다.

— 그래도 일단 빛의 검이랍시고 만들었으니, 다음에는 선량한 사람을 찾아 주인으로 모셔라.

빛의 검은 그 말에 퉁명스레 대꾸했다.

— 내가 왜 그래야 하지? 재미없게. 너처럼 지위가 높은 사람이라면 한 번 고려해 보겠다. 부귀영화란 건 곁에서 지켜만 보고 있어도 기꺼운 일이니까.

그러자 작게 웃음소리를 낸 그가 다시 말했다.

— 내 갸륵한 뜻을 정녕 모르겠느냐? 이게 다 나를 빼닮아 제멋대로인 데다 난폭한 네 놈이 마검으로 오해받을까 하는 소리다.
— 누가 감히……:
— 이건 내 유언이다. 자기 삶에는 별 욕심이 없고, 그러면서도 남을 위해서는 목숨까지 거는 바보를 찾아 다음 주인으로 삼아라. 알겠나?

마지막에 삐뚜름한 웃음소리가 따라붙었다.

— 이 위대하신 내가 만든 물건인데, 마검으로 오인받는 최후라니. 상상만 해도 불쾌하니까.

그러나 빛의 검이 지금까지 봐 온 인간이라고는 죄다 자기 삶에는 욕심 많고 남을 위해서는 아무것도 내주지 않으려는 자들뿐이었다.

간혹 자기 삶에 욕심이 없는 녀석들도 만났지만, 그런 녀석들은 자기 자신의 삶에 관심이 없는 것만이나 남의 삶에도 관심이 없었다.

한 번은 아주 이상한 인간을 만난 적도 있었다.

빛의 검은 비교적 최근이었던 그때를 회상했다.

그때, 빛의 검은 오랫동안 밖에 나가지 못해 몸이 달아 있었다. 특별히 선한 자가 아니더라도 그저 탐욕이 큰 자가 아니라면 누구든 주인으로 삼자, 그런 생각까지 했다.

그때 마침 그 꼬마가 눈에 띄었다. 인간들의 나이로 채 스물도 안 되었을 법한, 성인의 몸의 허리에나 올까 싶은 작달막한 꼬마였다. 그럼에도 불구하고 본교의 귀한 성물인 자신과 여러 번 접촉한 것을 보면 꽤 귀한 신분임이 분명했다.

더 좋은 것은 그에게서 인간의 탐욕이라고는 조금도 느껴지지 않는다는 점이었다.

그 외에도 이타심이나 애정 같은 사적 감정도 거의 느껴지지 않는 게 문제였으나, 빛의 검은 어쨌건 감정적인 부분 때문에 귀찮아질 일은 없겠다며 긍정적으로 생각하기로 했다.

하여 어느 날, 빛의 검은 자신의 주인이 될 자의 최종 점검을 위해 그의 의식에 침투했다. 그러던 그는 한 사람의 안에 있을 것이라고는 상상도 하지 않은 거대하고 텅 빈 공동과 마주하고 말문이 막혔다.

— 이건 도대체······.

그때, 동공 위 까마득한 회색 하늘 쪽에서 차가운 목소리가 울렸다.

— 뭐 하는 녀석이야? 당장 내 안에서 나가.
— 잠깐, 나는······!

뭐라 변명할 새도 없이 탕, 의식 세계의 문이 닫히며 빛의 검은 튕겨 나가듯 자신의 본체로 돌아왔다. 그리고 한동안 빛의 검은 감히 남의 의식에 침투할 엄두를 못 냈다.

자신이 의식에 침투한 것을 대번에 눈치채고, 그것도 모자라 개입하여 내쫓기까지 하다니? 그 사건은 자신이 보통 인간보다는 고등한 존재라 믿었던 빛의 검의 자존심에 깊은 상처를 남겼다.

거기까지 회상한 빛의 검은 간만에 다시 궁금해지기 시작했다.

'그 꼬마, 도대체 정체가 뭐였을까? 아무튼 평범한 인간은 아니었을 텐데.'

이 숲에 자신을 옮겨 둔 것이 바로 그 '꼬마'였기에 더더욱 그 정체가 궁금했다.

오랜만에 보는 그는 훌쩍 키가 자라 있어 어른이 된 데다가, 남들이 그를 대하는 모습을 보아 직급도 높아진 것이 틀림없었다.

도저히 빛의 사제로 있을 만한 성품은 아니지만, 빛의 교단이 그 때문에 망하든 말든 제 알 바가 아니라고 생각한 빛의 검은 다시 중얼거렸다.

'그러고 보니 잠들어 있는 동안, 몹시 익숙한 인간을 만났던 것 같은 느낌이 들어. 그리고 꽤 괜찮은 느낌을 주는 인간 하나도⋯⋯.'

헤카테가 지엔과 나세르와 함께 여행하는 동안 빛의 검은 내내 잠들어 있었기 때문에, 그때 함께 했던 이들에 대해서는 흐릿한 인상밖에 남아 있지 않았다.

그때, 갑자기 느껴지는 이질적인 감각에 빛의 검은 생각을 멈추었다. 새로 태어난 듯 전신을 타고 휘도는 밝은 빛에 빛의 검은 속으로 환호하며 외쳤다.

'드디어! 드디어 내 주인이 될 만한 자가 나타났군!'

멀지 않은 곳에 자신이 내건 조건을 모두 충족하는 이가 있었다. 검에 대한 뛰어난 소질, 자신의 삶에 대한 욕심 없는 태도, 그러면서도 남을 위해 기꺼이 목숨을 거는 이타심까지!

― 도대체 어디 있는 거냐!

그렇게 외치며 빛의 검이 스스로 성스러운 빛을 내뿜기 시작했다. 자신의 새로운 주인이 이 빛을 보고 어서 찾아올 수 있도록.

바로 그때, 누군가의 흙 묻은 발이 그를 걷어찼다. 순식간에 튕겨 나가 수풀을 구르다 멈춘 빛의 검이 멍하니 생각했다.

'내가 지금 몇백 년 만에 자격이 맞는 주인을 찾아 각성하려던 참인데, 감히 날 발로 차? 도대체 어떤 건방진 인간이?'

빛의 검의 황망한 심정에도 아랑곳하지 않고, 인간은 심지어 다리를 감싸 쥐며 투덜거리기까지 했다.

"아오. 씨. 여기만 왜 이렇게 밝아? 너무 밝아서 하나도 안 보이네. 넘어지기까지 했잖아……."

그러던 그녀는 바닥에 나뒹굴면서도 여전히 밝은 빛을 뿜어내는 빛의 검을 발견하고 소리쳤다.

"앗, 빛의 검이잖아! 이게 왜 여기에."

화내려던 것도 잠시, 그 말을 듣고 빛의 검은 모처럼 너그러운 마음이 들었다.

아무리 자신이 성물이라지만 보통 인간이라면 평생 한 번 실물을 보기도 힘들 텐데, 무려 한눈에 알아보다니.

'제법 똑똑한 인간이구나. 이번 한 번만은 넘어가 주마.'

그가 아량을 베풀려던 그때, 갑자기 다가온 손이 그의 검 자루를 덥석 움켜쥐었다.

엥? 빛의 검이 황당해할 새도 없이, 그를 잡고 걸음을 옮기며 인간이 씩씩하게 외쳤다.

"그래! 혹시 모르잖아, 공자님의 검이 부러졌을지도! 이걸 가져다드리자."

거기까지 들은 빛의 검이 버럭 소리를 질렀다.

— 감히 이 나를 예비 무기로 쓰겠다는 거냐! 당장 나를 내려놓아라, 자격 없는 인간!

원래는 의식 세계가 아니라면 주인이 아닌 자와는 소통할 수 없기에, 당연히 안 들리리라 생각하고 한 말이었다.

그런데 그에 화들짝 놀란 인간은 한쪽 귀를 감싸며 엎어졌다.

"뭐, 뭐야? 방금 누가 말한 거야?"

한편 그 모습을 보던 빛의 검도 몹시 놀랐다.

인간을 의아하게 바라보던 그가 이윽고 믿을 수 없다는 듯 말했다.

— 어라, 잠깐 너…….

빛의 검이 떨리는 목소리로 물었다.

— 너, 설마…… 내 '첫' 주인인가?

그 물음에 문제의 인간이 고개를 돌리며 물었다.

"네?"

그 인간의 정체는 물론 지엔이었다.

그녀는 여전히 얼얼한 한쪽 귀를 감싸고 투덜거렸다.

'아니, 귀 옆에서 말하는 것처럼 들릴 정도로 목소리 엄청 크네. 그런데 그런 것치고는 근처는커녕, 멀리에도 모습이 전혀 보이질 않는데…….'

그러던 그녀는 발치에 놓인 빛의 검을 보고 물었다.

"잠깐, 설마?"

그와 동시에 빛의 검이 기쁜 듯 은은하게 빛을 발했다. 그가 다시금 부드러운 목소리로 말했다.

— 주인. 이렇게 다시 만나게 될 줄은 상상도 못 했군. 왜 진작 정체를 밝히지 않았지?

여전히 주저앉아 있던 지엔은 멍하니 생각했다.

'요즘 처음 보는 모르는 사람들에게서 주인 소리 참 많이 듣네.'

아니, 빛의 검은 어디까지나 자신의 가문에서 보관하고 있던 성물이니 모르는 사이라고 하기에는 뭣하지만…….

그렇게 생각한 지엔은 다시 머리카락을 움켜쥐었다. 게다가 마물이나 몰고 다니는 수상한 남자와 빛의 검을 같은 취급하기에도 미안하지만.

'그렇게나 다른 둘이 왜 날 동시에 주인이라고 칭하는 거지?'

그러던 지엔은 혹시나 하는 생각에 조심스레 물어보았다. 제라드의 경우 주인이래 봤자 '악당들의 수장' 정도밖에 되지 못하겠지만, 이번엔 그보다는 희망적이었다.

"혹시 제가…… 선택받은 빛의 용사라도 되나요? 제게 세상을 구할 사명이 있다던가?"

그 물음에 빛의 검은 생각할 가치도 없다는 듯 대답했다.

— 아니, 네가 그럴 수 있을 리가? 애초에 귀찮음 많은 네 성정에 세상을 어떻게 구하지?

'아, 역시. 빛의 검도 면접 정도는 보는군.'

지엔은 차분하게 생각했다.

'제라드의 주인이 되는 건 능력 때문에…… 그리고 빛의 검의 주인이 되는 건 게으름 때문에 탈락인가.'

그리고 지엔이 다시 물었다.

"그럼 저를 주인이라고 칭하신 이유는?"

— 물론 네가 그만큼 강하기 때문이지. 자, 어서 나를 뽑아라! 그리고 나와 함께 마물들을 처치하자! 우리 함께 즐거웠던 그때처럼…….

어째 하는 말이 성검이라기보다는 피에 굶주린 마검 같았지만, 지엔은 사양하지 않고 빛의 검을 다시 쥐었다.

아무튼 이것을 가지고 나세르에게 갈 수 있다면 좋았다.

'마물을 상대하는 데 특히 강한 힘을 발휘한다는 빛의 검이니 만티코어와 싸우기에도 더할 나위 없겠지.'

그때였다. 채 다섯 걸음도 못 가 지엔은 풀썩 엎어지고 말았다. 그 모습을 본 빛의 검이 믿을 수 없다는 듯 떨리는 목소리로 물었다.

— 뭐지, 주인? 그 한심한 꼴은? 흉포하고 강맹한 검술은 어디에 놔두고 온 거냐? 잠깐, 설마. 설마…….

지엔이 말하기도 전에, 알아서 진실을 밝혀낸 영특한 빛의 검은 다시 외쳤다.

— 업보인가? 전생에 가진 힘을 마음껏 휘두르며 악행을 저지르고 다닌 대가를 지금……. 그래, 그렇군.

"업보고 뭐고 그건 나중에 얘기하고, 일단 지금은 저랑 같이 어디 좀 가 주시겠어요? 당신이 꼭 필요한 데가 있으니까!"

몸을 일으키며 그렇게 외치던 지엔은 갑자기 검이 몹시 무거워지는 바람에 손에서 놓치고 말았다.

방금까지와는 비교도 안 되게 쿵 소리를 내며 지면에 떨어진 검이 말했다.

— 나는 지금의 너와 같이 갈 수 없다.

"네? 왜요?"

— 지금의 너는 너무 약해. 본래부터 검술 아니었으면 내 주인이 될 수 없을 만큼 포악한 인간이었지. 그런데 지금은 약하기까지 하다니. 지금의 너에게 내 주인이 될 자격은 없다.

"하지만……. 저는 꼭 당신과 같이 가야만."

어물거리며 말하던 지엔은 퍼뜩 무언가를 깨달았다.

만나고부터 지금까지 빛의 검이 일관되게 늘어놓았던 말. 처음엔 헛소리라고 생각했으나, 강맹한 검술과 포악한 성품은 분명 한 사람을 지칭하고 있었다.

게다가 그의 입에서 직접 나온 업보 얘기까지.

'빛의 검의 첫 주인이라는 건 분명.'

지엔은 얼굴을 굳혔다.

'내 전생!'

아니, 하지만 위대하고 사악한 자가 알고 보니 빛의 검의 첫 주인이었다니? 그런 모순이 있을 수가 있나?

하지만 빛의 검의 말로 미루어 보아 그것은 틀림없는 사실일 것이다.

지엔은 다시 필사적으로 머리를 굴리기 시작했다.

빛의 검이 주인에게 요구하는 것은 강한 검 실력과 성품. 하지만 지엔은 둘 중 적어도 하나를 가진 사람을 알고 있었다.

'내 전생의 흉포하고 강맹한 검술을 고스란히 가져간 사람. 나세르 공자님!'

누구와는 비교도 안 되게 선량하고 올곧은 나세르라면, 빛의 검이 내건 조건 중 검술뿐만 아니라 성품마저 충족시킬 수 있을지도 모른다.

그때 빛의 검이 까칠하게 말했다.

— 흥, 그리고 첫 주인을 만난 기쁨…… 아니, 놀람에 잠시 잊고

있었지만, 나는 벌써 내 주인이 될 자격을 가진 인간을 찾았다. 그러니 이제 너 따위는 필요 없어.

"잠시만! 그런 사람, 저도 한 명 알 것 같은데!"

지엔이 한 손을 들며 외쳤다.

그에 빛의 검이 삐딱하게 되물었다.

— 과연 내가 고른 주인을 네가 알 수 있을까? 너와는 비교도 안 될 만큼 착하고, 희생 정신이 탁월한 사람인데.

"하지만 지금 제가 말하려는 사람은 전생의 저만큼 강한 검술을 가진 사람인데요!"

지엔의 말에 빛의 검의 정신이 크게 흔들렸다.

성품이냐, 강함이냐? 이런 것을 두고 고뇌한다는 것만 봐도 빛의 검도 결코 당당하게 성물이라 말할 만한 성품은 못 됐다.

고뇌 끝에, 탐욕에 진 빛의 검이 말했다.

— 하, 한 번 이번만은 네 말을 믿어 보도록 할까! 나를 새 주인이 될⋯⋯ 아, 아니, 강하다는 자에게 안내해라! 단, 전생의 너만큼 강하지 않으면 거들떠보지도 않겠다.

"물론이죠! 반드시 만족하실 겁니다!"

물건을 팔아치운 사기꾼처럼 지엔이 흡족하게 외쳤다.

빛의 검의 첫 주인과 빛의 검 사이에 모종의 거래가 성립되었다. 빛의 신이 보고 있었더라면 제발 내 이름 좀 그만 더럽히라고 생각할 광경이었다.

한편, 빛의 신은 아니었지만 모든 일을 지켜보며 그 비슷한 생각을 한 사람은 있었다.

바로 세실이었다.

편을 먹고 힘차게 달려 나가는 한 인간과 한 자루의 검을 보며, 그는 망연히 중얼거렸다.

"저게 도대체 뭐야……? 빛의 검이 인간과 말을 하다니? 그것도 모자라 거래까지?"

그는 물론 빛의 검이 아닌 지엔의 말밖에는 들을 수 없었지만, 그것만으로 상황을 어느 정도 파악할 수는 있었다.

현실과 종교의 괴리 앞에 고뇌하는 세실이 지켜보는 가운데, 지엔이 철퍼덕 엎어졌다. 물론 전생의 저주로 인한 일이었다.

그녀가 나세르에게 가기까지의 길이 멀어 보였다.

바로 그때, 하늘에서 그런 그녀를 불쌍하게 여겼는지 구원자들을 잔뜩 보내 주었다.

또다시 넘어진 수풀 너머에서 말을 탄 사람들을 발견한 그녀의 얼굴이 환해졌다. 얼마 전까지였다면 '날 죽이려는 진상 귀족이라면 어떡해?!' 하고 생각했겠지만, 지금은 빛의 검과 함께니 설마 보자마자 죽이려 들진 않을 것이다.

그것도 잠시, 자신과 가장 가까운 말 위에 올라타 있는 사람의 얼굴을 본 지엔의 안색이 흐려졌다.

'화, 화, 황태자잖아!'

벨하르트와 참가자들은 한창 말을 달리던 와중이었다. 이 달리기의 명확한 목적을 아는 것은 선두의 벨하르트 단 하나였다.

물론 그는 떠나기 전 '따라오지 않아도 좋다.'고 말했으나, 참가

자들로서는 생존율을 조금이라도 늘리기 위해서라도 울며 겨자 먹기로 따를 수밖에 없었다.

그렇게 한 사람 빼고 아무도 이유를 모르는 기묘한 달리기가 이어지던 그때, 멀지 않은 곳에서 흰 번개가 내리치며 상황은 다시 바뀌었다.

쉼 없이 달리던 벨하르트는 말을 멈추었다. 보랏빛 안개 속에서도 선명하게 보이는 흰 번개가 연신 내리치는 광경을 보며, 미간을 좁힌 벨하르트가 중얼거렸다.

"……칼리스로군."

가장 가까이 있던 발리아가 그 말을 듣고 고개를 돌렸다. 그녀가 의아한 듯 물었다.

"저 번개가 킬리스 님 때문이라고 생각하시는 건가요? 어째서지요?"

"……."

"제가 보기에는, 저 번개가 안개 속에서도 선명히 보이는 것은 주변 마기들을 소멸시키고 있기 때문이에요. 그렇게 생각했을 때, 저 번개는 마법에 의한 것이라기보다는 신성력에 의한 것일 가능성이 높아요. 그러니 칼리스 님은 아니지 않을……. 아!"

말을 잇던 발리아가 저도 모르게 작게 소리 질렀다. 벨하르트가 그녀의 말을 듣다 말고 다시 고삐를 당겨 달리기 시작했기 때문이었다.

헛숨을 삼킨 발리아도 곧 당황을 가라앉히고 그를 따라 말을 몰았다.

그렇게 번개가 떨어지는 곳을 향해 일직선으로 달려가던 일행은 마기는커녕 은은한 빛으로 둘러싸인 공간과 마주치고 또 한 번 당황했다.

그들이 주위를 둘러보며 중얼거렸다.

"어떻게 된 일이지? 이 공간은 대체……."

"방금까지 사제가 이 공간을 정화한 건가? 아니, 하지만 아직까지 그 힘이 머물러 있으려면……."

아직 근처에……. 누군가 그렇게 중얼거리던 그때 풀숲을 가르고 털썩 무언가가 그들 앞에 나타났다.

잔뜩 긴장하며 무기를 들고 그쪽을 돌아보았던 그들은 첫째로 그것이 나타났기보다는 엎어졌다는 것을 알고 놀랐고, 둘째로 그 정체가 긴 갈색 머리카락과 옷에 흙먼지와 낙엽이 잔뜩 엉겨 붙은 하녀라는 것에 놀랐다.

상황과 장소와는 전혀 어울리지 않는 그녀의 등장에 모두는 일제히 헛숨을 내뱉었다.

"허어?"

"이게 무슨."

그것도 잠시, 곧 평범한 하녀 따위가 이 숲에서 생존할 수 있을 리 없으며, 따라서 저것은 환각을 일으킬 수 있는 어느 마물의 수작이라는 결론에 도달한 이들은 다시 무기를 추켜세웠다.

그때, 엉망이 된 하녀의 품에 안긴 무언가가 그들의 눈에 들어왔다.

"잠깐, 저건…… 빛의 검?!"

"어째서 빛의 검이 평범한 하녀의 손에!"

더군다나 빛을 내기까지 하고 있다니! 그들은 경악했다. 만약 저게 환각이 아니라 사실이라면, 그들은 빛의 검이 몇백 년 만에 새로운 주인을 정한 광경을 목도하고 있는 것이었다. 그런데, 새로운 주인이 다른 누구도 아니고 저런 평범한 하녀라고?

도저히 믿을 수 없는 광경이었다.

'역시 환각이 아닐까?'

그들이 일제히 생각하는 가운데, 지엔은 멍하니 위를 올려다보았다. 정확히는 가장 가까운 말 위에 올라타서 자신을 바라보고 있는 벨하르트 황태자의 눈을.

'댁이 왜 여기 있어?'

뜻밖의 만남에 지엔은 표정 관리할 생각도 못 하고, 몹시 불경한 표정만 지어 보였다.

그때, 그런 지엔을 뜻을 알 수 없는 눈으로 물끄러미 보던 그가 대뜸 손을 내밀어 지엔의 뒷덜미를 잡아챘다.

그가 지엔에게 해코지를 하려는 줄 알고 반사적으로 말리려던 발리아의 눈이 곧 휘둥그레졌다.

"전하……!"

한편 다른 이들도 눈이 휘둥그레진 건 마찬가지였다.

지엔을 그대로 자신의 앞에 앉힌 벨하르트가 말고삐를 고쳐 잡으며 말했다.

"당장은 추궁할 시간이 없군. 이대로 데려간다."

그답지 않은 기행에 모두는 기염을 토했다. 이윽고 귀족 중의 하나가 몹시 당황하며 말했다.

"저, 전하! 차라리 제 말에 태우겠습니다. 하녀가 전하와 함께 말을 타다니, 어찌……."

"아니면 제 말에 태우십시오, 전하."

"그런 수상한 자를 전하의 말에 태우다니, 위험합니다!"

한편 지엔 또한 자신을 구해 줄 사람을 찾아 주위를 두리번거렸다. 마침 그녀는 여전히 이쪽을 얼떨떨하게 바라보던 발리아와 눈이 딱 마주쳤다.

지엔이 고개를 내밀어 인사를 건네려던 그때, 다시 그녀의 뒷덜미를 잡아당긴 벨하르트가 말했다.

"켁."

"두리번거리지 마라. 말에서 떨어진다."

그리고 고개를 돌린 벨하르트가 말했다.

"지체할 시간이 없다. 이대로 계속 간다."

"하오나……."

"어서."

차갑게 말한 벨하르트가 말고삐를 당겨 다시 달리기 시작했다.

자신이 타고 있는 말 등이 흔들리는 것을 느끼며 지엔은 빛의 검을 안은 손에 힘을 주었다.

자신을 가두고 있는 두 팔이 다름 아닌 벨하르트의 것이라는 사실이 몹시 불편했다.

'물론 본인은 말할 것도 없고.'

그렇게 생각하며 슬쩍 고개를 든 지엔은 멈칫했다.

분명 정면을 향하고 있을 줄 알았던 그의 시선이 자신을 향하고 있었다. 맹금류의 눈동자처럼 날카로운 금빛을 발하는 그의 눈과 마주한 지엔은 독수리에게 물려 가는 토끼라도 된 듯한 기분이었다.

그때 그가 갑자기 입을 열었다.

"왜 네가 이 숲에 있는 거지? 빛의 검의 부름을 받기라도 했나?"

지엔은 우물쭈물하며 입을 열었다.

"예? 아니요, 이건……."

그녀가 여전히 심상치 않은 빛을 내뿜고 있는 빛의 검을 들어 보이며 대답했다.

"빛의 검의 심부름을 받아 배달 중이었는데요. 제가 주인인 게 아니라……."

"……."

다른 이들이 들었으면 농담하지 말라고 다그쳤을 말에도 벨하르트는 미간을 조금 찌푸리기만 했다. 물론 그에게는 진상을 파악할 방법이 존재하기 때문이었다.

[전하, 사냥 대회가 끝나면 제대로 보고드리겠습니다. 어처구니없으시겠지만 그녀의 말은 사실입니다.]

벨하르트가 담담히 고개를 끄덕이고 다시 물었다.

"그러면 이 숲에 들어온 이유는?"

"아, 그건."

눈을 굴리던 지엔은 아직도 등에 메고 있던 활과 화살통을 가리켰다.

"공자님께서 활과 화살을 두고 가셨다는 얘기를 들어서. 그래서 걱정되는 마음에, 차마 활과 화살을 들고 이 숲에 들어오지 않을 수……."

잘한다, 나! 스스로의 연기에 감탄하며 말을 잇던 지엔의 목소리를 벨하르트가 잘랐다.

"보랏빛 안개를 보고 숲이 평소와는 다르다는 것을 느끼지 못했나?"

'취해서 뵈는 게 없었는데…….'

"혼자 숲을 헤매다 보면 마물들과도 마주칠 수밖에 없었을 텐데. 그때도 돌아갈 생각이 안 들던가?"

'길을 몰라서…….'

차마 사실대로는 말할 수 없던 지엔은 난감하게 눈만 굴렸다. 그녀를 내려다보던 벨하르트의 눈이 가늘어졌다.

그가 중얼거리듯 말했다.

"보통 고용인들은…… 고용주를 위해서 그렇게까지 하지 않지."

'아, 그야 그렇겠지요…….'

그것이 자신의 조악한 변명을 부정하려는 의도인 줄 알고 대처를 위해 머리를 굴리던 지엔은, 이윽고 들려 온 그의 물음에 깜짝 놀랐다.

"네 주인을 사랑하기라도 하나?"

"네에?"

지엔은 저도 모르게 고개를 들었다. 얼어붙을 듯한 목소리와는 달리, 실로 낯간지럽기까지 한 물음이었다.

'나세르를 사랑하냐고?'

물론 방금 그 변명을 들은 사람이라면 한 번쯤 해 봄직도 한 생각이었지만, 벨하르트만은 그래선 안 되었다.

'댁은 애초에 이런 데는 아무 관심도 없잖아! 심지어 자기 예비 약혼녀에게도!'

누가 무슨 생각을 하는지는 평소에 전혀 신경도 안 쓰고 살 것만 같던 그였다. 그런데 그가 자신에게만 사적인 질문을 하다니. 지엔은 불경죄도 잊고 '무슨 상관이세요?'하고 쏘아붙이고 싶어졌다.

대답 없이 난처한 표정만 짓는 지엔을 보며 벨하르트의 눈이 더욱더 가늘어졌다.

그때, 막혀 있던 시야가 탁 트이면서 그들은 드디어 낙뢰가 떨어지던 장소에 도착했다.

수풀 사이로 드러난 칼리스와 로아나의 모습에 발리아는 놀라서 눈을 휘둥그레 떴다.

'사제가 아닌 그가 어떻게 신성 마법을 쓸 수 있는 거지?'

그러나 그보다도 그녀를, 아니, 모두를 놀라게 한 것은 공터의 기묘한 대치 상황이었다.

"로아나 경의 모습을 봐! 잔뜩 다쳐서 피를 흘리고 계시잖아. 제국 최고의 검사가 이 어찌……."

"잠깐, 저 마물 모습이 이상한데? 가죽은 어디에 가고 뼈밖에 남지 않은…… 설마!"

의견을 교환하던 그들이 일제히 외쳤다.

"언데드 몬스터!"

그들은 다시 안절부절못하며 주변을 살피기 시작했다. 언데드 몬스터가 나타났다면 그것을 만들어 낸 흑마법사가 틀림없이 이 근처에 있다는 얘기니까.

그러나 아무리 주위를 둘러봐도 수상한 자는 보이지 않았다. 대신에 그들이 발견한 것은 다른 사람들이었다.

"나세르 공자! 중간에 혼자 사라졌다 했더니 여기에 있었군."

"아니, 잠깐. 그런데 '빛의 인도자'는 어째서 이런 곳에 있는 거지?"

그들이 이명을 부르며 가리킨 사람은 다름 아닌 헤카테였다.

그런데 그의 상태가 이상했다. 그는 평소처럼 산뜻한 미소 대신, 몹시 즐겁고도 광기 어린 미소를 띠며 칼리스와 맞서 싸우고 있었다.

그의 손에서 줄기줄기 뿜어져 나오는 불길한 자줏빛 광채를 본 그들이 다시 탄식했다.

"저것이 대체……."

"어찌 된 일이지? 이곳에 있을 리 없는 언데드 몬스터에 이어 헤카테 사제의 모습까지……."

그나마 칼리스의 주변에 번뜩이는 흰 번개가 헤카테의 손에서 나오는 마법을 족족 무력화시키고 있으니 다행이었다.

저 자줏빛 광채에 닿으면 뭔가 큰일이 일어나리란 것은 본능적으로도 알 수 있었다.

"그런데 저런 마법도 있나?"

"글쎄……."

그때, 헤카테, 아니, 헤카테의 모습을 한 남자가 드디어 새롭게 나타난 이들을 눈치챘다.

새로운 관객, 혹은 장난감을 즐거운 듯한 눈으로 본 제라드가 로아나를 사납게 몰아세우던 만티코어를 불렀다.

"내 피조물아, 저길 보렴."

그에 만티코어가 고개를 돌려 벨하르트 무리를 바라보았다.

제라드가 짙은 남색 눈을 더욱 휘며 말했다.

"더 신선하고 약한 먹이들이 나타났구나."

그 말을 기다렸다는 듯 만티코어가 고개를 하늘로 젖히며 울부짖었다. 뼈만 남은 뒷다리를 접었다 편 그가 순식간에 무리에게로 도약했다.

"으아악!"

다들 혼비백산하며 절규하는 가운데, 발리아는 결연히 입술을 깨물며 물의 장막으로 그들의 앞을 가로막았다.

만티코어의 돌진 속도를 줄이느라 분투하는 발리아의 옆에서 금빛 검기가 솟아올랐다.

— 캉!

그러나, 벨하르트가 날린 금빛 검기조차 만티코어에게 조금의 흠집밖에 남기지 못했다.

가죽이 사라지고 뼈밖에 남지 않은 만티코어는 그만큼 더 단단해졌다. 흑마법으로 되살아난 만큼 어떤 특수한 힘이 그를 보호하고 있는 듯도 했다.

뜻밖의 상황을 마주하고 눈이 휘둥그레져 있던 지엔을 벨하르트가 재빨리 자신의 말에서 내리게 했다.

그러자마자 다시 만티코어를 향해 달려 나가는 벨하르트의 뒤에서 발리아가 외쳤다.

"전하, 돕겠습니다!"

그 틈을 타 지엔은 나세르에게로 달려갔다. 때마침 빛의 검이 외치는 소리가 들렸다.

ㅡ 저자로군! 내가 성품을 보고 주인으로 고른 자.

그 말을 들은 지엔은 뛰던 것을 멈추고 빛의 검을 내려다보았다.

"뭐?"

ㅡ 뭐?

"아니……."

떨떠름한 얼굴을 한 지엔은 다시 나세르에게로 달려가려 했다. 바로 그때, 멀지 않은 곳에서 흘러나온 목소리가 그녀의 발을 붙들었다.

"주인?"

지엔은 뒤를 돌아보았다. 입을 열기도 무서울 만큼 무거운 침묵이 공터에 내려앉았다.

방금까지 죽자사자 싸워대던 칼리스, 로아나를 비롯한 모두가 이쪽을 돌아보고 있었다.

그 가운데, 사악한 미소를 지은 게 언제였냐는 듯 순수하게 기쁜 표정의 제라드가 지엔에게로 다가왔다.

그가 가슴에 손을 올리며 말했다.

"나의 주인이시여. 이런 곳에서 뵙게 되다니."

'그 입 제발 다물어.'

지엔이 창백하게 질린 얼굴로 속으로 생각하거나 말거나, 제라드는 급기야 주군에게 하듯 깊숙이 고개 숙이기까지 했다.

"주인이시여…… 이렇게 빨리 다시 뵙는 기쁨을 누릴 거라고는 정말로 상상치 못했습니다."

'제발 입 다물라고.'

지엔의 간절한 바람에도 불구하고 분위기는 점차 최악으로 치닫고 있었다.

벨하르트와 로아나는 물론이고, 어느 정도 친분이 있는 칼리스와 발리아마저 의심 깃든 눈으로 지엔을 보고 있었다. 하물며 초면인 사냥 대회 참가자들이야 말할 것도 없었다.

순식간에 제라드와 자신을 한 편으로 규정하는 듯한 그들의 눈빛에 지엔은 속으로 비명을 질렀다.

'아악! 정말이지 생각이 있는 거야, 없는 거야?! 당신이 이 자리에서 그런 말을 하면 내 입장이 난처해질 거란 생각은 안 해?!'

그러나 사람들이 제라드와 지엔을 번갈아 보며 하고 있는 생각은 그녀의 예상과도 조금 달랐다.

그도 그럴 게 지엔의 몰골은 여전히 엉망이었다. 갈색 긴 머리카락과 옷에 흙먼지와 낙엽이 엉겨 붙은, 초라한 몰골의 하녀.

더욱 심각한 점은 그녀의 손에 여전히 성스러운 빛을 내뿜는 빛의 검이 들려 있다는 점이었다.

'그런데 심지어 저 하녀가 저 남자의 주인이라니.'

'뭔가 오해가 있지 않고서야…….'

그런 가운데, 지엔의 모습을 하나라도 빼놓지 않고 눈에 담겠다는 듯 샅샅이 훑던 제라드가 의아한 표정을 지었다.

그가 눈살을 찌푸리며 물었다.

"그런데…… 어쩌다가 그런 꼴이 되신 겁니까?"

"아, 아니. 이건."

"누군가…… 당신을 이렇게 만든 사람이 있습니까? 있다면 제가……."

손을 뻗어 지엔의 뺨을 살며시 쓰다듬은 제라드가 말했다.

상냥한 목소리이기는 했으나, 그에게서 뻗어 나오는 오금이 저리는 살기에 지엔은 생략된 뒷말을 어렵지 않게 짐작했다.

'그놈은 차라리 죽는 게 더 나은 꼴을 당하겠군…….'

지금까지 본 제라드의 자비 없는 성품을 보아 틀림없었다. 더군다나 이미 죽은 유령들도 끔찍한 꼴을 당하지 않았던가…….

'음?'

지엔이 무언가를 깨닫고 이상한 표정을 짓던 찰나, 제라드가 흙먼지 낀 지엔의 머리카락을 아무렇지 않게 쓸어 넘겼다. 고개를 퍼뜩 든 지엔이 외쳤다.

"으아악! 그, 그러지 마세요! 다들 오해, 아, 아니, 그쪽 손이 더러워지니까."

"주인의 머리카락을 그깟 흙 좀 묻었다고 더럽고 하다니. 그렇게 말하는 사람들이 있으면 제가 경을 치겠습니다."

'나도 닥치란 얘긴가?'

순간 쫄았던 지엔은 다시 입을 열었다.

"아, 그, 저를 이렇게 만든 사람 말인데요!"

말을 꺼내는 순간까지도 지엔은 괜히 꺼냈나 싶었다. 그러나 제라드의 눈 가득 살기가 들어차는 것을 보고, 아직 그의 요구는 유효했다는 것을 깨달았다.

그가 음산하기까지 한 목소리로 물었다.

"범인이 누구입니까."

"그게, 저기 저!"

지엔은 손가락을 뻗어 한쪽을 가리켰다.

"저 만티코어예요! 쟤가 저를 습격해서, 제가 어쩔 수 없이 도망치다가 그만…… 구르는 바람에."

지엔이 보기에 이 상황에서 적은 둘이었다.

물론 말할 필요도 없이 하나는 눈앞의 제라드, 그리고 다른 하나는 만티코어였다.

'적은 하나라도 줄여 놓는 편이 낫겠지.'

이 일로 다른 사람들에게 점수를 따놓겠다는 생각도 조금은 있었다.

제라드와 꼼짝없이 같은 편인 줄 알았던 자신이 제라드에게 직접 만티코어를 죽여 달라고 한다면, 사람들은 당연히 의아해하며 진실을 조금쯤 의심할지도 모르니까.

속으로만 그렇게 생각하던 지엔은 제라드의 얼굴을 다시 보고 움찔했다. 그의 눈이 아까보다 더 차갑게 얼어 있었다.

'내가 실수했나?'

역시 방금의 제안은 너무 속 보였나? 아니면 만티코어의 기억을 전부 읽어서 알고 있다거나?

지엔이 이런저런 가능성을 떠올리던 그때, 이를 아득 깨문 제라드가 음산하게 말했다.

"감히 저것이 그랬다고요."

"예? 예."

"감히 저것이…… 당신을 다치게 했단 말입니까."

제라드가 분노한 듯, 그리고 조금은 슬픈 듯 읊조렸다.

다음 순간이었다. 갑자기 허공에서 팽창한 자줏빛 불길이 만티코어를 단숨에 집어삼키자 주위의 모두는 깜짝 놀라며 물러났다.

지엔은 자줏빛 구체가 만티코어를 감싼 채 활활 타오르는 모습을 멍하니 지켜봤다.

안에서 거대한 인영이 흔들렸다. 춤추는 듯도 보였으나, 분명히 그것은 고통에 찬 몸부림에 더 가까웠다.

— 키에에엑!

애처롭기까지 한 울부짖음과 함께, 자줏빛 구체가 사라진 자리에는 재만 남았다.

지엔은 만티코어가 거짓말처럼 사라진 자리를 멍하니 쳐다보았다. 그러던 그녀는 다시 들려온 목소리에 고개를 돌렸다.

"주인이시여."

지엔은 움찔하며 제라드를 쳐다보았다. 그를 보는 그녀의 눈에는 처음으로 두려움이라는 감정이 떠올라 있었다.

그녀의 눈이 다친 몸으로 힘겹게 서 있는 로아나를 힐끗거렸다.

'발레노르 경조차 제대로 상대하지 못하던 만티코어를 한 방에……. 분명 '피조물'이라 불러 놓고.'

그녀의 눈살이 슬쩍 찌푸려졌다.

'그것도 저런 고통스러운 방법으로.'

한편 지엔의 마음을 짓누르는 부담감은 더욱 막중해졌다. 그야 이렇게 강력한 힘을 지닌 남자가 다른 누구도 아닌 자신을 주인이라고 착각하고 있다니, 그럴 수밖에 없었다.

지금이라도 이실직고하는 것이 낫지 않을까 하는 생각도 들었지만.

'그가 내 명령으로 만티코어를 없앤 시점에서 이제는 그것도 불가능해…….'

지엔의 목덜미와 등 뒤에 식은땀이 흘러내렸다.

그때, 그녀를 울적한 눈으로 바라보던 제라드가 말했다.

"당분간 스스로 근신하겠습니다. 주인도 몰라보는 미물을 감히 제 손으로 창조한 죄, 그리하여 감히 주인을 다치게 한 죄…… 모두 제 잘못입니다."

"예, 예?"

"이 죄 죽음으로 씻어 마땅하나……. 제게는 주인께서 주신 사명이 있기에."

몹시 침통한 얼굴로 그렇게 말한 제라드가 가슴에 손을 얹으며 몸을 굽혔다.

긴 속눈썹이 내리깔려 하얀 볼 위로 그림자를 드리운 모습은 몹시도 우수에 젖은 듯했으나, 그 모습을 보며 지엔의 머릿속에 떠오른 생각은 단 하나였다.

'기왕 근신할 거, 백 년쯤 근신하면 안 되는 걸까? 그래서 나 죽을 때쯤 나온다면 좋을 텐데.'

지엔이 그런 생각이나 하고 있던 가운데, 칼리스를 돌아본 제라드가 차갑게 말했다.

"빛의 지팡이의 주인."

그 말에 칼리스보다도 술렁인 것은 다른 사람들이었다. 그들이 저마다 경악하며 말했다.

"뭐?! 그럼 방금 그 흰 번개가……."

"빛의 지팡이의 주인은 몇백 년간 한 번도 나타나지 않은 줄 알았는데! 주인을 고르는 기준이 빛의 검보다도 까다로워……."

그들의 반응을 대수롭잖다는 듯 무시한 제라드가 이번에는 나세르를 돌아보며 말했다.

"그리고…… 빛의 검의 새로운 주인."

"뭐라고?!"

이제 군중들은 경악할 힘조차 남아 있지 않았다. 그 가운데, 여전히 아름답고도 싸늘하게 웃은 제라드가 말을 맺었다.

"조만간 성물과 너희의 목을 찾으러 올 테니, 목 씻고 기다려라."

나세르는 미간을 좁히며 아무 대답도 하지 않았으나, 칼리스는 용케도 영망진창이 된 몸을 하고도 지껄였다.

"하하, 성물만 가져가면 안 될까? 내 얼굴을 보고 수집욕이 생기는 것도 이해는 하지만, 내 얼굴은 몸에 달려 있을 때 가장 빛이 나거든!"

뻔뻔스레 대꾸하는 칼리스를 보며 지엔은 새삼 감탄했다. 저 사람 대체 자기 얼굴에 대한 만족감이 어느 정도인 거야?

'저 사람이 내 얼굴을 가져가서 참 다행이다……'

지엔이 그런 생각마저 하는 사이, 어이없다는 듯 웃은 제라드가 마지막으로 지엔을 돌아보고 다시 정중하게 몸을 숙였다.

이윽고 그의 모습이 안개처럼 흩어져 사라지자, 공터에는 한동안 기이한 정적만이 흘렀다.

뒤늦게 정신을 차린 지엔이 나세르에게 달려갔다.

비로소 지엔의 모습을 자세히 보게 된 나세르는 잔뜩 당황한 얼굴로 물었다.

"지엔, 그 몰골은 대체 뭐지?"

넘어지다 못해 진흙에서 목욕이라도 한 것 같은 몰골이었다. 나세르는 지엔이 빛의 검을 운반하느라 다섯 걸음에 한 번꼴로 넘어졌다는 것을 알 리 없었다.

그에 대답하는 대신 지엔은 품에 든 검을 내밀었다.

"공자님, 여기요!"

"빛의 검? 이걸 왜 나에게……"

나세르는 의아해하면서도 빛의 검을 일단 받아 손에 쥐었다. 그러면서도 그는 별 기대는 하지 않았다.

그도 그럴 게 빛의 검은 지엔의 손에 들려 있을 때부터 이미 빛을 내뿜고 있었고, 게다가 빛의 검의 주인이 자신이었더라면 여행길 중에 숱하게 반응했을 것이 분명했다.

'아까 그놈은 어처구니없게도 헛다리를 짚었군.'

바로 그때였다.

나세르의 손에 닿자마자 갑자기 빛의 검을 둘러싼 빛이 더욱 밝아지기 시작하더니, 이윽고 흰 빛의 기둥이 그를 중심으로 솟구쳤다.

눈이 멀 것같이 강한 빛 속에서 천둥처럼 큰 목소리가 나세르의 귓가에 울렸다.

— '주인'의 검술을 가져간 자가 있다기에, 누군가 했더니 너로군. 과연 너라면 권리가 있지.

"'주인'이라니? 그게 무슨 소리……."

나세르는 다급히 물었다. 아까 전의 남자도 '주인' 운운하더니, 이번에는 빛의 검까지? 주인인 이가 자신 말고 달리 있는 모양인데, 그것이 누구인지 나세르는 도통 알 수가 없었다.

'더군다나 그의 검술을 자신이 가져왔다니…….'

나세르의 물음에도 아랑곳하지 않고, 검은 다시 외쳤다.

— 널 내 주인으로 인정하겠다!

그와 동시에 나세르를 둘러싼 빛의 기둥이 더욱 환해졌다. 그의 온몸을 둘러싸고 있던 흉터에 순식간에 새살이 차올랐다.

그 경이로운 모습에 감탄한 사람들이 외쳤다.

"맙소사! 정말로 나세르 공자가 빛의 검의 주인이었군! 아까 그 남자의 말대로였어."

"게다가 저기엔 빛의 지팡이의 주인이 나타나기까지! 앞으로 어찌 되는 거지?"

과연 칼리스는 또 다른 눈부신 흰 빛에 둘러싸여 있었다. 이제는 자포자기한 미소를 지은 그는 간혹 품 안을 보며 '그래, 고마워. 고맙지.' 따위의 알 수 없는 말들을 지껄였다.

그러던 그는 문득 나세르를 힐끗 보고는 그 자리에 주저앉으며 말했다.

"하아, 어떻게든 예언이 이루어지긴 한 거로군. 빛의 검의 주인이 결국 나타났으니, 한시름 덜었나⋯⋯."

헝클어진 머리칼을 쓸어넘긴 칼리스가 다시 중얼거렸다. 하지만, 설마 그 예언의 주인공이 나세르일 줄이야⋯⋯.

'주인으로 인정할 거면 빛의 검을 들고 여행했던 그때에나 인정할 것이지, 갑자기 지금 와서 인정할 건 뭐야?'

그렇게 투덜대던 칼리스는 다시 나세르를 돌아보며 중얼거렸다. 아무튼, 하나 확실한 건⋯⋯.

"무투 대회 우승에 빛의 검까지, 저 녀석은 이제 날개를 단 셈이군."

저번부터 무슨 약속된 영웅의 탄생이라도 보는 듯해 기분이 별로 좋지 않았다. 언제나 가장 눈에 띄는 사람은 자신이었던 칼리스에게 조연이 되는 것은 그리 익숙지 않은 일이었다.

그가 칫 소리를 내며 혀를 차던 그때, 공터 한구석에서 살기가 느껴졌다. 그에 놀란 칼리스는 눈을 휘둥그레 뜨며 그쪽을 보았다.

벨하르트의 세상 누구보다도 차가운 표정을 보고 칼리스는 중얼거렸다. 아차.

벨하르트가 싸늘한 얼굴로 지엔에게 물었다.

"그럼 이게 어떻게 된 일인지, 이제 설명해 주실까."

"그, 그게⋯⋯."

지엔은 땀을 삐질삐질 흘리다가 일단 무릎부터 꿇었다. 무릎을 꿇은 보람도 없이 차가운 목소리가 그녀의 정수리에 푹 꽂혔다.

"상황에 따라 너를 내통자로 간주하고 즉결처분할 수도 있다."

'이런 제길.'

지엔은 속으로만 피눈물을 흘렸다. 역시, 철저한 벨하르트가 그냥 넘어가 줄 리 없지. 이렇게 될 줄 알았다.

'제라드, 차라리 근신이고 뭐고 상관없으니 다시 나타나서 날 옆구리에 끼고 데려가!'

그러나 침묵 속에서 아무리 기다려도 원하는 일 따위는 일어나지 않았다.

지엔이 고개를 더더욱 깊게 숙이고 벨하르트의 눈빛이 더더욱 살벌해지던 그때, 누군가 풀숲을 헤집고 뛰쳐나왔다.

그 모습에 벨하르트와 지엔의 대립을 구경하던 이들은 다시 긴장하며 무기를 바투 쥐었다.

그도 그럴 것이 새롭게 나타난 이는 짙은 남색 머리칼과 남색 눈동자, 빛의 교단의 사제복까지, 방금 만티코어를 없애고 사라졌던 남자와 완전히 같은 생김새였다.

긴장했던 것도 잠시, 그에게서 흘러나오는 말을 듣고 그들은 마음을 놓았다.

"이토록 짙은 마기라니⋯⋯. 혹시 이곳에 저와 같은 생김새의 인물이 다녀간 일이 없습니까?"

"헤카테 사제님."

"빛의 인도자시여. 이번에는 당신이 맞군요."

모두가 눈물 섞인 탄식을 내뱉는 가운데, 벨하르트의 앞에 무릎 꿇고 있는 지엔을 본 헤카테는 기겁하며 그쪽으로 다가갔다.

황급히 지엔의 앞에 한쪽 무릎을 꿇어앉은 헤카테가 물었다.

"이게 도대체 어떻게 된 일입니까?"

헤카테의 등장으로 사태는 그럭저럭 일단락되었다.

*　　*　　*

일반적인 사냥 대회가 끝난 뒤에는 숲 바깥으로 나와 잡은 사냥 감들을 바탕으로 점수를 매기고 우승자를 선발, 그 뒤에는 밤늦도록 연회에서 마시고 즐기며 서로의 사냥 기술을 칭찬하다가 헤어지는 것이 보통이었다.

그러나 이것은 보통 사냥 대회가 아니었다.

숲을 북부와 똑같은 환경으로 만들던 마법진을 해체하고, 참가자들을 이끌고 숲 바깥으로 나온 벨하르트는 가장 먼저 사제들에게 부상자들부터 돌보라 시켰다.

사제들이 부상자들을 수거하고 나자 연설을 들을 수 있는 이들은 얼마 남아 있지 않았다.

그럼에도 벨하르트는 아랑곳하지 않고 말했다.

"얼마 안 있어 북부에서 마물들의 침공이 있을지도 모른다는 정보가 들어왔다. 그러기 전에 북부 마물들의 이상 행동의 원인을 찾고, 그것을 없애기 위해 북부에 원정대를 보내고자 한다. 이것은 그

원정대를 선발하기 위한 시험이었다.”

그 말에 부상과 공포 때문에 끙끙거리던 사람들조차 아무 말 없이 입을 다물었다.

마물 침공이라니! 그들은 전혀 예상치 못한 가능성에 전율했다. 동시에 그토록 가혹하던 숲 속 환경에 대해서도 이해하고 말았다.

북부의 땅처럼 짙은 안개와 어디서 튀어나올지 모르는 마물들, 가차 없는 벨하르트의 성정을 생각했을 때 그보다 더 완벽히 재현하지 않은 것이 다행이었다.

그제야 그들은 오늘, 몇백 년 동안이나 나타나지 않았던 빛의 성물의 주인이 둘이나 나타났다는 것을 깨달았다. 성물의 주인이 나타날 때는 대체로 성물이 필요할 때뿐이란 것은 그들도 알고 있었다.

게다가 오늘 본 정체불명의 흑마법사까지. 그 모두가 마물 침공의 어떤 전조였다면 과연 북부로의 원정이 시급했다.

그들은 순식간에 숙연해진 얼굴이 되어 고개를 숙였다. 그 모습을 말없이 훑어본 벨하르트가 다시 입을 열었다.

“그럼 결정된 참가자를 발표하지. 가장 먼저, 북부 원정을 무사히 마치기 위해서는 빛의 성물의 힘이 필수다. 그러므로 이번에 빛의 성물의 주인으로 밝혀진 루디나토 공자와 브리지트 공자와는 무조건 원정대에 참가한다.”

사방이 조용해진 가운데, 몇몇 이들이 나세르와 칼리스를 향해 선망 또는 동정의 눈빛을 보냈다.

아랑곳하지 않고 벨하르트가 말을 이었다.

"그리고 가장 많은 공을 세운 발레노르 경, 뛰어난 정령술을 보여 준 크레센트 영애 역시 원정대에 참가한다."

로아나와 발리아는 아무런 동요 없이 가볍게 묵례했다. 그 뒤에 줄줄이 흘러나오는 이름들을 듣고 있던 지엔은 고개를 돌렸다.

그녀가 옆에 서 있던 나세르를 향해 속삭였다.

"공자님."

내내 시선을 떨어뜨리고 있던 나세르가 고개를 들었다. 그는 어쩐지 숲에서 나온 뒤부터 계속 멍한 얼굴이었다.

'만티코어의 독의 후유증이 남기라도 한 건가?'

염려하는 지엔에게 나세르가 되물었다.

"왜 그러지?"

"북부에 가는 게 두렵지는 않으세요? 아무렇지 않은 듯 보여서요."

그 말에 나세르는 쓰게 웃었다. 그가 손에 들린 빛나는 검을 내려다보며 답했다.

"빛의 검의 주인이 북부에 가길 두려워한다면, 원정대에 참가할 사람은 아무도 없겠지."

과연. 지엔은 고개를 끄덕이며 속으로 납득했다. 빛의 검이 나에게 했던, '너 같이 귀찮음 많은 사람이 어떻게 세상을 구하냐.'는 말은 바로 이런 의미였군…….

과연, 지엔은 자신보다 나세르가 훨씬 빛의 검의 주인이 될 자격이 차고 넘친다는 것을 인정하지 않을 수 없었다.

다시 고개를 돌리는 지엔의 옆모습을 보며, 나세르는 귓가에 울리는 목소리를 들었다.

— 운명이란 참으로 알 수 없군……. 하긴, 옛날에도 너는 대단한 무재였지. 네가 제대로 훈련만 했다면 아무도 너를 당해내진 못했을 텐데. 어쩌면 내 '첫' 주인조차.

나세르는 가만히 눈살을 찌푸렸다.

'아까부터 저게 대체 무슨 소리지?'

아까부터 빛의 검은 도무지 알 수 없는 말만 쏟아 내고 있었다. 덕분에 나세르는 '성물도 노망에 걸릴 수 있나?' 하는, 사제 출신치고 몹시 무례한 생각까지 해 보았다.

그의 귓가에 다시 말소리가 이어졌다.

— 하지만, 네가 미래를 알았다고 해도 과연 검을 들었을지는 알 수 없구나. 왜냐하면 너는 무력으로 남을 찍어 누르는 일 따위에는 조금도 관심이 없었으니……. 너는 적이 얼마나 많은지, 또 강한지 따위가 아니라 지킬 것이 많을수록 강해지는 사람이었지. 마냥 흉포하기만 하던 '그'와는 달리. 그렇지 않나?

나세르는 어깨를 움찔 떨었다.

빛의 검의 말을 완전히 헛소리로 치부하기도 힘든 것은, 다른 누구와 자신을 헷갈리고 있는 게 아닌가 싶다가도 가끔 내놓는 섬뜩할 정도의 통찰 때문이었다. 방금처럼.

나세르가 결국 참지 못하고 입을 열었다.

"아까부터 대체 무슨 말을……."

답답해하는 그의 목소리가 화내는 것처럼 들렸는지, 빛의 검이 너털웃음을 터트리며 말했다.

— 이런, 그뿐만 아니라 그가 만들어 낸 나에게까지 원한이 있는 건가? 너무 그러지 말라고. 어차피 나는 전혀 다른 용도로 태어난 데다가, 지금은 그와 너의 신세가 뒤바뀌었지 않나.

"신세라니?"

— 너를 온종일 궁에 가둬 뒀던 자.

어쩐지 한기마저 깃든 목소리였다. 나세르가 흠칫하는 가운데, 빛의 검이 다시 말했다.

— 그가 이제는 네 소유가 되었지.

나의 소유라니, 도대체 무슨 소리를……

'설마 지엔을 말하는 건가?'

그렇게 생각하며 그가 고개를 들었을 때, 때마침 지엔의 시선이 자신을 향했다.

그녀의 갈색 눈과 눈이 마주친 순간, 나세르는 갑자기 엄습하는 두통에 눈을 찡그리며 이마를 붙들었다.

"윽."

'아비와 오라비. 검술. 궁. 흉포한…… 흉포한?'

빛의 검의 말로부터 떨어져 나온 표현들이 나세르의 머릿속을 빙글빙글 맴돌았다. 그 가운데, 지엔이 걱정스러운 듯 자신의 어깨를 붙드는 것이 느껴졌다.

"공자님, 괜찮으세요?"

바로 그때, 벨하르트의 목소리가 그들에게 날아왔다. 둘은 일제히 고개를 들었다.

"그리고 브리지트 백작가의 하녀, 지엔."

벨하르트뿐만 아니라 모두가 그들을 지켜보고 있었다.

긴장으로부터 우러나온 적막한 침묵이 흐르는 가운데, 그가 놀랄 만치 건조한 목소리로 물었다.

"마물들에게 꽂힌 화살은 본래는 나세르 공자에게 배정된 것이나, 정작 그 활은 화살은 네가 갖고 있었지. 그러니 지엔, 대답해 봐라. 오크 두 마리와 고블린 한 마리, 슬라임 한 마리를 죽인 것은 너인가?"

"말도 안 됩니다, 전하!"

그렇게 외치며 뛰쳐나온 것은 발리아의 꽁무니를 따라다니느라 마물을 한 마리도 잡지 못한 귀족 자제였다.

그가 억울하다는 듯 목에 핏대를 세웠다.

"어찌 하녀 따위가 사냥에 성공할 수가 있겠습니까!"

"전하, 제 소견도 그렇습니다."

그렇게 말하며 조심스럽게 끼어든 이는 다름 아닌 빛의 사제였다.

그는 앞선 귀족과는 달리 하녀 따위에게 공을 빼앗길 것을 염려하는 것이 아니라, 순전히 지엔을 걱정해서 나선 것이었다.

한 발짝 앞으로 나선 사제가 차분하게 말을 이었다.

"북부의 마물에게 상처를 입히기 위해서는 마나나 신성력을 실어 공격해야 합니다. 그런데 한낱 하녀가 그런 일을 해낼 수 있을리는 없지 않습니까."

그에 지엔을 무심히 돌아본 벨하르트가 다시 말했다.

"하지만, 저 하녀는 마기가 가득한 숲에서도 쓰러지지 않았다.

애초에 마기가 가득한 숲에서 버티는 것 또한 마나나 신성력이 없고서는 불가능한 일이 아닌가?"

"그건······! 화, 확인해 보겠습니다."

허둥지둥 지엔에게로 다가간 사제가 그녀의 손목을 잡고 신성력을 일으켰다. 이윽고, 다시 눈을 뜬 그가 휘둥그레진 눈으로 지엔을 보며 외쳤다.

"이, 이럴 리가······!"

"왜지?"

"그녀의 몸은 마기에 조금도 침식되지 않았습니다. 하지만 마나와 신성력 또한 존재하지 않습니다. 이런 일이 가능할 리가······?"

사제가 믿을 수 없다는 듯 어리둥절하게 말하자, 그것을 들은 귀족들은 일제히 수군거리기 시작했다.

그들은 누가 뭐래도 지엔에게 공을 밀릴 판이었으니, 한낱 하녀 따위에게 진 사람이 되고 싶지 않으면 남은 방법은 저 하녀를 '하녀가 아닌 무언가'로 만들어 버리는 방법뿐이었다.

마침 좋은 핑계도 있었다. 바로 정체불명의 흑마법사가 지엔을 가리켜 '주인'이라고 일컬은 것이 그러했다.

"사실은 저 하녀 자체가 마물이 아닌가?"

"그래, 잇사 왕국에선 지금도 간혹 그런 일이 있다지. 마물이 어린아이 모습으로 위장하여 농가에 하룻밤 재워 달라 청한다고······."

"그들은 아직도 나그네를 재워 주지 않는다 하였어. 그렇다는 것은, 최근까지도 그런 일이 자행되고 있다는 뜻 아니겠나?"

어처구니없을 정도로 긴박하게 전개되는 그들의 논리에, 나세르는 재빨리 지엔을 끌어다 등 뒤에 감췄다. 그의 옆으로 발리아와 칼리스가 조용히 나섰다.

긴장이 점차 팽팽해지던 그때, 갑자기 소란을 뚫고 맑은 목소리가 흘러나왔다.

유난히 아름다운 목소리에 사람들 모두가 그쪽을 돌아보았다.

"불가능한 일은 아닙니다."

그는 다름 아닌 헤카테였다.

이 자리에 모인 사제들 중 가장 뛰어난 신성력을 가진 것은 바로 그인지라, 심각한 부상을 당한 자들을 치료하느라 이곳에 오는 것이 늦어질 수밖에 없었다.

그의 소매에 묻은 피는 환자로부터 묻은 것이었으나, 그와 똑같은 얼굴과 목소리를 가진 자가 어떤 짓을 저지르는지 본 사람들은 저도 모르게 움찔할 수밖에 없었다.

그들의 꺼리는 기색에도 아랑곳하지 않고, 벨하르트를 돌아본 헤카테가 차분히 말을 이었다.

"마력이 전혀 없어도 마기에 저항을 하고, 마수들에게 타격을 입히는 일이 완전히 불가능하지는 않습니다."

벨하르트는 무심하게 물었다.

"그럼 뭐지?"

"항마력(抗魔力). 문자 그대로 사악한 것에 저항하는 힘입니다."

가볍게 고개를 조아렸다가 든 헤카테가 말을 이었다.

"지금은 대부분 실전된 힘입니다. 하지만 이지를 가진 마물들이 많았고, 그들이 사람들과 가까이 어울려 살던 시절에는 가진 이들이 제법 많았다지요."

"마물들이 이지를 가지고 사람들과 어울리던 시절이라니, 대체 언제적 얘기를……."

무심코 그렇게 말하던 자는 헤카테의 날카로운 눈초리를 받고 입을 다물었다.

서늘한 눈빛으로 노려보던 헤카테가 다시 싱긋 웃으며 말했다.

"본인이 기억하지 못하는 시대라고 해서 존재하지 않는 것은 아닙니다."

"아, 마, 맞습니다! 저도 옛 기록에서 읽은 적이 있습니다. 분명……. 항마력을 가진 사람은 마기 속에서도 자유롭게 숨 쉴 수 있고 마력 없이도 마물에게 타격을 입히는 것이 가능하다 하였습니다."

한 사제가 끼어들어 말하자 팽팽하던 긴장이 어느 정도 풀렸다.

한동안 그 사제를 뚫어져라 바라보던 벨하르트가 다시 헤카테를 돌아보며 물었다.

"그 힘을 가질 수 있는 조건이 뭐지?"

"마물들 중에서도 상급인 존재, 소위 '마족'이라 불리는 이들의 호의입니다."

"'호의'라고?"

"그렇습니다. 호의."

헤카테가 눈 하나 깜빡하지 않고 말을 이었다.

"인간 아이들이 마을에 흘러들어 온 어린 최상급 마물 개체, 즉

마족과 어울려 놀아 주었을 때, 그 어린 마족이 너희가 우리에게 다치지 않도록 해 주겠다며 항마력을 선사했다는 기록이 있습니다."

"흠……."

"그중에서도 특히 강한 마족은 항마력을 본인만이 아니라 그 자식한테까지 물려받도록 할 수 있었다는 기록이 있습니다."

거기까지 들은 벨하르트가 지엔을 돌아보며 물었다.

"어디 출신이지?"

지엔은 눈을 깜빡이다가도 곧 고개를 숙이며 대답했다.

"토엔이라는 남부의 작은 마을입니다."

벨하르트가 거리낌 없이 물었다.

"부모는 어찌 되지?"

"어머니는 평민이셨고, 아버지는 제가 태어나셨을 때 이미 없었습니다. 용병이었다는 얘기만을 들었습니다. 그러니 언제 죽어도 이상하지 않았다고……."

말을 잇는 지엔의 목소리가 점차 떨리기 시작했다.

벨하르트가 고개를 푹 숙이고 있는 그녀를 빤히 보는 가운데, 헤카테가 옆에서 조심스럽게 말을 자르며 끼어들었다.

"저는 열 살부터 지엔과 같은 마을에서 지냈습니다. 저 대답에 거짓은 없습니다. 마을 주민들에게 이미 확인한 사실입니다."

그에 비로소 벨하르트는 납득한 듯 고개를 끄덕였다.

"그렇군. 방랑하는 용병이었다면 마족과 우연히 인연이 닿았을 수도 있겠지. 그 점은 납득할 수 있다. 허나……."

지엔은 침을 꼴깍 삼켰다.

마침내 기다리고 기다렸던 질문이 돌아왔다.

"너를 주인이라 부르던 남자는 어떻게 된 거지?"

벨하르트는 냉랭하기 짝이 없는 목소리로 재차 말을 이었다.

"시체를 되살리는 언데드 라이즈(Undead rise)는 흑마법 중에서도 최상위의 마법. 더군다나 그것에 드는 마나는 그 시체가 살아생전 강한 힘을 가졌을수록 많아진다. 그런데 그 남자는 만티코어를 되살려 놓고도 아무렇지도 않았지. 더군다나 네가 그것에 의해 다쳤다고 하자 망설임 없이 다시 없애기까지."

"……."

"말해라. 도대체 어째서 성물을 모으러 다니는, 빛의 교단의 공적인 남자가 너를 주인이라 부르는 거지?"

"전하! 그 또한 제가 해명할 수 있습니다."

헤카테가 재빨리 그의 앞에 한쪽 무릎을 꿇으며 부복했다.

분명히 빛의 대사제의 설명이면 공신력이 있을 것임에도, 벨하르트는 왜인지 방해받았다는 듯한 눈빛으로 그를 보았다.

그 가운데, 헤카테가 한쪽 가슴에 손을 대며 말했다.

"보셨다시피 제 형은 몇십 년간 주인이 나오지 않아, 사실상 빛의 교단에서도 무용지물로 취급받던 성물들을 모으러 다니는 광인입니다. 심지어 그 본인은 흑마법사라 성물이 해로우면 해로웠지, 도움 될 리가 없는데도요."

본교의 역사 깊은 성물을 거침없이 '무용지물'이라 평가절하하고, 심지어 제 혈육을 광인이라 칭하는 헤카테의 발언에 그 자리에 있던 모든 사제가 경악했다.

아랑곳하지 않고 그는 침착하게 말을 이었다.

"그러니 그런 광인의 말에 의미를 두실 것은 없다고 생각됩니다. 흑마법사는 마족에게서 힘을 빌려 쓰는 족속들, 따라서 그가 마족에게 호의를 받은 자의 후손인 지엔에게 친근감을 느낀 것은 이상한 일이 아닙니다."

그리고 그는 눈을 내리깔며 덧붙였다.

"다른 이와 착각했을 수도 있는 일이고요."

헤카테의 말이 끝나자 사람들은 다시 웅성거리기 시작했다.

그들은 처음에는 저 하녀를 당장 고문하여 그 남자의 정체는 무엇인지, 계획은 무엇인지 낱낱이 캐내야 한다고 생각했다. 그러나 헤카테의 말을 듣다 보니 아무래도 후자가 더 말이 되는 것 같다고 생각되었다.

무엇보다도 처음 보았을 때, 흙먼지가 잔뜩 묻은 채 빛의 검을 들고 있던 지엔의 모습은 도무지 그들의 뇌리에 깊게 박혀 사라지지 않았다.

'저게 흑마법사의 수하라니, 차라리 내가 더 그럴듯하지.'

점차 지엔을 향하는 시선들이 누그러지는 것을 느낀 헤카테는 속으로 안도의 한숨을 내쉬었다.

'휴, 어떻게든 한 고비는 넘겼군.'

헤카테가 눈을 내리깔며 생각하던 그때, 그와 눈이 마주친 지엔이 엄지를 치켜들었다. 그 모습을 본 그는 저도 모르게 이마를 구기고 말았다.

헤카테가 입 모양으로 '가만히 좀 있으세요.' 하고 속삭이는 찰나였다. 그때까지도 생각에 잠겨 있던 벨하르트가 대뜸 입을 열었다.

"그대 말도 일리가 있다. 그러나…… 나는 아무래도 또 다른 가능성을 의심할 수 없군."

"그게 무엇인지요?"

"그대가 그대의 형이라 칭하는 작자와 동일 인물일지도 모른다는 의심."

벨하르트가 꺼낸 과감한 가설에, 곳곳에서는 헉하는 소리가 났다. 그 가운데, 헤카테는 드물게 날 선 눈으로 벨하르트를 바라 보았다.

그 무례한 행동에도 불구하고 벨하르트는 여전히 의연하게 말을 이었다.

"동일인이라 착각할 정도로 똑같은 용모, 더군다나 아무리 주의를 흩뜨리기 위한 것이라고는 하지만 똑같은 빛의 사제복. 게다가 그가 습격해 온 것은 언제나 그대가 없을 때가 아닌가?"

"……."

그 말에는 헤카테는 물론 누구도 반박하지 못했다. 그나마 빛의 사제가 입을 달싹이긴 했으나, 가만히 있으란 다른 사제들의 무언의 압박에 입을 다물었다.

그리고 벨하르트가 다시 말을 이었다.

"그대는 언제나 한발 늦게 나타났지, 바로 오늘처럼. 이 중에 그와 그대가 함께 있는 모습을 본 자가 있나?"

"제가 보았습니다, 전하!"

그렇게 외치며 손을 든 것은 지엔이었다.

벨하르트가 그쪽을 돌아보는 가운데, 나세르 또한 군중들을 헤치고 헤카테의 옆에 섰다.

"저도 보았습니다, 전하."

헤카테는 놀란 눈으로 두 사람을 바라보았다.

나세르와 지엔이 헤카테와 그의 형을 동시에 보았던 때는 다름 아닌 엘레나의 고성에서의 일로, 그때 의식을 잃고 있던 헤카테는 그 일을 구체적으로 기억하지 못했다.

벨하르트는 고개를 끄덕이며 말했다.

"그래, 칼리스에게서 그런 일이 있었다고 보고는 받았다."

"그럼……."

지엔과 나세르의 얼굴에 화색이 돌고, 헤카테 또한 안도의 한숨을 내쉬던 찰나 그가 다시 말했다.

"하지만 칼리스가 직접 그 일을 보았나?"

그에 지엔과 나세르는 멀뚱히 서로를 마주 보았다. 그들의 시선이 일제히 칼리스 쪽을 향했다.

졸지에 지목당한 칼리스가 어리둥절한 얼굴로 스스로를 가리켰다.

"응? 나?"

"너도 그때 그 자리에 같이 있었다고 했지. 너는 그 모습을 보았나?"

"아, 아니. 나는 그때…… 빙의를 당했었거든. 그래서 그때의 기억이 날아가고 없어."

칼리스가 뒷머리를 긁으면서도 순순히 대답한 말에 헤카테와 나세르, 지엔의 얼굴은 다시 구겨졌다. 참으로 공교로울 정도의 우연이었다.

다시 그들을 돌아본 벨하르트가 말을 이었다.

"하필이면 그 사실을 증명할 수 있는 사람이 모두 그대와 친분이 있는 자들뿐이로군. 이래도 내 의심이 합당치 않은가?"

짧은 침묵 끝에 헤카테가 고개를 숙였다.

"아닙니다. 전하……."

옆에서 그 모습을 보던 지엔의 얼굴이 창백해졌다.

헤카테의 목숨도 목숨이었지만, 이 경우에는 헤카테와 지엔의 목숨이 한 밧줄에 묶여 있다는 것이 더 큰 문제였다.

오랫동안 친분이 있던 빛의 대사제가 흑마법사로 밝혀졌는데, 자신이라고 정체를 의심받지 말란 법이 없다.

'나란히 성벽에 목이 걸리려나? 그래도 혼자가 아니라서 조금은 덜 외롭겠군…….'

지엔이 급기야 그런 상상까지 하던 찰나, 다시 벨하르트의 말이 들려왔다.

그 말을 들은 순간 헤카테와 지엔, 둘 모두 안도의 한숨을 흘렸다.

"빛의 인도자, 헤카테 사제. 북부 원정에 나설 것을 명한다. 이것은 원정에 앞서 감시의 목적이기에, 그대는 거부할 자격이 없다."

"관대한 처사에 감사드립니다, 전하."

헤카테가 더욱 깊이 고개를 숙였다.

사실, 헤카테 정도의 인재라면 소수 정예로 구성되는 북부 원정에 단연 일 순위로 차출되었을 것이기에 이것은 벌이라고 할 것도 못 됐다.

'생각보다 굉장히 관대한데.'

엄격한 것보다야 관대한 게 좋기야 좋았지만.

의아해하며 그렇게 생각하던 지엔에게 다시 벨하르트의 시선이 내리꽂혔다.

지엔이 반사적으로 어깨를 움찔 떠는 찰나, 그가 말을 이었다.

"북부 원정에 참가하는 것은 너도 마찬가지다, 하녀."

그 말에 그녀는 경악했다.

'어, 어째서?'

"항마력이란 희귀한 힘이니 어쩌면 쓸모가 있을지도 모르지. 누구 하나 여유 부릴 틈이 없는 원정이 될 터이니, 살아 돌아오려거든 결백 이전에 네 쓸모를 증명해야 할 것이다."

지엔의 경악 따위 제 알 바 아니라는 듯, 냉랭하게 말을 맺은 벨하르트가 몸을 돌렸다.

한편, 그 모습을 지켜보던 이들은 생각했다.

북부 원정이라니, 제국에서 내로라하는 실력자들만이 차출될 것이 틀림없었다. 더군다나 제국의 운명이 걸려 있기까지 했다. 분명히 부러워하거나 질투해야 함이 마땅하나…….

'저 하녀에게만은 그러고 싶지 않군.'

'힘내라.'

모두가 착잡한 눈빛으로 바라보는 가운데, 얼마 떨어지지 않은 나무 위에서 그 모습을 보고 있던 세실도 깊은 한숨을 흘렸다.

검은 장갑 낀 손으로 이마를 짚은 그가 중얼거렸다.

'술을 마실 때부터 예감이 안 좋더라니.'

지엔, 이건 네가 자초한 재앙이야……. 세실은 차마 그녀의 앞에 서는 하지 못할 말을 속으로 중얼거렸다.

그렇게 사냥 대회로 가장한 북부 원정대 선발전의 결과, 한 하녀 가 졸지에 원정에 참가하게 되었다.

〈다음 권에서 계속〉